Hilke Sellnick steht mit ihren unter Pseudonym veröffentlichten Romanen immer wieder an der Spitze der Bestsellerliste und begeistert Hunderttausende Leser. Jetzt erfüllt sie sich den Wunsch, unter ihrem bürgerlichen Namen einen sehr persönlichen Roman zu veröffentlichen: Mit »Tote kriegen keinen Sonnenbrand« schreibt sie einen humorvollen Krimi, lässt ihre Liebe zur Musik einfließen und reist zurück an einen Ort, in den sie sich vor vielen Jahren verliebte: eine verträumte Villa in der Toskana.

Weitere Romane in der Reihe um die charmante Ermittlerin Henni von Kerchenstein sind geplant!

Besuchen Sie uns auf www.penguin-verlag.de und Facebook.

HILKE SELLNICK

Tote kriegen keinen Sonnenbrand

ROMAN

Sollte diese Publikation Links auf Webseiten Dritter enthalten, so übernehmen wir für deren Inhalte keine Haftung, da wir uns diese nicht zu eigen machen, sondern lediglich auf deren Stand zum Zeitpunkt der Erstveröffentlichung verweisen.

Verlagsgruppe Random House FSC® N001967

1. Auflage 2019

Umschlaggestaltung: Favoritbüro
Umschlagabbildung Getty Images/beppeverge;
serg64, Shutterstock.com, Jaroslaw Pawlak, Shutterstock.com,
Ihnatovich Maryia, Shutterstock.com,
Susanne Tucker, Shutterstock.com
Redaktion: Lisa Wolf
Satz: GGP Media GmbH, Pößneck
Druck und Bindung: GGP Media GmbH, Pößneck
Printed in Germany
ISBN 978-3-328-10242-7
www.penguin-verlag.de

Dieses Buch ist auch als E-Book erhältlich.

Es ist jedes Jahr das Gleiche. Sobald die Wetterfahne von Kerchenstein über den Baumwipfeln zu sehen ist, fängt Walter von Stolzing an zu singen.

»Hör auf!«, sage ich streng. »Niemand will deine Monologe hören …«

Aber Walter singt unbeirrt weiter. Ein düsteres Lied aus tiefster Katerbrust. Er sitzt auf dem Rücksitz meines Wagens, die grauen Ohren angelegt, das Maul zum Autodach hinaufgereckt.

»Roooaaahhh!!!«

Tatsächlich ähnelt die schmiedeeiserne Fahne aus der Ferne einem schwanzlosen Dackel. Schlimmer ist, dass sie Töne von sich gibt, wenn der Wind mit ihr spielt. Sie heult und knarrt, quietscht und pfeift. Als Kind fand ich es lustig, aber inzwischen geht es mir auf die Nerven. Weil ich dann immer an den Dachdecker denken muss.

Oma sagt, es sei schon ein Unglück, wenn jemand sein Handwerk nicht versteht. Der arme Kerl hatte sich mit einem Seil an der Wetterfahne gesichert, während er das steile Giebeldach neu deckte. Er ist ausgerutscht, und das Seil flutschte bei dem Ruck von seinem Bauch nach oben um den Hals. Weil er zur Waldseite hing, haben sie ihn erst nach Tagen entdeckt. Das war vor fünf Jahren, kurz nach Omas Geburtstag.

Natürlich hat es wieder die Gerüchteküche angeheizt. Weil ich, Henriette Sophie von Kerchenstein – meine Freunde nennen mich Henni –, ungewöhnliche Todesfälle wie magisch anziehe. Zumindest reden die Leute im Dorf solchen Mist. Oma kann fuchsteufelswild werden, wenn ihr das Geschwätz zu Ohren kommt. Weil damit mein Wert auf dem Heiratsmarkt sinkt, behauptet sie.

»Rrrroooоaaahh!«

»Klappe, Kater!«

Ich trete aufs Gas, der Wagen holpert über die Schlaglöcher, und Walter, der üblicherweise auf einem weichen Kissen auf dem Rücksitz thront, muss sich festkrallen. Vor Ärger hört er auf zu singen. Ach, es ist immer wieder schön, nach Hause zu kommen. Die sanften Hügel des Taunus mit ihren dunklen Wäldern, den gelben und hellgrünen Äckern, den kleinen Dörfchen mit ihren eng zusammengedrängten Fachwerkhäusern – das alles bedeutet für mich Heimat. Hier bin ich aufgewachsen, hier in den Wäldern habe ich mit meinen Freundinnen Verstecken gespielt und

Fallgruben gebuddelt, und auf dem verwinkelten, spinnennetzverhangenen Dachboden von Schloss Kerchenstein haben wir bei Regenwetter die Gespenster erschreckt. Heute, zu Omas Geburtstag, ist selbstverständlich strahlender Sonnenschein, Maienwetter vom Feinsten. Wärme, sanfter Wind, ein leichter Duft nach Waldmeister. Keine Ahnung, wie Oma das jedes Jahr wieder hinbekommt, sie muss Petrus bestochen haben.

Links vom Schlösschen, da wo die Schnapsfabrik steht, schwebt eine silbrige Stinkewolke über den lindgrünen Buchen. Omas »Melisandengeist« wird dort hergestellt, den hat ein Ahnherr mal erfunden und damit den Grundstein für das Kerchensteiner Vermögen gelegt. Das Zeug ist der Allround-Heiler schlechthin, hilft bei Halsweh, Krämpfen und Durchfall, senkt das Fieber, hebt die Potenz und schmeckt noch dazu gar nicht übel.

Walter hat das Singen resigniert eingestellt, dafür fängt jetzt der Motor meines altersschwachen Corsa an zu schnaufen. Gut, dass wir gleich bei der Fabrik sind, da kann der Guckes Willi mal einen Blick unter die Motorhaube werfen.

Die Fabrik besteht aus mehreren Gebäuden, weil über die Jahre immer wieder vergrößert und angebaut wurde. Das älteste Haus ist noch aus Schiefer, die modernen sind einfach nur hässliche, lang gezogene Kästen mit regelmäßigen Fensterlinien und breiten Eingängen. Im Hof, genau vor dem Lieferanteneingang, steht der Guckes Willi, seines Zeichens Firmenchef, erkennbar am grauen Kittel und roten

Haarkranz um die Glatze. Vor ihm drei umgefallene Holzkisten und ein ziemlich bedeppert wirkender junger Araber. Oder Afghane. Oder Türke. Auf jeden Fall kein Taunusgewächs. Der arme Kerl steht da mit hängenden Armen und lässt sich vom Guckes Willi zur Sau machen.

Ich fahre in den Hof hinein und halte kühn neben der Unfallstelle.

»Gude …«, rufe ich fröhlich durch das halb heruntergelassene Seitenfenster. Das ist hessisch und eine Abkürzung von »Guten Tag«.

Der Guckes Willi ist keiner, der vor der künftigen Erbin von Kerchenstein einen Bückling machen würde. Noch dazu ist er jetzt wegen der umgefallenen Kisten schlecht drauf.

»Ah, die Henni vom Schloss. War ja klar, dass ausgerechnet Sie jetzt auftauchen!«, raunzt er.

»Wieso? Gab's wieder Tote?«

Er stiert mich einen Moment lang verwirrt an, dann grinst er und deutet mit dem Daumen auf die umgefallenen Kisten.

»26 Stücker. Wenn ich mich nicht verzählt hab. Riechen Sie es nicht?«

Tatsächlich steigt mir ein betäubender Dunst in die Nase. Vergeistigte Schlehen. Melisande pur. Es wird einem ganz schwummerig davon. Kein Wunder, dass der arme Kerl kein Glied mehr rührt. Der ist keinen Schnaps gewöhnt und bereits im Delirium.

»Ach du Jammer …«, sage ich und muss husten. »Da wird sich Oma aber freuen.«

Guckes Willi macht eine eindeutige Handbewegung.

»Den Hals dreht sie mir um. Aber erst, wenn sie mit dem Ahmed fertig ist!«

Der Willi muss immer übertreiben. Oma ist eine Seele von einem Menschen, großzügig, liebenswert, gutherzig. Niemals würde sie einer ausländischen Arbeitskraft zu nahe treten. Dem Guckes Willi wird sie allerdings den Kopf abreißen. Yep.

»Würden Sie trotzdem mal nach dem Motor schauen?«, frage ich mit meinem reizendsten Augenaufschlag. »Er schnauft.«

Willi ist leidenschaftlicher Autobastler, er hat schon so manchem stotternden Motor wieder zu fröhlichem Schnurren verholfen. Auf meine Bitte hin schmunzelt er und wischt sich die Finger am Kittel trocken. Auch Ahmed erwacht aus der Betäubung und lächelt mich an.

»Wir sollten hier eine Autowerkstatt einrichten«, meint der Willi und macht mir ein Zeichen, den Hebel für die Motorhaube zu ziehen. »Solang Ihre Frau Großmutter den Weg nicht in Ordnung bringen lässt, wäre das ein gutes Geschäft!«

Oma liegt seit Menschengedenken mit dem Bürgermeister des Dörfchens quer, weil sie der Meinung ist, die Schlaglöcher seien nicht ihre Sache, sondern Gemeindeeigentum. Trotzdem wäre eine Autowerkstatt keine lohnende Sache – wer fährt schon nach Kerchenstein?

Der Guckes Willi und Ahmed beugen sich einträchtig über den Motor, blinzeln fachmännisch, nicken einander zu, deuten mit den Fingern. Der Guckes Willi verbrennt sich die Hand, weil er an ein heißes Teil fasst.

»Scheiße!«

»Ist Vergaser. Da, schau …«

»Ach, Kappes! Zylinderkopf …«

»Guck mal Ölstand …«

»Voll. Da kannste noch drei Hühner mit frittieren …«

Das alles hört sich nicht gerade fachmännisch an, finde ich. Andererseits ist der Guckes Willi einer, der immer eine Lösung findet. Also habe ich Vertrauen und schaue nach Walter, der sich beleidigt auf seinem Kissen zusammengeringelt hat. Er guckt mich aus glasgrünen Augen mit dem geheimnisvollen Blick aller Katzen an. Durchdringend, unergründlich, von kosmischem Wissen erfüllt. Den Namen »Walter von Stolzing« hat Oma ihm gegeben. Weil er ein Meistersinger ist. Nachts. Im Garten. Wenn Ömchen schlafen will. Wagnertenöre sind penetrant.

»Sind die anderen Geburtstagsgäste schon da?«

Willi ist stets darüber im Bilde, wer drüben im Schloss ein und aus geht, weil er von seinem Bürofenster im Altbau einen guten Blick zum Schlosstor hat.

»Klaro …«

»Alle?«

»Die russische Gräfin mit dem falschen Dutt ist schon gestern gekommen. Mit Sohn.«

Ich werde also Wladimir, den molligen Eroberer, an der Backe haben. Na gut.

»Und heute kam noch die Ludowiga mit dem Prinzen von Preußen. Und der Herr von Hodensack ist auch schon da ...«

»Rodenstock heißt der ...«

»Sag ich doch ...«

»Und dann noch der italienische Baron mit dem rosa Backenbart.«

Conte Mandrini! Wenigstens e i n netter Mensch unter all den adeligen Witzfiguren. Hatte mal was mit Oma vor hundert Jahren oder so. Klein, aber drahtig. Hat sich gut gehalten, das Altertümerchen.

»Und dann noch so ein Gesangsfuzzi mit Tochter ...«

Aha? Ein neuer Bewerber um meine Hand? Gleich mit Anhang? Dafür aber ausnahmsweise nicht adelig?

»Wie heißt der denn?«

Der Guckes Willi legt einen runden Metalldeckel, an dem er herumgewischt hat, auf den Kotflügel und starrt angestrengt hinauf zu den Wipfeln der Buchen.

»Verdammt. Wie hieß der nur? Homes, glaub ich. Nee ... Cotton ... Ach, jetzt weiß ich: Bond. Irgend so ein ausgedienter Agent war's doch ...«

Bond? Das kann eigentlich nur Friedemann Bond sein, der bekannte Gesangspädagoge. Wenn das stimmt, dann ist das Mädel aber ganz bestimmt nicht seine Tochter ...

Guckes Willi träufelt eine klare Flüssigkeit aus einem Schnapsglas in eine Öffnung der Maschine, verschraubt, nickt zufrieden und weist mich an, den Motor laufen zu lassen. Er hustet, fängt sich aber und schnurrt gleichmäßig.

»Perfekt. Und woran hat's gelegen?«

Die beiden werfen mir deutsche und arabische Fachausdrücke an den Kopf, gestikulieren, behaupten, so ein Auto werde immer komplizierter, das liege an der Elektronik, da brauche man spezielle Geräte und viel Feingefühl.

»Was habt ihr denn da reingegossen?«

»Das war bloß was für die Scheibenwaschanlage. Damit nix einfriert.«

»Riecht irgendwie nach Kirschen. Oder nach Schlehen …«

Der Motor läuft großartig, fast so gut, wie Walter schnurren kann. Also spare ich mir die Bemerkung, was denn jetzt im Mai noch einfrieren könnte. Der Guckes Willi ist halt einer, der für alles eine Lösung findet.

Schloss Kerchenstein im Hochtaunus ist ein mittelalterlicher Bau mit Türmchen und Spitzgiebelchen, der den Eindruck erweckt, als stamme er geradewegs aus dem Märchenschatz der Brüder Grimm. Romantisch und einsam gelegen, abseits des lästigen Fremdenverkehrs. Zugegeben – Omas Märchenschloss ist momentan nicht im besten Zustand. Das Dach des Westflügels ist eingesunken, und drei der hübschen Frontgiebelchen müssten längst neu gedeckt werden. Um nur die auffälligsten Mängel zu erwähnen. Oma hasst Renovierungsarbeiten, sie ist ein harmoniebedürftiger Mensch und leidet schrecklich, wenn man ihre Möbel verschiebt. Auch sind Dachdecker ihr seit einiger Zeit ein Gräuel. Was ich gut verstehen kann. Trotzdem – oder vielleicht gerade deshalb – besitzt das Schlösschen einen ganz eigenen Charme. Im englischen Tudor-Stil um einen malerischen Innenhof mit Brunnen errichtet, hat jeder Gebäudeteil seinen eigenen Charakter. Da gibt es dicke Mauern aus heimischem Schiefergestein und ein breites Sandsteinportal mit dem Familienwappen derer von Kerchenstein. Drei Blutstropfen um ein Lindenblatt. Gleich daneben wurde mit schlichtem Fachwerk weitergebaut, was bedeutet, dass der Vorfahre nicht bei Kasse war und die Billigbauweise vorzog. Später hat jemand dort mehrere Fenster mit bleiverglasten, kunstvoll bemalten Scheiben einsetzen lassen und dem Dach die hübschen Giebelchen verpasst. So ein Schloss ist halt was anderes als ein Reihenhaus. Da bauen Generationen dran herum, jeder nach seinem Geschmack und Geldbeutel. Als Opa noch lebte, wurden die Gesindehäuser im Nordflügel ausgebaut, und der Ostflügel, wo die Gästezimmer sind, bekam einen hübschen Altan. Das ist so was wie ein überdachter Balkon, da kann man Betten lüften und bei Nacht heimlich in die Gästezimmer hineinsehen. Oder einsteigen. Je nach Gemütslage und Jahreszeit. Es heißt, Opa habe den neu gebauten Altan weidlich genutzt und sei ein ziemlicher Schürzenjäger gewesen, deshalb hat Oma ihn seinerzeit auch zum Teufel gejagt. Wohin er verschwand und wie Oma es geschafft hat, das Schloss in ihrem Besitz zu halten, habe ich nie erfahren. Aber das ist normal in meiner Familie. Ich weiß auch so gut wie nichts über meinen Vater, angeblich war er Mamas Reitlehrer und verschwand noch vor meiner Geburt. Allerdings hat mir Pauline erzählt, dass es auf Kerchenstein niemals Pferde gegeben hat. Zumindest nicht seit Ende des Zweiten Weltkriegs. Pauline muss es eigentlich wissen, sie ist Hausmädchen auf Kerchenstein, seit ich denken kann. Nun, ob Papa Reitlehrer war oder nicht – er hat sich davongemacht. Was Mama ihm sehr übel nahm. Später hat auch Mama das Weite gesucht, sie zog nach München und tat sich dort mit einem jungen Schauspieler zusammen. Oma schäumte vor Zorn, weil ihre Tochter nicht bereit war, standesgemäß zu heiraten, und stattdessen mit diesem »Abschaum« in wilder Ehe lebte. Noch dazu auf ihre Kosten, denn Mama hatte außer Reiten nicht viel gelernt.

Ich war zu dieser Zeit zwölf und in der Vorpubertät – Mamas Abgang tat mir gar nicht gut. So entwickelte ich eine starke Abneigung gegen das männliche Geschlecht, das in meinen Augen schuld an meiner Verlassenheit war. Der arme Conrad Butzbach, unser Gärtner, war mein erstes Opfer. Ich weiß noch, wie ich im Garten stand und sinnend Butzis Kehrseite betrachtete, als er in gebückter Haltung einen Rosenbusch beschnitt. Es überkam mich einfach – mein Fuß hob sich wie von selbst, und der arme Butzi fand sich im Rosenbusch wieder. Später ließ ich meine negativen Gefühle an Ortwin Gundermann, meinem Klavierlehrer, aus, den hasste ich besonders, weil er immer so schwitzte, wenn er neben mir saß. Ich klappte den Deckel der Tastatur während des F-Dur-Präludiums von Meister Bach blitzschnell herunter, Gundi kam mit Quetschungen davon. Kein Bruch. Nicht einmal ein steifes Handgelenk. Nur ein rhythmisches

Zucken des rechten Mittelfingers blieb zurück. Das Präludium habe ich mir später allein einstudiert – ein großartiges Werk. Wie alle Bach-Präludien und Fugen. Unnachahmlich und ohnegleichen. Der alte Bach hatte es halt drauf.

Oma war stets nachsichtig mit mir. Weil »das Kind« so viel durchmachen musste, wie sie immer sagt. Als ich mit vierzehn endlich die schwache Andeutung eines Busens entwickelte, nahm sie mich beiseite und klärte mich auf. Meine Lebensaufgabe als Adlige von Kerchenstein betreffend, das andere hatte ich schon in der Schule gelernt. Der Fortbestand derer von Kerchenstein ruhe von nun an auf meinen Schultern. Gewiss, über die weibliche Linie – ein männlicher Nachkomme sei ihr selber leider versagt geblieben. Aber eine Verbindung mit einem adeligen Haus sei ungeheuer wichtig, auf keinen Fall dürfe unser Geschlecht in der Bürgerlichkeit oder Schlimmerem versacken. Mit dem Schlimmeren meinte sie natürlich den »Abschaum« in München, der – wie man hörte – bereits mehrfach ausgetauscht worden war. Mama war bemüht, das gemeinsame Durchschnittsalter niedrig zu halten.

Von diesem Tag an tauchten immer wieder seltsame Gestalten auf Kerchenstein auf, die Oma als geeignete Heiratskandidaten für ihre geliebte Enkelin ausersehen hatte. Einer gruseliger als der andere. Mit achtzehn hatte ich die Nase voll und zog zu Mama nach München, um Musik zu studieren. In Mamas Wohnung blieb ich nur eine Stunde, dafür wohnte ich drei

Jahre lang in einer winzigen Studentenbude und genoss meine Freiheit in vollen Zügen. Dann fiel ich durch die Abschlussprüfung des Konservatoriums. Genauer gesagt: Ich verpasste alle Termine, weil zu dieser Zeit mein Vater zum ersten Mal in mein Leben trat. Seit diesem Tag hat Papa keine Chance verpasst, mich in irgendwelche mörderischen Kriminalfälle zu verwickeln.

Aber das ist eine andere Geschichte.

Oma ist ein harter Knochen – sie gibt die Hoffnung nicht auf, dass ich meine Herumtingelei als freischaffende Pianistin und Sängerin eines Tages mit dem Job einer Ehefrau und Hervorbringerin adeligen Nachwuchses tauschen werde. Und weil ich sie über alles liebe, tue ich so, als würde ich nicht merken, dass sie mir alljährlich die gleichen Ladenhüter vorsetzt. Es ist schließlich ihr Geburtstag, und sie ist nicht mehr die Jüngste – ich würde sogar vom anderen Ende der Welt anreisen, um mit ihr zu feiern.

Schon vier Uhr – da sind die Gäste bei Kaffee, Kuchen und Tee. Ich quetsche den Corsa durch das Sandsteintor und parke frech im Innenhof gleich neben dem Brunnen. Ich darf das, weil ich die Erbin von Kerchenstein und Omas Liebling bin.

»Aufwachen, Walter. Wir sind da.«

Die Aufforderung ist unnötig, Walter von Stolzing ist bereits auf dem Sprung. Kaum habe ich die Autotür geöffnet, da zischt der graue Kartäuserkaterblitz an mir vorbei. Richtung Küche. Oma ist bodenständig, sie hält nichts von Scones und Petits Fours – bei ihr kommen nur kalorienstarke Sahnetorten auf den Kaffeetisch. Die bereitet Li Yang zu, der chinesische Koch. Unnötig zu erwähnen, dass Li Yang und Kater Walter keine Freunde sind …

»Iiii! Weg von gute Sahne!« Eine Schüssel zerschellt. Na bitte – da haben sich zwei alte Feinde wiedergefunden. Ich nehme meine Reisetasche aus dem Kofferraum, schaue kurz hoch zu den Fenstern im ersten Stock des Westflügels, hinter denen die Geburtstagsfeierlichkeiten vonstattengehen, und will gerade das Treppchen zu meinem Zimmer hochlaufen – da steht auf einmal Butzi vor mir.

»Gnädiges Fräulein – seien Sie herzlich willkommen auf Kerchenstein!«, sagt er feierlich und nimmt mir die Tasche aus der Hand.

»Danke, Butzi. Ich freue mich, Sie so gesund und munter zu sehen. Die Tasche kann ich aber selber …«

»Das fehlte noch, gnädiges Fräulein«, ruft er beleidigt. »Solange ich auf zwei Beinen stehe …«

Er ist nun einmal eine Lakaienseele, der Gute. Auch mit über achtzig Jahren. Den Fußtritt hat er mir nicht übel genommen, manchmal fragt er mich, ob ich mich noch daran erinnere, und dann lachen wir gemeinsam über die guten alten Zeiten. Butzi hat nie geheiratet, er lebt für seine Aufgaben als Gärtner und Hausknecht. Und für Oma. Für die würde er sogar sterben … jederzeit …

Es tut einen dumpfen Schlag auf dem Hofpflaster, das ist der Notenständer unten in meiner Tasche. Da liegt er, Butzi, der Gärtner, den Griff der Tasche noch fest in der Faust, den Körper seltsam verrenkt, das Gesicht totenbleich.

»Butzi! Um Himmels willen!«

Ich stürze herbei, knie neben ihm, fasse sein Handgelenk. Nichts. Kein Puls. Ein dünnes Rinnsal Blut fließt aus seinem Mundwinkel auf die historischen Pflastersteine. Butzi, der getreue Diener, hat uns verlassen! O Gott – ausgerechnet jetzt, wo ich auf Kerchenstein auftauche. Das wird meinen schlechten Ruf wieder befeuern.

Hilflos hocke ich am Boden, suche seine Halsschlagader, um dort noch einmal nachzufühlen, kann aber nichts feststellen. Was soll ich tun? Oma herbeirufen, damit sie den Notarzt alarmiert? Gerade jetzt, da sie oben mit ihren lieben Gästen Geburtstag feiert? Wie unpassend …

Aus Richtung Küche kommt Walter von Stolzing gelaufen, leckt sich noch einen Sahnerand vom Maul, dann eilt er freudig auf mich zu. Schnuppert kurz an Butzis Schuhen, steigt elegant über seine Beine hinweg, springt über die Reisetasche und schmiegt sich schnurrend an meine Seite. Pietätlos, dieser Kater. Wie kann er schnurren, wenn der arme Butzi gerade eben seinen letzten Schnaufer getan hat! Spürt er nicht die Gegenwart des Todes?

»Hau ab, Kater«, knurre ich unfreundlich und schubse ihn beiseite. Gottlob, da kommt Pauline im schwarzen Kleid mit Spitzenschürze gelaufen. Die Ärmste wird einen schweren Schock erleiden, den ich ihr leider nicht ersparen kann.

»Pauline«, sage ich und sehe sie mitfühlend an. »Du musst jetzt sehr stark sein. Butzi … ich wollte sagen, unser lieber Conrad Butzbach hat sich soeben zu seinen Vätern …«

»Schon wieder!«

Ich starre sie an und begreife, dass der Schrecken ihren Geist verwirrt hat.

»Er ist tot, Pauline. Es tut mir leid, dir das mitteilen zu müssen.«

In diesem Moment erhebt sich der Tote vom Hofpflaster und sagt:

»Solange ich auf zwei Beinen stehe, ist das Gepäck meine Sache.«

Dann schaut er leicht verwundert auf meine Reisetasche, rappelt sich auf, schwankt ein wenig und stakst mit der Tasche zum Torgebäude, wo sich mein Zimmer befindet.

»Ähwäwie …«, stottere ich, unfähig, ein sinnvolles Wort zu bilden.

»Sekundenschlaf«, erklärt Pauline. »Unterzuckerung, verstehen Sie? Und jetzt hat der arme Kerl sich wohl noch dazu auf die Zunge gebissen.«

»Seit … seit wann hat er das?«

»Etwa ein halbes Jahr … Er hat Traubenzucker einstecken, aber er verpasst immer den richtigen Moment. Ach ja … Herzlich willkommen auf Kerchenstein, gnädiges Fräulein. Wie schön, dass Sie da sind. Ihre Großmutter wird sich …«

Oben im Saal wird ein Fenster geöffnet, Oma, mit der indischen Brokatbluse angetan, blickt auf uns hinunter. Schick rausgeputzt wie immer, sie hat den Rubinschmuck angelegt und trägt die passenden Ohrringe. Hat sie die Haare gefärbt?

»Was stehst du da herum, Pauline? Der Tee geht zur Neige. Und der Conte wünscht Espresso. Henni, mein Goldkind! Zieh dich rasch um und komm herauf zu uns. Ich muss dich an mein Herz drücken, meine Kleine ...«

»Grüß dich, Oma! Ich wünsche dir zu deinem Gebu...«

Das Fenster knallt mitten in meinen Satz – weg ist sie. Echt Oma. Alles muss nach ihrem Kopf gehen. Erst umziehen, dann gratulieren. Resigniert nicke ich Pauline zu, die gemessenen Schrittes hinüber zur Küche geht, wo – das kann ich jetzt durch die Fenster erkennen – neben dem kleinen mageren Li Yang auch Sieglinde, das zweite Hausmädchen, tätig ist. Sieglinde kommt aus dem Nachbardorf, und wer sie als mager bezeichnen würde, der ist entweder blind oder ein Lügner.

Auf der Wendeltreppe kommt mir Butzi entgegen, er kaut ein Stück Traubenzucker und lächelt mich an.

»Sie haben mir einen ganz schönen Schrecken eingejagt«, sage ich und lächle zurück. »Geht's jetzt wieder?«

»Wieso? War was?«

Er betupft das Kinn mit einem frisch gebügelten, karierten Taschentuch, nickt mir dienstfertig zu und geht federnden Schrittes an mir vorüber.

Kerchenstein war schon immer ein Ort voller Geheimnisse.

Oben in meinem gemütlichen Reich über der Toreinfahrt finde ich meine Reisetasche, wie es sich gehört, auf dem marokkanischen Hocker, den einer meiner Vorfahren mal von einer Afrika-Expedition mitgebracht hat. Mein Bett stammt aus dem achtzehnten Jahrhundert, es hat noch den original Betthimmel aus dunkelblauem Samt mit goldenen Sternchen, der rechts und links elegant gerafft und zu dicken Knoten drapiert ist. Früher – zur Zeit meiner Vorfahren – hausten darin Millionen kleiner hungriger Lebewesen, die den Schläfern die Ruhe raubten. Dank eines Puders, den ich gelegentlich auch bei Walter anwende, ist mein Himmel inzwischen flohfrei.

Ich wähle ein enges Oberteil mit Ausschnitt und dazu den passenden Minirock. Beides in erotischem Schwarz, da haben die Herren neben dem kulinarischen auch ein optisches Vergnügen. Lackstiefelchen verkneife ich mir – ist sowieso zu warm für die Dinger, besser die hochhackigen Riemchensandalen. Noch rasch die Mähne gebürstet – blond, goldblond, honigblond, mittelblond, aschblond. Irgendwas dazwischen. Egal. Ich schaue in den venezianischen Kristallspiegel, den mir Oma vor zwölf Jahren zum sechzehnten Geburtstag geschenkt hat, und tue einen tiefen Seufzer. Papas braune Augen, Mamas Schmollmund und Omas Stupsnase – wie die sich alle bei mir durchgemendelt haben. Soll ich mich schminken? Ach nein – auf keinen Fall. Minirock und enges Top sind schon unvorsichtig genug. Auf in den Kampf, Henni. Oma zuliebe. Mittendurch und am anderen

Ende wieder raus. Möglichst unbeschadet und fahrtauglich.

Ich schaue kurz durch die Butzenscheiben in den Hof hinunter – auf dem Brunnenrand sitzt Walter von Stolzing mit einem Beutestück im Maul, sieht aus wie ein Fisch. Man hört Li Yangs schrille Stimme, er flucht auf Chinesisch. Wie es scheint, hat Walter das Abendbuffet eröffnet.

Also gehe ich besser nicht über den Hof, sondern durch Omas und Onkel Rudis Zimmer in den Westturm und von dort drei Stufen hinauf zur Hintertür des Wintersaals. Er stammt noch aus den Zeiten, als hier rauschende Feste mit fünfzig bis hundert Gästen gefeiert wurden, daher nimmt sich die Geburtstagsgesellschaft von zwölf Personen hier ziemlich mickrig aus. Immerhin hat man Omas Geburtstagstisch mit üppigem Blumenschmuck unter den Westfenstern aufgebaut, und auf der anderen Seite befindet sich das gut ausgestattete, wenn auch bereits dezimierte Tortenbuffet. Dazwischen steht die lange Tafel, standesgemäß mit weißem Damast bedeckt, man hört das Geklapper der silbernen Kuchengabeln auf dem kobaltblauen Kaffeeservice mit silberfarbigem Dekor. Obgleich ich mich bemühe, so leise wie möglich einzutreten, wenden sich mir sofort alle Augen zu. Fürstin Olga Bereschkowa setzt vorsichtig ihre Brille auf, um die schwarze Perücke nicht zu verschieben, und fügt den Runzeln auf ihrer Stirn noch einige Falten bei. Ihr Sohn, der mollige Wladimir – das heißt so viel wie: Beherrsche die Welt –, glotzt mit heraushängenden

Augen auf meine unbedeckten Körperstellen. Auch Franz Christian von Rodenstock, der ewige Junggeselle aus dem schönen Wien, lässt die Kuchengabel sinken und plinkert mit den Augen, um seine Kontaktlinsen in Position zu bringen. Karl-August von Klaffenau setzt die Kaffeetasse ab und sein schönstes Lächeln auf. Er ist immerhin der ansehnlichste und mit seinen achtundzwanzig Jahren auch der jüngste heiratswütige Adelsspross. Dafür ist er meiner Ansicht nach ein notorischer Schwindler, der den Titel »Prinz von Hessen« schlicht erfunden hat, um bei Oma Eindruck zu schinden. Seine Mama, die dürre Ludowiga von Klaffenau, ist eine alte Freundin von Oma, und es geht die Sage, dass der flotte Karl-August sein Dasein einem jungen Fliesenleger verdankt, der einstmals auf Gut Klaffenau die Küche renovierte. Ich grüße huldvoll wie Königin Mutter in die Runde und falle Oma um den Hals.

»Meine geliebte, wunderbare, herzensliebste Großmama. Glückwünsche ohne Zahl zu deinem … sechzigsten Geburtstag.«

Sie drückt mich so fest an ihre Brust, dass sich der Rubinschmuck in meinen Hals hineingräbt. Seit etlichen Jahren gratuliere ich ihr zum sechzigsten – ihr tatsächliches Alter hält sie streng geheim, die eitle Dame.

»Henriette Sophie!«, ruft sie und lässt sich von mir auf beide Wangen küssen. »Himmel, nicht so stürmisch. Das bin ich alte Frau nicht mehr gewöhnt, meine wilden Jahre sind lange vorbei …«

Ich höre Alessandro Mandrinis anzügliches Räuspern und stelle mir vor, dass er vor gut fünfzig Jahren ein feuriger Bursche gewesen sein könnte.

»Ich hab dir einen Schwan mitgebracht, Oma. Für deine Sammlung.«

Sie nimmt das kleine Glasschwänchen huldvoll entgegen und bemerkt, Glas sei doch viel besser als Marzipan. Der Schwan, den ich ihr vor Jahren aus Lübeck mitgebracht habe, hätte eine interne Fauna entwickelt und sei inzwischen entsorgt.

»Uh … ein Würmchen?«

»Mit Familie!«

»Wie eklig!«

Franz Christian von Rodenstock schiebt den Kuchenteller von sich und wird bleich. Er verfügt über eine lebhafte Vorstellungskraft. Auch ein neben ihm platzierter Mensch mittleren Alters mit ausdrucksvollen braunen Augen und schütterem blond gefärbtem Haar legt die Kuchengabel angewidert beiseite. Das ist dieser Gesangsfuzzi Friedemann Bond, ein ziemlich gesuchter Gesangspädagoge, der schon etliche Opernstars hervorgebracht hat. Gleich neben ihm sitzt das Mädel, das als seine Tochter bezeichnet wurde. Eine bleiche Rothaarige mit Sommersprossen im Gesicht. Vermutlich nicht nur dort – Mr. Bond wird mehr darüber wissen, wenn man dem schlechten Ruf glauben kann, der ihm vorauseilt.

Während Oma den winzigen Schwan aus blauem Glas zwischen die Schachteln und Blumenarrangements auf ihrem Geburtstagstisch setzt, begrüße ich meinen Großonkel Rudi. Ich muss ihn laut anreden, denn Rudi ist Autist und in seiner eigenen Welt versunken. Normalerweise starrt er mit interessiertem Blick in die Gegend, bekommt aber so gut wie nichts mit, weil er ständig mit sich selber redet. Wenn die anderen lachen, lacht er mit, ohne zu wissen, weshalb. Wenn viel geredet wird, quasselt er laut vor sich hin, ist es um ihn herum still, flüstert er mit sich selber. Mit anderen Worten: Er bemüht sich, nicht aufzufallen. Wenn man ihn direkt anspricht, kann er sich ein paar Minuten lang auf ein Gegenüber einlassen. Redet man aber zu lange, driftet Rudi ab, und weg ist er.

»Wie geht's, Rudi? Spielst du uns heute Abend was vor? Mozart? Schubert?«

Er strahlt mich an. Früher muss Omas Bruder mal ein hübscher Bursche gewesen sein. Auch jetzt ist sein weißes Haar noch voll und lockig, er hat sich einen Backenbart wachsen lassen, an dem er ständig mit den Fingern herumzwirbelt. Er hat blaugrüne Augen – genau wie Oma und Mama.

»Schubert«, sagt er und nickt dreimal hintereinander. »Impromptu As-Dur. Und eine Sonate. Welche du willst, Henni …«

»Ich will sie alle!«, rufe ich lachend.

»Dann musst du lange bleiben!«

Großonkel Rudi ist ein wunderbarer Pianist. Eigentlich hätte er auftreten müssen, er hätte die Konzertsäle der ganzen Welt gefüllt. Aber sie haben ihn immer versteckt gehalten. Weil er »doch ein wenig seltsam« ist und das der Familie peinlich war. Aber ich glaube, eine Konzertkarriere hätte Rudi sowieso keinen Spaß gemacht. Er ist viel lieber mit sich und seinen Lieblingskomponisten allein.

»Setz dich, Henni!«, kommandiert Oma. »Ludowiga, meine Liebe, du möchtest dich gewiss ein Weilchen mit Olga unterhalten. Wir sind heute ganz zwanglos, setz dich einfach zu ihr …«

Ich nehme den frei gewordenen Platz an Omas Seite ein, bekomme von Pauline ein frisches Gedeck vorgesetzt und lasse mir ein Stück Käsesahne auflegen. Li Yangs Torten sind ein Gedicht – süß, fluffig, köstlich. Und so leicht. Ein Nichts aus guter Taunusbutter und Sahne von fröhlichen Weidekühen. Ich muss mich zusammennehmen, um würdig zu speisen, wie Oma es mir seinerzeit beigebracht hat. Gäbelchen höchstens bis zur Mitte füllen. Gerade sitzen. Ellenbogen nicht aufstützen. Zwischen zwei Bissen lächelnd Konversation pflegen. Auch wenn's schwerfällt.

»Sie sehen bezaubernd aus, liebe Henni«, sagt Wladimir.

»Oh, vielen Dank …«

»Sie wird jedes Jahr hübscher«, behauptet Franz Christian.

»Sie beschämen mich …«

»Wenn das überhaupt noch möglich ist«, setzt Karl-August den Schmeicheleien die Krone auf.

»Ich bitte Sie!«

Wladimir äußert, er freue sich unendlich auf den Abend, ob ich wieder eine Probe meines großen pianistischen Könnens darbieten würde.

»Vielleicht …«

Oma verfolgt die Gespräche mit schweigsamem Wohlwollen, es gefällt ihr, dass die Aspiranten bereits in Stellung gehen. Ich gebe mich liebenswürdig, aber indifferent und bemühe mich, in keinem der Herren trügerische Hoffnungen zu wecken. Im Grunde tun sie mir leid. Es ist kein Spaß, ein gefülltes Bankkonto samt Schloss erheiraten zu müssen. Vorletztes Jahr zählte noch der schüchterne Ernst von Lautenstein mit den schwarzen Augenringen zu der auserwählten Bewerberschar; inzwischen hat er sich mit einer Diplomatentochter aus Südamerika verehelicht, die – wie mir Oma am Telefon erzählte – bereits fünf Ehemänner unter die Erde gebracht haben soll.

»Sie spielen Klavier?«, fragt mich die bleiche Rothaarige über das Rosengesteck hinweg.

»Hin und wieder …«

Es ist mein Beruf – aber das weiß die dumme Schnepfe nicht. Ich beende die Käsesahne und lasse mir von Pauline ein Stück Mokkasahne auflegen. Ein Traum. Ein Wölkchen aus Kaffeeduft und weißem Schaum.

»Ich singe …«, behauptet die Rothaarige. »Ich bin übrigens Lisa-Marie. Friedemann – ich meine, Professor Bond – ist mein Lehrer.«

Ich nicke interessiert und genieße das Mokkaschaumwölkchen. So wie sie aussieht, singt sie wohl einen Piepssopran. Aber das kann natürlich täuschen. Vielleicht besitzt sie Stimmbänder und Resonanzräume einer *Carmen*.

»Kennen Sie Koschinski?«, fragt der Gesangsfuzzi in Richtung Franz Christian.

Der hat wenig Lust, sich mit Mr. Bond zu unterhalten, weil er seine Heiratsabsichten in meine Richtung vorantreiben will.

»Tut mir sehr leid …«, sagt er höflich.

»Sie sind doch aus Wien, oder nicht?«, beharrt Friedemann Bond.

Franz Christian wirft mir einen bekümmert-entsagenden Blick zu.

»Ganz richtig, mein Bester. Ich bin im schönen Wien beheimatet. Von Rodenstock, im achtzehnten Jahrhundert von Maria Theresia in den Adelsstand erhoben …«

»Dann müssen Sie Koschinski doch kennen! Den kennt jeder in Wien …«

»Bedaure!«

»Na ja …«, knurrt Bond verärgert. »Spricht ja für Sie, wenn Sie den Dreckskerl nicht kennen …«

Ich verkneife mir das Lachen und finde, dass dieser Gesangsfuzzi immerhin Leben in die steife Adelsrunde bringt. Oma starrt intensiv in Bonds Richtung, was ihn jedoch nicht zu stören scheint.

»Und wer ist dieser Koschinski?«, erkundige ich mich.

Bond richtet seine großen braunen Augen auf mich. Tatsächlich könnte man darin versinken. Wie in einem Sumpf.

»Sie kennen ihn auch nicht?«

»Zum Glück nein. Klären Sie mich auf, damit ich

mich vor dem Typen in Acht nehmen kann, falls es mich ins schöne Wien verschlagen sollte. Schwerverbrecher? Mörder? Heiratsschwindler?«

Bond verzieht keine Miene.

»Koschinski ist Gesangslehrer ...«

»Ach so«, sage ich, und mir ist alles klar. Konkurrenzneid. Die anderen am Tisch wechseln erstaunte und indignierte Blicke.

»Man schilderte Sie mir als einen Mann von großem Feingefühl!«, sagt Oma würdevoll zu Mr. Bond. Doch der macht sich nichts draus – gegen zarte Anspielungen ist er immun.

»Friedemann ... ich wollte sagen, Herr Professor Bond ist der größte Gesangspädagoge überhaupt«, plappert Lisa-Marie drauflos. »Er hat den Kaufmann und den Schrott herausgebracht ...«

Die Namen beeindrucken mich.

»Ach, er hat Schrott herausgebracht«, bemerkt Karl-August süffisant. »Ja dann ...«

Dieser Mensch, der sich »Prinz von Hessen« nennt, ist noch ungebildeter, als ich dachte. Jonas Kaufmann und Erwin Schrott nicht zu kennen!

»Aber dieser Koschinski«, schwatzt Lisa-Marie weiter, und die Sommersprossen auf ihrer Stirn scheinen zu hüpfen, »das ist ein Mensch, der vor nichts zurückschreckt, um seine Schüler in die erste Reihe zu schieben. Nicht wahr, Friedemann?«

Mr. Bond nickt und greift mit unruhiger Hand zur Kaffeetasse.

»Vor gar nichts ...«, bestätigt er.

»Er kann sogar hexen«, flüstert Lisa-Marie. »Und er ist überall. Nirgendwo ist man vor ihm sicher …«

Niemand sagt ein Wort, nur Onkel Rudi brabbelt munter vor sich hin. Wenn ich die Mienen der übrigen Gäste richtig deute, kommen wir alle zu dem Schluss, dass Mr. Bond und seine rothaarige Muse nicht alle Hörnchen im Tee haben.

»Er würde auch nicht vor einem Mord zurückschrecken!«, behauptet Friedemann Bond und blickt wild in die Runde.

»Ja, die Künstler«, sagt Oma lächelnd. »Ein ganz besonderes Völkchen.«

Traditionell endet die Kaffeetafel mit einer Runde Melisandenlikör, den Oma einerseits zur besseren Verdauung und andererseits aus Reklamegründen verabreicht. Man lobt den angenehmen Geschmack, das Aroma, die Blüte, trinkt ein zweites und drittes Gläschen – das Zeug schmeckt wirklich nicht übel – und lauscht Omas Vortrag über die Palette der Melisandenprodukte. Als da wären: Melisandentee, Melisandengeist und Melisandenlikör. Dazu das Sortiment »Körperpflege mit den Heilkräften der Melisande«. Seife, Shampoo, Zahncreme, verschiedene Schmierereien gegen Falten, Pickel, Akne et cetera. und Balsam zum Einreiben bei Rheuma & Co. Neu im Sortiment sind »Melisandenzauber«, das wie die kleinen blauen Pillen wirken soll, und »Melisandenpower«, eine Art Aufputschmittel, ganz harmlos, weil pflanzlich, auch für Kinder geeignet.

Der Guckes Willi schreckt vor nichts zurück. Man muss halt mit der Zeit gehen, sagt Oma. Und die Konkurrenz schläft nicht.

Sie selbst zieht sich nach vollendeter Werbeansprache für ein Stündchen zurück, auch Olga Bereschkowa und Ludowiga von Klaffenau pflegen der Ruhe, ebenso Conte Mandrini. Mr. Bond verkündet, er wolle mit seiner Schülerin einen kleinen Spaziergang im Maienwald unternehmen, um die gute Taunusluft in die großstadtgeplagten Lungen zu saugen. Auch Onkel Rudi verschwindet, vermutlich, um in der Bibliothek angeregte Gespräche mit Rudolf von Kerchenstein zu führen. Ich, Henriette Sophie, auf deren Schultern der Fortbestand dieses adeligen Hauses ruht, begebe mich hinunter in den Sommersaal, um mich dort an den historischen Flügel zu setzen. Der Sommersaal befindet sich im Erdgeschoss des Westflügels, er hat im Unterschied zu dem darüberliegenden Wintersaal hohe Türen mit Sprossenglas, die in den Garten führen. Hier haben wir uns als Kinder in den mittelalterlichen Truhen mit den komplizierten Schlössern versteckt, hier fanden im Sommer Konzerte, Theateraufführungen und Familientragödien statt, und hier muss ich armes Mädel jedes Jahr aufs Neue meine Freiheit verteidigen.

Ich beginne mit Händel. Suite Nr. 3 in d-Moll. Verträumt, mitunter zart und trotzdem immer sehr klar. Männlich. Der Georg Friedrich muss ein toller Mann gewesen sein …

»Darf ich die Künstlerin für einen kurzen Moment unterbrechen?«

Da ist er ja. Wladimir ist immer der Erste. Streckt das Spitzbäuchlein vor und watschelt in meine Richtung. Plattfüße. Angeboren. Sein Lächeln ist süßlich, seine Augen können sich nicht von meinen Oberschenkeln losreißen. Beim Spielen ist der Minirock verrutscht.

Er macht es kurz. Seine allerhöchste Verehrung. Sein heißes Begehren. Sein alter Adel, die unwürdige Lage seit der Flucht vor den Bolschewiken. Sein Herz, seine Hand, seine unvergängliche Liebe.

»Ich weiß Ihren Antrag zu schätzen …«

Ich sage mein Sprüchlein auf. Danke für das Vertrauen. Fühle mich jedoch noch nicht reif für eine eheliche Verbindung. Bitte gütigst um Geduld. Verweise auf das kommende Jahr, wo man sich in alter Frische wiedersehen wird …

Der Erste ist versorgt. Ich wechsle zu Haydns Sonate Es-Dur. Heiter, verspielt, aber mit versteckter Tiefe. Papa Haydn ist immer für eine Überraschung gut. Abschied. Paukenschlag und so …

Franz Christian von Rodenstock verfügt leider über keinerlei Tiefgang. Falls doch, dann hält er ihn gut versteckt. So gut, dass er ihn selber nicht finden kann.

»Darf ich die Künstlerin für ein winziges Augenblickerl unterbrechen?«

Es dauert länger. Seine Verehrung. Seine zärtlichsten Gedanken. Seine sehnsuchtsvollen Nächte. Der glückselige Augenblick, wenn wir vor den Altar treten. Die herzigen Kinderlein …

»Ich weiß Ihren Antrag zu schätzen …«

Mein Sprüchlein kennt er seit ungefähr zehn oder elf Jahren. Damals war er noch mittelblond, jetzt ist er graublond. Er hat die fünfzig überschritten, langsam wird's für ihn Zeit, die reichen Witwen stehen auf knackige Jünglinge. Er seufzt tief, und ich verspüre Mitleid. Allerdings nicht genug, um mich als Opfer anzubieten.

Fast geschafft. Jetzt nur noch Karl-August von Klaffenau, der Prinz von Hessen. Mozart ist für den Typ viel zu schade. Schubert sowieso. Ich mixe mal ein Potpourri aus Wagneropern zusammen, ein bisschen *Lohengrin*, zwei Prisen *Parsifal*, ein paar Takte *Walküre* … Dachte ich's doch. Beim Walkürenritt öffnet sich die Saaltüre. Hojeteho!

»Welch martialische Klänge, liebste Henni. Darf ich dich ein Minütchen stören?«

Wieso duzt der mich eigentlich? Frechheit!

»Nur herein!«, rufe ich über die Schulter hinweg. »Ich trage sowieso gerade die gefallenen Helden nach Walhall.«

»Wie nett! Von dir würde ich mich überallhin tragen lassen.«

Ich stelle mir vor, wie ich ihn in eine der mittelalterlichen Truhen lege, den Deckel herunterklappe und abschließe. Den Schlüssel ins Klo werfe … Leider muss ich diese angenehme Vorstellung für mich behalten.

Während ich mich meinen Fantasien hingebe, ist er mit leichtem Schritt hinter mich getreten und legt mir seine Hände auf die Schultern. Massiert sanft, gleitet hinüber zu meinem Ausschnitt, steckt seine lüsternen Finger hinein …

Ich drehe mich blitzschnell um und verpasse ihm einen gut sitzenden Schlag mit fromm gefalteten Händen. Dahin, wo es ihm wehtut. Als Pianistin verfüge ich über eine kräftige Armmuskulatur und harte Fingerknöchel.

»So viel zu Ihrem Antrag, verehrter Prinz von Hessen!«

»Du verfickte Dreckshure …«

»Raus!«

Er humpelt von dannen, murmelt dabei weitere Beschimpfungen, die diese Halle sicher seit den Tagen des Mittelalters nicht mehr gehört hat. Damals sollen die Umgangsformen ja noch direkter gewesen sein.

Puh! Diesmal kam's wieder dicke. Zum Glück scheint Mr. Bond nicht aus Heiratswut, sondern aus anderen Gründen gekommen zu sein. Sonst hätte er nicht seine sommersprossige Lisa-Marie mitgeschleppt. Was die beiden jetzt wohl im Wald miteinander treiben? Na egal – ich wünsche ihnen gutes Gelingen und eine aufgeweckte Truppe beißwütiger Ameisen.

Unbekannt ist er mir nicht. Friedemann Bond unterrichtet in Frankfurt an der Hochschule und ist tatsächlich als »Opernstar-Macher« in Sängerkreisen bekannt. Während meines Musikstudiums in München habe ich sogar mal an einer seiner Sommerakademien teilgenommen, allerdings nur als Zuhörerin. In den erlauchten Kreis der Schüler wurde ich nicht aufgenommen. Wollte ich auch nicht, weil er die armen

Schweine in seinem Seminar vorsingen ließ, um sie anschließend in der Luft zu zerreißen. Nun – ich hätte nicht bei ihm Unterricht nehmen wollen. Selbst wenn man es mir bezahlt hätte. Schon damals war mir klar, dass der Typ nicht alle Hühner im Karton hat. Dass er dazu noch an einem ausgewachsenen Verfolgungswahn leidet, wusste ich nicht. Koschinski! Nie gehört von dem Mann. Vielleicht gibt's den ja gar nicht …

Meine Finger gleiten über die Klaviertasten und spielen Mozart. Einfach so. Sonate A-Dur. A vous dirai-je, Maman … Thema mit Variationen … so einfach, so still und schön, so genial … die kleinen Vorhalte, ein Halbtonschritt, der zur Vollendung zieht …

»He, Sie da! Ja doch, Sie meine ich! Kommen Sie mal her …«

Das ist die Stimme von Friedemann Bond draußen im Hof, die mir gerade Mozarts Melodien versaut. Dass der selber als Opernsänger nichts geworden ist, hört man schon beim Sprechen. Laut und hässlich.

»Sie wünschen, Herr Professor …«

Ach je. Er hat es mit Butzi. Wenn er den ärgert, bekommt er es mit mir zu tun.

»Ist ja recht abgelegen, der alte Kasten, was?«

»Schloss Kerchenstein liegt in der Tat in romantischer Einsamkeit …«

»Am Arsch der Welt …«

»Wie belieben?«

»Am äußersten Rand der Erdenscheibe. Kurz vorm Abkippen.«

Wer hat diesen Widerling eigentlich eingeladen?

»Hab ich dir doch gesagt, Männi«, höre ich Lisa-Maries Piepssopran. »Anita hat es mir geflüstert. Hier sagen sich Fuchs und Hase Gute Nacht.«

Anita? Meint die etwa Mama? Die heißt Aurelia Anita von Kerchenstein, wird aber immer Anita genannt. Ist die sommersprossige Lisa am Ende eine Freundin von Mama?

»Kommen hier Touristen her?«, will Mr. Bond von Butzi wissen.

»Nein.«

»Wird das Schloss vermietet? Filmgesellschaften? Urlauber? Hochzeitler?«

»Nein.«

»Sonst irgendwelche Besucher?«

»Die gnädige Frau wählt ihre Gäste stets sorgfältig aus. Bis auf wenige Ausnahmen hat sie dabei eine glückliche Hand. Entschuldigen Sie mich, ich habe zu tun ...«

Das hat gesessen. Butzi ist trotz seiner achtzig Lenze immer noch flott in der Birne.

»Kein Wunder, dass keiner hierherkommt«, sagt Lisa-Marie abfällig. »Voll der Zombie, der Typ. Läuft rum wie ferngesteuert ...«

»Umso besser, Schäfchen! Genau das, was wir suchen, oder?«

»Du suchst ... Mit mir hat das nichts zu tun, Männi ...«

Friedemann Bond stößt ein leichtherziges Lachen aus, Marke Graf Ceprano aus *Rigoletto*. Diese Opernfuzzis können auch im normalen Leben nur Bühnenlachen, voll auf Resonanz bis hoch in die hohle Birne. Oder in den Bierbauch, wenn einer ein Bass ist.

»Eines Tages bist auch du so weit, mein Kleines ...«

Eine Tür knarrt – jetzt gehen sie wohl in den Ostflügel, wo ihre Gästezimmer sind. Ich bleibe am Instrument sitzen, bewege eine Menge Fragezeichen in meinem Kopf und bin froh, als plötzlich Walter in der Halle auftaucht. Er untersucht eine der alten Truhen, kratzt daran herum, weil sich dahinter der Eingang zum Labyrinth der Mäusekolonie befindet, aber zu seiner Enttäuschung bin ich nicht bereit, das Hindernis wegzuschieben. Die Kerchensteiner Mäuslein sind mir lieb und wert, schon als Kind habe ich sie mit geklautem Speck gefüttert. Oma sagt, die Sippe der Mäuse ist mindestens ebenso alt wie die Adelsfamilie von Kerchenstein. Vermutlich sogar älter. Walter niest verärgert, glurrt mich aus grünen Augen an und duckt sich zum Sprung. Er schafft eine geniale Punktlandung auf dem Flügel, das klappt, weil er Schweißfüße hat, die nicht auf dem glatt lackierten Holz rutschen.

»Mein lieber Kater«, sagte ich zärtlich und streiche über sein dickes, blaugraues Fell. »Du stinkst nach Fisch.«

Er lässt sich ein Weilchen streicheln, drückt sich genusssüchtig gegen meine Hand, dann hat er genug und steigt auf die Tastatur hinunter. Läuft eine atonale Melodie vom Diskant hinüber zum Bass, erzeugt ein kleines Cluster beim Absprung und stolziert davon.

Oben im Wintersaal betätigt jemand den Gong. Erste Warnung. Oma erwartet zum Abendbuffet erstens pünktliches Erscheinen und zweitens die passende Kleidung. Oh, Jammer – ich muss mich in Schale werfen!

»Meine lieben Freunde, liebe Henriette Sophie, mein lieber Rudolf … Rudolf! … Rudolf! …«

Wir alle schauen zu Onkel Rudi hinüber, der bei Omas Anrede aus seiner eigenen Welt heraus in den Kreis der Geburtstagsgäste geworfen wird.

»Herzlichen Glückwunsch zum Geburtstag, liebe Anna«, sagt er hastig. »Du hast doch heute Geburtstag, oder nicht?«

Oma nickt ihm lächelnd zu und fährt in ihrer Rede fort.

»Ich bin beglückt, euch alle auch in diesem Jahr wieder auf Kerchenstein begrüßen zu dürfen, und möchte nicht versäumen, meinen allerherzlichsten Dank …«

Wir sitzen zwanglos auf weichen Klubsesseln, die um den offenen Kamin angeordnet sind, in dem Butzi ein munteres Feuerchen entzündet hat. Es gibt auch ein Sofa, das Bond und Lisa-Marie beschlagnahmt haben. Ich sitze auf einem tunesischen Ledersattel, einem Erbstück jenes reisewütigen Vorfahren, dem wir auch den Hocker in meinem Schlafzimmer zu verdanken haben. Das himmelblaue bodenlange Abendkleid aus Taft zwickt mich am Bauch, weil ich zu viel gegessen habe. Den anderen geht es ähnlich, Ludowiga hat bereits ihren Rock geöffnet, und Wladimirs Westenknöpfe werden gleich zu Wurfgeschossen. Li Yang beherrscht die bodenständigen Taunusgerichte wie kein Zweiter, seine »Grien Soß« mit Tafelspitz, die Rheinfellchen, der »Handkäs mit Mussik« und der Schmandkuchen sind ohnegleichen. Auf Kerchenstein wird – wie bereits erwähnt – die heimische Küche bevorzugt.

Omas Rede zieht sich in die Länge, drüben ist die gute Olga Bereschkowa schon ein wenig eingenickt, Wladimir ertränkt seine Enttäuschung aufgrund des fehlenden Wodkas im Ingelheimer Rotwein. Franz Christian pult sich heimlich die Kräuter der Grünen Soße aus den dritten Zähnen, Karl-August, der Prinz von Hessen, sitzt breitbeinig auf dem Fauteuil und wischt auf seinem Smartphone herum. Was er dort sucht, ist mir ein Rätsel – auf Kerchenstein gibt es kein Netz.

Omas Ansprache endet traditionell mit einem »Hoch« auf ihre Gäste, dem Mandrini ein »Dreifaches Hoch« auf die charmante Gastgeberin folgen lässt. Pauline und Sieglinde eilen mit gefüllten Sektkelchen auf silbernen Tabletts herbei, und nach dem allgemeinen Anstoßen und Hochleben wird Omas Rede von einem der Gäste beantwortet. Heute ist es Conte Mandrini, der macht es zur Freude aller Zuhörer heiter und kurz. In ganz schlimmen Jahren redete Olga, wobei sie einen detaillierten Überblick über ihr Familienschicksal gab, beginnend mit Iwan dem Schrecklichen über Katharina die Große bis hin zum Sturz des russischen Zarenhauses anno 1917. Sie hörte erst auf, wenn der erste Schläfer aus dem Sessel fiel.

Ich küsse meine liebe Oma und setze mich ans Klavier, um rasch ein paar Stücke zum Besten zu geben, bevor Onkel Rudi das Instrument in Beschlag nimmt. Nach Onkel Rudi zu spielen macht wenig Sinn – er ist so großartig, dass mein Geklimper dagegen blass und seelenlos wirkt.

Ich beeindrucke mit Beethoven, spiele die berühmte »Mondscheinsonate« passend zum Ambiente, denn draußen schwimmt ein käsefarbiger Vollmond am Nachthimmel.

Die Zuhörer applaudieren jeder auf seine Weise. Olga und Wladimir fanatisch, Franz Christian von Rodenstock höflich, Ludowiga von Klaffenau gelangweilt, der Prinz von Hessen grimmig. Oma klatscht verhalten, sie hätte es lieber, wenn ich die Musik aufgäbe, um endlich zu heiraten. Lisa-Marie spendet begeisterten Beifall, auch Mr. Bond scheint angetan. Na ja … Am meisten freut es mich, dass Onkel Rudi mir lächelnd zunickt – es hat ihm gefallen. Jetzt bin ich richtig stolz auf mich.

»Wunderbar, wunderbar«, ruft Friedemann Bond mir von seinem Sofa her zu. »Wer hätte gedacht, dass ich hier solch eine großartige Pianistin antreffe? Begleiten Sie auch, liebe Henriette?«

»Zuweilen ...«

Klar begleite ich Sänger. Oft sogar. Aber ganz bestimmt nicht für den Widerling Bond. Ich habe keine Lust mit anzusehen, wie er seine Schüler runterputzt.

Lisa-Marie erklärt sich bereit, zu meiner Begleitung eine Händel-Arie zu singen. Zum Glück verhindert es ihr Lehrer – sie habe vorerst Auftrittsverbot. Weil er ihre Gesangstechnik von Grund auf neu aufbauen muss. Ich bin erleichtert und beginne ein Gespräch mit Conte Mandrini über das sommerliche Florenz, wo der Conte einen hübschen kleinen Palazzo besitzt.

»Viel zu heiß«, sagt er und wischt sich die Stirn. »Nur die armen Schlucker und die Touristen laufen im Sommer dort herum. Wer es sich leisten kann, der flüchtet auf seinen Landsitz.«

Die Mandrinis können es sich leisten. Soweit mir Oma erzählt hat, besitzt die Familie verschiedene Landgüter in der Toskana, aber auch in Umbrien. Mandrini ist einer jener vornehmen italienischen Adligen, die zwar märchenhaft reich sind, aber niemals darüber sprechen. Der Conte ist schon über achtzig, seit vier Jahren Witwer und seit gut fünfzig Jahren Omas heißester und treuster Verehrer. Eigentlich könnten die beiden heiraten ... Gar keine dumme Idee, vielleicht ließe Ömchen mich dann mit ihren lästigen Ehevermittlungsversuchen in Ruhe ...

»Auf keinen Fall«, sagt Oma hinter mir mit Entschiedenheit.

Ich drehe mich um. Aha, sie ist in hitzigem Gespräch mit Mr. Bond.

»Aber, liebe Baronin …«

»Gräfin …«, verbessert Oma kühl.

»Pardon. Gräfin … Eine Woche – was ist das schon? Ich mache Ihnen diesen Vorschlag ja auch nur, weil ich überzeugt bin, eine Mäzenin der schönen Künste vor mir zu haben …«

Oma lässt sich auf keine Schmeicheleien ein. Mir ist klar, dass sie diesen Gesangsfuzzi ebenso wenig mag wie ich. Pauline hat mir verraten, dass es tatsächlich Mama gewesen ist, die ihm diese Einladung verschafft hat. Sie hat behauptet, er sei ein guter Freund von mir. Unfassbar. Warum macht sie solche Sachen?

»Wenn Sie es genau wissen wollen, junger Mann: Schauspieler sind mir aus familiären Gründen ein Gräuel. Und Opernsänger sind auch nichts anderes als singende Mimen!«

»Aber … aber Sie lieben doch die Musik, Frau Ba… Gräfin«, ruft Friedemann aus. »Es gibt, wie ich feststellen konnte, einen hervorragenden historischen Flügel unten im Saal, und hier oben befindet sich ebenfalls ein Instrument. Daher wäre dieser Ort für einen Gesangskurs sozusagen prädestiniert.«

Gesangskurs? Er will auf Kerchenstein einen Gesangskurs veranstalten, der Wahnsinnige? Eine Sommerakademie?

»Schlagen Sie sich das aus dem Kopf, Herr Professor«, sagt Oma mit der ihr eigenen Energie. »Hier in meinem Schloss will ich keine Verrückten haben.«

Jetzt ist Bond beleidigt. Es handele sich um eine kleine Gruppe hochbegabter junger Leute, von denen jeder Einzelne eine große Karriere vor sich habe.

»Wie schön für Sie!«, nickt Oma mit Würde und steht auf, um sich auf die andere Seite des Kamins zu ihrer Freundin Olga zu begeben.

»Mist«, flüstert Lisa-Marie.

Bond sagt nichts, aber er macht den Eindruck, als käme ihm der Handkäs mitsamt der Mussik wieder hoch. Ich bin jetzt neugierig geworden. Wieso will der angesehene Professor Friedemann Bond, der überall in der Welt zu Akademien und Gesangskursen eingeladen wird, seine Meisterschüler ausgerechnet im abgelegenen Kerchenstein unterrichten?

»Ist es vielleicht ein besonderer Gesangskurs?«, erkundige ich mich.

Bonds große Sumpfaugen richten sich fast dankbar auf mich.

»Allerdings, meine Liebe. Es geht um die Teilnehmer für den Wettbewerb der Verdistimmen in Busseto.«

»Aha!«

Busseto ist einer der angesehensten Wettbewerbe für junge Sänger. Meister Verdi wurde im Nachbardorf geboren und fand in Busseto einen Mäzen, der sein Talent förderte.

»Dreizehn Jahre lang, liebe Henriette«, sagt Bond leise, aber mit dumpfer Betonung. »Dreizehn Jahre in

Folge haben meine Schüler die Spitzenplätze ersungen. Vor allem meine Tenöre …«

»Und in diesem Jahr?«, forsche ich weiter.

Bond seufzt resigniert. Dafür redet Lisa-Marie, die sich nicht so schnell geschlagen gibt.

»In diesem Jahr sind mehrere Schüler von Männi … von Herrn Bond … angemeldet. Aber nur einer davon ist wirklich ein Phänomen. Der Tenor Basti Poggenpohl wird den Preis holen. Ganz sicher. Nicht wahr, Männi?«

Bond macht eine abwehrende Armbewegung.

»Wozu noch reden?«, sagt er mit Grabesstimme. »Es ist entschieden. Sie will nicht. Lassen wir alle Hoffnung fahren …«

Was für ein Tragöde! König Philipp aus *Don Carlos*: Sie hat mich nie geliebt … nein, ihr Herz blieb kalt …

»Aber, aber …«, lässt sich Alessandro Mandrini vernehmen, der das Gespräch mit angehört hat. »Nicht gleich verzagen, junger Mann. Es wird sich ganz sicher eine Lösung finden lassen.«

Bei der Anrede »junger Mann« belebt sich Bonds Miene. Nun ja – wenn einer schon über achtzig ist, kommt ihm ein Sechzigjähriger verhältnismäßig jung vor. Von meiner Warte aus gesehen ist Bond ein alter Knacker.

»Es ist nicht so einfach, Conte«, sagt Lisa-Marie und fasst die schlaffe Hand des Pädagogen. »Männi … Herr Professor Bond muss seinen Meisterschülern sozusagen den letzten Schliff verpassen. Alle Arien, die sie vorsingen werden, genauestens durchstudieren. Auch die kleinsten Fehlerchen ausmerzen. Perfektion. Nicht wahr, Männi?«

»Vollendung«, sagt Bond bedeutsam und trinkt seinen Rotwein.

»Und wieso gerade auf Kerchenstein?«, will ich wissen.

Bond richtet seinen klebrigen braunäugigen Blick auf mich. Vorwurfsvoll. Ein Lehrer, der eine dümmliche Schülerfrage vorgesetzt bekommt.

»Das liegt doch auf der Hand, liebe Henriette. Es gilt, einen abgelegenen Ort für diese Arbeit zu finden. Werkspionage. Sie verstehen? Schlimmer noch: Sabotage. Mentale Demontage. Bastian Poggenpohl ist ein sensibler Künstler.«

Dachte ich es doch. Verfolgungswahn. Koschinski, der Hexer. Er wollte sich mit seinen sensiblen Meisterschülern auf Kerchenstein vor dem bösen Konkurrenten verstecken.

»Ich hatte schon überlegt, ob Sie, liebe Henriette, nicht die Aufgabe des Korrepetitors übernehmen könnten ...«

»Ich? Uh ... Ich bin sehr beschäftigt ...«

»Männi zahlt gut«, sagt Lisa-Marie, und sie kneift ein Auge in meine Richtung zu. »Sehr gut sogar ... Fünfzig Öcken die Stunde sind drin. Plus Vergnügungssteuer ... stimmt's, Männi?«

»Nun ja ...«

Das ist allerdings mehr als sehr gut. Das ist fürstlich. Wenn ich täglich acht Stunden arbeite und der Kurs sieben Tage läuft, habe ich ... habe ich ... einen Haufen Kohle auf meinem allzeit schwindsüchtigen Konto. Reicht für einen achtwöchigen Urlaub mit Walter in Isoldes Katzenhotel in der Provence ... Aber nein – ich arbeite nicht für diesen Foltermeister ...

Alessandro Mandrini hat mich beobachtet. Er schmunzelt und streicht seinen roséfarbenen Schnauzer. Die Farbe ist vermutlich bei dem Selbstversuch entstanden, Haar und Bärtchen dunkelbraun zu färben. Mandrini hasst Figaros. Sie seien allesamt Mafiosi. Irgendwann in seiner Jugend hat mal ein Barbier versucht, ihm die Kehle durchzuschneiden, während er ihn rasierte. Bella Italia!

»Ich hätte da einen Vorschlag, lieber Professor. Eine kleine Villa in der Toskana. Seit Generationen in Familienbesitz. War als kleiner Junge oft mit den Eltern dort. Clothilde, das Töchterlein des Verwalters ... Ein ganz bezauberndes Kind. Aufblühende Knospe ...«

Mandrini lächelt sinnend vor sich hin, Bond runzelt die Stirn, Lisa-Marie will etwas fragen, aber der Conte redet weiter.

»Vollkommen einsam in den toskanischen Hügeln gelegen. Zwischen Florenz und Siena ... Ein Verwalter und seine Angetraute wohnen dort seit vielen Jahren ... Der Besitz ist leider ein wenig verfallen. Mein Sohn Carlos, der sich darum kümmern sollte, schiebt die Renovierungsarbeiten immer wieder hinaus ...«

Bond ist unentschlossen. Voller Misstrauen. Es könnte ja sein, dass der Conte ein geheimer Parteigänger seines Erzfeinds Koschinski ist. Der Mann hat wirklich einen Wurm im Hirn. Einen Lindwurm.

»Einsam, sagen Sie? Abgelegen?«

»Vollkommen. Nur ein Dörfchen in der Nähe. Und einige Bauernhöfe, die meisten sind jedoch verlassen. Der Boden gibt wenig her, und dann die Trockenheit im Sommer. Die Bauern wandern in die Städte ab …«

»Keine Touristen?«

»Zu weit von der Straße.«

Bond wechselt einen Blick mit Lisa-Marie, die ihm ein strahlendes Lächeln schenkt. Na also. Geht doch. Gott, wie rührend. Das Mädel sorgt für ihn wie eine Mutter.

»Und das Verwalterehepaar? Kann man ihnen vertrauen?«

»Unbedingt. Sie leben dort seit vielen Jahren und sind der Familie sehr zugetan. Selbstverständlich gibt es ein Musikzimmer mit allerlei Instrumenten, darunter ein Konzertflügel. Der müsste allerdings gestimmt werden …«

»Das wäre das geringste Problem …«

Der Herr Professor ist der Angelegenheit zugeneigt, er sieht mich prüfend an, und ich ahne, dass er mich in seine toskanischen Pläne einbeziehen will. Aber da ist er in der falschen Oper, der widerliche Leutequäler. Und wenn er mir noch so viel Geld bietet …

»Wenn das so ist, liebe Henriette …«, sagt er mit Gönnermiene.

Ich denke an den Urlaub bei Isolde und kämpfe hart mit mir. Was gehen mich eigentlich seine Schüler an? Soll er sie doch runterputzen. Solange er mir gegenüber höflich bleibt …

Alessandro Mandrini leert sein Sektglas und streicht sich die Tröpfchen aus dem Schnauzer. Er ist ein liebenswertes Schlitzohr, Omas ehemaliger Lover.

»Da ich Ihnen die Villa – als begeisterter Opernfreund und in Anerkennung Ihrer großen Verdienste um den Belcanto – völlig kostenlos überlassen werde …«, sagt er und blinzelt zu mir hinüber, »… könnten Sie dieser ausgezeichneten jungen Pianistin ein großzügiges Honorarangebot machen und sie auf diese Weise für sich gewinnen, Herr Professor!«

Bond ist überwältigt. Umsonst. In Anerkennung seiner großen Verdienste … Ob es Fotos von der Villa gäbe. Mandrini verspricht, sie gleich übermorgen per E-Mail zu schicken, auch eine Karte der Umgebung. Den Termin möge er bitte mit seinem Sohn Carlos abstimmen, der lebe in Florenz, er würde die Adresse und alles Weitere schicken.

»Hundert Euro die Stunde wären nicht zu wenig«, meint Mandrini mit Blick in meine Richtung gleichmütig. »Ich kenne Pianisten, die das Zehnfache verlangen und nur halb so verschwiegen sind …«

Mir wird ganz schwindelig. Ich halte mich rasch an meinem Sektglas fest und trinke es leer. Jetzt ist aber Schluss mit den Prinzipien, Henni. Kohle ist Kohle, und Asche ist Asche. Und drei Monate Provence mit Walter sind drei Monate arbeitsfrei und Entspannung pur. Ich muss schließlich auch an meinen Kater denken. Er hat einen längeren Urlaub dringend nötig …

»Überlegen Sie es sich, liebe Henriette …«, höre ich die Stimme des Meisterpädagogen an meinem rechten Ohr. »Es wäre mir die Sache wert …«

Dann ist auf einmal Franz Schubert im Saal, und alles andere taucht in Vergessenheit. Impromptu As-Dur. Ein silberner Teppich aus klingenden Wasserperlen. Melodien, so weich und sehnsüchtig, man möchte davonfliegen … jemanden umarmen … weinen … sterben …

Hör nicht auf, Rudi. Lass diese wundervolle, erlösende Traurigkeit nicht abreißen. Jeder Ton ist eine Erfüllung, macht süchtig, zieht hinaus in den blühenden Garten des Paradieses. Hör nicht auf, Rudi. Spiel weiter. Nur weiter. Lass mich auf keinen Fall darüber nachdenken, wie viel achthundert mal sieben sind …

»Hundertfünfundneunzig PS«, verkündet Bastian Poggenpohl mit stolzem Lächeln. »Bi-Turbo …«

Ich nicke anerkennend und linse kurz hinüber auf den Tacho. Flotte zweihundert – der zukünftige Startenor liebt den Rausch der Geschwindigkeit. Ab hundertachtzig strahlt sein rosiges Gesicht, bei hundertneunzig fängt es an zu glühen, bei zweihundert flammt es pure Glückseligkeit.

Eigentlich ist er total süß, dieser harmlose, moppelige Bursche, in dessen Kehle eine Jahrhundertstimme steckt. Wenn er nicht so anstrengend wäre. Seit ich aus meiner Münchner Wohnung auf die Straße getreten bin, wo sein blank gewienerter metallicblauer Cascada auf mich wartete, um uns in die sonnige Toskana zu befördern, wird Basti nicht müde, mir sein Herz zu Füßen zu legen. Er schwärmt von meinen Samtaugen, meinem sinnlichen Mund, meiner tollen Figur … Er liebt die energischen Frauen, solche, die ihre eigenen Ansichten haben und wissen, was sie wollen. Schön für ihn – leider bin ich an schwatzenden Softies wenig interessiert. Nicht einmal an solchen, die über eine Jahrhundertstimme verfügen.

»Magst du eine Cola?«, fragt er und fummelt mit der rechten Hand am Handschuhfach herum. »Ich hab auch Eisschoki und Trüffelsahne-Bonbons …«

Vom Rücksitz ist ein schwaches Ächzen zu vernehmen. Dort sitzt Friedemann Bond mit aschfahlem Gesicht, die brennenden Augen auf die Autobahn vor uns gerichtet.

»Lass um Gottes willen die Hände am Steuer, Sebastian!«

Bond pflegt sich mit seinen Meisterschülern zu duzen. Wegen der größeren Nähe und Intensität der Schüler-Lehrer-Bindung.

»Keine Panik, Friedemann«, gibt Basti zurück und schaut über die Schulter auf den bleichen Pädagogen. »Ich kann sogar freihändig fahren – der Wagen hat eine perfekte Straßenlage …«

Im Rückspiegel kann ich sehen, wie Bond hektisch an seinem bereits geöffneten Hemdkragen zerrt, dann muss er niesen. Zweimal. Dreimal.

»Gesundheit«, wünscht Basti fröhlich. »Hoffentlich hast du dich nicht erkältet. Soll ich die Klimaanlage runterdrehen?«

»Nein!«, krächzt Bond, dem der Gedanke, Basti könne weiterhin an irgendwelchen Knöpfen herumfummeln, Panikattacken bereitet. »Fahr einfach weiter. Wenn's geht, etwas langsamer …«

Allmählich tut er mir leid, der unglückselige Mr. Bond. Auch wenn er in München darauf bestanden hat, hinten im Wagen zu sitzen und mir den »Todessitz« neben dem Fahrer aufgedrängt hat – irgendwie fühle ich mich für seinen schlechten Zustand verantwortlich.

»Gute Idee«, stimme ich ihm bei. »Die Landschaft ist viel zu schön, um einfach durchzubrausen.«

Basti beeilt sich, meinen Wunsch zu erfüllen, und drosselt den Cascada auf schlappe hundertsechzig herunter. Wir haben den Brenner hinter uns gelassen, grünende Auen und hübsche kleine Dörfchen fliegen vorüber, bläuliche Ausläufer der Alpen locken am Horizont, an der Frontscheibe summt eine deutsche Schmeißfliege, die wir unverzollt als blinden Passagier mitgenommen haben. Sie ist nicht der einzige.

»Magst du mir immer noch nicht verraten, was du in der großen Stofftasche versteckst, Henni?«, bedrängt mich Basti zum x-ten Mal.

»Da sind Noten drin …«

Bastis Hirn ist von simpler Struktur, ohne allzu viele Windungen. Tenor eben. Aber diese Lüge ist selbst für ihn zu dreist.

»Unmöglich. Viel zu leicht …«

Ich habe den Fehler gemacht, ihm mein Gepäck zu reichen, damit er es in seiner Superkarre sinnvoll verstauen konnte. Der Kofferraum dieses Turbogefährts ist jämmerlich klein und stickig, daher musste er die

Stofftasche, auf meinen dringenden Wunsch hin, auf den Rücksitz, gleich neben Friedemann Bond platzieren. Und natürlich – wie kann es anders sein – hat der weltberühmte Gesangspädagoge und Opernstar-Macher eine Katzenallergie. Schon kurz vor dem Brenner fing er an zu keuchen, nieste, schniefte, rotzte ins Taschentuch …

»Nein – im Ernst. Ich glaube, da ist so etwas wie ein Käfig drin …«, beharrt Basti.

»Klar – ich führe meinen Vogel immer mit mir …«

Basti muss über meinen Scherz lachen, der Wagen macht einen winzigen Schlenker. Wir überholen einen Bugatti, der Fahrer trägt Schnurrbart und Sonnenbrille – bestimmt ein Mafioso. Wir sind in Italien.

»Meine Perückensammlung …«

Ich bin fest entschlossen, Walters Anwesenheit so lange wie möglich zu verschweigen. Man weiß ja, wie sehr eine Allergie mit der Psyche zusammenhängt. Wenn Bond erst weiß, dass er direkt neben einem haarigen Kartäuserkater sitzt, erstickt er wohmöglich auf der Stelle und bezahlt mir kein Honorar. Inzwischen habe ich ausgerechnet, wie viel achthundert Euro mal sieben sind, und ich bin unter keinen Umständen bereit, darauf zu verzichten.

»Ich verstehe: Du willst es nicht sagen«, seufzt Basti resigniert.

»Es ist sehr intim …«, antworte ich und blicke schamhaft auf meine bloßen Knie.

Gleich ist er erschrocken und entschuldigt sich für seine aufdringlichen Fragen. Was mag jetzt wohl in seiner Fantasie aufblühen? Dass ich ein Sauerstoffgerät mitführe? Ein Klistier? Konserven einer seltenen Blutgruppe?

»Ich bin manchmal wirklich der Elefant im Porzellanladen, Henni. Ein Trampeltier. Ein gefühlloser Dümmling …«

Was für ein lieber Bursche. Irgendwann wird er eine energische Frau finden, die ihm sagt, was er zu tun hat. Und was er lassen soll. Eine Managerin, die ihn vermarktet und kassiert, während er seine Partien an der Scala und der Met singt. Ohne Zweifel ein einträglicher Job – mit fünfzig spätestens hat man seine Schäflein im Stall und kreuzt mit der Luxusjacht durch die Karibik, eigene Insel mit Prachtvilla inklusive. Nun ja – nichts für Henni. Zu öde.

»Ist schon okay …«

»Nicht böse?«

»Sehe ich so aus?«

Er mustert mich intensiv von der Seite; den direkt vor uns ausscherenden Mercedes bemerkt er erst im letzten Moment und tritt gerade noch rechtzeitig auf die Bremse. Bond gibt ein gurgelndes Geräusch von sich, es klingt, als würde er gerade ersticken.

»Du bist … wundervoll«, seufzt Basti, rollt die Augen und tritt aufs Gas zu neuem Weitenflug.

Im Rückspiegel sehe ich, dass Friedemann Bond den Kopf angelehnt und die Augen geschlossen hat. Seine Brust hebt und senkt sich regelmäßig – er lebt also noch. Walter hat ein Viertelpfund frisches Tatar mitsamt einem sanften Beruhigungsmittel intus – bisher hat er noch nichts von sich gegeben. Außer … öh … er wird doch nicht …

»Die düngen wohl die Felder«, meint Basti und schnüffelt.

»Ja, das kann sein … Oder das ist die Braunkohle, die sie hier irgendwo abbauen …«

»Wie in der guten alten DDR …«

Basti kommt aus Jena. Möglich, dass er dort als Säugling die Braunkohle noch gerochen hat.

»Wollen wir mal irgendwo Rast machen?«

Basti ist sofort bereit, meinem Wunsch zu entsprechen. Er würde vermutlich auch auf den Händen laufen oder sich auf ein Nagelbrett legen, wenn ich es von ihm verlangen würde. Der nächstgelegene Parkplatz ist ein lauschiger Ort inmitten hoher Bäume, von einem Restaurant oder auch nur einem Toilettenhäuschen keine Spur, dafür ein paar Tische aus roh gehämmerten Baumstämmen, die von allerlei Getier weiß bekleckert wurden. Ringsum die Spuren menschlicher Hochkultur in Form von leeren Flaschen, Chipstüten und Kaffeebechern aus Plastik.

Wir sind die einzigen Besucher dieses romantischen Ortes. Basti steigt aus, stöhnt über die Hitze und reckt die Arme, dabei rutscht sein Hemd aus der Hose, und man sieht den rosig gewölbten Bauchansatz. Wenn er so weitermacht, wird er als Lohengrin ein Korsett tragen müssen, der Startenor. Friedemann Bond entsteigt dem Wagen gleich einem Schlafwandler, er atmet tief die mit Abgasen gemischte, sommerheiße Waldesluft und will wissen, wann wir endlich in Florenz sind.

»Stündchen …«, meint Basti mit lächelnder Sorglosigkeit. »Wenn ich den Wagen ausfahre, sind wir vielleicht schon …«

Bond macht eine abwehrende Armbewegung und erklärt, man brauche nicht zu hetzen, der Kurs begänne ja erst morgen. Dann begibt er sich nach links zwischen den belaubten Baumbestand, um dort zwei Tassen Kaffee zu deponieren, die er in der Raststätte kurz nach Bozen zu sich genommen hat. Basti macht eine unbestimmte Armbewegung in meine Richtung und erklärt, gerade mal eben um die Ecke gehen zu wollen. Ich nicke verständnisvoll und warte ab, bis er weg ist, bevor ich die Autotür öffne, um die Stofftasche vorsichtig herauszuheben. Darin steht Walters Katzenkorb.

Das Katerchen glotzt mich schlaftrunken an, gähnt und streckt kurz die Krallen aus. Er wirkt sehr entspannt, seine Blase ist es wohl auch. Das Kissen, auf dem er liegt, hat sich komplett vollgesogen und stinkt nach brünstigem Kater. Zum Glück findet sich eine zusammengerollte Decke im Kofferraum, ein karierter Wollstoff von bester Qualität, der Walter gefallen wird.

Kater raus, Kissen unters Auto, Decke in den Katzenkorb, Kater drauf. Wäre mein süßer grauer Katzenkorbhasser in Normalform, hätte ich für diese Aktion eine gute Stunde und einige Tricks einplanen müssen. Aber so grunzt er nur unwillig, trinkt ein wenig Wasser aus der mitgebrachten Flasche und blinzelt erstaunt in die Umgebung.

»Gleich«, flüstere ich ihm zu. »Stündchen oder zwei.«

Ich kraule ihm die Ohren, bevor ich den Korb wieder schließe, und er fängt an zu schnurren. Hoffentlich schläft er noch ein Weilchen, das würde Bonds Nervenkostüm guttun. Und meinem auch. Die Zeit reicht gerade noch, um einen Abhang hinaufzusteigen und hinter einem Baum zu verschwinden, wobei ich den Ameisenhaufen unter mir erst entdecke, als die Belegschaft schon ausgeschwärmt ist. Unfassbar, wie ungerecht die Natur doch ist – ein Mann kann solche Sachen im Stehen erledigen.

Als ich hinter meiner Deckung wieder hervorkomme, stelle ich fest, dass Bastis metallicblauer Cascada Gesellschaft bekommen hat. Ein Kleinlaster in Hässlich-Grau nähert sich den rustikalen Picknicktischen, ein uraltes Teil, das mit einer flatternden Plane abgedeckt ist. Er rumpelt an dem blitzenden Touristenauto vorbei, staubt uns ordentlich ein und hält ein gutes Stück entfernt, dicht am Gebüsch. Zwei junge Männer entsteigen dem Führerhaus, schwatzen irgendetwas auf Italienisch und beeilen sich, im Wald zu verschwinden. Dort stoßen sie mit Basti zusammen, der sie leutselig mit einem frohen »Buongiorno, signori!« begrüßt. Während er an den braun gebrannten Italos vorbei den kleinen Hang hinunterstolpert, prüft er rasch noch mal seinen Hosenschlitz, dann eilt er auf mich zu, will wissen, ob ich eine eisgekühlt Cola oder lieber eine Limo möchte.

»Ich hab extra eine Kühlbox gekauft, die man an

den Zigarettenanzünder anschließen kann. Superteil das.«

Es ist wirklich rührend, wie er so verschwitzt, staubverklebt und mit beginnendem Sonnenbrand auf Nacken und Armen vor mir kniet und in seiner Kühlbox herumwühlt. Die Colaflasche, die er für mich öffnet, entlässt ihren schäumenden Inhalt auf seine hellen Hosen; er behauptet, das mache nichts, er werde in der Villa sowieso nur Shorts tragen.

»So knackig braun wie du werde ich leider nicht«, gesteht er und wischt die Colaflasche mit einem Papiertaschentuch ab, bevor er sie mir reicht. »Eher rosa. Wie ein Roastbeef medium …«

Seine Scherze sind mitunter etwas derb bis eklig. Aber immerhin kann er sich selbst auf die Schippe nehmen, was bei Friedemann Bond bestimmt nicht der Fall ist. Der Typ ist komplett von sich selber überzeugt.

»Wo ist eigentlich Friedemann? Hoffentlich hat er sich nicht im Wald verirrt …«

Ich lache dümmlich und begreife erst dann, dass Basti im Ernst geredet hat. Friedemann Bond, so erfahre ich, habe keinerlei Orientierungssinn, sie hätten sich vor einigen Wochen im Restaurant des Frankfurter Palmengartens verabredet, aber Bond sei nicht erschienen. Später hätte er erfahren, so Basti, dass sein Gesangslehrer stundenlang durch den Park geirrt sei, ohne das Restaurant zu finden. Dabei stünden überall Hinweisschilder.

Großer Gott. Was für ein Glück, dass die beiden

sich nicht im Englischen Garten in München verabredet hatten, dort würde Bond vermutlich heute noch umherstolpern. Ich denke an meine siebenmal achthundert Euro und gerate in Sorge. Gewiss ziehe ich – seitdem Papa in mein Leben getreten ist – ungeklärte Todesfälle wie magisch an. Aber das muss ja nicht ausgerechnet Bond sein. Zumindest nicht, bevor er mich bezahlt hat.

»Wir sollten ihm vielleicht eine akustische Hilfe geben«, schlage ich vor.

Basti nickt, beugt sich vor und drückt mehrfach auf die Hupe.

Beep ... Beep ... Beep ...

»Sonderanfertigung ...«, verkündet er stolz.

Drüben stürzen die beiden Italos aus den Büschen, einer hat noch die Hosen offen, beide starren uns an, als hätten wir mit einer Kalaschnikow auf die Picknicktische geschossen. Großer Gott – wie empfindlich die Leute hierzulande doch sind. Dabei hupen sie doch selber mit Leidenschaft.

»Vielleicht singe ich besser ...«, überlegt Basti. »Das lockt ihn sicher herbei ...«

»Ja, sing das Teil aus der ›Zauberflöte‹«, witzele ich. »Papagena, liebes Täubchen ...«

Er schenkt mir einen liebevollen Blick – urgs, das mit dem Täubchen hat er ganz falsch verstanden – und bemerkt, er sei aber Tenor und wolle daher lieber etwas »schmettern«.

»Bitte sehr ... Schmettere!«

Gleich darauf pfeift mir das Trommelfell, denn

seine Jahrhundertstimme hat die Durchschlagskraft einer Stahlkugel.

»La donna è mobileee, qual piuma al ventoooo …«

Dagegen ist die Autohupe ein sanftes Säuseln. Drüben bei den Italos wandelt sich das Entsetzen in Heiterkeit, die Burschen fangen an zu grinsen, der eine reißt die Kappe herunter und winkt uns damit zu. Dann machen sie mit, singen die Arie des untreuen Grafen mit Leidenschaft, begleitet von den zugehörigen Gesten. Was für ein opernbegeistertes Völkchen, diese Italiener. Wie es scheint, können sie ihren Verdi auswendig … »O wie so trügerisch sind Weiberherzen, mögen sie kla-ha-gen, mögen sie sche-her-zen …«

»… è sempre misero, chi a lei s'affida …«

Basti ist ein wenig verblüfft über seine Wirkung, auch gefällt es ihm gar nicht, im Terzett zu singen, aber er hält wacker durch. Sein Brustkorb ist der perfekte Blasebalg. Während seine Mitsänger drüben herumhampeln, sich vor- und zurückbiegen, mit den Armen wedeln, steht Basti steif wie ein teutonischer Holzklotz, und die Töne entströmen seiner Kehle scheinbar ohne jegliche Anstrengung. Wenn auch zunehmend knödeliger. Wohl wegen der Sorge um den Meister.

Ich sorge mich inzwischen um Walter von Stolzing, den das Trio tenorale aus seinem Baldrianschlummer erwecken könnte. In diesem Fall käme er unweigerlich auf die Idee, mitzusingen …

Zum Glück stürzt bei der letzten Strophe ein leicht zerzauster Friedemann Bond aus dem Wald hervor, blickt wild um sich, streift sich einen abgerissenen Pinienzweig von der Schulter und steigt den niedrigen Abhang hinab. Basti hört vor Freude auf zu singen, die Italos halten noch ein Weilchen durch und bringen die Arie zu Ende. Wenn auch nicht in der Tonart, in der sie sie begonnen haben.

»Ha!«, schreit der Meister uns begeistert entgegen. »Das ist Belcanto naturale. Diese Lockerheit der Kehle!«

Basti strahlt, weil er sich vom Maestro gelobt glaubt. Er hat aber auch wirklich alles gegeben, der brave Bursche.

»Davon kannst du dir eine Scheibe abschneiden!«, fährt Bond fort und winkt den beiden Italienern zu, die jetzt das Singen einstellen und sich daranmachen, die Plane ihres Kleinlasters mit einer Schnur zu befestigen. »Die sind alle geborene Sänger, diese Italiener.« Offene Kehle. Lockeres Kinn. Bla, bla, bla … Blau blüht Barbaras bammelnder Busen …

Ich kenne eine Menge sinnloser Phrasen, mit denen Gesangslehrer ihre armen Schüler zu Volldeppen machen. Diese ist eine der dämlichsten …

»Wenn ihr's nicht fühlt, ihr werdet's nicht erjagen …«, zitiert Bond seinem Meisterschüler ins enttäuschte Gesicht. »Aber vielleicht wird uns die Atmosphäre dieses Landes, das Kunst mit Schönheit und Natur vereinigt, gnädig sein, und du wirst endlich dein verklemmtes Kinn lockern, Sebastian!«

»Aber ich …«, stottert der unglückliche Jahrhunderttenor.

»Sonst sehe ich schwarz für unsere Chancen beim Verdi-Wettbewerb!«, prophezeit Bond mit düsterer Miene.

Drüben wird offensichtlich eine Ladung Weinfässer festgezurrt; diese naturbegünstigten Sänger mit den lockeren Kinnladen gehen recht unbefangen mit dem guten vino um. Haben ja auch genug von dem Zeug, besonders der Chianti soll hierzulande ausgezeichnet sein. Landwein, in heißer Sonne gereift und ungepanscht …

»Fahren wir jetzt weiter, oder wollen wir hier die Nacht verbringen?«, nörgelt Friedemann Bond und reißt die Beifahrertür auf.

Ich trinke ungerührt meine Cola aus, Basti stürzt auf seinen Fahrersitz und lässt den Motor an. Die singenden Weintransporter haben ihre Ladung festgezurrt, sie starten ebenfalls und schleusen sich in den Autobahnverkehr ein. Viel ist um die Mittagszeit sowieso nicht los, nur die Touristen und die Gangster fahren jetzt in der Gegend herum.

Basti hat sich nach zehn Minuten wieder gefangen, Ärger und Enttäuschungen haften nicht lange in seinem harmlosen Gemüt. Man umfährt das schöne Florenz in westlicher Richtung, und Bond schwärmt von der Schaumgeborenen, die in den Uffizien lichtgrünen Fluten entsteigt.

»Florenz sehen und sterben!«, stöhnt er wonnevoll.

»Ach Gott!«, meint Basti mitfühlend. »Smog und dazu noch Feinstaub, wie?«

Bond würdigt ihn keiner Antwort, er hustet und sucht nach seinem Taschentuch.

»Irgendetwas ist merkwürdig in diesem Wagen …«

»Der Motor ist's nicht«, vermeldet Basti. »Der schnurrt wie ein Kätzchen.«

»Was ist eigentlich in dieser Stofftasche, Sebastian?«

Basti ist die Frage schrecklich unangenehm. Weil er doch weiß, wie peinlich berührt ich bin, wenn es um ihren Inhalt geht.

»Ich weiß es nicht, Friedemann …«

»Wieso weißt du das nicht?«

Basti konzentriert sich auf ein waghalsiges Überholmanöver. Bond geht zu einer Aufklärungsaktion über, indem er das Trageband beiseiteschiebt und die Stofftasche oben auseinanderzieht.

»Das ist ein … ein Geflecht … ein Korb …«

Ein Niesanfall schüttelt ihn, man hört auch ein Fauchen und einen lang gezogenen drohenden Laut.

Basti ist blass geworden. Er sieht mich entsetzt von der Seite an, und ich fühle mich wie eine ganz gemeine, hinterhältige Haustierschmugglerin.

»Was ist in dem … tschi … in dem Korb?«, keucht Bond.

»Das würde mich jetzt auch interessieren«, pflichtet Basti bei.

Na schön, denke ich. Die Stunde der Wahrheit. Musste ja irgendwann kommen. Und außerdem sind wir schon fast da.

»In dem Korb?«, tue ich harmlos. »Da ist … ein Kartäuser drin.«

»Was zu essen, wie?«, vermutet Basti. »Parmaschinken oder so …«

Das Fauchen wird zorniger. Bond hat versucht, den Deckel des Katzenkorbs aufzuschnallen. Ich mache einen letzten Versuch.

»Ein Kartäuser, das ist ein … äh … ein Mönchsorden …«

Bond zieht bereits die Luft pfeifend durch die Bronchien. Alles die Psyche. Wenn Walter doch nur ein paar Minuten länger still gewesen wäre.

»Würdest du bitte dort bei der Raststätte abbiegen, Basti …«, beende ich das Rätselraten. »Mein Kater braucht frische Luft.«

»Kater … Katzenhaare …«, röchelt Bond. »Der Tod auf vier Pfoten …«

Wir fahren auf Feldwegen weiter, die Fenster allesamt geöffnet, Staub durchweht den Wagen, zahllose graue Katerhärchen verteilen sich aus dem Katzenkorb auf meinen Knien in die sanften Hügel der Toskana …

Die Villa Mandrini ist ein Kleinod inmitten eines verwilderten, von einer niedrigen Steinmauer umgrenzten Parkgeländes. Ein leicht heruntergekommenes Kleinod, denn von Villa und Nebengebäuden bröckelt der weiße Putz ab, auch die vier dorischen Säulen, die den Vorbau stützen, sind von dunklen Linien durchzogen. Dennoch wirkt das Anwesen auf den ersten Blick herrschaftlich und auf den zweiten malerisch. In Italien stellt man einfach ein Terrakottagefäß mit einem blühenden Zitronenbäumchen vor die Bauschäden – und schon wird aus einem kaputten Gemäuer ein romantischer Ort.

»Mein Gott – wie schön!«, stöhnt Basti. »Alter römischer Adel. Schaut doch das Tor und die Zypressenallee. Was steht da über dem Eingang in rostigen Lettern?«

»Siebzehnhundertfünfzig …«, lese ich.

»Das war noch vor der Französischen Revolution …«

»Da trieb Giacomo Casanova sein Unwesen, und die Leute haben sich gegenseitig Giftcocktails verabreicht …«

Basti lächelt mir zu.

»Na endlich«, knurrt Friedemann Bond auf dem Rücksitz. »Ich brauche jetzt eine Dusche, sonst falle ich auf der Stelle tot um!«

Beim Anblick der dreistöckigen Villa mit den hohen Fenstern und grünen Fensterläden kommt mir ein Gespräch in den Sinn, das ich auf Kerchenstein – völlig unabsichtlich – mit angehört habe. Oma hatte spät am Abend noch einen kleinen Spaziergang mit Alessandro Mandrini unternommen, und die beiden standen – so ein Zufall – im Innenhof genau unter meinem Fenster, als sie einen kleinen Abschiedsplausch hielten.

»Es war eine deiner verrücktesten Ideen«, sagte Oma vorwurfsvoll. »Das arme Mädel in dieses grässliche Gemäuer zu locken.«

»Ich bitte dich, meine Verehrteste! Die Villa Mandrini ist ein Ort der Kunst und der Lebensfreude …«

»Das war es vielleicht einmal«, beharrte Oma. »Aber auch Kunst und Lebensfreude müssen hin und wieder renoviert werden. Hättest du auf deinen Sohn gehört …«

»Ich lasse mir von Carlos keine Vorschriften machen, Anna! Niemals wird dieser bezaubernde Ort zu einem schnöden Vier-Sterne-Touristenhotel werden … Nur über meine Leiche!«

»Da lässt du lieber alles verfallen. Bravo, Alessandro! Du bist schon immer ein sturer Hammel gewesen!«

Oma nimmt niemals ein Blatt vor den Mund. Aber der Conte ist ihr in dieser Hinsicht mehr als gewachsen.

»Meine liebe Anna, ich weiß schon, was dir an meiner Idee so missfällt. Du sähest deine hübsche Enkelin lieber als Gräfin von Rodenstock oder Prinzessin von Hessen. Aber – verzeih mir die freimütige Meinung – dazu scheint mir Henriette, diese begabte junge Frau, zu schade.«

Wenn ich mich recht erinnere, dann sagte er sogar noch etwas von »Künstlerin, die ihren eigenen Weg gehen müsse«, womit er Oma endgültig auf die Palme brachte. Vermutlich ließ sie ihn einfach stehen, denn ich hörte die Turmtür knarrend ins Schloss fallen.

»Gute Nacht, liebste Anna …«, sagte Mandrini noch leise in die Dunkelheit hinein. »Gott erhalte dir dein wundervolles kämpferisches Temperament.«

Er ist schon ein großartiger alter Knabe, dieser Alessandro Mandrini. Vor allem ist er der einzige, der keine Angst hat, Oma seine Meinung zu sagen. Vielleicht ist das sogar das Geheimnis ihrer lebenslangen Freundschaft …

Basti fährt durch die Zypressenallee in Richtung Säulenvorbau, biegt dann jedoch links in den Innenhof der Anlage ein, wo bereits zwei Autos mit deutschen Nummernschildern unter einer Pinie geparkt sind. Der Nadelbaum beherrscht den Hof mit eindrucksvoll zerfurchtem Stamm und schirmartig ausgebreiteten Ästen – vermutlich wurde er noch zu Casanovas Zeiten gepflanzt. Die Gebäude ringsum sind eher rustikal, aus rötlichem Stein erbaut und bis auf das Wohnhaus nur einstöckig. Pferdestall, Remise, Scheune, Gesindehaus – man kann die ehemalige Bestimmung recht gut erraten. Alles brütet in der heißen Nachmittagssonne vor sich hin, das Unkraut zwischen den Steinplatten wirkt matt und durstig, auf den steinernen Fenstersimsen kann man vermutlich Spiegeleier braten.

»Benvenuto!«, schreit eine weibliche Stimme über den Hof. »Benvenuto auf Villa Mandrini!«

Eine füllige Italienerin watschelt auf uns zu, eine richtige »Mamma Italia«, im schwarzen Kleid mit breiter weißer Schürze, das Haar im Nacken aufgesteckt, zarter dunkler Flaum auf der Oberlippe, wunderschöne schwarze Augen unter dichten Brauen. Das muss die Frau des Verwalters sein, wie hieß er noch? Schlot, Schornstein, Kamin … Camino. Genau.

»Hatten Sie gute Reise?«, erkundigt sich Mamma Italia.

»Grauenhaft!«, sagt Bond und schleudert ihr einen Hustenanfall entgegen. »Führen Sie mich prego auf mein Zimmer. Presto. Prestissimo.«

»Perdindirindina!«, ruft sie und schützt sich mit beiden Händen vor Bonds Hustenfeuchte. »Sie haben Erkaltung … Ich mache warme Halswickel … tè al limone … vino rosso …«

»Vino rosso …«, nickt Friedemann Bond zufrieden. »Molto bene!«

»Sì, signore … das Beste gegen Erkaltung …«

Er wirft mir noch einen vorwurfsvollen Blick zu und begibt sich dann in die Obhut von Mamma Italia. Jetzt ist auch ihr Ehemann aus einer der Pforten in den Hof getreten, er ist dürr und knickbeinig, dafür besitzt er einen grauen Schnauzbart von ungewöhnlicher Größe. Im Gegensatz zu seiner redefreudigen Gattin grüßt er uns nur, indem er seinen speckigen Strohhut etwas weiter in die Stirn schiebt. Dann winkt er über die Schulter, und aus dem dunklen Hintergrund tritt ein junger Mann hervor.

Augenblicklich habe ich Hitze, Ärger und schlechtes Gewissen komplett vergessen, denn dieser junge Italiener fasziniert mich. Äußerlich ist er nichts Besonderes, mittelgroß, schlank, dunkles krauses Lockenhaar, blaue Augen. Tatsächlich – ein schwarzhaariger Typ mit blauen Augen. Schluck. Genau mein Fall. Besser gesagt: die Falle, in die ich jetzt hineintappen werde …

»Bruno Sonego …«, stellt er sich höflich vor und greift dabei schon nach dem Katzenkorb.

»Henriette von Kerchenstein … Danke, den Korb trage ich selbst. Wenn Sie vielleicht die Tasche und den Rucksack nehmen würden …«

Er tut, was ich von ihm verlange, greift sich dazu noch Bonds überdimensionalen Koffer und lässt mir den Vortritt. Wir gehen durch einen Billardraum in die Bibliothek, von dort aus in einen kühlen, dämmrigen Flur, der einen recht düsteren Eindruck macht. Antike Schränke und Kommoden reihen sich aneinander, dazwischen hängt ein gruselig hässlicher Wandteppich, auf dem eine biblische Szene abgebildet ist. Eine breite Treppe aus grauem Marmor führt in den ersten Stock hinauf.

»Meine Tante hat die Damen im ersten Obergeschoss, die Herren einen Stock darüber einquartiert«, verkündet Bruno, der sich dicht hinter mir hält. »Ich hoffe, es ist Ihnen recht so …«

»Wenn's sein muss«, meint Basti, der mit zwei Taschen hinter Bruno herkeucht. »Wie früher bei den Schülerfreizeiten … Buben und Mädel streng getrennt …«

Er wirft mir einen sehnsüchtigen Abschiedsblick zu und nimmt Bruno den Koffer seines Meisters ab. Mit allerhand Reisegepäck beladen, steigt er wackelig die nächste Marmortreppe empor, vermutlich will er mir beweisen, dass er es an Muskelkraft locker mit dem Italiener aufnehmen kann.

»Ein Sänger?«, will Bruno wissen, als Basti oben angekommen ist.

»Jahrhunderttenor …«

»Ah …«, macht Bruno beeindruckt. »Netter Kerl. So fröhlich …«

»Ja, das ist er …«

Der Flur ist angenehm kühl, eine Tür steht halb offen, flirrendes Licht liegt als goldfarbiges Rechteck auf den grauen Bodenfliesen. Brunos Augen leuchten in klarem durchscheinendem Blau.

»Und du? Singst du auch?«, fragt er leise.

Er gefällt mir immer mehr. Macht kein Theater,

bleibt ganz cool. Aber interessiert. Sehr sogar. Und wie er lächelt. Er hat Charme, der Bursche.

»Ich bin die Frau am Klavier.«

Das scheint ihm zu gefallen. Ob ich den Flügel sehen wolle.

»Klar. Aber erst mein Zimmer.«

Sein Blick fällt auf den Korb, den ich vorsichtig vor mir hertrage, und er grinst.

»Hund, Katze, Maus?«

»Kartäuserkater. Woher kannst du so gut Deutsch?«

»Hab in Köln Germanistik und Publizistik studiert.«

Er ist Journalist, arbeitet bei einer Zeitung in Rom. Jetzt macht er gerade Ferien bei Onkel und Tante in der schönen Toskana. Und er mag Katzen. Gemeinsam sehen wir zu, wie Walter von Stolzing aus dem Katzenkorb steigt, das altmodisch eingerichtete Schlafzimmer untersucht und unter dem wackeligen Bett fündig wird.

»Mäuse …«, sagt Bruno mit bedauerndem Blick in meine Richtung. »Sie leben in diesem Gemäuer seit vielen Generationen. Die Katzen übrigens auch. Sehr viele davon. Ist dein Kater kastriert?«

»Natürlich nicht!«

»Dann hat er aufregende Nächte vor sich!«

Wir überlassen Walter den jahrhundertealten Mauselöchern und gehen hinüber ins Musikzimmer, das praktischerweise gleich neben meinem Schlafgemach liegt. Ein mittelgroßer Raum, helle Marmorfliesen auf dem Boden, Geigen an den Wänden, zwei Schränke aus poliertem Holz voller leinengebundener Notenbände mit Golddruck, durch die halb zugeklappten Fensterläden flimmert das Sonnenlicht. In der Mitte steht ein Konzertflügel eines mir unbekannten Herstellers, ein edel aussehendes Teil, braunes Holz mit Goldrand, Beine im »Barokokostil« geschwungen, mehrere Scharten und Kratzer auf dem polierten Deckel.

»Haben die da drauf Stepptanz geübt?«, knurre ich verärgert. Ich kann es nicht leiden, wenn man einem schönen und teuren Instrument den Respekt versagt.

Bruno hebt bekümmert die Schultern. Er weiß es nicht. Leider. Er spielt nicht Klavier, dafür aber Tennis, Fußball und Domino.

Ich klappe den Deckel hoch und entnehme dem Instrument zwei gebrauchte Cognacgläser und eine halb gefüllte verkorkte Flasche, in der eine gelbliche Flüssigkeit schwappt. Unglaublich!

»Nicht aufgeräumt nach dem letzten Spieleabend, wie?«

Er ist ehrlich verblüfft, entkorkt die Flasche, riecht daran, schüttelt sich und stöpselt sie wieder zu.

»Ich hab damit nichts zu tun«, sagt er. »Ich schwöre es dir!«

Er reckt sich, um das Innere des Instruments gründlich zu mustern, kann jedoch nichts weiter darin entdecken. Außer den hart gespannten Stahlsaiten, über die er jetzt sacht den Fingernagel gleiten lässt. Es klingt zart wie der Nachklang einer Engelsharfe, dazu schaut er mich traumverloren an, wie seinerzeit Raffael, der Schwarm aller Römerinnen, auf seinem berühmten Selbstporträt. Ich muss mich wappnen, sonst bin ich verloren.

»Lass das«, knurre ich. »Die Saiten oxidieren, wenn man sie anfasst.«

»Verzeihung!«, sagt er, hebt die Hände und macht eine komische Verbeugung. »Ich lasse dich wohl besser mit dem Instrument allein. Willst du den Whisky hierbehalten?«

»Höchstens zu Reinigungszwecken …«

»Dann räume ich das wohl besser ab.«

Er klemmt sich die Flasche unter den Arm und nimmt die Gläser mit großer Vorsicht in die Hände – vermutlich, um sie seinem Onkel zu bringen. Ob der alte Camino hier im Musikzimmer mit einem Kumpel heimlich Whisky säuft? Vielleicht weil seine Eheliebste ihm nur den guten vino rosso gestatten will? Schon komisch. Bruno scheint jedenfalls nichts davon gewusst zu haben.

Andachtsvoll klappe ich den Deckel der Tastatur hoch, schiebe den brokatbespannten Hocker zurecht und schlage einen C-Dur-Akkord an.

»Heilige Cäcilia!«

Der Akkord schwankt im Raum wie eine Donauwelle bei Sturm und durchzieht meine Gehörgänge mit einer prickelnden Gänsehaut. Na prima – habe ich es doch geahnt –, das Teil ist komplett verstimmt. Das bedeutet mehrere Stunden Arbeit, und zwar möglichst noch heute, denn morgen um neun Uhr will der

Maestro pünktlich damit beginnen, seinen Schäflein den letzten Schliff zu verpassen.

Apropos Schäflein … höre ich da nicht Stimmen aus dem Garten? Ich gehe zu einem der Fenster, öffne den Riegel der vorgeklappten Fensterläden und schiebe sie auseinander. Welch bezaubernder Anblick! Weiche Hügel in zartem Grün und hellem Gelb bis an den Horizont, eine Landstraße windet sich zackenförmig zu einem bäuerlichen Anwesen hinauf, das von dunkelgrünen Säulenzypressen malerisch beschattet wird. Goldfarbig liegt das Abendlicht auf dem Land, lässt es in weichen Tönen leuchten und weckt die Sehnsucht, dem dunklen Zimmer zu entfliehen und in die lockende Ferne hinauszulaufen …

»Come on … hier ist meine Faust … Get away from my car …«

Beim drohenden Klang der Bassstimme falle ich aus der romantischen Stimmung und blicke nach unten. Auf einer Terrasse sitzen zwei Frauen und ein braunhaariger Bär auf weißen Plastikstühlen um einen weißen Plastiktisch. Die einstmals kunstvoll gearbeitete Terrassenbrüstung wird an mehreren Stellen von blühenden Pflanzen in Terrakottagefäßen verdeckt. Aus bekannten Gründen.

»Und dann hast du ihm tatsächlich eine reingehauen?«, fragt eine der beiden Frauen. Sie ist mehr als üppig, hat sich aber trotzdem in den Plastikstuhl gequetscht, sitzt dort weit zurückgelehnt, den Rock hochgezogen, und streckt die weißen Säulenbeine der Abendsonne entgegen.

»Das hätte ich ganz sicher getan, Ricci«, sagt der braunhaarige Bär mit Eifer. »Aber der Feigling hat sich davongemacht ... Goodness me! Während ich stehe und auf die Stadt Florenz schaue, this guy will meine Reifen durchstechen. Mit einem Messer, so lang wie ein Normannenschwert ...«

»Beeindruckend«, meint die Üppige, die er mit Ricci angeredet hat. »Solche Abenteuer haben wir nicht vorzuweisen, was, Atzko?«

Atzko ist zierlich mit einem zarten dreieckigen Gesicht. In einem früheren Leben ist sie vermutlich so was wie eine Geisha gewesen. Sie nickt und wehrt eine vorwitzige grüne Libelle ab, die auf ihrem schwarzen Haar landen will.

»Wir hatten gar kein Abenteuer«, meint sie leise und mit sanftem Bedauern. »Nur eine Unfall auf Autobahn. Viel Krankenwagen und blaue Lampen. Arme Frau auf Trage war vielleicht tot ...«

Ricci kratzt sich ausgiebig den blassblonden, dauergewellten Schopf. Die Libelle ist listig von der anderen Seite auf ihr Ziel zugeflogen und sitzt nun auf Atzkos blauschwarzem Haar wie eine glitzernde grüne Haarspange. Von oben betrachtet sieht es hübsch aus ...

»Ja, so schnell kann es gehen ...«, seufzt Ricci. »Wo ist eigentlich Claudia? Wollte sie nicht mit dem Zug kommen?«

»Ja, mit Zug«, bestätigt Atzko. »Sie will erst fliegen bis Pisa und dann Zug fahren. Vielleicht auch Autostopp machen ...«

Der Braunbär vollführt eine heftige Armbewegung, die seine Empörung ausdrückt.

»Eine Frau sollte nicht per Anhalter fahren. Da kann ja alles Mögliche passieren ...«

Atzko lächelt ein geheimnisvolles Asiatenlächeln.

»Doch nicht Claudia ...«

»Nee«, meint auch Ricci und schüttelt den Kopf. »An die geht kein Deubel ran. Hat jetzt auch noch eine feste Zahnspange ...«

Der braunhaarige Bär verzieht das Gesicht und schweigt.

»Obwohl ...«, sagt Atzko leise und schaut sich um, ob auch niemand zuhört. »Gibt auch Perverse ...«

Nette Kollegen. Immer einen Scherz auf den Lippen. Aber so sind sie, die Künstler – lassen an der Konkurrenz kein gutes Haar. Diese Claudia, über die sie gerade herziehen, ist vermutlich keinen Deut besser. Wie die wohl singen kann mit einer festen Zahnspange? Da vibrieren doch sicher alle Drähte.

»Holla! Feind hört mit!«, brüllt der Braunbär plötzlich und starrt nach oben. »Da steht die Hexe Loreley am Fenster und kämmt sich ihr goldenes Haar!«

Atzko schaut mit erschrockenen Augen zu mir hinauf. Ihr Gesicht ist blass, die Nase flach, der Mund klein wie eine zerdrückte Kirsche, die Augen mandelförmig. Ich kann sie auf Anhieb nicht leiden, was auf Gegenseitigkeit beruht. Die andere gefällt mir besser. Ricci runzelt ärgerlich die Stirn und will wissen, wie lange ich schon da stehe.

»Seit heute Morgen. Die Loreley wartet oben auf

ihrem Felsen auf den Fischer im Kahn, um ihn – frei nach Heini Heine – mit wildem Weh zu ergreifen ...«

Der Braunbär grinst, Atzko blinzelt und schweigt. Ricci mustert mich neugierig und will wissen, ob ich Sopran oder Alt singe.

»Ich bin Henni, die Pianistin ...«

»Ach, du spielst nur Klavier ...«, meint Atzko beruhigt.

Ich spiele auch Querflöte und singe Altpartien, du blöde Schnepfe, denke ich. Aber das sage ich ihr nicht, stattdessen lächle ich.

»Deine grüne Haarspange ist zauberhaft, hast du sie in Italien gekauft?«

»Haarspange? Ich habe kein Haarspange ... Iiii! ...«

Sie schüttelt sich, greift in ihr Haar, und die arme Libelle hat Mühe, ihr zu entkommen.

»Libellen können ja angeblich mit ihrem Stich einen Menschen töten«, verkünde ich.

Diese hat leider keine Lust dazu, sie schwirrt davon.

»Kommst du nachher runter?«, fragt Ricci. »Wir wollen was kochen und zusammen essen. Chianti ist auch da ...«

»Gern«, sage ich. »Muss nur den Flügel stimmen. Das wird ein Weilchen dauern.«

»Ach du Jammer«, seufzt Ricci. »Kriegst du das auch hin?«

»Ich gebe mein Bestes.«

Während ich meinen Stimmschlüssel im Rucksack suche, stelle ich fest, dass Walter unser Schlafzimmer verlassen hat. Vermutlich stattet er den hier ansässigen Katzendamen einen Antrittsbesuch ab. Soll er meinetwegen ein wenig Spaß haben, bis in neun Wochen die Alimente eingeklagt werden, sind wir sowieso über alle Hügel. In düsterer Laune kehre ich ins Musikzimmer zurück, öffne alle Fensterläden, um die kühle Abendluft in den Raum zu lassen, und beginne mein Werk. Ätzend, so ein Instrument, das seit Jahren ungestimmt in der Gegend herumsteht. Da müht man sich, schraubt und horcht und schraubt, bis der Ton endlich stimmt, und dann kann es sein, dass morgen früh alles wieder verrutscht ist. Oma hatte vollkommen recht, als sie sagte, dies sei einer von Mandrinis verrücktesten Einfällen. Was für eine schwachsinnige Idee, in diesem verkommenen Gemäuer einen Gesangskurs abzuhalten!

Während ich mich mühe und immer wieder Töne und Akkorde anschlage, tobt unten auf der Terrasse das pralle Leben. Basti und der Maestro sind zu den anderen gestoßen, man lobt die leckeren Bruschetta, Käse, Oliven, Schinken und vieles andere, auch von vino rosso wird gesprochen. Basti schmettert: »Ja, ja, der Chiantiwein, der lädt uns alle ein ...«, und der Braunbär, der sich Alan nennt und aus Kanada stammt, singt dröhnend von dem Glas voller Reben, mit dem er im tiefen Keller sitzt. Stimme haben sie ja, die Meisterschüler von Mr. Bond, wenn sie so unbelastet von Wettbewerben loslegen, hört man ihnen gerne zu. Ricci könnte locker in Bayreuth Furore machen. Aber da wollen die meisten Sänger gar nicht mehr hin, weil die so wenig zahlen, die Wagners, die Geizknochen ...

»Hört das Geklimper da oben endlich mal auf!«, brüllt Friedemann Bond in meine Richtung. »Völlig verstimmt, das Gerät. Meine armen Ohren!«

Der Typ ist noch viel dämlicher, als ich dachte! Wie es scheint, hat er sich voll und ganz dem Chianti ergeben, der Opernstar-Macher. Ich arbeite verbissen weiter, ärgere mich über meine verdammte Geldgier, über Mandrinis Schnapsideen, über diese gammelige Mäuseherberge von Villa, wo man einen wertvollen Flügel einfach so verkommen und die Pianistin verhungern lässt. Zwischendrin kommt zum Glück Basti zu mir herauf und bringt mir einen Teller voller Bruschetta mit Käse und Oliven, dazu ein Glas Wein. Er ist doch ein lieber Kerl, unser Jahrhunderttenor.

»Nimm ihn einfach nicht ernst, Henni«, flüstert er mir zu. »Er ist nicht ganz bei sich. Morgen wird er dir dankbar sein …«

Dass Bond das Wort Dankbarkeit kennt, bezweifle ich, aber Bastis liebevolle Beschwichtigungsversuche rühren mich. Ricci hat extra drei Bruschetta mit Tomate für mich zur Seite gelegt, und Alan hat mir das letzte Stück Käse geopfert. Es gibt noch Liebe unter den Menschen!

Gegen Mitternacht, als unten die Party bereits abgeflaut ist, bin ich endlich zufrieden, spiele noch ein Präludium von Meister Bach und setze einen kleinen Mozart nach. Vermisse ein wenig den charmanten Bruno mit den klaren blauen Augen, der sich den ganzen Abend über nicht blicken lässt. Nun ja – er ist der

Neffe des Verwalters und kann sich nicht so einfach unter die Gäste des Conte Mandrini mischen.

Auf der Suche nach dem Badezimmer stoße ich im dunklen Flur mit einem Gespenst zusammen. Wir schreien beide auf vor Schreck, ich finde den Lichtschalter und erblicke eine dürre bebrillte Person, blass und staubbedeckt, eine Reisetasche in der Hand.

»Claudia?«

Sie lächelt erleichtert. Ihre Zahnspange blitzt metallisch auf.

»Bin in den falschen Zug gestiegen … Völlig fertig …«

Sie duscht eine gute halbe Stunde und schnarcht anschließend im Nebenzimmer wie ein Sägewerk. Wohl wegen der Zahnspange …

Aber egal – ich habe heute schon achthundert Mäuse verdient …

An erholsamen Schlaf ist in dieser Nacht nicht zu denken. Schon wegen der sägenden Claudia, deren Schlafgeräusch mühelos alle Wände durchdringt, aber auch, weil die Abwasserrohre des Herrenbadezimmers eine Etage höher an meiner Zimmerwand entlang verlaufen. Genauer gesagt: an der Wand am Kopfende meines Bettes. So sind sie, die Kerle: Sextanerbläschen – aber Chianti saufen wie die Großen. Mein Versuch, das Bett an eine andere Wand zu schieben, scheitert an dem Gewicht des altmodischen Möbelstücks, das hohe, bleischwere Kopf- und Fußteile hat. Für ein Weilchen sinke ich trotz allem in süßen Schlummer, dann weckt mich ein Sängerstreit, der sich – wie könnte es anders sein – im Garten, genau unter meinen Fenstern, abspielt.

»Roooaaauuu!«

»Ruuuaaaooo!«

Walter von Stolzing singt durchdringend wie ein Wagnertenor, dazu faucht und spuckt er, grollt und knurrt, jault und jodelt. Der andere – ohne Zweifel ein gebürtiger Italiener – steht ihm in nichts nach, er röhrt allerdings eher im Bariton, dafür ohne Zweifel mit dem lockeren Kinn der glücklichen Südländer.

»Ruhe!«, brüllt jemand aus dem zweiten Stock. Es muss Basti sein, das höre ich am tenoralen Knödeln.

Etwas Dunkles, Flaches wird von oben herabgeworfen, vermutlich ein Hausschuh. Er landet im Gestrüpp, die Kontrahenten stören sich nicht daran. Im Gegenteil – jetzt beenden sie die Droh- und Beschimpfungsphase und gehen zum offenen Kampf über. Lang gezogene Schreie sind zu hören, sie klingen grauenhaft, als würde dort ein Mensch gemeuchelt. Fluchend stehe ich auf, torkle schlaftrunken ins Badezimmer und fülle einen Porzellankrug, der zu Dekorationszwecken auf einem Regal steht, mit kaltem Wasser.

Der Guss aus dem Fenster tut seine Wirkung, allerdings erst dann, als ich den Krug hinterherwerfe. Erschöpft setze ich mich aufs Fensterbrett, versuche, in der mondlosen Dämmerung meinen Kater zu erkennen, und locke ihn mit zärtlichen Rufen.

»Komm, Walterchen ... komm schnell zu mir ins Bett ... da findet dich der Dickmops nicht ...«

Er kann mich nicht hören, weil drüben im Innenhof ein Motor angelassen wird, ein Wagen startet und rumpelt davon. Schlafen die denn niemals, diese Italiener?

»Gilt die Einladung auch für jemanden, der nicht Walterchen heißt?«, fragt Basti aus dem zweiten Stock.

»Nur wenn er eine graue Ganzkörperbehaarung und spitze Öhrchen hat …«

Ich lege mich wieder hin und hoffe, dass Alessandro Mandrini den alten Krug verschmerzen wird. Walter lässt sich nicht blicken. Mein Kater ist ein mutiger Kämpfer, wenn er verletzt wird, dann nur am Kopf, meistens an den Ohren. Am Hintern oder am Schwanz hatte er noch nie eine Wunde. Was natürlich auch daran liegen kann, dass er ein schneller Läufer ist …

Beim sachten, regelmäßigen Sägeton aus dem Nebenzimmer schlafe ich wieder ein. Ich träume von Zypressen, die wie eine Schar schwarz statt weiß gekleideter Ku-Klux-Klan-Mitglieder mit spitzen Hauben durch die Villa wandern, die Marmortreppen hinaufhüpfen, an den Tapeten entlangstreichen, mit ihren Wurzeln über die Fußböden schleifen. Dabei höre ich sie miteinander flüstern und raunen, aber weil ich kein Zypressisch kann, verstehe ich nichts. Später glaube ich, leise Schritte auf dem Marmorboden meines Zimmers zu vernehmen, und sehe im Schlaf einen Typ mit Stundenglas und Sense, der um mein Bett schleicht und sich dann hinsetzt, um sein Schneideblech zu dengeln.

Gegen Morgen, als es draußen schon hell wird, wache ich kurz auf, weil mir schlecht ist, und schiebe den schweren Kater von meinem Magen hinunter. Erleichtert drehe ich mich auf die Seite, blinzle zum offenen Fenster, wo ein Morgenlüftchen mit den Vorhängen spielt. Neben dem Fenster hängt ein hoher Wandspiegel, ein altmodisches Teil aus geschliffenem Glas in einer verschnörkelten Holzfassung. Darin ist eine Gestalt zu erkennen, ein dunkel gekleideter Mensch, der mich intensiv betrachtet.

Es reicht langsam, denke ich und schließe die Augen. Als ich sie wieder öffne, ist er verschwunden. Na also – geht doch. Alles nur ein Traum.

Kurz nach sieben ist die Nacht zu Ende, es rauscht in allen Bädern, die Duschen werden aufgedreht, Klospülungen betätigt, elektrische Zahnbürsten in Betrieb gesetzt. Resigniert steige ich aus dem Bett, stelle fest, dass das Bad besetzt ist, und gehe hinüber ins Musikzimmer, um nachzuhören, wie der Flügel die Nacht überstanden hat. Unten auf der Terrasse klappern Tassen und Löffelchen, Mamma Italia bereitet unser Frühstück vor. Sofort hebt sich meine dumpfe Morgenstimmung, denn als ich mich jetzt aus dem Fenster beuge, sehe ich leckere Mortadella, luftgetrockneten Schinken, Tomaten, Oliven, Marmelade in drei Sorten, frisches Brot und noch allerlei andere Lebensmittel. Mir fällt auf, dass ich fast sterbe vor Hunger.

»Buon giorno!«, ruft jemand von unten zu mir hinauf. »Gut geschlafen?«

Es ist Bruno, der gerade mehrere Wärmekannen mit frisch gekochtem Kaffee herbeiträgt. Ich fummele in meinem nachtverklebten Haar herum und halte züchtig das offenherzige Nachtshirt vorn zusammen.

»Wunderbar!«, lüge ich und lächle nach unten. Er

strahlt mich mit azurblauen Augen an, grinst und wendet sich seiner Arbeit zu. Als ich kurze Zeit später das Badezimmer erobert habe, sehe ich im Spiegel, warum er mich so morgenfroh angegrinst hat: Meine Augen gleichen schwarzen Löchern – ich habe gestern Abend vergessen, mich abzuschminken, und das Zeug ist komplett verschmiert.

Frisch geduscht, gestylt und gekämmt laufe ich kurz darauf die Marmortreppe hinunter und erscheine auf der Terrasse. Dort haben sich inzwischen Basti, Alan und Ricci eingefunden und mit dem Frühstück begonnen.

»Ah, da ist ja unsere Loreley …«, empfängt mich Ricci fröhlich. »Komm, setz dich zu mir, Henni. Ich hab die Platte mit der Mortadella und dem Schinken gekapert …«

Sie ist fett, aber nett. Ein richtiger Kumpeltyp, herzlich zu denen, die sie mag, und wen sie nicht leiden kann, dem sagt sie ungeschminkt ihre Meinung. Ricci ist schwer in Ordnung. Ich setze mich neben sie, bekomme von ihr Kaffee eingegossen und versorge mich mit Mortadella.

»Ein Traum, wie?«, seufzt Ricci und deutet mit dem Schinkenbrot in der Hand auf den verwilderten Park. Ein Bambushain ist zu erkennen. Überwucherte Gartenwege, die einst mit Buchsbaum eingefasst und mit weißem Kies bestreut waren, halb verwitterte Postamente, auf denen kopf- und armamputierte Skulpturen und Terrakottatöpfe vor sich hin wittern. Irgendwo hinter dem Bambus muss ein Teich sein, denn es schwirren immer wieder mordlustige Libellen über unseren Frühstückstisch. Atzko erscheint im weißen Kleidchen mit schwarzen Riemchensandalen, nippt an ihrem Kaffee, knabbert ein wenig Weißbrot mit Honig …

Ich habe gerade die dritte Portion Schinken mit Oliven vor mir, da betritt der Maestro die Szene. Die begeisterten Rufe seiner Schüler lässt er kalt an sich abprallen, schweigsam setzt er sich in den Schatten des Sonnenschirms, blickt in die Runde und runzelt die Stirn.

»Wo ist Claudia?«

»Im Bad«, gebe ich Auskunft, da Atzko keine Miene macht zu antworten. »Sie kam erst spät in der Nacht hier an. Ist wohl in den falschen Zug gestiegen …«

Friedemann Bond nimmt die Nachricht entgegen, ohne zu antworten, ganz offensichtlich ist er düsterer Laune. Seine Schüler überbieten sich in Dienstfertigkeiten, Basti gießt ihm Kaffee ein, Alan hält ihm den Brotkorb hin, Ricci und Atzko schieben ihm Marmelade und Schinken hinüber. Bond beschränkt sich auf einige Schlucke Kaffee, alles andere wehrt er angewidert von sich ab. Wahrscheinlich hatte er gestern zu viel Chianti, darauf deuten auch die Schatten unter seinen Augen.

»Hattest du heute Nacht auch Besuch auf dem Zimmer, Friedemann?«, schwatzt Basti fröhlich daher.

Bond setzt die Kaffeetasse von den Lippen und blickt Basti mit klebrigen dunklen Augen an.

»Was?«

Basti kichert albern und stößt Alan in die Seite.

»Na, die Dame in Schwarz …«

Bond wendet den Blick zu Atzko, die stocksteif auf ihrem Gartenstuhl sitzt.

»Ich habe geschlafen!«, sagt sie mit großem Ernst. »In meinem Bett!«

Alan mustert Basti unter herabgezogenen Brauen, um herauszufinden, ob er im Ernst redet oder nur einen Witz machen will.

»Eine schwarze Lady? Vielleicht ein ghost? Von achtzehnhundert?«

Basti hebt die Schultern und erklärt, er wisse es nicht genau, da er leider kein Wort mit ihr gesprochen habe.

»Über ihrem Gesicht war ein dunkler Schleier, und sie hat sich über mein Bett gebeugt.«

Alan schaut ihn jetzt besorgt an und fragt, ob er gestern vielleicht zu lange in der Sonne gesessen hätte. Atzko versteckt ihre Betroffenheit hinter einem unergründlichen Lächeln, und Ricci will wissen, ob die Dame wenigstens jung war.

»Keine Ahnung, sie trug doch einen Schleier. Kann auch ein Hut gewesen sein. So genau konnte ich das nicht sehen …«

»Bist du etwa heute Nacht in Hut und Schleier in den zweiten Stock hinaufgestiegen, Loreley?«, fragt mich Ricci.

Alle außer Bond fangen an zu lachen. Ich lache natürlich mit, obgleich mir das Ganze kein bisschen lächerlich erscheint. Da war doch was, heute Nacht.

So ein komischer Traum … von einer Gestalt im Spiegel …

»Wahrscheinlich war es Claudia«, vermutet Alan mit schadenfrohem Grinsen. »Sie ist doch erst spät hier angekommen und hat wohl ihr Zimmer gesucht …«

Basti ist enttäuscht. Was auch immer er sich vorgestellt hat – Claudia mit der Zahnspange spielte darin wohl keine tragende Rolle.

Bond setzt die Kaffeetasse ab und schaut von einem zum anderen. Man sieht förmlich, wie sich die Gewitterwolken auf seiner Stirn zusammenziehen.

»Eines will ich von vornherein klarstellen!«, sagt er und starrt in die Runde. »Wir haben ein großes Ziel, und das heißt: Wettbewerb der Verdistimmen. Auf dieses Ziel werden wir mit allen unseren Kräften während der folgenden Tage hinarbeiten. Und das bedeutet für jeden Einzelnen ein großes Maß an Disziplin! Liebeleien oder andere Ausschweifungen kann ich keinesfalls dulden …«

Wenn er sich so echauffiert, hat er schon eine gewisse Autorität, der Friedemann. Wir sind alle beeindruckt und nicken gehorsam. Natürlich. Wir sind zum Arbeiten hier. Die Lage ist ernst, das Ziel ist groß.

»Falls jemand diese Anordnung unterlaufen sollte, werde ich die Betreffende auf der Stelle von diesem Kurs ausschließen!«, fügt er hinzu und fixiert mich dabei mit glänzenden Augen.

Mein rebellisches Gemüt erwacht. Wieso glotzt er ausgerechnet mich an? Frechheit. Was will er eigentlich machen, wenn ich ihn jetzt sitzen lasse? Selber Klavier spielen?

»Es war nur ein Witz …«, stottert Alan.

Er ist vor Aufregung ganz rot im Gesicht und fährt sich immer wieder mit drei Fingern durch das Haar. »Nur ein dummer Scherz …«

Bond nimmt seine Entschuldigungen nicht zur Kenntnis, er erhebt sich von seinem Stuhl und schreitet ins Haus. Bei der Terrassentür bleibt er einen Moment stehen, dreht sich um und starrt wild auf den unglücklichen Basti, der ebenfalls aufgestanden ist.

»Und untersteh dich, in diesen lächerlichen kurzen Hosen zur Probe zu erscheinen!«

Alle Blicke richten sich jetzt auf Bastis madenweiße, blond behaarte Beine, die an Knie und Schienbein Sonnenrötungen und außerdem mehrere Mückenstiche aufweisen.

»Aber … ich dachte … weil es doch so heiß ist …«

Bond würdigt ihn keiner Antwort und verschwindet, um sich auf den Unterricht vorzubereiten.

Atzko löst die Mandelaugen von Bastis Beinen und meint: »Ich habe Sonnencreme – wenn du brauchst … In meinem Zimmer …«

Aha, denke ich. Am Ende war sie heute Nacht tatsächlich unterwegs. Wenn sie ihr langes schwarzes Haar offen trägt, kann es schon wie ein Schleier aussehen … Ich greife noch rasch zwei Brotstücke und den Rest Schinken ab, packe einige Oliven dazu und die letzte Scheibe Käse. Vorratshaltung ist wichtig in alten Gemäuern, zumal wir für Mittag- und Abendessen selbst verantwortlich sind. Außerdem muss ich meinen Kater füttern. Ich kann schließlich nicht erwarten, dass sich Walter ausschließlich von greisen Mäusen ernährt. Als ich meine Beute im Schlafzimmer deponiere – den größeren Teil katersicher im Kleiderschrank –, stelle ich fest, dass mein kleiner Nachtschwärmer süß und selig auf meinem Kopfkissen schlummert. Wie bezaubernd doch solch ein zusammengeringelter grauer Fellträger ist, die Nase auf den Vorderpfoten, den buschigen Schwanz lässig um den Körper gelegt. Ein Ohr ist eingerissen, die kleine Wunde aber schon verschorft. Merkwürdig ist, dass meine Zimmertür geschlossen war. Walter hat keine Probleme, Türen aufzuklinken, aber normalerweise macht er sie nicht hinter sich zu.

Ich verschiebe die Lösung des Rätsels auf später, denn drüben im Musikraum finden sich jetzt die Kursteilnehmer zum Unterricht zusammen. Stühle werden gerückt, Fensterläden zugeklappt und knirschend mit einem Riegel befestigt, jemand stemmt den Deckel des Flügels hoch und lässt ihn wieder fallen. Dumpfer Knall mit dem Nachhall von zahllosen Metallsaiten.

»Alan – du Volldepp!«, tönt Ricci empört.

Ich beeile mich, das Instrument zu retten, und beneide meinen schlummernden Kater – nicht zum letzten Mal an diesem Vormittag.

Es wird noch viel furchtbarer, als ich dachte. Eine Szene aus einem Horrorfilm. Willenlose Wesen im Bann von Lord Voldemort. Mein Gott – was ist mit diesen ansonsten ganz normalen und zum Teil sogar sehr liebenswerten Menschen los? Sie lassen sich wehrlos von ihrem Maestro beleidigen, verhöhnen, verletzen und zu kompletten Narren und Idioten machen.

»Wie stehst du denn da, Sebastian? Wie eine Bierleiche vor der Kloschüssel! Rücken gerade! Schultern zurück. Locker, locker ... aber nicht wie ein Hampelmann, Alan! Ganz natürlich locker ... Fräulein Atsuko aus Nippon – hören Sie auf, so albern herumzuwippen wie ein Plastikhund mit Wackelkopf ...«

Ich sitze erstarrt vor Abscheu auf meinem Klavierhocker und warte, bis die Phase der gemeinsamen Einsingübungen beendet ist. Ab und zu werde ich aufgefordert, einen Ton anzuschlagen, ansonsten beachtet mich der Maestro so wenig wie eine Fliege an der Wand. Nachdem er seine Schüler genügend niedergemacht hat, dürfen sie sich setzen.

»Claudia!«

Die dünne Schnarcherin ist also die Erste. Armes Mädel, sie hat das Frühstück verpasst und sieht beängstigend blass aus. Eigentlich ist sie gar nicht so hässlich, wie sie sich zurechtmacht, aber sie hat eine Leidenschaft für graue, hängende Gewänder und Jesuslatschen. Bei ihrer Größe fatal. Auch wirkt ihr dauergewelltes, ausgelaugtes Haar irgendwie verfilzt und von undefinierbarer Farbe ...

Er lässt sie ein paar Übungen machen, die dazu angetan sind, die Räume in Körper und Kopf zu öffnen. Sie röhrt wie ein Hirsch, grunzt wie ein Elch, jubiliert wie eine Amsel ... Ihr Stimmmaterial ist traumhaft, könnte man ihr Goldkehlchen transplantieren, wäre sie eine reiche, stumme Frau.

Bond veranlasst sie, während des Singens Kniebeugen zu machen, sie muss um den Flügel laufen, sich um sich selbst drehen, mit den Armen wedeln. Ich nehme mir fest vor einzugreifen, falls er von ihr verlangen sollte, aus dem Fenster zu springen. Die anderen hocken auf ihren Stühlen und verfolgen das Geschehen mit weiten Augen, als müssten sie alle geheimen Weisheiten der Sangeskunst in sich aufsaugen.

»Hast du es gehört?«, schreit Bond. »DAS ist es. Dahin musst du kommen. Solche Töne will ich von dir hören ...«

Claudia steht schweißgebadet und hochbeglückt neben dem Notenschrank und lächelt überirdisch. Auch die anderen Teilnehmer wirken zufrieden. Wie wunderbar. Sie hat eine tiefe Erkenntnis gewonnen, nun muss sie nur darauf hinarbeiten, sie anzuwenden.

Ich grüble darüber nach, ob mein Gehör vielleicht nicht in der Lage ist, die feinen Nuancen sängerischer Vollkommenheit zu erfassen. Ich habe jedenfalls den Eindruck, dass sie genauso singt wie vorher.

»Na schön«, knurrt Bond und winkt mit den Handrücken. Sie darf noch eine kurze Phrase aus einer Arie vortragen, man haut mir einen Klavierauszug vor die Nase, und ich kann endlich meine Finger betätigen. Aha, *Carmen*. Heute mal nicht Verdi. Die Arie, in der sie ihren baldigen Tod voraussieht. Tolles Teil. Ich habe kaum drei Takte gespielt, da unterbricht der Maestro.

»Wenn du schon deutsch singst, dann achte auf die korrekte Aussprache. Es heißt: DER TOD. Mit hartem ›t‹ am Ende. Ich will das ›t‹ hören. Mir droh-t ... der To-t ...«

Er ist gemein, weil sie mit der Zahnspange einfach kein hartes »t« sprechen kann. Sie müht sich fürchterlich ab, zischt, lispelt, sprüht, aber erst als sie ihm mehrere feuchte »t« aufs Hemd gespuckt hat, lässt er sie in Ruhe.

»Sebastian!«

»Hier!«

Basti fährt vom Stuhl hoch, als habe ihn ein Skorpion in den Allerwertesten gestochen. Er hat den Befehl seines Maestros befolgt und die dreckige Leinenjeans von gestern angezogen, dazu ein rotes T-Shirt, durch das sich sein Bäuchlein deutlich abzeichnet. An den Armen hat er immerhin ganz ordentliche Muckis, der Brustkorb ist breit gebaut, wie bei den meisten Tenören, die Beine haben eine leichte O-Form. Aber ein guter Kostümbildner kriegt das schon hin ...

»Das Kinn!«, sagt Bond, und Basti nickt bekümmert.

Eigentlich habe ich noch nie zuvor so wenig für mein Geld getan. Während Bond seinen Superstar rundmacht, ihn lächerliche Phrasen deklamieren und höchst alberne Laute ausstoßen lässt, sitze ich geduldig vor dem Instrument, tippe hie und da eine Taste an und fühle mich als Zuschauerin dieser Zirkusvorstellung zunehmend frustriert. Immerhin: schon kurz nach elf. Wieder zweihundert Mäuse verdient. Eigentlich ist es fast unanständig, wie leicht mir die Euros sozusagen ins Portemonnaie flattern. Oder rollen.

Bond genießt seine Rolle, er ist der geborene Dompteur und hat seine Tierchen so gut im Griff, dass er nur selten zur Peitsche greifen muss. Wenn er es tut, dann zucken alle heftig zusammen, ziehen weinerliche, verzweifelte Gesichter und ducken sich unter seinen Schlägen. Seine Waffe sind seine Worte.

»Du schaust aus wie ein brüllender Esel!«

»So was Begriffsstutziges wie du ist mir noch nie untergekommen!«

»Wackle nicht mit den Augenbrauen wie ein drittklassiger Zirkusclown!«

»Du klingst wie eine verrostete Metallsäge!«

»Aus dir wird im Leben kein Sänger. Such dir einen Platz bei Aldi an der Kasse!«

Breitbeinig steht er da, sein Gesicht glänzt vor Eifer, die Augen, die sonst eher matt wirken, funkeln, schleudern feurige Pfeile auf seine armen Schüler. Manchmal hüpft er herum, äfft eine falsche Haltung seiner Schüler nach, zieht sie ins Lächerliche, freut sich, wenn die zuschauenden Teilnehmer grinsen.

»La donna è mobile ... mooo-bile ... nicht mobbile ... hat nichts mit Mobbing zu tun und auch nichts mit dem hessischen Mobbelchen ...«

Ich werde schläfrig aus Mangel an Betätigung, starre an dem unglücklichen Basti vorbei auf den Marmorfußboden, wo ein Sonnenstrahl, der sich durch den Ladenschlitz geschlichen hat, eine gleißende Linie malt. Wie ein Ausrufezeichen. Achtung! Die nächste

Leiche kommt immer dann, wenn man nicht darauf gefasst ist.

»Möchte die Pianistin uns mit ein paar Tönen beglücken, oder wollen Sie weiter in die Gegend starren, Frau von und zu Kerchenstein?«

Ich fahre zusammen und spiele einige Akkorde – da springt auf einmal die große Flügeltür auf. Knarrend bewegt sie sich in den Raum, schwingt ein Stück aus und bleibt dann stehen. Durch die halb geöffnete Tür kann man in den leeren dämmrigen Flur sehen. Sacht bewegt sich der hässliche Wandteppich im Luftzug. Huscht da was herum? Mäuse? Mörder? Geister? Hat die schwarze Dame etwa ihr Ohr an die Tür gedrückt? Wohl kaum. Oder doch?

»Oh mein Gott«, sagt Alan laut. »Meister Verdi ging durch den Raum!«

Alle sind hingerissen von dieser Vorstellung. Sie lächeln einander zu, Ricci wischt sich mit einem Taschentuch über die feucht geschwitzte Stirn, Atzko steckt eine schwarze Haarsträhne zurück in die Spange, sogar Bond lässt sich zu einem Schmunzeln herab. Ich stehe auf, um die Tür wieder zu schließen, und nutze die Gelegenheit, in den Flur zu spähen. Nichts und niemand zu sehen. Außer Walter, der jetzt wie ein kleiner grauer Schatten hinter einer Kommode hervorkommt und eilig zur Treppe hinüberläuft. Wie – zum Teufel – ist er aus meinem Zimmer herausgekommen? Es gibt nur eine Tür, und die führt ins Musikzimmer, also kann Walter die auf keinen Fall benutzt haben.

In dieser alten Villa muss es Wege geben, die dem normalen Gast verborgen sind. Und ich bin mir fast sicher, dass sie nicht nur von Katzen und toten Musikern benutzt werden, sondern auch von anderen ungebetenen Besuchern.

Verdis unsichtbarer Auftritt hat Bond die Stimmung verdorben, er ist zu schlaff, um seine Opfer weiter zu malträtieren, und bestimmt, dass es Zeit für die Mittagspause sei. Aufatmen in der Schülerrunde, nur Atzko wirkt enttäuscht, sie ist masochistisch veranlagt und hatte wohl gehofft, noch in den Ring steigen zu dürfen.

Die Mittagshitze liegt auf der Landschaft wie ein gleißender Schleier, auf den Steinplatten der Terrasse könnte man Brot backen, auch die Innenräume der Villa sind trotz der geschlossenen Fensterläden heiß und stickig. Jeder nutzt die Mittagspause auf seine Weise: Meister Bond begibt sich in den zweiten Stock, um dort eine kurze Siesta zu halten, Claudia sitzt mit gekreuzten Beinen auf ihrem Bett und meditiert, Alan und Atzko joggen gemeinsam eine kleine Runde durch den Park. Ricci schleift Basti und mich in die Küche, wo wir nach ihrer Anweisung Tomaten vierteln, Gurken in Scheiben schneiden und leckeren Mozzarella zerkleinern.

»Ein schöner italienischer Salat ist das Beste, was man bei dieser Hitze essen kann«, erklärt Ricci. »Unten im Garten steht ein Terrakottagefäß mit Basilikum, es gibt auch Schnittlauch und Petersilie …«

Ich reagiere blitzschnell, werfe die angeschnittene Tomate in die Schüssel und lege das Küchenmesser nieder.

»Ich geh schon ...«

Lieber klaue ich die Gartenkräuter der Mamma Italia, als dass ich stundenlang Gemüse schnippele. Kochen ist nun einmal nicht mein Ding – ich esse lieber. Auf der Treppe ins Erdgeschoss fällt mir ein, dass ich besser den Deckel des Flügels schließen sollte, weil Walter in seiner Neugier hineinspringen könnte. Also laufe ich wieder hoch, eile durch den Flur und öffne die Tür zum Musikzimmer. Das Schloss ist ohne Zweifel historisch, dazu kommt, dass sich die alten Holztüren bei der Hitze verziehen. Eine kleine Erschütterung genügt, und die Tür öffnet sich. Ein Luftzug. Ein vorüberfahrender Lastwagen. Oder ein Lauscher, der unvorsichtigerweise mit dem Kopf die Tür berührt.

»Mau ...«

Aha, Walter von Stolzing ist drüben auf meinem Bett erwacht, und hungrig ist er auch. Ich gehe hinüber in mein Schlafzimmer, nehme Käse und Schinken aus dem Kleiderschrank und sehe mich um.

»Walter?«

Wo ist er denn geblieben? Eben habe ich ihn doch noch maunzen hören. Ich klappere ein wenig mit dem Teller auf dem Fußboden – da kommt mein grauer Schlafgenosse unter dem Bett hervor, setzt sich vor den Teller mit Käse und Schinken und beginnt, sein Fell zu lecken. Er hat es nötig, an den Ohren und am

Schwanz hängen jede Menge verklebter Spinnweben. Schweinerei – machen die denn unter dem Bett nie sauber? Ich bücke mich, hebe die herabhängende Decke hoch. Zu sehen ist nichts, dafür weht mich ein kühler Wind an. Kellergeruch, um nicht zu sagen, der kalte muffige Hauch einer Gruft.

Die Gartenkräuter können warten – ist sowieso unmoralisch, heimlich Mamma Italias Gemüsegärtchen zu räubern. Ich ziehe und zerre an meinem tonnenschweren alten Holzbett herum, höre es jammern und knirschen und schaffe es schließlich, es ein Stück von der Wand abzurücken. Da haben wir's – Henni, du steckst wieder mitten in einem Kriminalfall. Wenn mein Instinkt mich nicht trügt, dann wird innerhalb weniger Stunden die erste Leiche aufkreuzen.

Urgs – hoffentlich bin ich das nicht selber …

Eine Tapetentür. Gerade so hoch wie das Kopfteil des alten Bettes, eher ein Türchen für Kleinwüchsige oder für Leute, die es gewohnt sind, den Kopf einzuziehen. Hausangestellte zum Beispiel. Dies könnte ein ehemaliger Gesindegang sein, der inzwischen nicht mehr benutzt wird. Die Tür ist einen kleinen Spalt weit geöffnet, sozusagen eine Katerschlupfbreite. Mäuse sind vermutlich auch unterwegs, von anderen Hausbewohnern will ich gar nicht erst reden. Ratten. Nächtlichen Besuchern mit und ohne Schleier. Geistern. Die Familie Mandrini hat hier seit Generationen die heißen Sommertage verbracht, da wird vielleicht die eine oder andere unglückliche Seele umherwandern …

Falls heute Nacht solch ein Geist bei mir eindringen wollte, müsste er sich allerdings platt auf den Boden legen und unter dem Bett durchkriechen. Sehr mühsam – selbst für ein Gespenst. Ich drücke die Tapetentür ein wenig weiter auf, sie knarrt, ist also lange nicht benutzt worden. Dahinter ist es dunkel und angenehm kühl. Auf, Henni! Es wartet ein Geheimnis darauf, gelüftet zu werden. Es braucht nur ein wenig Licht. Äh, genau. Licht … Kerze … Laterne … Scheinwerfer … Halogenbeleuchtung … alles gerade nicht zur Hand. Walters Katzenaugen müsste man haben … Halt, da ist doch dieses kleine Lämpchen an meinem Schlüsselbund. Praktische Nothilfe für Spätheimkehrerinnen nach abendlichen Konzerten oder Feierlichkeiten mit Alkoholkonsum. Hoffentlich reicht die Batterie noch ein Weilchen.

Walter hat inzwischen die Körperreinigung beendet und macht sich an seine Schinken-Käse-Portion. Ich schalte das metallic-giftgrüne Minilämpchen ein, das einen schmalen bläulichen Lichtstrahl in die Finsternis schickt. Mauern sind zu sehen. Unverputzt. Gleich daneben dicke Rohre aus braunem glasiertem Ton. Uh – die Abwässer vom Männerklo eine Etage drüber. Wie eklig. Kein Wunder, dass es hier so gruftig müffelt. Ich ziehe den Kopf ein und schlüpfe mutig durch die niedrige Öffnung, beleuchte den Fußboden, der aus rötlichem Stein besteht, und stelle fest, dass dort im Staub der Jahrhunderte einige Spuren zurückgeblieben sind. Katzenpfoten, Mäusefüßchen und dazwischen deutliche Abdrücke von Turnschuhen. Man kann sogar die Marke lesen – nix neunzehntes Jahrhundert, die Treter gibt's aktuell in jedem Sportgeschäft. Und die sind nicht mal billig …

Gruselig, was so alles hinter meinem Bett herumgelaufen sein muss. Langsam gehe ich nach links – rechts sind die stinkigen Rohre, da will ich ungern dran vorbei –, spüre hin und wieder etwas Zartes, Klebriges im Gesicht und denke an die Spinnen, die dort oben hocken und warten, dass sich jemand in ihren Netzen verheddert. Gleich darauf stehe ich vor einer engen Wendeltreppe. Aha – hier führt der Weg nach oben, wo unsere Herren untergebracht sind. Wer immer heute Nacht verschleiert umhergegeistert ist, er hat diesen finsteren Gang benutzt. Ich gehe an den Stufen vorbei und folge dem Gang noch ein Stück, entdecke eine Öffnung, die sich ohne Zweifel hinter dem hässlichen Wandvorhang im Flur befindet, dann weitere Türen, die vermutlich in die Schlafzimmer meiner Kolleginnen führen. Ein paar Schritte weiter höre ich Stimmen. Unverkennbar Riccis lauter Sopran.

»Die Henni – die ist nix für dich, Basti. Die ist mit allen Wassern gewaschen …«

Allerhand! Auch wenn sie recht hat – man kann es ja auch freundlicher ausdrücken. Auf jeden Fall weiß ich jetzt, dass der Gang an der Küche endet, und – hab ich's mir doch gedacht – da ist auch ein Türchen. Wahrscheinlich gelangt man durch die in die Speisekammer. Ich habe vorerst genug von diesem düsteren Geheimgang, zumal mein Lämpchen gleich seinen bläulichen Geist aufgeben wird, und trete den Rückweg an. Natürlich macht die blöde Funzel schlapp, während ich noch unterwegs bin, ich muss mich also an der Mauer entlangtasten, um mir nicht die Nase anzurennen. Und dann passiert es. Ein Lichtschein, ähnlich einem länglichen Trichter, wächst direkt vor mir in die Dunkelheit. Eine Taschenlampe. Jemand kommt die Wendeltreppe herunter. Es ist zu spät, um zurückzulaufen, ich drücke mich eng an die Mauer, hoffe, dass Spinnen, Asseln und sonstige Bewohner der steinernen Ritzen dies nicht als zärtliches Angebot verstehen ... Der Trichter aus gelblichem Licht wendet sich nach links, gleitet am Boden entlang bis zu meinen Füßen, verweilt einen Moment auf meinen goldfarbigen Riemchensandalen und verlischt. Ich stehe bewegungslos, höre mein Herz hämmern, meine Schläfen vibrieren. Lausche in die Finsternis. Jeden Augenblick darauf gefasst, angegriffen zu werden. Der heiße Atem des Feindes. Ein Schlag mit der Faust. Ein Messer in den Bauch.

Es geschieht nichts. Außer dass ich ein leises Quietschen vernehme, das an dicke Gummisohlen erinnert. Wer auch immer meine Füße besichtigt hat, er weiß jetzt, dass ich den Gang entdeckt habe. Wartet dieser jemand da vorn auf mich? Gleich neben der Wendeltreppe ist das Türchen, das in mein Schlafzimmer führt, vorhin stand es einen Katerspalt weit offen, jetzt hat es jemand zugeschoben. Verflixt – ich kann schließlich nicht stundenlang hier an der Mauer stehen, zumal die Spinnen dann auf die Idee kämen, mich in ihre Netze zu integrieren. Also ziehe ich einen Schuh aus in der Absicht, den spitzen Absatz als Waffe zu nutzen, und gehe langsam voran. Lausche. Spielt da etwa jemand Klavier? Tatsächlich. Bach. Präludium Nr. 1. Sehr langsam. Aber jeder Ton ein Treffer ... Ich ertaste die Tapetentür, finde einen schmalen Griff und öffne sie. Licht fällt mir entgegen, mein Schlafzimmer, mein Bett, das schräg im Zimmer steht, mein Kater auf dem Kopfkissen. Alles ist gut!

Puh! Eklig, wenn die Haare voller Spinnweben sind. Ich schüttle mich, streife mit den Fingern durch das Haar. Dann gehe ich zur Tür, die ins Musikzimmer führt.

Am Flügel sitzt Bruno. Spielt hoch konzentriert ohne Noten, schaut jetzt mit azurblauen Augen zu mir hinüber, als habe er darauf gewartet, dass ich an der Tür auftauche.

»Habe ich dich aus der Siesta geweckt? Ich wollte euch alle für heute Abend zu Fausto einladen.«

Ich huste, der Staub hängt mir noch in der Kehle.

»Wer ist Fausto?«

Er hört auf zu spielen und tritt zum Fenster. Öffnet den Laden und zeigt mit ausgestrecktem Arm auf einen der sonnenüberfluteten Hügel. Oben liegt ein Gehöft, mehrere Gebäude aus rötlichem Stein, mit Schindeln gedeckt. Eine schmale geteerte Landstraße, von Zypressen gesäumt, windet sich hinauf.

»Ein Freund von meinem Onkel. Hat dort oben ein nettes kleines Restaurant. Regionale Küche. Guter Wein. Wirklich sehr zu empfehlen.«

Er dreht sich zu mir und lächelt mich an. Bedeutungsvoll.

»Ich würde mich euch gern anschließen«, sagt er. »Natürlich nur, wenn ihr nichts dagegen habt …«

»Ja, natürlich …«, stottere ich hingerissen. »Ich meine … wir freuen uns … eine wunderbare Idee …«

Er hat etwas, das mich fasziniert. Seine Art, den Kopf ein wenig schräg zu legen und mich anzusehen. Dieser Blick, der eine Mixtur aus Bewunderung, Eroberungslust und romantischer Sehnsucht ist. Nein, nein, ich bin nicht verliebt. Weit davon entfernt. Schließlich habe ich so meine Erfahrungen mit den Männern, und die waren nicht immer glückhaft. Teilweise sogar ziemlich beschissen. Aber ich habe meine Lektion gelernt. Wie Ricci sehr richtig bemerkt hat: Mich legt so leicht keiner mehr aufs Kreuz. Auch Bruno nicht. Er ist schließlich nur ein Italiener, einer der üblichen Typen, die glauben, jede Frau müsse vor ihrem unwiderstehlichen Charme in die Knie gehen. Aber immerhin ist er ein intelligenter Bursche, ein Journalist hat schließlich etwas im Kopf, und studiert hat er auch. Nein, er ist nicht der übliche Macho, Bruno ist etwas Besonderes. Seine azurblauen Augen und das dunkle krause Haar. Wie ein römischer Feldherr. Marc Aurel. Oder dieser Filmschauspieler mit den tollen dunkelblauen Augen …

»Bis später dann …«, hat er gesagt und ist aus dem Musikzimmer hinaus auf den Flur gegangen. Ich höre noch seine Schritte auf dem gefliesten Boden, jetzt läuft er die Treppe hinunter … es quietscht etwas, wenn er auftritt, das muss an seinen Schuhen liegen …

Ein Gong ertönt, so laut, dass mir die Ohren dröhnen.

Doiiing!

Er schlägt in meinem dummen Kopf. Huhn, blödes. Verliebtes, einfältiges Schaf. Der charmante Bruno mit den azurblauen Augen und dem krausen dunklen Feldherrenschopf trägt Sportschuhe. Teure Sportschuhe mit einer Sohle aus speziellem Kunststoff. Das Zeug, das so knirscht und quietscht, wenn man damit auf Marmorfliesen herumläuft. Ähnlich wie eine dicke Gummibeschichtung.

Langsam komme ich zu mir. Hatte er eine Taschenlampe bei sich? In der Hosentasche vielleicht? Aber natürlich, Henni in love hat nicht darauf geachtet. Henni in love hat sich von Bruno Blauauge volllabern lassen und ihren Verstand dabei abgeschaltet. Höchste Zeit, den Schalter wieder umzulegen.

Falls Bruno tatsächlich der unheimliche Taschenlampengeist war, dann hat er eine der Türen zum Flur benutzt und ist ins Musikzimmer gegangen. Nun ja – denke ich mir. Was rege ich mich eigentlich auf?

Ein ehemaliger Dienstbotengang. Na und? Bruno, der heute Nacht in der Villa herumgeisterte. Schön. Aber er hat doch niemandem etwas getan. Am Ende macht er sich einfach nur einen Spaß mit uns. Schreibt später einen Zeitungsartikel über die Geheimnisse der Villa Mandrini und die Scherze, die man hier mit den Gästen treibt. So ähnlich wie diese Gruselburgen, wo man für teures Geld eine Nacht zwischen kopflosen Geistern und durstigen Vampiren verbringen kann …

»Aaaaaarg!«

Ein Schrei unterbricht meine Überlegungen. Bassbariton. Das klingt nach Friedemann Bond. Ich gerate in Panik und laufe aus dem Musikraum in den Flur. Pralle dort mit Alan zusammen, der nass geschwitzt und sonnenverbrannt aus dem Park kommt.

»Was war das?«

»Keine Ahnung …«

Ein zweiter Schrei. Koloratursopran. Kreischend hell. Aus dem Damenbad.

»Das ist Atzko!«, flüstert Alan. »O Gott!«

Auf einmal ist alles in Bewegung. Alan rennt zum Damenbad, stolpert, fängt sich wieder. Jemand faucht wütend. Das ist Walter, der die Angewohnheit hat, aufgeregt rennenden Personen zwischen die Füße zu laufen. Gleichzeitig erklingt ein Entsetzensschrei aus der Küche – Tenor, das ist Basti.

Ein Anschlag, denke ich. Er hat es so organisiert, dass es an mehreren Stellen zugleich losgeht. Er muss verrückt sein, dieser Bruno. Ein Irrer. Henni – dieser

Fall startet gleich mit einem dreifachen Mord! Ich zögere, entscheide mich dafür, in die Küche zu rennen.

Dort hängt Basti auf einem Küchenstuhl, sein Kopf liegt im Nacken, die Augen sind geschlossen. Ricci ist dabei, ihm zwecks Wiederbelebung mehrere Ohrfeigen zu verpassen. Claudia schwingt hektisch ein Küchentuch, um dem Bewusstlosen Luft zuzufächeln.

»Was ist denn los?«

»Er hat sich in den Finger geschnitten«, erklärt Claudia.

»Ja … aber …«

Ricci sieht mich ungnädig an und fährt in ihren Bemühungen fort. Rechts – links – rechts – links. Ganz so, wie es in der Bibel steht.

»Er kann kein Blut sehen, der arme Kerl. Ist glatt umgekippt …«

Nebenan im Damenbad hört man Atzko wütend schimpfen.

»Raus … was willst du … du Ferkel … geh weg …«

»Sorry … I am so sorry … ich dachte, du bist in danger …«

»Lass endlich Vorhang los! Verschwinde …«

Gleich darauf torkelt Alan in die Küche und lässt sich auf einen Stuhl fallen. Er ist bei seinem Rettungsversuch ziemlich feucht geworden.

»Warum hat sie geschrien?«, frage ich.

Er schnaubt und wischt sich mit dem Handrücken über das nasse Gesicht.

»Wasser war plötzlich kalt …«, sagt er dumpf.

Ich brauch jetzt auch gleich einen Stuhl. Da weiß

man wirklich nichts mehr zu sagen. Männer! Der eine fällt in Ohnmacht, weil er sich in den Finger geschnitten hat. Der andere will eine nackte Frau unter der Dusche retten …

»Kein Strom …«, sagt Claudia. »Der Kühlschrank ist dunkel …«

»Verstehe«, murmelt Alan. »Durchlauferhitzer … Strom weg, Wasser kalt …«

»Gib mal das Küchenpapier«, fordert Ricci. »Basti kommt zu sich …«

Ich kapiere als Erste und reiße ein Stück Krepppapier ab, um damit Bastis Finger zu umwickeln. Sonst taucht er am Ende gleich wieder weg, wenn er das Blut sieht. Großer Gott – und das sind die Burschen, die man in den Krieg schickt.

»Mir ist schlecht …«, haucht Basti. »Oh, ist mir schlecht …«

Ricci flößt ihm kaltes Wasser ein, streicht ihm sanft über die glühenden Wangen, erklärt, dass jetzt alles wieder gut sei. Basti schluckt, hustet, schluckt. Dann sieht er mich und reißt sich zusammen. Will auf keinen Fall als Weichei vor mir dastehen. Oder dasitzen …

»Ich war wohl kurz weg«, meint er und grinst mich beschämt an. »Die Hitze, weißt du … Kam alles zu schnell … Bin schon wieder okay …«

Er nimmt Ricci das Glas aus der Hand und trinkt den Rest Wasser in einem Zug aus.

»Sagt mal«, meint er dann und gibt Ricci das leere Glas zurück. »Da hat doch wer geschrien. Bin richtig erschrocken …«

»Das war Atzko unter der Dusche …«, knurrt Alan.

»Atzko?«, sagt Basti und schüttelt den Kopf. »War das nicht Friedemann?«

Stimmt. Bond hat als Erster gebrüllt. Das habe ich völlig außer Acht gelassen. Verdrängt, weil ich den Typ nicht leiden kann.

»Wir müssen nach ihm sehen«, meint Claudia besorgt. »Am Ende ist ihm etwas passiert.«

»Aber nur, wenn er nicht unter der Dusche steht«, sagt Ricci, wobei sie exakt das ausdrückt, was ich gerade denke. Friedemann Bond unter der Dusche ist eine grausige Vorstellung …

»Gehen wir gemeinsam«, schlägt Alan vor. »Ich stütze dich, Basti.«

»Geht schon … Was ist das da an meinem Finger?«

»Nichts«, sagt Ricci. »Nur ein kleiner Schnitt. Nicht der Rede wert.«

Basti ist tapfer. Er wickelt das Papier ab, erschauert und meint dann zu mir, das sei wirklich gar nichts. Da brauche man nicht einmal ein Pflaster. Er ist wirklich süß, der kleine Angeber. Aus purer Nächstenliebe lege ich ihm stützend den Arm um die Taille, und wir gehen Seite an Seite die Treppen hinauf. Die anderen sind schon oben.

»Koschinski!«, sagt oben jemand in düsterem Opernpathos. »Dieser dreckige Schmierenkomödiant!«

Basti und ich sehen uns an. Es hört sich an, als sei Friedemann Bond am Leben, wenn auch bei schlechter Stimmung. Koschinski?

Wir steigen die letzte Treppe hinauf, wobei es Basti auf einmal nicht mehr eilig hat. Er scheint meine Samariterdienste falsch zu verstehen, denn er murmelt etwas von meinem weichen Haar und dem angenehmen Duft meiner Haut. Sein Hormonspiegel muss gewaltig sein, denn meines Wissens ist mein Haar immer noch voller Spinnweben und ich rieche nach dem gruftigen Staub der Jahrhunderte.

Oben stehen die besorgten Schüler an der offenen Zimmertür ihres Meisters, ihre Körperhaltung drückt Ratlosigkeit aus.

»Friedemann! Bist du wohlauf?«, ruft Basti und löst sich von mir, um ins Zimmer seines Meisters zu treten. Bond hockt auf seinem zerwühlten Lager, das Gesicht fahl, das Haar zerzaust, hilflose Verzweiflung in den Augen. Überall sind weiße und graue Federchen verteilt, auf dem Boden, an den Gardinen, auch auf Bonds Hemd, auf der hellen Hose, in seinen Haaren.

»Wohlauf?«, stöhnt er. »Ich bin am Ende. Das Schicksal will mein Verderben!«

Nach Basti und Atzko erwarte ich jetzt das Schlimmste. Ein Huhn in seinem Bett? Ein Albatros? Ein Vogel Strauß?

»Wer von euch hat dieses Radio angeschaltet, während ich geschlafen habe?«

Er zeigt mit wilder Abscheu auf einen zerbeulten Blechkasten, der neben der Kommode auf dem Fußboden liegt und einmal ein Transistorradio gewesen ist. Jemand muss dem armen Gerät übel mitgespielt haben, die Rückwand hat sich gelöst, man kann in sein Inneres hineinschauen.

»Ich nicht ...«, sagt Basti. »Ich war in der Küche.«

»Wir auch«, erklären Claudia und Ricci wie aus einem Mund.

»Ich war joggen im Park«, gibt Alan an.

»Ich war auch joggen ...«, sagt Atzko, die im langen Shirt und mit nassen Haaren an der Türschwelle steht.

Bond richtet seine braunen Sumpfaugen auf mich.

»Und Sie? Wo waren Sie, Frau von Kerchenstein?«

Alle schauen zu mir, und ich merke, dass mich das verlegen macht.

»Ich war ... im Garten. Basilikum holen. Und Schnittlauch ... für den Salat ...«

Ich spüre Riccis und Claudias misstrauische Blicke. Verflixt. Ich kann schlecht erzählen, dass ich einen geheimen Treppengang erforscht habe, durch den Eingeweihte Zugang zu allen Stockwerken dieser Villa haben. Das würde Bonds Stimmung kein bisschen heben.

»Basilikum ...«, wiederholt der Meister in ungläubigem Tonfall.

Ich ärgere mich. Was bildet der sich eigentlich ein? Dass ich mich heimlich in sein muffiges Schlafzimmer schleiche, um sein Radio einzuschalten?

»Die Frage wäre wohl eher, wer das Radio ausgeschaltet hat«, kontere ich und blicke auf die kläglichen Reste des Geräts.

Bond schnaubt durch die Nase.

»Bildnis-Arie. Johann Krahl. Koschinski-Schüler. Nie war ein Erwachen schrecklicher. Ich habe das Kopfkissen als Objekt meiner tiefsten Verzweiflung und Empörung …«

Welch eine Tragödie! Er hat den Schüler seines Kontrahenten im Radio gehört. Künstler sind ja alle Spinner. Berufskrankheit. Aber dieser Bond ist der absolute Oberspinner. Haut mit dem Kopfkissen auf den Radioapparat ein. Jetzt sehe ich auch das leere Inlett, es liegt neben ihm auf dem Bett, mit grauen Flaumfederchen gespickt.

»Johnny Krahl«, murmelt Basti. »Hat er gut gesungen?«

Gleich darauf duckt er sich unter Bonds vernichtendem Blick. Solch eine Frage stellt man einem Friedemann Bond nicht. Die Schüler der Konkurrenz singen immer grottenschlecht. Ganz besonders die Schüler eines gewissen Koschinski. Die singen völlig indiskutabel.

Alan nimmt die Sache von der praktischen Seite und nähert sich dem Objekt des Terrors. Er zieht das Stromkabel aus der Steckdose und dreht das kaputte Gerät mithilfe eines hölzernen Kleiderbügels hin und her.

»Komisch«, murmelt er. »Da ist Strom falsch angeschlossen.«

»Wie willst du das wissen?«, fragt Claudia ungläubig. »Ist doch sowieso alles kaputt.«

Alan schaut sie von unten herauf unfreundlich an.

»Da geht Stromkabel an Metallgehäuse. Kannst du sehen? Setz Brille richtig auf …«

Claudia dreht sich beleidigt weg, dafür reckt Atzko den Hals nach der Radioruine.

»Das ist gefährlich«, sagt sie und nickt wissend. »Kaputte Radio muss man wegwerfen.«

Sie erhält keine Antwort. Alan steht auf, kratzt sich den wilden braunen Haarschopf und fragt den Maestro, ob er das Gerät in letzter Zeit in Reparatur gegeben hat.

»Wieso ich?«, ruft Bond aus. »Mir gehört das Teufelsding nicht. Ich brauche kein Radio. In meinem Kopf ist die Musik der großen Meister aller Jahrhunderte versammelt ...«

»Dann stand es also hier im Zimmer?«, will ich wissen.

Bond schaut mich vorwurfsvoll an. Anscheinend verdächtigt er mich immer noch, ihn im Dienste Koschinskis psychisch gefoltert zu haben.

»Muss es ja wohl ...«, knurrt er.

»War es gestern auch schon da?«

Der Maestro schnaubt zornig und fährt mit der Hand über seine gesträubten Haarreste.

»Woher soll ich das wissen? Schafft mir das Ding aus den Augen. Nehmt es weg. Ich will es nicht mehr sehen ...«

»Okay«, sagt Alan.

Er spießt das zerstörte Radio auf den Kleiderbügel und trägt es aus dem Zimmer. Mit dem Mordgerät am Stiel geht er die Treppe hinunter, während oben in Bonds Zimmer Ricci die Angelegenheit energisch in ihre Hände nimmt.

»Ich denke, wir sollten uns von diesen kleinen Ärgernissen nicht allzu sehr beeindrucken lassen«, verkündet sie in die Runde. »Schließlich haben wir ein großes Ziel vor Augen, nicht wahr, Friedemann? Ich schlage vor, wir essen jetzt unseren Tomatensalat und setzen dann den Unterricht fort. Oder ist jemand anderer Ansicht?«

Alle stimmen ihr zu, auch Bond nickt. Er behauptet, noch unter Schock zu stehen, aber für seine Schüler gäbe er das Letzte. Er stemmt sich vom Bett hoch und streckt sich, pult ein paar Federchen von der Jacke. Atzko läuft herbei und zupft ihm dienstfertig die Federn von der Hose, Claudia nimmt sich des schlaffen Kisseninletts an, Basti – gerade eben selbst noch unsicher auf den Beinen – bietet seinem Maestro den stützenden Arm.

In der Küche klappert Ricci schon mit den Tellern, man hört ihre energische Kommandostimme. Bond ist noch zu angeschlagen, um zu widersprechen – er geht brav an Bastis Arm die Treppe hinunter und lässt sich in die Küche führen. Dort sitzen wir um den Tisch, essen Tomatensalat mit Mozzarella, Gurkenstückchen und schwarzen Oliven, dazu Brot, das vom Frühstück übrig geblieben und inzwischen steinhart geworden ist. Die Stimmung ist gedämpft, Basti betrachtet heimlich den verletzten Finger, Claudia kämpft mit einem Olivenkern, der sich in der Zahnspange festgeklemmt hat, Bond stellt misstrauisch fest, dass kein Basilikum am Salat sei. Ricci erfragt unsere kulinarischen Vorlieben und Abneigungen und erstellt eine Einkaufsliste, die sie an die Caminos geben wird. Alan erscheint etwas später und überbringt Mamma Italias tausendfache Entschuldigung wegen des defekten Radios. Es habe früher einmal Carlos Mandrini gehört, sie wisse gar nicht, wie es in Bonds Zimmer geraten sei.

Es passt alles, denke ich beklommen. Bruno hat das präparierte Radio eingeschaltet in Bonds Zimmer gestellt und dann den Stecker eingestöpselt. Dazu musste er das Gerät gar nicht anfassen. Ich schlucke trocken. Also doch keine harmlosen Spiele. Kein heiterer Zeitungsartikel über die Geheimnisse einer ländlichen Villa in der Toskana. Es tut weh, weil ich von einer Verliebtheit Abschied nehmen muss. Durch den Gesindegang in Bonds Schlafzimmer einzudringen und das Mordgerät aufzustellen, war für ihn eine Kleinigkeit, zumal der Gesangspädagoge in tiefem Schlaf lag.

»Tja«, sage ich zu Alan. »Sammelt sich halt eine Menge Elektroschrott an in so einem alten Gemäuer, da muss man aufpassen. Hat jemand versucht, das Fernsehgerät im Billardzimmer einzuschalten?«

»Untersteht euch!«, ruft Bond, der vor Schreck aus seiner Lethargie erwacht. »Wir brauchen keinen Flimmerkasten. Wir sind kreative, fantasiebegabte Menschen. Dass mir keiner dieses Teil anrührt!«

Die Schüler sind hingerissen von solcher Fürsorge. Atzko erklärt, sie würde niemals fernsehen. Claudia bekundet, nur Menschen mit geistigem Leerlauf starrten in die Glotze. Basti meint, er schaue ab und an mal eine Nachrichtensendung.

»Geht viel schneller über Facebook«, sagt Atzko lächelnd.

Sie erntet allseits erstaunte Blicke.

»Kommst du etwa ins Netz?«, will Alan wissen.

Atzkos Lächeln erstarrt. Sie hat es noch gar nicht versucht.

»Kein Netz? Aber wie geht das denn? Sie haben doch Telefon. Unten in Wohnung von Hausverwalter ist Apparat. Und auch Fernseher …«

»Hier ist die Zeit um 1970 herum stehen geblieben«, seufzt Basti.

Bond leert sein Glas, in dem sich ein trübes Gemisch aus Chianti und Kranwasser befindet. Dann wendet er sich mit väterlicher Miene an seine bekümmerte Schülerschaft.

»Richtig – hier im Tal, wo die Villa liegt, gibt es kein Internet. Eben aus diesem Grund habe ich die Villa Mandrini als Domizil ausgewählt. Ruhe und Einsamkeit, gepaart mit dieser uralten Kulturlandschaft – nur in solch einer Umgebung kann die vollkommene Konzentration auf das große Ziel gelingen. Liebesgeflüster per Handy brauchen wir ebenso wenig wie das Abfragen der Börsenkurse oder die politischen Ereignisse im diesjährigen Sommerloch!«

Seine Zöglinge überschlagen sich nicht gerade vor Dankbarkeit. Claudia bemängelt, dass man auf diese Weise auch keinerlei Erdbebenwarnung erhalte, und Alan murrt, dass seine Freundin in Kanada jetzt ganz sicher Amok liefe. Mir ist die Sache klar: Bond fühlt sich hier sicher, weil er glaubt, sein Phantomgegner

Koschinski könne seinen Aufenthaltsort nicht per Handysignal feststellen. Bond ist ein Spinner, er denkt mit einem Spinnerhirn. Wenn man das weiß, kann man seine Gedanken ganz leicht erraten.

Nach der vegetarischen Mahlzeit bleibt noch ein halbes Stündchen Siesta für alle, gegen vierzehn Uhr will der Maestro die öffentlichen Folterungen programmgemäß wiederaufnehmen. Ich melde mich freiwillig zum Küchendienst, um Ricci und Claudia eine passende Ausrede wegen des Basilikums auf die Nase zu binden – zu meiner Überraschung lassen sie mich jedoch mit Abwasch und Aufräumen allein.

»A presto!«

Dann eben nicht. Habe ich Zeit zum Nachdenken. Besser gesagt: zum Kombinieren, wie Meister Holmes es ausdrücken würde. Oder zum Meditieren, wie die Anhänger des neuzeitlichen Buddhismus es nennen. Ob man dabei dreckige Teller und Gabeln spülen muss, sei dahingestellt.

Wir haben also eine Leiche. Oder fast. Wenn Bond nicht so ein verdammter Hysteriker wäre, der mit Federkissen auf Radioapparate einhaut, anstatt einfach den Aus-Knopf zu betätigen, dann läge unser Star-Pädagoge jetzt wohl verschmurgelt in seinem Zimmer.

Weiterhin haben wir einen Verdächtigen: Bruno.

Aber warum wollte er Bond per Stromschlag in die Auen der Glückseligen katapultieren? Im Dienste Koschinskis? Das glaubt auch nur Bond, dieser Spinner. Warum dann? Mir fällt das Gespräch ein, das Oma bei dunkler Nacht mit ihrem ehemaligen Lover Alessandro Mandrini geführt hat. Sein Sohn Carlos in Florenz will also ein Luxushotel mit Sternerestaurant aus der Villa machen. Da muss er gut bei Kasse sein, der Herr Rechtsanwalt, der Umbau kostet garantiert ein Vermögen. Und den Zauber der alten Zeit, den Hauch von Casanova und Medici, von Risorgimento und Napoleon Bonaparte – das alles würde dabei totrestauriert. Irgendwie verständlich, dass der alte Mandrini sich dagegen sträubt.

Hm ja – Carlos Mandrini ist schon über fünfzig, vielleicht denkt er, dass er mit seinen Plänen langsam zu Potte kommen muss, bevor ihn die Altersdemenz ereilt. Vielleicht will er dem Herrn Papa die Villa vermiesen, indem er seine Gäste vergrault? Hat er Bruno zu diesem Zweck angeheuert?

Aber dazu muss man uns ja nicht gleich umbringen. So ein Todesfall ist schließlich keine gute Werbung für ein künftiges Luxushotel.

Nein – das passt alles nicht zusammen. Oder? Vielleicht wäre Bond an dem Stromschlag ja gar nicht gestorben. Ein ordentlicher Schock? Eine kleine Lähmung? Sprachlosigkeit? Der Gedanke gefällt mir. Bruno ist kein Mörder, er ist ein netter Bursche. Er wollte Bond nur erschrecken. Die Aktion verlief zwar nicht nach Plan, aber dennoch erfolgreich, was am Radioprogramm lag. Manchmal kommt einem eben der Zufall zu Hilfe …

Aber wird sich Bruno damit zufriedengeben? Nein, bestimmt nicht. Was auch immer sein Auftraggeber ihm versprochen hat – er bekommt es erst, wenn wir alle fluchtartig die Villa verlassen haben.

Gut kombiniert, Henni. Wer hätte gedacht, dass sich Geschirrabwaschen so anregend auf die grauen Zellen auswirkt? Ich stelle den letzten Teller auf das Abtropfgestell und fische in der trüben Brühe nach den Gabeln und Löffeln.

Bruno Schlaukopf weiß, dass ich ihm auf der Spur bin. Ganz sicher hat er meine Füße in den goldfarbigen Riemchensandalen wiedererkannt. Was also wird er unternehmen, damit ich ihn nicht verrate? Erpressung? Mord? Unsinn! Bruno wird mich aushorchen, um herauszufinden, was ich weiß. Danach wird er versuchen, mich auf seine Seite zu ziehen. Wie? Er wird mich verführen.

Ich muss grinsen. Dieser Gedanke gefällt mir außerordentlich. Tatsächlich wäre es die angenehmste und sicherste Art, sich eine Verräterin vom Halse zu schaffen. Natürlich werde ich darauf eingehen. Zum Schein, versteht sich. Meine Aufgabe ist es, den Verführer, um ihn zu überlisten, selbst zu betören. Ihn auszuhorchen. Ihn zu überführen. Ihn vorwurfsvoll zu fragen:

»Was denkst du dir eigentlich dabei? Weißt du, wie viel achthundert mal sieben sind?«

Wenn er Bond und seine Schüler schon vergraulen will, dann soll er damit gefälligst warten, bis ich genug Stunden zusammenhabe. Ein Pinienast oder ein Blumentopf kurz vor der Abreise. Meinetwegen auch eine schwarze Dame. Gespenster machen sich immer gut. Ein Sternehotel mit einer mysteriösen Gestalt, die nachts durch die Zimmer geistert, wäre ein Geheimtipp. Papa hätte da vermutlich noch ganz andere Ideen. Was für ein Glück, dass er sich dieses Mal wohl aus meinen Angelegenheiten heraushalten will.

Den Nachmittag über ist Bond nicht in Form. Er bedenkt Atzko nur mit der Bezeichnung »singende Säge« und verbietet ihr, bei ihrer Darbietung emphatisch die Hände auf die Brust zu pressen. Das sei unterste Schublade, gehöre in die Jahrmarktbude, höchstens die Dame ohne Unterleib könne noch solche Gestik pflegen, wettert er. Da Atzko nicht weiß, was eine Dame ohne Unterleib ist, und Bond es ihr auch nicht erklären will, bleiben ihr nur düstere Vermutungen. Sie darf einige Takte ihrer Wettbewerbsarie singen. »Caro nome che il mio cor …« Teurer Name, dessen Klang … die Arie der Gilda aus *Rigoletto*. Ich habe wenig mit der Begleitung zu tun, weil Bond ständig unterbricht, aber die makellos klare Stimme der Japanerin ist schon beachtlich. Sie interpretiert auch nicht übel, bringt die Süße der allerersten Verliebtheit gut rüber, ihre Koloraturen klingen wie zarte Glöckchen. Trotzdem ist mir das alles zu verkopft, zu gut überlegt und zu perfekt ausgeführt. Aber mein Urteil leidet darunter, dass ich erstens Atzko nicht mag und zweitens meine Gedanken andere Wege gehen.

Ich habe Brunos Vorschlag, heute Abend gemeinsam zu Faustos Gasthof zu wandern und dort zu essen, vor Beginn des Unterrichts weitergegeben, allerdings keine eindeutige Antwort erhalten: Mal sehen … Vielleicht … Lass uns erst einmal arbeiten … wir entscheiden das nachher … ich glaube, ich werde todmüde sein …

Echte Begeisterung hört sich anders an. Es ärgert mich, weil es meine Pläne in Bezug auf den schlauen Bruno behindert. Außerdem weiß man nicht, welche bösen Scherze er sich für die kommende Nacht ausdenkt, falls wir uns entscheiden sollten, hierzubleiben …

»Caro nome che il mio cor …«

Der armen Gilda wurde ein Sack übergezogen, und dann hat man sie erstochen. Sie stirbt als liebendes Opfer, um das Leben des Geliebten zu retten. Obgleich sie weiß, dass er ihr untreu ist, tut sie das … Schon ziemlich pervers, dieser Verdi. Trotzdem ist seine Musik großartig. Ich spiele die absteigende Skala, zart, Ton für Ton, die Verzückung einer jungen, hingebungsvollen Liebe. Eine Liebe, die brutal missbraucht wird und dennoch groß und edel bleibt … Ach, wie schön …

Musik ist Zauberei. Sie packt dich jenseits deines

Verstandes, schleicht sich dorthin, wo die Gefühle hausen, wo du wehrlos bist. »Ella giammai m'amo …«

Was hat Bond, dieser Menschenquäler, gerade gesagt? Ein Vibrato wie ein Zitteraal? So ein Quatsch. Alan singt diese Arie großartig. An einem der Fenster sind die Läden nicht geschlossen, ich kann einen Ausschnitt der hellgrünen Hügel sehen: Schlanke Zypressen heben sich wie dunkle Ausrufezeichen ab, gelbe Äcker, Buschwerk und junge aufstrebende Pinien … eine Sinfonie aus schimmernden Farbtönen und weichen Linien … und dazu der warme, dunkle Bassbariton, der so tief bewegt die Klage des einsamen, grausamen König Philipp vorträgt.

»Sie hat mich nie geliebt …«

Merkwürdig ist schon, dass all diese fürchterlichen Dramen und Todesfälle doch so süß zu Herzen gehen, wenn sie mit schöner Stimme vorgetragen werden. Was wäre eine Oper ohne Emotionen? Ohne blutige Morde? Langweilig wäre das. Gilda bleibt brav bei ihrem Papa und wird eine alte Jungfer. Don Carlos heiratet seine Stiefmutter, die Traviata schluckt Penicillin und muss nicht mehr husten. Nein – so ein Todesfall belebt doch ungemein …

Als Bond am späten Nachmittag den Unterricht beendet, hat die berauschende Mischung aus Musik, Leidenschaft und besonnter Toskana ihre Wirkung getan. Wir alle sind in einer seltsam glückseligen Stimmung, wir lächeln befreit, machen uns gegenseitig Komplimente, und Bond lässt sich sogar dazu herab, mein »einfühlsames« Klavierspiel zu loben. Dass er mich noch vor drei Stunden verdächtigt hat, in seinem Schlafzimmer ein Radiogerät eingeschaltet zu haben, hat er komplett vergessen.

Wollen wir heute Abend nun zu diesem hübschen kleinen Gasthof wandern? Aber natürlich, was für eine wundervolle Idee. Fausto heißt der Wirt? Wie sinnig, man muss gleich an Johann Wolfgang denken, den Goethe. Ach ja, dieser Bruno. Der ist ein so netter Bursche. Kommt nach seiner Tante, der Mamma Italia. Von seinem Onkel, dem grätzigen Griesgram, hat er gar nichts.

Bond stellt die Bedingung, dass weder Smartphone noch Tablets noch sonst etwas in dieser Richtung mitgenommen werden dürfen. Man fügt sich, der Maestro hat das Sagen, auch wenn man da oben auf dem Hügel natürlich endlich mal ins Internet käme.

Claudia wird zu den Caminos geschickt, um Bruno zu sagen, dass wir sein Angebot gern annehmen. Festes Schuhwerk wird uns empfohlen, auch eine Strickjacke für die Kühle der Nacht.

»Perdindirindina – Sie singen wie von Mailänder Scala …«, hört man Mamma Italia schwärmen. »Ich bin ganz verliebt … kann nix arbeiten. Muss nur immer zuhören …«

Claudia lächelt mit Zahnspange und läuft in den ersten Stock, um die Jesuslatschen gegen feste Wanderschuhe zu tauschen. Man hört Atzko gurgeln, sie benutzt ein nach Pfefferminz und Salbei stinkendes Gebräu, um ihre wertvolle Kehle zu pflegen. Bei den Herren oben wird fleißig geduscht – Basti darf jetzt endlich seine Shorts anziehen, da wird er glücklich sein. Ob er sich wohl bei Atzko die Sonnencreme holt?

Na also. Läuft doch wie am Schnürchen. Ich entdecke meinen Kater im Innenhof auf einem Mäuerchen, wo er sich um eine schwarz-weiß gefleckte Katzendame bemüht, und stelle mir die bunte Nachkommenschaft vor, die wir hier hinterlassen werden. Mamma Italia sitzt jetzt mit ihrem Giuseppe im Hof, sie trinken Wein und unterhalten sich eifrig – wie nett, so ein altes Ehepaar, das sich immer noch viel zu sagen hat. Zumindest Mamma Italia ist sehr redselig, ihr Mann hört eher zu und wirft hin und wieder ein Wort dazwischen. Die streiten doch nicht etwa? Ach nein – das ist nur das südländische Temperament, das mit ihr durchgeht.

Eine halbe Stunde später sammeln sich Lehrer, Schüler und Pianistin unter den dorischen Säulen des Villenvorbaus, wo Bruno auf uns wartet. Du meine Güte – er sieht wirklich fantastisch aus, dieser neuzeitliche Marc Anton in Shorts und T-Shirt! Braun gebrannt von toskanischer Sonne, sprühend vor Lebenslust, nur ein klein wenig Bauchansatz – nun ja, er ist ein Schreiberling, treibt halt zu wenig Sport. Auch die vielen dunklen Haare an seinen Armen stören mich etwas – aber das ist halt so bei diesen Südländern. Seine Hände sind perfekt, nicht zu breit, schlanke Finger, trotzdem sehr männlich. Dazu könnte mir viel einfallen …

Henni, reiß dich am Riemen, denke ich. Immer das Ziel im Blick, auch wenn's schwerfällt. Einlullen, ausfragen, überführen. So herum geht die Uhr. Nicht, dass der Typ morgen früh neben mir im Bett liegt, und wir haben über das Wesentliche noch gar nicht geredet.

»Hast du keine Jacke dabei, Henni?«, fragt er mich besorgt. »In diesem dünnen Hemdchen wirst du heute Nacht bestimmt frieren.«

Sein Blick wandert dabei wohlgefällig über mein hauchzartes, kaum das Knie bedeckende Kleidchen, sodass ich ihm seine Frage vergebe. Bevor ich antworten kann, ist Basti zur Stelle.

»Im Notfall bekommt sie mein T-Shirt«, bietet er sich an, ohne den Blick von meinem – auf einem französischen Wochenmarkt erworbenen – Flatterteil wenden zu können. Auch Alan starrt mich an, sogar Bond, der in weißen langen Hosen und passendem Poloshirt erschienen ist, widmet mir seine Aufmerksamkeit.

»Festes Schuhwerk hat man uns geraten, Frau von Kerchenstein. Diese Riemchensandalen sind geradezu eine Einladung an Skorpione und Schlangen. Der Biss der toskanischen Sandviper ist absolut tödlich.«

Er selbst trägt blütenweiße Schuhe aus Leinen. Bruno hat die knirschenden Sporttreter heute nicht an, sondern braune Lederschuhe. Aha!

»Schlangen sind auf den Fahrwegen eine Seltenheit«, beruhigt er. »Allerdings könnte Henni im Dunkeln stolpern und sich einen Fuß verletzen.«

»Eure Besorgnis rührt mich zutiefst«, knurre ich. »Das nächste Mal nehme ich den Pelz mit und ziehe Sicherheitsschuhe an.«

Ricci grinst breit, Basti erklärt, mich im Notfall auf

seinen Armen zu tragen. Ach, er ist so ein lieber Kerl – aber ich muss ihn heute Abend irgendwie kaltstellen. Wenn mich irgendjemand auf seinen starken Armen tragen wird, dann sollte das Bruno sein. Aus den uns bekannten Gründen.

Beim schrägen goldfarbigen Licht der Abendsonne beginnen wir die Wanderung. Alan und Ricci laufen voran, sehen sich immer wieder um und vergrätzen den Rest der Gruppe durch aufforderndes Zuwinken.

»Wo bleibt ihr denn? Die warten doch auf uns!«

»Nur die Ruhe!«, antwortet Bruno ihnen gut gelaunt. »Genießen wir den schönen Spaziergang!«

Wir lieben ihn dafür. Dass Alan sportlich ist, war von vornherein klar, aber dass Ricci ihre hundertundmehr Kilo derart mühelos den Hang hinaufschwingt, hätte keiner von uns für möglich gehalten. Bruno ergeht sich in Geschichten über die Toskana, lässt die Sippe der Medici wieder aufleben, Künstler und Krieger, Händler und Galgenvögel, edle Fürsten, schöne Frauen und jede Menge Giftmorde. Es scheint ihm Vergnügen zu bereiten, uns alle zu unterhalten, er scherzt mit Atzko und Claudia, schwatzt mit Basti über schnelle Autos und schafft es sogar, auf Bonds Lippen hin und wieder ein Lächeln zu zwingen. Meine Hoffnung, schon auf dem Hinweg ein Weilchen mit ihm allein zu bleiben, erfüllt sich nicht. Im Gegenteil, ich habe eher den Eindruck, dass der schöne Bruno mir ausweicht. Entweder will er mich gar nicht verführen, oder er wartet damit, bis ich genügend Chianti zu mir genommen habe und die nächtliche Dämmerung seinen Absichten zusätzlich zu Hilfe kommt.

Wie auch immer – die Hügel in der Abendstimmung sind ein Ereignis. Eine Wellenlandschaft in magisch grünem Glanz, vom taubenblauen Himmel überwölbt, längliche Pinienschatten zeichnen schwarze Muster in die Hänge. Buschwerk in zitterndem Grüngold, das warme Ocker der Felder, die kleinen Gehöfte, die sich wie rötliche Steinhaufen an die Hügel schmiegen. Dazu das beständige Konzert der Grillen, laut und eintönig, flirrend wie die heiße Luft am Mittag. Ab und zu ein leichter Windhauch, der uns die feucht geschwitzte Haut kühlt und viel zu schnell vergeht. Was für eine Landschaft! Ich bleibe stehen und wende mich um, schaue zurück zu der weiß getünchten Villa Mandrini, die in einer Senke liegt und gegen die bescheidenen toskanischen Bauernhäuser wirklich herrschaftlich wirkt. Ach, die gute alte Zeit – wie romantisch und anheimelnd sie doch ist. Wenn man nicht so genau hinschaut …

Die grünen Fensterläden sind jetzt geöffnet, offensichtlich war Mamma Italia unterwegs, um die Abendkühle in die Räume zu lassen. Oben im zweiten Stock blitzt etwas in der Abendsonne auf. Hat jemand einen Fensterflügel bewegt?

»Ein Fernglas«, sagt Claudia, die neben mir steht und ebenfalls zur Villa hinüberblickt. »Da steht jemand am Fenster und schaut durch ein Fernglas in die Gegend.«

Zweifelnd sehe ich sie an. Schließlich ist sie Brillenträgerin, und man muss davon ausgehen, dass sie schlechte Augen hat.

»Weitsichtig«, erklärt sie. »In der Entfernung sehe ich scharf wie ein Adler. Wenn ich auf der Bühne stehe, kann ich jeden Mitesser auf den Gesichtern der Zuhörer ausmachen. Aber meinen Partner, der direkt vor mir steht, erkenne ich nur in Umrissen.«

»Das ist schlecht für Beruf ...«, sagt Atzko. »Du kannst in Orchestergraben fallen und dir Notenständer in Bauch spießen.«

Während ich darüber nachgrübele, wer uns wohl von der Villa aus mit einem Fernglas ausspäht, erzählt sie mir von trüben Erfahrungen mit Kontaktlinsen, die ihr in unpassenden Momenten herausfallen, und von ihrem neuen Kieferorthopäden, der blendend aussieht, aber leider immer nach Knoblauch riecht.

»Wenn man so lange mit offenem Mund vor ihm sitzen muss, ist das schon ein wenig lästig ...«

Basti legt mir vorsichtig den Arm um die Schulter.

»Nicht trödeln, Mädels. Sonst läuft uns Bruno mit dem Maestro davon.«

Unfassbar! Bruno, der Tausendsassa, hat Friedemann Bond bezirzt. Die beiden gehen dicht nebeneinander, Bond redet unentwegt und gestikuliert dabei mit beiden Händen. Bruno nickt dazu, hin und wieder sagt er ein paar Sätze, die Bonds Aufregung weiter anheizen.

»Worüber reden die?«, will ich wissen.

»Bruno kennt Koschinski«, sagt Basti. »Er hat ihn mal interviewt.«

»Den gibt's also wirklich?«

Basti lacht, als ich erkläre, ich hätte Koschinski für ein Phantom gehalten.

»Klar, Manuel Koschinski. Atzko hatte sogar zwei Jahre Unterricht bei ihm. Stimmt's, Atzko?«

Die Japanerin hat es auf einmal eilig, sie zieht davon, ohne zu antworten, und schließt zu Bond und Bruno auf.

»Atzko hatte bei Koschinski Unterricht?«, staune ich. »Weiß Bond das?«

Basti, der harmlose Bursche mit dem simpel strukturierten Hirn des Tenors, hat sich darüber noch keine Gedanken gemacht. Er selbst hat es an der Hochschule von irgendjemandem erzählt bekommen.

»Dann sollten wir es besser nicht an die große Glocke hängen«, findet Claudia. »Das ist Atzko bestimmt nicht recht.«

Basti nickt gehorsam und meint dann, wir Frauen hätten doch immer das bessere Feingefühl. Wobei er allerdings nur mich ansieht.

Die letzten Zypressenschatten streichen langsam über uns hinweg, das steinerne Gebäude mit dem tief herabgezogenen Schindeldach erscheint aus der Nähe viel größer, man sieht durch die offenen Fenster in eine ultramoderne, chromblinkende Profiküche hinein. Fausto scheint in der Hoffnung auf großzügige Feriengäste mächtig investiert zu haben.

Wir lassen uns im Hof an einem rustikal gedeckten Tisch unter einer Pinie nieder und werden von einem braungelben Hund ausgiebig beschnüffelt. Besonders ich. Vermutlich rieche ich aufregend nach Walter von Stolzing.

Fausto erscheint an der Küchentür, ein stattlicher Mittfünfziger mit grau meliertem Lockenhaar und tiefschwarzen melancholischen Augen. Er begrüßt Bruno mit einer kurzen Umarmung und hält dann eine Willkommensrede, die Bruno übersetzt. Faustos Ahnen sitzen seit Jahrhunderten auf diesem schönen Fleckchen Erde, früher waren sie Vasallen der Grafen und Fürsten, jetzt aber seien sie frei und hätten beschlossen, ihr Leben in die eigenen Hände zu nehmen …

Während er daherschwatzt, schenken uns zwei junge Frauen großzügig Wein ein. Als Claudia nach Wasser fragt, schütteln sie die Köpfe und wollen nicht verstehen.

Eine Speisekarte gibt es nicht, wir müssen essen, was der Chef gekocht hat. Von Veganern, Vegetariern, Rohkostlern, Trenn- oder sonstigen Kostlern hat er ganz offensichtlich noch nichts gehört. Aber wir sind mit allem zufrieden, denn es ist wunderschön, unter den beschirmenden Ästen der Pinie zu sitzen, Chianti zu trinken und den Sonnenuntergang zu verfolgen. Rote Fluten breiten sich über die Landschaft aus, die Äcker glühen, der Himmel leuchtet in hellem Orange. Als die Sonnenscheibe hinter dem Hügel versunken ist, schaltet Fausto die bunten Lichterketten ein, und wir stellen fest, dass Friedemann Bond verschwunden ist.

»Er muss kurz telefonieren …«, erklärt Bruno, der sich zwischen Atzko und Bond gesetzt hat. »Ich habe ihm mein Handy gegeben.«

»Allerhand!«, entfährt es Basti.

»Darf ich dann auch …«, fragt Alan.

»Natürlich. Gern. Oben bei der Scheune ist der Empfang am besten.«

Atzko und Claudia melden sich ebenfalls an, hoffentlich sprengt das nicht Brunos Flatrate. Basti erklärt, es warte niemand auf ihn, deshalb müsse er auch niemanden anrufen, und blickt dabei treuherzig in meine Richtung. Hier in der schönen Toskana, an diesem wundervollen Ort hoch oben auf dem Hügel befände sich alles, was er zu seinem Glück benötige. Dabei rutscht er auf der Bank dicht an meine Seite, und ich kann jetzt die Sonnencreme riechen, die er sich von Atzko geliehen hat. Der Wein, von dem wir nur ein paar Schlucke getrunken haben, tut bereits seine Wirkung. Man hört Bond neben der Scheune in Brunos Handy sprechen, er flötet süß, der Maestro, lacht, witzelt, gurrt – kurz, er schwatzt daher wie ein verliebter Idiot.

»Mit wem redet er wohl?«, überlegt Ricci. »Lisa-Marie, Carina oder Helga-Charlotte?«

Atzko lächelt vielsagend und meint, es sei Carina.

»Lisa-Marie ist für Organisation, Helga-Charlotte ist für Repräsentieren. Carina ist für Bett«, erklärt sie.

Anstrengend, denke ich. Aber praktisch. Männer kriegen so was fertig, ich schaffe das nicht. Es sind Omas altmodische Grundsätze, die mir das Leben versauen. Ich will einen. Nur einen einzigen. Aber den für alles. Das Problem dabei ist nur …

»Du kommst mit uns nach Busseto, nicht wahr?«,

drängelt Basti neben mir und reibt mir die Schulter. Puh – er hat Hände so heiß wie ein Bügeleisen. »Ohne dich kann ich dort nicht auftreten, Henni. Das kannst du doch nicht wollen, oder?«

Es scheint die Nacht der Liebesgeflüster zu werden. Statt einer Antwort hebe ich mein Glas und proste ihm zu. Er reagiert so hastig, dass er seinen Wein verschüttet. Eine der jungen Frauen, die Fausto umgeben, gießt ihm eilig wieder nach. Langsam wird es Zeit, mich ein wenig mit Bruno zu beschäftigen, also stelle ich mein Glas ab und suche seine Aufmerksamkeit. Es ist nicht einfach, zu ihm vorzudringen, da er intensiv in ein Gespräch mit Claudia versunken ist, in dem es – soweit ich begreife – um die Bedeutung der Kirchentonarten in der Neuen Musik geht. Fast widerwillig beantwortet er schließlich meine Frage nach den freundlichen Kellnerinnen, die so eifrig um uns bemüht sind.

»Das sind alles Faustos Töchter, Schwiegertöchter und Enkelinnen. Hier bei uns in Italien wird Familie noch großgeschrieben …«

»Bei uns im schönen Taunus auch. Meine Großmutter besitzt dort ein kleines Anwesen …«

Mein Small-Talk-Versuch wird durch Bonds Rückkehr zunichtegemacht. Alan entreißt ihm das Handy und stürzt damit in Richtung Scheune davon, Claudia, die zu langsam war, kippt verärgert ein halbes Glas Chianti hinunter.

»Ich dachte, wir sollen nicht telefonieren«, sagt sie zu Bond.

»Nur im äußersten Notfall … Ich musste eine wichtige Nachricht durchgeben.«

Dank Atzkos Aufklärung wissen wir, welcher Art diese Nachricht war, sprechen es aber nicht aus. Im Grunde könnte mir Bonds erotischer Notstand gleichgültig sein, aber es ärgert mich, dass er seine Schüler so offensichtlich belügt. Er hat einen schlechten Charakter, dieser Friedemann Bond, aber das wusste ich ja schon, bevor ich mich auf diesen Kurs eingelassen habe. Hoffentlich ist er nicht auch noch geizig. Theoretisch habe ich jetzt schon eintausendsechshundert muntere Mäuse verdient.

Während Alan drüben bei der Scheune ins Handy brummelt und dazu allerlei aufgeregte, verzweifelte oder beschwichtigende Gesten vollführt, wird uns schon einmal die Vorspeise serviert. Gar nicht übel, diese faustinische Küche. Gebackene Fischlein, Oliven, Käse, Scampi, Tomaten – dazu frisches Brot und jede Menge Chianti. Ich packe mir den Teller voll und überlege schon, wie ich ein paar von den leckeren Fischfilets für Walter abzweige. Er wird hungrig sein nach seinen nächtlichen Abenteuern, der Kleine. Als ich den verträumten Blick über die inzwischen bläulich dahindämmernden Hügel lenke, stelle ich fest, dass wir einen ordentlichen Seegang haben. Der Hof mitsamt dem Tisch, an dem wir sitzen, schwankt wie ein Schiff über die stürmisch bewegten Wogen der Toskana. Höchste Zeit, mit dem Chianti aufzuhören. Das Problem ist, dass Faustos Harem die Gläser unaufgefordert auffüllt, meist dann, wenn man nicht hinschaut, sodass keiner von uns den Überblick über seinen Konsum hat. Dafür, dass wir einen Pauschalpreis für Essen und Wein ausgemacht haben, sind sie wirklich sehr großzügig. Richtig gut schmeckt das Gesöff allerdings nicht – irgendwie hat es etwas Muffiges.

Nach beendeter Vorspeise erhebt sich Claudia entschlossen, um Alan das Handy zu entreißen, was ihr, trotz leichten Schwankens beim Gehen, auch gelingt. Bruno diskutiert mit Bond über eine gewagte Inszenierung der »Zauberflöte« in Zürich, wobei Ricci und mir auffällt, dass Bond Probleme mit der Aussprache hat.

»Hat er eben ›Sauberflöte‹ gesagt?«, kichert Ricci.

Tatsächlich scheint der Chianti auch bei unserem Maestro seine Wirkung zu entfalten, denn er schwatzt von einer »groffarsigen Aufführg« an der »Werliner Offer«, bei der er den »Peppa … Pappa … den Pappascha … Pampaschallo … Papaschino …« gesungen hat.

»Den Papageno?«

»Schag isch doch …«

Die Hauptmahlzeit wird gebracht. Gebackene Hühnchen mit toskanischen Gewürzen, Salat, Beilagen. Pommes. Claudia erscheint mit tragischer Miene und gibt Bruno das Handy zurück, setzt sich hinter ihren Teller und tut mehrere tiefe Seufzer. Dann macht sie sich über ihr Brathühnchen her. Bruno schwenkt das Handy am langen Arm über den Tisch, nach dem Motto: Wer hat noch nicht, wer will noch mal? Ricci will, allerdings nicht während des Brathühnchens, sondern später. Atzko lehnt dankend ab, sie ist dicht an Basti herangerückt und teilt ihr Brathuhn mit ihm, da sie kein ganzes halbes Hühnchen essen kann. Alan verfolgt die Aktion mit düsterem Blick, auch er ist nach seinem Telefonat eher bedrückter Stimmung. Die alte Weisheit »Liebesgeflüster lohnt sich nicht« scheint sich also wieder einmal zu bewahrheiten.

Ich schaffe es einfach nicht, mehr als zwei Sätze mit Bruno zu wechseln. Was ist los mit dir, Henni? Zu schüchtern? Zu unattraktiv? Zu dämlich? Oder hat er Angst, ich könnte aus dem Nähkästchen plaudern und einen gewissen Treppengang erwähnen? Stört ihn der verliebte Basti an meiner Seite? Aber den hat inzwischen längst Atzko in Beschlag genommen, die ihm etwas von japanischen Warmbädern und dienstfertigen Geishas erzählt. Claudia mampft düster ihr Huhn in sich hinein, Alan starrt ebenso düster zu Atzko hinüber, und mir bleibt nur die unentwegte Ricci, die von all diesen Dramen nichts mitzubekommen scheint.

»Ist das nicht traumhaft hier?«, stöhnt sie begeistert. »Lasst uns den netten Leuten zum Dank etwas singen!«

Alan findet die Idee grandios, er steht auf, setzt einen Fuß auf die Bank und gibt den Stierkämpfer Escamillo aus *Carmen.* Mit Schmackes, wie man bei Oma im Taunus sagt.

»Auf in den Kampf, Torehehehero …«

»Gut gebrüllt, Löwe …«, murmelt Bruno vor sich hin.

Drüben in Faustos Küche wird begeistert geklatscht, Ricci schwingt sich von ihrem Stuhl und singt von der Zigeunerliebe, die weder Recht noch Gesetz kennt … Wie dunkel und frivol ihr Mezzo klingen kann, dieser Bond schart wirklich die Crème de la Crème der jungen Talente um sich.

Bond ist zwar besoffen, trotzdem begehrt er auf. Schluss damit! Seine Schüler singen nicht in Tavernen oder Gasthäusern. Dazu sind ihre Stimmen zu schade, solches Material, solche Kunst vergeudet man nicht an den Plebs. Sie sind den großen Opernhäusern der Welt vorbehalten. Allerdings hat er aufgrund seines Weingenusses Probleme, sich adäquat auszudrücken, keiner begreift so recht, was er sagen will.

Faustos Harem quillt auf den Hof hinaus, sie wollen noch mehr hören, und ganz nebenbei werden unsere Gläser wieder aufgefüllt.

»Trink nichts mehr von diesem Wein«, flüstert mir jemand ins Ohr. Es ist Bruno. Er steht auf einmal neben mir, und ich spüre, wie er mir ganz leicht den Arm um die Schultern legt.

»Wieso?«

»Weil ich es sage … Hör zu, ich werde gleich verschwinden. Komm nicht auf die Idee, mir nachzulaufen, ja?«

Ich begreife nicht gleich, der verdammte Wein lähmt meine Hirntätigkeit. Was hat er eben von »nachlaufen« gesagt? Eine Frechheit! Ich laufe ihm nicht nach. Er soll mir nachlaufen, so ist der Plan …

Aber dieser Abend verläuft ganz und gar unplanmäßig. Atzko streift wie zufällig Bastis Wange mit der Hand, da prescht plötzlich Alan vor und packt den verblüfften Basti beim T-Shirt.

»You stay away from Atzko … bastard … lass sie in Ruhe …«

Er schüttelt Basti so heftig, dass dem Überraschten das T-Shirt bis unter die Arme hochrutscht und dann zerreißt. Atzko kreischt auf vor Schreck, dann stürzt sie sich wie eine Furie auf Alan und krallt sich in seinem Bart fest. Ihre japanischen Beschimpfungen versteht niemand, was wohl auch besser ist.

Jetzt mischen sich Bruno und Fausto ins Handgemenge, wobei Fausto gleich einen harten, wenn auch nicht gezielten Treffer von Alan einstecken muss und rückwärts in die Arme seines Harems taumelt. Bruno gelingt es, Basti aus der Gefahrenzone zu zerren, die Fetzen des roten Shirts bleiben dabei in Alans Hand zurück. Atzko bekommt Verstärkung von Ricci.

»Hör sofort auf damit, du besoffener Holzfäller!«, brüllt Ricci und haut Alan eine runter.

»Säufer … Arschloch … Dreckskerl … Wichser …«, kippt Atzko ihre Sammlung deutscher Beleidigungen über Alan aus.

Der kommt angesichts der weiblichen Angriffe langsam zu sich und versucht, wenigstens seine Barthaare zu retten, in die Atzkos Finger immer noch gekrallt sind.

»Okay … okay … ist schon gut … Lass los … I am so sorry … Bitte … loslassen …«

Basti ist bei der Aktion rückwärtsgestolpert und auf

einen Stuhl gefallen, wobei er zwei gefüllte Weingläser umgerissen hat, deren Inhalt sich auf Bonds weiße Hosen ergießt. Der Maestro hat das Handgemenge mit ungläubigem Entsetzen verfolgt. Bei dem Anblick des blutroten Fleckens in seinem Schoß kommt wieder Leben in ihn.

»Dschrauwaruuuu …«, brüllt er, von seinem Sitz auffahrend.

Er torkelt auf Alan zu, der sich gerade von Atzko unter Aufopferung mehrerer Barthaare befreit hat, und sinkt dem verblüfften Bariton an die Brust. Alan muss seinen Maestro mit kräftigen Armen stützen, denn Bond versagen die alkoholisierten Knie.

»Scharhundertschdimme …«, lallt er. »Wewewerdi … Wewewettweweb … Aaa … aaalla … allesch … kapu … kaputt …«

Alan versteht kein Wort, aber er setzt den einknickenden Maestro mit großer Vorsicht auf einen Stuhl. Atzko knöpft ihm das Hemd auf, Ricci schreit energisch nach Wasser … Aqua … subito …

»Was hockt ihr da und gafft, blöde Hühner!«, fährt sie mich und Claudia an. »Holt Wasser …«

Ich gebe meine Haltung als alkoholbetäubte Zuschauerin auf und bewege mich, gefolgt von Claudia, hinüber in Faustos Küche, wo eine gewaltige Aufregung herrscht. Umgeben von seinem Harem sitzt der lädierte Chef auf einem Hocker, den grau gelockten Kopf gegen die Mikrowelle gelehnt, und hält sich etwas Rosafarbiges gegen das rechte Auge. Ein Schnitzel? Gott, wie eklig. Soll aber helfen.

»Wasser!«, begehre ich. »Prego … aqua … kalt, wenn möglich … caldo …«

»Freddo …«, verbessert Claudia.

Da die versammelten Damen uns offensichtlich nicht verstehen, packe ich einen der weingefüllten Krüge, kippe den Inhalt in die Spüle und fülle Kranwasser nach. Mit meiner Beute taumele ich zurück in den Hof, laufe breitbeinig wie ein Seemann bei Windstärke zehn und schaffe es, den immerhin noch halb gefüllten Krug Ricci vor die Brust zu hauen. Sie fasst geistesgegenwärtig zu und kippt den Inhalt des tönernen Gefäßes ohne Zögern über ihren lallenden Lehrer.

Die Therapie ist rau, aber erfolgreich, denn Bond findet augenblicklich seine Sprache wieder.

»Du … du … Schaboteur …«, stammelt er in Alans Richtung. »Ko…ko…koschin… Koschinski … dreckiger Vasall mei… meines Feindesch … Koschi… Koschi… Mach … kaputt … mei… mein Tenor …«

Jetzt begreift Alan endlich und schüttelt energisch das braun bewachsene Haupt.

»No … never … das ist ein Irrtum …«, brummt er verzweifelt.

»Verräter … elender …«, stöhnt Bond und fängt an zu schluchzen.

»Allesch Verräter … Feinde … Lumpenpack … Galgenvögel … Mordschgeschindel …«

»Jetzt langt's aber!«, schimpft Ricci.

Bond heult wie der berühmte Schlosshund. All die Flüssigkeit, die er im Laufe des Abends zu sich genommen hat, scheint nun wieder aus ihm herauszuquellen.

»Beruhige disch, Freudemann … Friedemann«, lallt Basti, der versucht, die Reste seines T-Shirts auf der nackten Brust zu drapieren. »Ischt … ischt doch … ischt doch nix … paschiert …«

Bond tut noch einige Schluchzer, dann fällt ihm der Kopf auf die Tischplatte. Claudia kann gerade noch einen leer geputzten Hähnchenteller wegziehen, sonst wäre die Stirn des Maestros zwischen die abgenagten Hühnerbeine geraten.

»Mir ischt schlecht …«

»Mir auch …«, murmelt Basti.

Wir sind noch nicht mal beim Nachtisch, und die Helden machen schon schlapp. Ricci schüttelt verständnislos den Kopf, Alan schweigt in tiefem Schuldbewusstsein, Atzko hat Kamm und Spiegel aus der Umhängetasche gezogen und versucht, ihr zerzaustes Äußeres zu ordnen. Wobei sie irgendwie Mühe hat, den Spiegel richtig zu halten.

»Es ist besser, wenn sich Herr Bond ein wenig hinlegt«, sagt Bruno, der sich bislang im Hintergrund gehalten hat.

Bond hat mit halbem Ohr zugehört und ruft, er wolle sofort in sein Bett.

»Fausto hat bestimmt ein weiches Sofa für Sie«, meint Bruno. »Sie sollten ein wenig ruhen, bevor Sie den weiten Weg zur Villa in Angriff nehmen.«

»Isch will in mein Bett! Jetzt gleich … Subito …«, beharrt Bond mit krähender Stimme.

»Ich begleite dich!«, erklärt Basti, der seinen geliebten Lehrer nicht im Stich lassen will.

»Ich auch!«, ruft Alan, den das Gewissen plagt.

»Ich auch!«, murmelt Claudia.

»Wir gehen alle!«, sagt Atzko. »Zu viel Wein ... zu viel Streit ...«

Bruno streckt abwehrend die Arme aus und meint, es sei besser, wenn er allein mit Bond zurückgehe.

»Sie haben sich solche Mühe gemacht«, sagt er leise und schaut dabei in Richtung Küche. »Wenn wir alle gehen, wäre das sehr unhöflich.«

Ricci gibt ihm recht. Schließlich steht noch der Nachtisch aus, und dann sollte jeder von uns wissen, wie viel Wein er vertragen kann.

»Wir sind alle erwachsene Menschen ...«

Tatsächlich hat sich die gute Ricci am besten von uns gehalten, was möglicherweise an ihrer Körperfülle liegt. Da braucht der Alkohol eine ganze Weile, um sich überallhin zu verteilen. Atzko ist – um der Höflichkeit willen – bereit zu bleiben, daraufhin setzt sich auch Alan wieder, Claudia ist gar nicht erst aufgestanden. Nur Basti besteht hartnäckig darauf, seinen Freund und Lehrer sicher ins Bett zu geleiten, sodass Bruno schließlich resigniert. Vermutlich ist es Basti zu peinlich, mit nacktem Oberkörper mit uns am Tisch zu sitzen, denn aus den erhaltenen Überresten lässt sich das T-Shirt nicht mehr rekonstruieren. Bruno und Basti nehmen den taumelnden Maestro zwischen sich und machen sich abmarschbereit. Langsam bewegt sich das Trio den Weg hinab, Bruno muss auch auf Basti achten, der ebenfalls nicht mehr ganz trittsicher ist. Die Dämmerung lässt Hügel und Bäume bläulich erscheinen, ein rauchiger Dunst steigt gleich einer Nebelwand aus dem Tal auf und entzieht die drei Männer bald unseren Blicken. Erst nach einer Weile sehe ich das zitternde Licht einer Taschenlampe, einem unsteten Glühwürmchen ähnelnd, das sich immer weiter von uns entfernt.

In meinem alkoholgeschwängerten Hirn steigt die Erkenntnis auf, dass mein Plan von vornherein großer Mist war. Falsch kombiniert, Mrs. Holmes. Bruno hat keinen einzigen Versuch gemacht, mit mir allein zu bleiben, und am Ende hat Bond, dieser Schwachkopf, meine Hoffnungen endgültig ruiniert. Da geht er also hin, der schöne Marc Aurel, betätigt sich als mildtätiger Samariter, indem er gleich zwei besoffene Sänger in ihre Betten schafft. Anstatt eine leicht beschwingte und zu jeglicher Verführung bereite Pianistin in das ihre zu geleiten ... War das Ihr Plan, Mrs. Holmes?

Es ist oft deprimierend, sich selbst auf die Spur zu kommen. Niederschmetternd im höchsten Grad. Zum Glück sitze ich zwischen Ricci und Claudia, und die beiden geben sich große Mühe, meine Stimmung zu heben. Was ihnen gemeinsam mit dem leckeren Nachtisch auch gelingt. Vanilleeis mit Amarenakirschen, Schokosößchen, Schlagsahne, knusprige Kekse ... Danach noch ein bis zwei Gläser vino rosso und einen Espresso, wir bezahlen die Zeche für die drei anderen mit und bleiben noch ein wenig sitzen ... Atzko und Alan kuscheln dicht beieinander, sie streichelt neckisch seinen zerrupften Bart, er reibt hingebungsvoll ihr Knie ... Claudia erzählt von ihrem Ex, der die Bratsche spielte und ständig unter Minderwertigkeitskomplexen litt. Ricci gibt einen Musikerwitz nach dem anderen zum Besten, ich schildere einen blutigen Mord auf Schloss Merlingshausen, den ich seinerzeit unter Einsatz meines Lebens aufgeklärt habe. Ricci lacht sich beinahe tot darüber, Claudia erklärt, sie glaube mir kein Wort, es sei aber gut ausgedacht, das müsse sie mir lassen ... Irgendwann in später Nacht, als Atzko und Alan schon japanische und amerikanische Kosenamen austauschen und Claudia wegen eines hartnäckigen Schluckaufs schweigen muss, macht uns Fausto die Lämpchen aus. Zeit, den Rückweg anzutreten, im Osten kündigt sich der junge Morgen an. Oder was auch immer. Jedenfalls glaube ich, dort einen gelblichen Schein zu sehen. Aber ich kann mich auch täuschen, der Chianti hat mich voll im Griff. Da ist es gut, zwei Freundinnen zur Seite zu haben, denn wenn eine von uns dreien fällt, können die anderen beiden sie gerade eben noch festhalten. Wenn allerdings zwei von uns fallen, kommt Ricci in Schwierigkeiten. Atzko und Alan sind irgendwo hinter uns, wir sind zu beschäftigt, um uns umzudrehen, aber die beiden gehen sicher nicht verloren, sie halten sich gut aneinander fest.

Wie wir schließlich zur Villa Mandrini gelangen, ist in meinem Bewusstsein gelöscht, erst ein lautes Bollern lässt mich meine Umgebung wieder wahrnehmen. Es ist Ricci, die mit kräftigen Fäusten gegen die Eingangstür der Villa hämmert, denn man hat uns ausgeschlossen.

»Aufmachen! Avanti! Aprire la porta! … Verdammt noch mal! Subito!«

Von hinten naht jetzt Alan, er schiebt Ricci beiseite und verpasst der hölzernen Tür ein Ding, das sie in den Angeln erzittern lässt.

»Nicht mit Gewalt …«, mahnt Claudia. »Das ist eine historische Tür …«

»Ich habe einen historischen Schlaf …«, knurrt Alan und hebt die Faust zum zweiten Schlag.

»Alan – be calm …«, flüstert Atzko zärtlich.

Der Bär gehorcht auf der Stelle, er grinst blöde und lässt den Arm sinken. Im gleichen Moment hört man einen Schlüssel im historischen Türschloss knirschen, der Sesam öffnet sich, und Giuseppe Caminos Schnurrbart taucht im Schein der Wandbeleuchtung auf.

»Buonanotte …«, murmelt Alan, froh, dass er nicht zugeschlagen hat. Camino antwortet nichts, er tritt zur Seite, um uns ins Haus zu lassen, und verrammelt hinter uns die Pforte. Was hat er denn? Gibt's hier Einbrecher? Die Gegend ist doch eigentlich sehr friedlich.

Wir sind alle vier todmüde und vom Chianti dahingemäht, daher versucht niemand, Konversation zu betreiben. Schon gar nicht auf Italienisch. Mit letzten Kräften schleppen wir uns die Marmorstufen hinauf, Ricci und Claudia taumeln nach links, wo sich ihre Zimmer befinden, ich richte meine Schritte nach rechts. Der Fußboden ist irgendwie rutschig, ich gleite aus und falle beinahe auf die Schnauze, halt mich am Türgriff des Musikzimmers fest und hänge einen Moment an der Tür, bis sich der Drehwurm in meinem Kopf beruhigt hat. Irgendwo drüben bei der Treppe vernehme ich Alans Gebrummel und Atzkos Gewisper, vermutlich besprechen die beiden wo, wie und ob sie miteinander zu Werke gehen. Wenn Bond ihnen auf die Schliche kommt, dürfen sie sich von der Villa und dem Kurs verabschieden, aber mit Bond ist heute Nacht vermutlich nicht mehr zu rechnen. Und überhaupt geht mich das nichts an, schließlich ist es nicht mein Problem.

Mein Problem ist, dass ich zu langsam bin und das Bad schon besetzt ist. Eine Weile verbringe ich auf dem Fußboden vor der Badezimmertür, höre es drinnen rauschen und klappern, ächzen und seufzen – was treibt Claudia da eigentlich? Dann rammt sie mir die Tür in die Seite, murmelt eine Entschuldigung und entschwindet. Ich habe das gräfliche Bad samt Porzellanklosett und Badewanne für mich, gebe fünf Liter Chianti wieder von mir und schlurfe erleichtert in mein Zimmer. Werfe die Riemchensandalen in eine Ecke, steuere auf mein Bett zu und stelle fest, dass es besetzt ist.

Walter steht auf meinem Kopfkissen, seine grünen Augen sind rund wie Glasmurmeln, der Schwanz ragt steil nach oben. Irgendetwas hat ihn erschreckt.

»Ich bin's nur …«, beruhige ich ihn und streichle das weiche Fell zwischen seinen Ohren. »Alles ist gut, Kleiner. Wir schlafen jetzt …«

»Meeau!«, sagt er und starrt mich mit grünen Glaskugelaugen an.

Es besteht ein Unterschied zwischen »Miau«, »Meeau«, »Määäau« und »Roaaa«. »Meeau« ist die zweite Stufe der Dringlichkeit, er will mir etwas Wichtiges mitteilen.

»Ich bin müde, Kater …«, knurre ich und schiebe ihn von meinem Kopfkissen. »Erzähl mir deine Liebesabenteuer morgen.«

Ich drehe das Kopfkissen um, weil ich keine Katerhaare am verschwitzten Gesicht haben mag, und krieche ins Bett. Schlafe ein, bevor ich liege, falle in die süße weiche Bewusstlosigkeit, löse mich auf, bin ein Nebelhauch, treibe als weißes Sommerwölkchen am blauen Himmel, schwebe, kreise … Dann stürze ich ab.

»Roaaa!«

Walter sitzt wie ein fetter Albtraum auf meiner Brust und röhrt mir ins Gesicht.

»Geh weg!«

Ich drehe mich auf die Seite, aber er fällt nicht etwa hinunter, sondern steigt geschickt ab, kauert sich zusammen und singt weiter.

»Roooaaah!«

Hinter dem halb geschlossenen Fensterladen schimmert schon ein fahles Morgenlicht. Ich habe Lust, den lästigen Schlafgenossen am Genick zu packen und aus dem Fenster zu werfen. Walter scheint das begriffen zu haben, denn er springt vom Bett und kratzt an der Tür.

»Keine Chance. Nimm den Mäusegang, Kater …!«

Tatsächlich verschwindet er unter meinem Bett, und ich könnte jetzt eigentlich wieder in süßen Schlummer sinken. Es klappt jedoch nicht. Eine seltsame Unruhe hat mich gepackt, ich setze mich im Bett auf, warte, bis das Zimmer etwas langsamer um mich kreist, und stelle mich auf die Füße.

»Walter?«

Ich versuche, unter das Bett zu schauen, lasse es aber gleich wieder bleiben, weil in meinem Kopf ein Tornado wütet. Vorsichtig schlurfe ich zur Tür und öffne sie, schaue in den Flur, wo die Morgendämmerung unscharfe Schatten wirft. Hat da jemand Brotkrümel verstreut? Konfetti? Oder sind das etwa die Abdrücke von Walters Katerpfoten? Unter Aufbietung aller mir noch zu Gebote stehender Willenskraft gehe ich in die Hocke, um die dunklen Sprenkel genauer anzuschauen.

Feucht. Klebrig. Riecht irgendwie – nach Eisen … Mir wird auf einmal kotzübel, ich stehe rasch auf, wobei mir schwindelig wird, und ich muss mich gegen die Tür des Musikzimmers stützen. Knarrend öffnet sich der Türflügel, ich hinke auf einem Fuß, verliere um ein Haar das Gleichgewicht und stolpere in den

Raum hinein. Stehe einen Moment lang keuchend, nach Luft ringend und bin vor Schreck einigermaßen wach.

Bläuliches Frühlicht fällt in den Raum, eines der Fenster steht offen, der Fensterflügel bewegt sich knarrend im Morgenwind. Ich spüre etwas Schweres über mir, eine Starre, kalt und endgültig, so als habe jemand die Zeit angehalten. Dann entdecke ich den Mann am Flügel. Er sitzt nach vorn geneigt, die angewinkelten Arme liegen auf den Tasten, der Kopf auf den Armen.

Was für ein blödsinniger Traum, denke ich. Gehe langsam näher. Berühre Brunos Schulter. Sie ist kalt. Sein Gesicht kann ich nicht sehen, es liegt auf seinen Händen. Die Finger der linken Hand ragen ein Stück hervor, drücken ein Cluster auf den Tasten bis zum zweigestrichenen F. Zwischen den Fingern ist etwas Flüssiges, das die weißen Tasten bekleckert und am Holz der Klaviatur herunterläuft. Auf den eingelegten Marmorboden getropft ist. Dort glänzt es mir hellrot entgegen ...

Ich gehe langsam rückwärts, verlasse die Szene, warte darauf, dass ein grauer Nebel den Albtraum verschwinden lässt. In meinem Bett sitzt Walter und glurrt mich mit grünen Leuchtkugeln an. Ich falle neben ihn, umarme das Kopfkissen und halte mich daran fest, während mich der Schlaf davonträgt.

Der Morgen strahlt azurblau auf die lichtglänzenden Hügel, Vögel zwitschern, Insekten summen, gleißend flimmert die Sommersonne durch den Bambushain. Die Stimmung auf der Frühstücksterrasse ist gedämpft, man spricht halblaut miteinander, Ricci teilt Kopfschmerztabletten aus, Atzko nimmt ausschließlich Orangensaft zu sich, Claudia fragt nach Kamillentee. Mamma Italia ist ausgesprochen besorgt um ihre Gäste, sie serviert harte Eier und süßen Haferbrei, den außer Alan niemand anrührt.

»Dieser Chianti hat es in sich«, meint Ricci. »Muss an der Gegend liegen.«

Alan gibt kund, dass er in Toronto drei Flaschen Whisky geleert habe, davon aber kein bisschen betrunken gewesen sei.

»Aber drei Gläser von Chiantiwein, und schon ist Kopf kaputt!«

Tatsächlich wirkt er leidend, die Augen gerötet, rechts sind Wange und Kinn noch geschwollen. Wieso sein kleiner Finger dick und verstaucht ist, weiß er sich nicht zu erklären.

»Du hast mit der Faust gegen die Haustür geschlagen«, erinnert ihn Ricci.

»Ich?«, staunt er und schaut Atzko fragend an. Die zuckt mit den Schultern.

»Kann nicht erinnern …«, flüstert sie und trinkt ihren Saft.

Sie ist nicht die Einzige, die in Bezug auf den gestrigen Abend Gedächtnislücken hat. Auch Basti weiß nicht zu sagen, wie er zurück in die Villa gekommen ist, und Claudia ist der Meinung, jemand habe sie im Auto gefahren. Bond, der schweigsam vor seiner Kaffeetasse sitzt, wirft missbilligende Blicke über den Tisch und erklärt schließlich, er wolle nichts mehr davon hören.

»Von heute an herrscht striktes Alkoholverbot!«, ordnet er an. »Prohibition. Kein Wein, kein Whisky – nicht einmal ein Magenbitter. Den Sekt trinken wir, wenn wir die Siegespalme ersungen haben!«

Wir sind restlos einverstanden. Alkohol vergiftet das Blut, vernebelt das Hirn und stört die Feinmotorik der kostbaren Stimmbänder. Außerdem wühlen noch die Reste des überreichen Konsums in unseren Köpfen und Mägen – da ist die Neigung zur Abstinenz besonders ausgeprägt.

»Vergessen wir also, dass sich einige von uns gestern weinselig zum Narren gemacht haben, und gehen wir mit Eifer und Leidenschaft an unsere Arbeit!«, proklamiert der Maestro.

Das rechte Wort zur rechten Zeit. Ich nehme eine zweite Portion Schinken, lege ein Scheibchen Melone darauf und stelle erleichtert fest, dass die beiden Kopfschmerztabletten, die ich gleich nach dem Aufstehen eingeworfen habe, jetzt endlich Wirkung zeigen. Mit einem Teller voller Leckereien für Walter von Stolzing laufe ich die Treppe hinauf, den Flur entlang, und erst als ich vor meiner Zimmertür stehe, drehe ich mich um und schaue zurück. Der Fußboden im Flur ist makellos sauber, kein Fleckchen, kein Schnipsel und auch sonst nichts. Nur ein paar golden schimmernde Sonnenstreifen, die durch ein schmales Seitenfenster auf den Steinboden fallen.

Träume sind eben Träume. Zum Glück. Ich kann mich zwar nicht genau erinnern, aber da war ein ziemlich gruseliger Albtraum heute Nacht. Ja, ja, der Chianti. Ein Teufelszeug. Komisch – ich bin eigentlich ganz gut im Training, was den Alkohol betrifft. Das ist das erste Mal, dass ich richtige Lücken habe.

Du wirst eben alt, Henni. Mit achtundzwanzig ist eine Frau ein spätes Mädchen, da stellen sich die ersten Verschleißerscheinungen ein. Die Haare werden grau, man bekommt Falten um die Augen, der Busen wird schlaff … Was war denn jetzt mit Bruno gestern Abend? Ging es ans Eingemachte? Hat er mit mir geflirtet? Bin ich darauf eingegangen? Verdammt – ich weiß es nicht. Kein Bild, kein Ton. Alles schwarz.

Walter empfängt mich in meinem Zimmer mit einem erfreuten »Miau« und macht sich über den toskanischen Schinken her. Hm – mein Bett ist zwar mächtig zerwühlt, aber meine diesbezügliche Erfahrung sagt mir, dass ich dieses Chaos ohne Hilfe einer zweiten Person angerichtet habe.

Also eher nicht. Schade. Sehr schade. Aber da ich ihm auf den Fersen bleiben muss, ist ja noch nicht aller Tage Abend. Ich finde meine goldfarbigen Riemchensandalen schön ordentlich und sauber vor meinem Bett und komme ins Grübeln, wann ich sie wohl dorthin gestellt habe. Na egal, ich muss mich sputen, nebenan im Circus Maximus – sprich Musikzimmer – werden gleich fünf lebendige Sänger der Bestie Bond zum Fraß vorgeworfen.

Als ich hinausgehe, folgt mir Walter auf dem Fuß, schiebt sich zwischen meinen Füßen aus der Tür und eilt den Flur entlang zur Treppe. Offensichtlich gefällt ihm der Mäusegang nicht mehr, vielleicht ist es ihm dort zu dreckig.

Im Musikzimmer sitzt Bond mit übereinandergeschlagenen Armen auf dem Klavierhocker, den zornigen Blick seiner Sumpfaugen auf mich gerichtet.

»Ich wünsche, pünktlich anzufangen!«, fährt er mich an. »Sie sind vier Minuten zu spät, Frau Kerchenstein.«

»Von Kerchenstein …«, verbessere ich freundlich.

Das bin ich Oma schuldig.

Er geht nicht darauf ein. Steht vom Klavierhocker auf und bewegt sich einige Schritte auf seine erwartungsvoll dasitzenden Opfer zu, mustert sie, eines nach dem anderen, mit Unheil verheißendem Blick. Strafft sich, wirft sich in die Brust, holt tief Luft.

»Was ist los? Wollt ihr euch im Sitzen einsingen?«

Alle springen auf und stellen sich in Positur. Grinsen verlegen. Bewegen die Schultern, tänzeln auf der Stelle, lockern die Glieder. Dann beginnt die übliche Litanei der Beleidigungen, von denen ich die meisten schon kenne, einige sind neu. Während ich hie und da eine Taste antippe, fällt mir wieder der scheußliche Traum ein, und ich schaue unwillkürlich auf den Fußboden unter der Tastatur. Nichts. Alles blitzsauber. Glänzt richtig, so als habe Mamma Italia heute Morgen mit dem Wischmopp gearbeitet.

Heute ist Bond richtig gemein. Alan bekommt zu hören, er schaue aus wie ein geohrfeigter Wurzelgnom, mit wem er heute Nacht wohl gerungen hätte.

»Dumpf und flach«, beurteilt er Alans Stimme. »Wie in eine leere Keksdose geflüstert.«

Claudia übersieht er komplett. Atzko lässt er wissen, ihr Diskant klinge, als würde man Backsteine aufeinanderschlagen. Am schlimmsten aber lässt er sich über Basti aus.

»Wo ist die Höhe? Die Resonanz? Du willst Tenor sein? Ein Knödelheini bist du …«

Basti steht vor ihm wie der berühmte begossene Pudel, gleich fängt er an zu weinen, der arme Kerl.

»Schmelz will ich hören. Nicht Schmalz!«

Ich habe große Lust, diesem Leuteschinder eine der schönen alten Vasen, die auf den Notenschränken stehen, über die Rübe zu hauen. Ausgerechnet Basti, der sich gestern Abend noch drei Beine ausgerissen hat, um seinen volltrunkenen Maestro heil und sicher ins Bett zu schleppen. Tatsächlich, das hat er. Daran kann ich mich jetzt auf einmal wieder erinnern. Basti hat Bond in die Villa gebracht. Basti und … Bruno?

»Wenn du so in Busseto singst, kann ich mir gleich einen Strick nehmen!«

Warum erst in Busseto, denke ich boshaft. Basti senkt den Kopf in tiefstem Schuldbewusstsein und murmelt, er habe schlecht geschlafen.

»Mir aus den Augen!«

Bond rauft sich das schüttere Haupthaar und entschließt sich zu einer markigen Rede, die sängerische Einstellung seiner Schützlinge betreffend.

»Eine große Karriere ist wie der Eintritt in ein Kloster. Ein heiliges Gelübde, das man ablegen muss. Gehorsam. Keuschheit. Askese. Der Mönch tut es, um Gott näher zu sein. Unser Gott ist die Kunst. Wer ihr dienen will, der muss es ganz tun. Mit Leib und Seele. Mit Haut und Haaren. Mit Kopf und Herz …«

Ich lasse ihn labern und grübele vor mich hin. Richtig, Bruno und Basti sind in der Nacht mit Bond zur Villa zurückgegangen. Und was war vorher? Vor meinem geistigen Auge wabert ein wirres Arrangement aus bunten Lichterketten, Brathühnchen, Weingläsern und einem grau gelockten Italiener mit einem Schnitzel auf dem rechten Auge. Irgendwann – viel später – hat Ricci gegen die Eingangstür der Villa geschlagen. Oder war es Alan? Auf jeden Fall müssen wir irgendwie hineingelangt sein, denn danach habe ich geschlafen. Und zwar allein. Das heißt, nein. Nicht ganz. Walter war bei mir

»Mittagspause! Ich empfehle dringend, sie zu nutzen, um den versäumten Schlaf nachzuholen!«

Die Tür schlägt hinter dem Meister zu, springt jedoch gleich wieder auf, weil das historische Schloss nicht einschnappt. Unter den zurückbleibenden Sängern herrscht bedrücktes Schweigen, sie nehmen ihre Noten an sich und verlassen das Musikzimmer mit hängenden Schultern. Jeder von ihnen scheint einen mittelgroßen Felsbrocken auf dem Rücken zu tragen.

Da gehen sie also hin, die Meisterschüler, ihrer Weltkarriere entgegen. Nehmen Geißel, Kloster und Askese auf sich, um auf den Opernbühnen der Welt gefeiert zu werden. Ehrgeiz ist eine schlimme Sache. Es soll Menschen geben, die ihre Seele verkaufen, ihre besten Freunde verraten oder jemanden umbringen, um ans Ziel ihrer Wünsche zu gelangen. Einen Konkurrenten aus dem Weg räumen. So ganz auf die Harmlose. Ein kleiner Stoß, wenn die S-Bahn vorübersaust. Eine Dosis Rattengift in den Schokoeisbecher gestreut. Ein präpariertes Radio aufs Zimmer gestellt …

Warum kann ich mich ums Verrecken nicht daran erinnern, ob und was ich gestern Nacht mit Bruno geredet habe? Peinlich, so ein Loch im Erinnerungsvermögen. Was mache ich, wenn mir Bruno gleich über den Weg läuft? Ich muss irgendetwas unternehmen. Vielleicht quetsche ich Basti mal ganz vorsichtig aus. Ja, das ist eine gute Idee. Basti ist ein harmloser Typ, noch dazu Tenor, der merkt nicht so schnell, wohin der Hase läuft. Ich muss nur wohldosiert vorgehen – nicht, dass er meine Aushorchversuche falsch deutet.

Wo ist er denn hingelaufen, unser zukünftiger Startenor? Die Küche im ersten Stock ist leer – Ricci, die sonst so Kochwillige, befolgt den Rat ihres Lehrers und pflegt der Ruhe. Danke, Mr. Bond. Vielen Dank. Auf einen leckeren Salat mit Oliven und Mozzarella brauche ich also nicht zu hoffen. Falls Basti sich auch hingelegt hat, sollte ich ihn erwischen, bevor er im Tiefschlaf ist. Ich schaue noch rasch in den Kühlschrank, nehme mehrere Scheibchen Mortadella und etwas Käse an mich, packe alles in trockenes Weißbrot und eile mit meiner Beute die Treppe hinauf in die Männerabteilung. Das Glück ist mir hold – schon auf halber Treppenhöhe kommt mir Basti entgegen.

»Gibt's was zu essen?«, fragt er und mustert mein zerrupftes Sandwich mit hungrigen Blicken.

»Ich mach dir was zurecht«, verspreche ich vollmundig. »Gehen wir in die Küche.«

Er trottet brav hinter mir her, setzt sich an den Küchentisch und schaut zu, wie ich den Inhalt des Kühlschranks vor ihm ausbreite.

»Weißt du ...«, sagt er und lächelt mich wehmütig an. »Gestern Abend ... war ein bisschen zu wild, was?«

Ich säbele an dem trockenen Weißbrot herum, das abgesprengte Brotstück flutscht über den Tisch, und

Basti kann es gerade noch auffangen. Was meint er mit »wild«? War da doch etwas zwischen mir und … Bruno?

»Ja, das italienische Temperament … Da gehen eben leicht mal die Pferde durch …«

Er nickt beklommen und belegt die Brotkante mit Schinken. Ich teile ein Stück Melone mit ihm, schiebe ihm das Glas mit den schwarzen Oliven hinüber.

»Es war eindeutig der Wein«, meint er kopfschüttelnd. »Bruno vermutet sogar, da sei etwas nicht in Ordnung.«

Das läuft ja wie geschmiert – schon sind wir beim Thema. Bruno.

»Ja, ich fand auch, dass Bruno sich merkwürdig verhalten hat …«

Jetzt muss er aber anbeißen, mein blonder Fisch. Diesen Köder kann er auf keinen Fall ignorieren.

»Ich finde eher, dass Bruno sehr besonnen reagiert hat«, erklärt Basti kauend. »Ich glaube, ich habe ihm viel zu verdanken …«

Jetzt bin ich verwirrt. Es war also doch nichts zwischen mir und Bruno. Besonnen. Wieso besonnen? Vor meinen Augen taucht auf einmal Alan auf, der mit der Faust gegen die Tür schlägt. Oder ist das gar nicht die Tür? Atzko hängt kreischend an seinem Bart. Basti ohne T-Shirt … Du lieber Himmel, was war denn da nur los?

»Tatsächlich?«, murmle ich hilflos.

»Unbedingt … Gibst du bitte mal den Käse rüber? Danke …«

Angesichts der beängstigenden Erinnerungsspots beschließe ich, besser mit offenen Karten zu spielen.

»Ich kann mich nicht mehr so genau erinnern …«

»Das ist verständlich, Henni. Es lag am Wein, der war irgendwie … gepanscht. Aber du musst dir keine Gedanken machen – du hast dich ganz normal benommen. Nicht auf dem Tisch getanzt und auch keinen Strip hingelegt. Zumindest solange Bruno und ich noch oben bei Fausto waren. Für später kann ich natürlich nicht mehr garantieren …«

Er grinst mich an, findet seinen Witz großartig, während mir die Kinnlade absinkt. Ich gelange zu der trüben Erkenntnis, dass wohl wirklich nichts zwischen mir und Bruno gewesen ist. Besonnen ist er gewesen, der Gute. Wie schön für ihn … Resigniert stehe ich auf und bestücke den Espressokocher, stelle das Teil auf den Herd. Finde auf einem Regal zwei niedliche geblümte Espressotässchen, halte Ausschau nach einer Zuckerdose …

»Ich wollte mich heute Morgen bei ihm bedanken«, sagt Basti mit vollem Mund. »Aber er ist leider schon in aller Frühe abgereist.«

Auch das noch! Alle Chancen vertan.

»Ach … So ganz plötzlich?«

»Ja, hab mich auch gewundert. Sein Onkel sagte etwas von einer Freundin in Florenz. Soweit ich verstanden habe, heißt sie Appendix und hat ein Hotel … Oder so …«

Er hat eine Freundin! Das erklärt manches. Der Feigling ist Hals über Kopf zu seinem Mädchen zurückgerannt. Wie heißt sie? Appendix? Komischer Name.

»Appendix ist der Blinddarm«, sage ich unsicher.

»Ach …«

Langsam fängt mein Hirn wieder an zu arbeiten. Freundin? Blinddarm? Hotel?

»Hat er Hotel gesagt? Oder Hospital?«

Basti zieht die Stirn kraus und kratzt sich im Nacken.

»Du hast recht«, sagt er und schaut mich mit rührender Bewunderung an. »Hospital hat er gesagt. Weißt du, bevor ich einen Kaffee getrunken habe, bin ich nicht zu gebrauchen …«

Hinter mir zischt der Espressokocher. Basti fährt vom Stuhl, um die braune belebende Brühe einzugießen, wir rühren schweigend Zucker in die Tässchen.

»Dann hat entweder Bruno selbst Probleme mit seinem Blinddarm bekommen oder seine Freundin. Auf jeden Fall ist er wohl in irgendein Krankenhaus gefahren …«

Basti schlürft den Espresso und nickt bestätigend.

»Du bist wirklich ein tolles Mädchen, Henni. Wie du das wieder herausklamüsert hast …«

Ich komme mir ganz im Gegenteil unendlich dämlich vor. Urplötzlich überfällt mich diese Erkenntnis, aber sie ist zutiefst deprimierend. Die falsche Fährte. Und das von Anfang an. Weil ich meinen verdammten Hormonhaushalt nicht in den Griff bekomme. Hormone stören die Denkvorgänge in den kleinen grauen Zellen erheblich. Bringen alles durcheinander.

Verstopfen die Gänge, verbiegen die Leitungen, sitzen überall im Weg. Hercule Poirot und Sherlock Holmes waren deshalb geniale Kombinierer, weil sie schlicht und einfach keinen Hormonhaushalt besaßen. Sie waren Neutren. Sterile Denkmaschinen. Null Erotik. Ich hingegen …

»Warst du schon mal unten am Teich, Henni?«, quasselt Basti in meine Selbstvorwürfe hinein. »Wahnsinnig romantisch. Komm mit, ich zeige es dir …«

Was auch immer er mir zeigen will, ich will es nicht sehen. Weil mich gerade eben ein seltsamer Verdacht beschleicht. Rein emotional und kein bisschen logisch. Verträumt sozusagen. Nicht alle Träume sind Schäume. Manchmal sind Träume geradezu widerlich real.

»Viel zu heiß. Ich leg mich lieber hin. Das solltest du auch tun …«

»Ja, ja … du hast ja so recht, Henni. Weißt du was? Der Mann, der dich mal bekommt, der ist zu beneiden …«

Ich zweifle daran. Die Vergangenheit hat leider gezeigt, dass die Aspiranten auf diesen Job keineswegs zu beneiden sind … Aber Schluss damit. Die Liebe ist eine lebensgefährliche Angelegenheit, das war schon immer so …

Basti kippt den Rest seines Espresso hinunter und verabschiedet sich in die Siesta, indem er mir zärtlich die Wange tätschelt. Ach, er ist so rührend, der blonde Moppel mit der Jahrhundertstimme …

Ich räume die restlichen Lebensmittel in den Kühlschrank, überlege kurz, ob ich das benutzte Geschirr spülen sollte, entscheide mich aber dagegen. Jeder Aufschub wäre Feigheit, ich muss jetzt handeln, nachher, wenn die Proben wieder angefangen haben, ist es zu spät. Und überhaupt bin ich als Spielfrau und nicht als Spülfrau angestellt.

Eine der beiden Flügeltüren des Musikzimmers steht einladend offen, bewegt sich mit leisem Knarren im Luftzug des Flurs. Für einen Augenblick sehe ich wieder die Flecken auf dem Boden, runde Tropfen, einige davon durch Fußtritte verwischt. Wohin führen sie? Woher kommen sie? Ein grauer Schatten strebt geräuschlos auf mich zu, streicht mir um die Beine, reibt den wolligen Kopf an meinen Knien.

»Okay, ich rieche nach Schinken und Mortadella. Sorry, ich hab dir nichts mitgebracht. Fang doch mal eine Maus, Kater. Die Villa ist voll davon, du brauchst nur das Maul zu öffnen …«

Er hält nichts davon, sondern läuft hinter mir her ins Musikzimmer. Vielleicht liegt es daran, dass ein Mäuseschinken mit dem Parmaschinken nicht mithalten kann. Schon von der Größe her, aber auch geschmacklich. Er ist verwöhnt, mein kleiner Kartäuser …

Ich hole noch einmal tief Luft, dann setze ich mich auf den Klavierschemel und drücke eine Taste. Das zweigestrichene C. Schaue die freigelegten Innenseiten der Tasten rechts und links an. Man sieht das hellbraune Holz, das an der Oberseite mit einer weißen bis gelblichen Schicht belegt ist. In diesem Falle Elfenbein. Bei billigeren Instrumenten ist es einfach Plastik.

Da sind Flecken auf den hölzernen Innenseiten der Tasten. Manche kaum zu sehen, andere sehr deutlich. Etwas Bräunliches ist ins Holz eingezogen. Tabak? Kaffee? Rotwein? Ich spiele alle weißen Tasten vom eingestrichenen C bis hinauf zum zweigestrichenen F. Immer wieder finden sich diese Verunreinigungen im Holz. Ab dem zweigestrichenen F zum Diskant hinauf, ist das Holz sauber. Ich mache den Test zum Bass hinunter. Da hören die Flecken schon nach der kleinen Oktave auf. Bei den schwarzen Tasten ist es genauso. Ich rutsche vom Klavierschemel, knie unter dem Instrument und schaue nach den beiden großen Schrauben, mit denen die hölzernen Backen rechts und links der Tastatur befestigt sind. Tatsächlich – da sind frische, helle Kratzer, die Spuren eines unsachgemäß angesetzten Schraubenziehers. Jemand hat die Backen und die Leiste vor der Tastatur entfernt. Warum?

Ich klettere unter dem Instrument hervor, setze mich auf den Schemel und keuche vor mich hin. Es ist weniger die Anstrengung als das, was sich gerade in meiner Fantasie abspielt. Nachts, beim Schein einer Lampe, ist jemand emsig bemüht, die Klaviertasten und den hölzernen Untergrund, auf dem sie befestigt sind, mit einem feuchten Lappen sauber zu wischen. Dazu muss er jede einzelne Taste hochheben und sie nach vollzogener Reinigung wieder auf den dafür vorgesehenen Dorn zurücksetzen. Alles muss rasch und sehr exakt vonstattengehen, keine Taste darf aufquellen oder falsch eingesetzt werden, sodass sie später klemmt. Das Blut des Ermordeten muss verschwinden, ohne Spuren zu hinterlassen.

Es war kein Traum. Was ich heute Nacht gesehen habe, war die grausige Wahrheit. Sie haben ihn umgebracht. Bruno, mein schöner Marc Aurel, er lebt nicht mehr. Hier auf diesem Stuhl, über die Tasten dieses Flügels gelehnt, hat er sein Leben ausgehaucht.

Die Erkenntnis trifft mich so heftig, dass ich zu zittern beginne. Ich friere jämmerlich bei über dreißig Grad plus im Zimmer, meine Zähne schlagen aufeinander, ich bin ein Eisblock, am Schemel festgefroren, unfähig, mich zu bewegen.

Bruno wurde ermordet. Erstochen. Erschossen. Was auch immer – er war tot, als ich seine Schulter berührte. Jetzt erinnere ich mich, dass sie sich kalt anfühlte. O Gott – mir wird ganz schlecht.

Ich reise sofort ab. Nie wieder berühre ich eine dieser Klaviertasten, an denen noch sein Blut klebt. Das kann kein Mensch von mir verlangen. Nicht einmal Bond, der Leuteschinder. Und die siebenmal achthundert Mäuse soll er sich in den Dingsbums stecken. Ich will sie nicht. Nicht um diesen Preis. Ich will nach Hause. In meine gemütliche kleine Wohnung in München. Mich mit Walter in meinem Bett verkriechen, die Decke über den Kopf ziehen und nur Walters Schnurren hören. Gleichmäßig. Kräftig. Ununterbrochen. Nichts ist so beruhigend wie das Schnurren eines Katers. Man fühlt sich geborgen. In Sicherheit. Wo ein Kater schnurrt, da gibt es keine Mörder und keine Bluttaten …

Walter sitzt mir gegenüber auf dem Flügelkörper und schaut mit grünen Augen zu mir hinunter. Die schwarzen Pupillen in seinen Katzenaugen sind ellipsenförmig zusammengezogen; trotz der halb zugeklappten Fensterläden ist es relativ hell im Raum. Walter starrt mich schweigend an. Ohne zu schnurren. Er starrt mich in Grund und Boden.

»Okay, Kater«, murmele ich. »Das war nur der Schock. Wir bleiben. Das sind wir Bruno schuldig. Und auch den anderen …«

Ich kann unmöglich sang- und klanglos verschwinden und Bond mit seinen Sängern in dieser Mördergrube sitzen lassen. Wer weiß, ob es uns nicht so ergehen wird wie in diesem Lied »Zehn kleine Jägermeister«

von den Toten Hosen. Jeden Tag einer weniger, und schließlich sind sie alle weg. Schluck.

Was auch immer heute Nacht passiert ist, ich muss etwas unternehmen. Nur was? Schließlich kann ich Bond und seiner Truppe schlecht erzählen, ich hätte heute Nacht den toten Bruno am Flügel sitzen sehen. Und zum Beweis die Flecken an den Klaviertasten vorführen. Die werden mich für völlig bekloppt halten. Ich brauche stichhaltige Beweise. Am besten eine Leiche. Aber darauf brauche ich nicht zu hoffen, wer so penibel alle Spuren beseitigt, der hat auch den Toten längst weggeschafft. Und wenn ich noch weitere Blutflecken entdecke? War da nicht auch Blut im Flur? Klar, ich bin sogar darauf ausgerutscht. Gott, war ich besoffen. Schlittere durch eine Blutspur und merke nichts davon.

Auf, Henni! Diese Schlappe musst du jetzt ausbügeln. Kombinieren! Hast du nicht den Mordfall auf Schloss Merlingshausen gelöst und den Mörder gestellt? Das Schicksal hat dich nun einmal zur Kriminalistin bestimmt, du musst seinem Ruf folgen. Bewege dein Hirn. Aktiviere die grauen Zellen.

Vorn an der Treppe bin ich noch nicht gerutscht, sondern erst in der Nähe des Musikzimmers. Da aber richtig. Klar – ich hab mich doch noch an der Türklinke festgehalten, weil ich sonst auf die Fresse gefallen wäre. Mitten in die Blutspur hinein. Wie eklig. Zum Glück ist mein Reaktionsvermögen sogar im Vollrausch noch hervorragend.

Ich grinse blöde vor mich hin, dann spüre ich Walters grüne Katzenaugen, die mich vorwurfsvoll anstarren.

»Okay, Kater. Nicht abschweifen. Weiter kombinieren …«

Alles deutet darauf hin, dass der arme Bruno aus dem Gesindegang über den Flur ins Musikzimmer gelangt ist. Er muss also hinter dem Wandteppich hervorgekommen sein, denn dort hat der Gesindegang seinen Ausgang zum Flur hin. Hat Bruno da noch gelebt? Hat ihn sein Mörder im Gesindegang im Dunkeln angegriffen und tödlich verletzt? Hat er ihn für tot gehalten und dort liegen gelassen? Und der arme Bruno konnte sich dann doch noch aufraffen und hat sich ins Musikzimmer geschleppt? Dann ist es möglich, dass im Gang noch Blutspuren sind. Schließlich weiß niemand außer Bruno, dass ich diesen Gang entdeckt habe. Warum sollte man also dort die Spuren ebenso penibel beseitigen wie im Flur und im Musikzimmer?

Ich brauche eine Taschenlampe. Oder eine Kerze. Eine Laterne. Ach was, ich muss einfach nur den Wandteppich zur Seite schlagen, dann kann ich ein Stück in den Gang hineinsehen.

»Zufrieden, Kater?«

Walter wendet sich ab, springt vom Flügel und ist gleich darauf mit einem eleganten Satz auf dem Fensterbrett. Er blickt angestrengt nach unten, vielleicht spaziert dort ja eine hübsche toskanische Mieze vorbei. Wieso rede ich ständig mit meinem Kater, als sei er ein Wiedergänger von Hercule Poirot? Ich muss einen Dachschaden haben. Kein Wunder bei diesem Schock. Langsam stehe ich von dem Klavierhocker auf, habe das Gefühl, tagelang in völliger Erstarrung dort gesessen zu haben, und wundere mich überhaupt nicht, als meine Knie knacken wie bei einer alten Frau. Vorsichtig schiebe ich die Tür einen Spalt auf und spähe in den Flur hinein. Niemand zu sehen. Also los, Henni. Hoch mit dem Vorhang, und wenn du richtig kombiniert hast, dann hast du den ersten eindeutigen Beweis vor Augen. Ich packe den Rand des Wandbehangs, schaue noch einmal rasch zur Treppe hinüber, nehme Schwung …

Der Wandbehang lässt sich nicht bewegen. Er ist unten befestigt. Ich gehe in die Knie und schaue genauer hin. Jemand hat mehrere Nägel mit breiten Köpfen durch den Stoff in die Wand geschlagen. Verflucht – dieser Mörder hat wirklich an alles gedacht. Wahrscheinlich hatte er Helfer. Wenn ich es recht überlege, dann könnte mindestens eine Frau dabei gewesen sein. Wegen der Putzerei. So was kriegt doch kein Mann zustande, da war ganz sicher eine erfahrene Hausfrau an der Arbeit. Allein die Fugen zwischen den Marmorplatten sauber zu bekommen – da braucht's Know-how und das richtige Putzmittel.

Doch nicht Mamma Italia. Nein, auf keinen Fall. Die würde doch nicht die Spuren der Ermordung ihres Neffen beseitigen. Obgleich … wer weiß, wie die internen Familienverhältnisse der Caminos gestaltet sind? Könnte ja sein, dass es da tiefe Gräben, uralte Feindschaften gibt, die nun zutage getreten sind?

Mord kommt unter Verwandten nicht gerade selten vor. Und eines ist sicher: Giuseppe Camino hat gelogen, als er Basti erzählte, Bruno sei nach Florenz gefahren.

Dass sie diesen Wandteppich festgenagelt haben, ist ein eindeutiger Hinweis darauf, dass es dahinter Spuren gibt, die noch nicht beseitigt wurden. Also werde ich das Teil irgendwie ablösen müssen. Vielleicht finde ich in der Küche ein geeignetes Werkzeug, oder wenigstens ein stabiles Messer. Einen altmodischen Dosenöffner …

»Frau von Kerchenstein! Wie schön, dass Sie dieses Mal sogar die Erste sind!«, tönt es von der Treppe her.

Friedemann Bond. Frisch und ausgeruht läuft er auf mich zu, auf dem Gesicht ein zufriedenes Grinsen, weil sein Gemecker heute Morgen ganz offensichtlich Früchte getragen hat. Die zickige Pianistin hat sich seine Standpauke zu Herzen genommen und ist pünktlich zur Stelle.

»Ich wollte noch rasch … äh … mich umziehen …«

»Unsinn! Wir fangen sofort an. Sie sehen sehr hübsch aus in diesem kurzen Röckchen. Und dazu die goldenen Sandalen …«

Er muss wirklich gut geschlafen haben, wenn er sogar Komplimente verteilt. Oder haben sich inzwischen gewisse Mangelerscheinungen eingestellt? Es heißt ja, dass bei Kursen oder Tagungen der sexuelle Notstand stets am zweiten bis dritten Tag eintritt. Jetzt kommen Ricci und Claudia aus ihren Zimmern, auf der Treppe hört man Alan, der nach Atzko ruft,

Basti fragt Claudia, ob sie ihm ihre Stimmgabel ausleihen könne. Ich muss die Aktion Wandbehang auf später verschieben und erst einmal die Nachmittags-Geißelung der Klosterbelegschaft begleiten. Hoffentlich kommt die fleißige Putzfrau in der Zwischenzeit nicht auf die Idee, den Gesindegang zu schrubben.

Es kostet mich eine gewaltige Überwindung, mich wieder an den Flügel zu setzen, aber dann klappt es viel besser, als ich erwartet hatte. Ich setze mich, ohne in Ohnmacht zu fallen oder in Tränen auszubrechen, und spiele meinen Part. Starke Nerven, Henni. Kompliment. So muss das sein. Von jetzt an lasse ich mein Ziel nicht mehr aus den Augen. Ich werde Brunos Mörder zur Strecke bringen. Ganz diskret werde ich vorgehen. Nur ein paar Nägelchen herausziehen, kurz hinter den Teppich schauen und Fotos machen, dann die Nägel wieder so hineinstecken, dass niemand etwas bemerkt. Oh – auch ich kann Spuren beseitigen! Dann leihe ich mir Bastis Auto und fahre zur nächsten Carabinieri-Station …

Heute Nachmittag hat es Bond besonders auf Atzko abgesehen. Immer wieder Gilda. Die absteigende Skala … Die Töne nicht binden … auch nicht abgehackt singen … tupfen … zart, zärtlich, verliebt … Nicht wie ein Blasebalg … Wo ist die Stütze? Das erotische Zwerchfell …

Während Bond an Atzko herumfummelt, um ihr klarzumachen, mit welchen Körperteilen sie ihre Spitzentöne stützen muss, sitze ich ungeduldig herum. Warum vertrödele ich hier meine Zeit? Wieso lasse ich mich von diesem matschäugigen Tyrannen herumkommandieren? Ertrage seine schmierigen Komplimente … kurzes Röckchen … goldene Sandalen … Sandalen?

Ich starre auf meine Riemchensandalen und begreife, dass ich ein wichtiges Detail außer Acht gelassen habe. An meinen Sandalen müssten eigentlich noch Blutspuren sein – sie sind jedoch blitzsauber. Das kann nur bedeuten, dass jemand sie heute Nacht gereinigt hat. Und dieser jemand muss dazu mein Zimmer betreten haben. Während ich im Chianti-Tiefschlaf war, hat ein fleißiger Hausdiener oder eine emsige Hausfrau meine Schuhe genommen, sie sorgfältig geputzt und danach vor meinem Bett abgestellt. Urgs … Nicht nur das – jemand muss auch in meinem Zimmer den Boden geschrubbt haben. Während Mrs. Holmes friedlich vor sich hin geschlummert hat, war der Mörder neben ihrem Bett mit dem Putzeimer unterwegs.

»Wir hätten gern ein Fis, Frau von Traumverloren«, keift Bond mich an. »Vielleicht auch einen D-Dur-Akkord, wenn's nicht zu viel verlangt ist!«

Ich greife mechanisch in die Tasten, ohne mich weiter darum zu kümmern, wozu Bond und Atzko einen D-Dur-Akkord benötigen. Die Erkenntnis, die gerade in mir aufsteigt, löscht alle anderen Wahrnehmungen aus.

Brunos Mörder weiß, dass ich sein Opfer gesehen habe. Wahrscheinlich hat er mich nachts sogar im Musikraum beobachtet. Deshalb hat er meine Schuhe und meinen Fußboden gereinigt. Deshalb hat er auch den Teppich festgenagelt … Obwohl … Dann musste er ja wissen, dass ich den Gesindegang kenne … Das wusste doch nur Bruno … Hat er es seinem Mörder erzählt? Oder war alles doch ganz anders?

»Wenn dieser Mensch, dessen Namen ich nur ungern ausspreche, jetzt hier im Raum stünde«, zetert Bond mit der unglücklichen Atzko herum. »Er würde jubeln. Triumphieren würde er. Und wisst ihr auch, warum? Weil keiner von euch bisher zu seinem eigentlichen großen Potenzial gefunden hat … Sebastian!«

Kaum nehme ich wahr, dass er jetzt den armen Basti vorführen wird. In meinem Kopf drehen sich die Räder, greifen ineinander, fördern Düsteres aus meinen Gehirnwindungen zutage. Ich Huhn. Wer sagt mir denn, dass es Bruno war, der gestern Mittag die Gesindetreppe hinuntergestiegen ist und mit dem Strahl der Taschenlampe meine Füße erfasst hat? Nur weil Bruno anschließend im Musikzimmer am Klavier saß? Weil er Turnschuhe trug, deren Abdrücke ich im Gang gesehen hatte? Das heißt gar nichts. Es kann genauso gut auch ein anderer gewesen sein. Zum Beispiel Brunos Mörder. Oder Mamma Italia. Ihr Ehemann, der Schnurrbart. Wer weiß, wer noch. Ganz sicher ist dieser Gang mit den Treppen der gesamten Mandrini-Sippe bekannt. Und weil sie ihre Angestellten jahrhundertelang aus den umliegenden Dörfchen rekrutiert haben, wissen garantiert auch die Bewohner dort Bescheid. Fausto und sein Harem zum Beispiel …

Eigentlich kennt ihn hierzulande jeder. Nur die Fremden nicht. Theoretisch könnte mich die ganze Umgebung heute Nacht gesehen haben. Praktisch aber wird es so sein, dass es nur der Mörder war …

»Alan!«

Unser kanadischer Bär stellt sich in Positur, bereit, seine Dosis an verbalen Tiefschlägen einzustecken. Langsam komme ich Bond auf die Schliche. Er macht seine Schüler so lange nieder, bis sie kurz davor sind, alle Hoffnungen und dazu sich selbst aufzugeben. Dann spendet er ein klitzekleines Lob. Ein Lichtlein in der Finsternis. Winzig zwar, aber lebensrettend. Mehr noch: Sätze wie »Das hört sich doch schon besser an …« oder »In dieser Richtung müssen wir weiterarbeiten …« öffnen die Türen zum Himmelreich. Und oben im Himmel aller Künstlerambitionen sitzt Bond der Herr in all seiner Heiligkeit.

Falls meine Vermutungen sich bestätigen sollten – und davon gehe ich aus –, dann werden die ehrgeizigen Sängerlein bald ganz andere Sorgen haben. Denn in dieser Villa treibt ein Mörder sein Unwesen.

Kombiniere, Henni! Unser aller Leben hängt davon ab. Jedes weitere Opfer muss verhindert werden. Selbst wenn es Bond sein sollte.

Der Maestro hat sich an Atzko und Basti ausgetobt, er ist heute verhältnismäßig milde mit Alan. Nur ein paar altbekannte Beleidigungen, einige herabsetzende Vergleiche wie »hohles Weinfass« oder »klingt wie ein Hilferuf aus der Gruft« und die lapidare Feststellung, dass er schon besser gesungen hätte. Damit darf er sich wieder auf seinen Stuhl setzen, und Bond hält zum Abschluss dieses Arbeitstages eine kurze Ansprache. Unnötig zu erwähnen, dass alle Schüler andächtig seinen kostbaren Worten lauschen, Atzko macht sich sogar Notizen.

»Kunst kommt von Können, meine Lieben. Wer nach langem Studium und reicher Erfahrung zum Meister geworden ist, der adelt alles, was er singt. Der kann auch ein Schnaderhüpfel zum Besten geben oder die Nationalhymne vortragen – es wird immer Kunst sein. Denn es kommt nicht darauf an, w a s wir singen. Es kommt darauf an, w i e wir es singen …«

Ich würde sein Allerweltsgeschwätz gerne abdrehen, aber leider muss ich geduldig warten, bis er sich leer gelabert hat. Danach klebt Basti an meiner Seite, der mir unbedingt den sumpfigen Teich mit den Libellen zeigen will, während Atzko mit gelbem Schimmer in den Mandelaugen danebensteht und stoisch lächelt. Eigentlich ist Basti zu schade für sie – aber ich muss jetzt einen Mörder aufspüren und kann mich nicht um sein Liebesleben kümmern. So zieht Atzko mit dem enttäuschten Basti teichwärts, und die anderen treffen sich mit Ricci in der Küche zwecks Zubereitung eines italienischen Salats. Nur Alan macht noch rasch seine Joggingrunde, und ich bin ziemlich sicher, dass sie am Bambushain entlang zum Teich führen wird.

Na endlich! Ich entführe ein stabiles Fleischermesser aus der Küche (meine Zimmertür schleift fürchterlich, es muss sich etwas daruntergeklemmt haben) und gehe im Flur zu Werke. Die Nägel lassen sich leicht aus dem Teppich entfernen, leider sind sie schief und krumm, wofür ich nichts kann, das muss schon beim Hineinschlagen passiert sein. Dann kommt endlich der Augenblick der Wahrheit – ich hebe den Wandvorhang an …

Henni, du bist genial. Da sind sie, meine Beweise. Dunkelrot hebt sich eine Linie aus Tropfen vom grauen Steinboden ab. Wie schrecklich. Sie haben den armen Bruno irgendwo im Gesindegang erwischt und verwundet, er konnte mit letzter Kraft entkommen, lief durch den Gang in den Flur und von dort ins Musikzimmer. Ach Bruno, wäre ich doch mit ihm zurück in die Villa gegangen. Dann hätte ich dich vielleicht retten können. Dich schnell in eine Klinik fahren. Bluttransfusion. Alles wäre gut. Mein schöner Marc Aurel hätte überlebt.

Ich hätte allerdings auch neben ihm auf dem Klavierhocker hängen können. Steif, kalt und blutleer. Ein Mord kommt selten allein.

Meine Finger sind ziemlich zittrig, als ich mit dem rasch aus dem Zimmer geholten Smartphone eine Aufnahme mache. Verflixtes Billiggerät – zu wenig Licht, alles verschwommen. Egal. Jetzt die Nägel wieder an ihren Platz fummeln. Die Reparatur ist eher optisch, wer an dem Wandteppich zieht, dem fliegen sämtliche krummen Nägel entgegen. Wenn ich Pech habe, wird der Mörder bald gewarnt sein. Ich muss mich beeilen und die carabinieri alarmieren, bevor es uns wirklich so ergeht wie den zehn kleinen Jägermeistern.

»Walter! Walterchen! Wo bist du, mein kleiner Don Giovanni?«

Wenn man ihn braucht, ist der verflixte Kater nie zur Stelle. Ich suche in meinem Bett, im Hof, im Bambushain, auf der Terrasse – schließlich läuft er mir im Flur entgegen. Mit leicht schwankendem, weil gut gefülltem Bauch – er war in der Küche und hat Riccis Tierliebe weidlich ausgenutzt.

Weil er satt und ahnungslos ist, kann ich ihn mit dem Rucksack überlisten. Tick, Trick, Track – Kater in den Sack. Er ist stocksauer und macht Töne, die an eine Feuerwehrsirene erinnern.

»Es passiert dir nichts, mein Süßer …«

Walter glaubt mir kein Wort. Mit der singenden Säge im Rucksack eile ich in den Garten, finde Basti mit Atzko auf einer verwitterten Steinbank vor der trüben Sumpfpfütze, die einmal ein romantischer Teich gewesen sein muss.

»Kannst du mir dein Auto leihen? Ich muss mit Walter zum Tierarzt, er hat Bauchkrämpfe …«

Basti macht ein erschrockenes Gesicht, vor allem die Feuerwehrsirene aus dem Inneren des Rucksacks beunruhigt ihn.

»Ich fahre dich natürlich …«

»Aber nein. Ich komm schon zurecht. Muss mich nur beeilen, weil die Sprechstunde bestimmt bald vorbei ist …«

Basti lässt sich überreden. Während er hinaufläuft, um seinen Autoschlüssel zu holen, wechsle ich ein paar Worte mit Atzko.

»Er ist wirklich ein netter Kerl …«

»Ja. Ist sanft und lieb. Und hat Jahrhundertstimme …«

»Er gefällt dir, wie?«

Sie antwortet nicht, schaut mich nur intensiv an, als wolle sie mich in Hypnose versetzen.

»Ich habe einen Freund«, lüge ich.

»Ich auch …«, gibt sie zurück. »In Tokio …«

Ich werde aus ihr nicht schlau. Jetzt kommt Basti und wirft mir den Schlüssel seines blechernen Lieblings entgegen.

»Aber sei vorsichtig. Der ist in weniger als zehn Sekunden von null auf hundert. Soll ich nicht lieber doch mitkommen?«

Ich raffe die Schlüssel an mich und mache den eiligen Abgang. Walter zappelt im Rucksack, er fängt jetzt an zu fauchen, gleich werde ich seine Krallen durch den Stoff hindurch spüren. Auf dem Rücksitz von Bastis kostbarstem Besitz mache ich den Reißverschluss des Rucksacks auf, und mein zornig zerzauster Kartäuser kriecht heraus.

»Es tut mir leid, Süßer. Hätte ich gesagt, dass i c h zum Arzt muss, wäre er auf jeden Fall mitgekommen.«

Walter würdigt die Tierquälerin keines Blickes, verschmäht auch das Stückchen Käse, das ich in der Küche noch schnell für ihn gemopst habe. Stattdessen schärft er seine Krallen an Bastis guten Ledersitzen. Ich lasse ihn gewähren und starte den Cascada. Erst als die Zypressenallee hinter mir liegt und ich durch das Tor fahre, merke ich, dass Basti am Eingang der Villa steht und meine Abfahrt sorgenvoll beobachtet. Jetzt hebt er den Arm und winkt mir zum Abschied zu.

Die polizia municipale in dem hübschen Toskanastädtchen Figline befindet sich in einem roten Backsteingebäude, davor parken zwei weiße Einsatzwagen. Es ist schon nach sieben, als ich Bastis metallicblauen Cascada dazwischenquetsche. Ich ermuntere Walter zu einem gesunden Schläfchen auf dem Rücksitz und stelle vor dem Aussteigen die Scheiben der Beifahrertüren ein kleines Stück herunter, damit er frische Luft hat. So, Henni – jetzt wollen wir mal hoffen, dass die polizia italiana auf Zack ist.

Zwei eindrucksvolle Arkaden aus Backstein empfangen den Besucher der Polizeistation, der Raum im Inneren ist eher schlicht, büromäßig lieblos mit einem hölzernen Tresen, der das Zimmer in zwei Bereiche teilt. Hier die Kundschaft – freiwillige oder unfreiwillige – und dahinter die an zwei Bürotischen postierten Beamten. In diesem Fall nur einer, ein junger Kerl mit kurzem Stoppelhaarschnitt und abstehenden Ohren, der mich voll Interesse von oben bis unten mustert.

»Buonasera, signora. Come posso aiutarla?«

»Parla tedesco?«

Er verzieht den Mund und dreht sich um, ruft etwas zu der geschlossenen Tür hinüber, die sich hinter ihm befindet. Daraufhin öffnet sie sich einen Spalt, jemand linst hindurch, beschaut die Hilfe suchende blonde Deutsche im Minirock mit den goldfarbigen Riemchensandalen an den Füßen. Ich habe Glück – er mag blond.

»Guten Abend, signora ... Ich habe eigentlich Dienstschluss ...«

Er zwängt einen Korpus von locker hundertfünfzig Kilo durch die Tür und grinst mich freundlich unter einem spärlich dahinvegetierenden Schnurrbärtchen an. Sein Doppelkinn liegt wie ein weich gefülltes Kissen unter dem Gesicht.

»Das tut mir sehr leid«, sage ich und strahle ihn begeistert an. »Ich wollte Ihnen keinesfalls den Feierabend verderben. Aber ich stecke in Schwierigkeiten, signore.«

Er wirft seinem Kollegen einen fragenden Blick zu, der zuckt mit den Schultern und macht eine Handbewegung, die ich als »Nimm sie, sie gehört dir« deute. Dann lässt er sich mit einem Schnaufer auf dem freien Bürostuhl nieder, der unter dieser Last knirscht, ihr aber standhält.

»Um was geht es denn?«, will er wissen.

Er spricht ein völlig akzentfreies Deutsch. Ob er ein Gastarbeiterenkel ist, den es zurück in die Heimat seiner Väter gezogen hat?

»Es ist nicht leicht zu erklären«, beginne ich vorsichtig. »Ich muss sehr auf Ihr Einfühlungsvermögen und Ihr Verständnis hoffen.«

Er blickt mich mit väterlichem Ausdruck an und äußert, dass er sich bemühen würde.

»Ich muss leider einen Mordfall melden ...«

Seine Züge bleiben erstaunlich ruhig. Entweder ist ein Mord hierzulande nichts Besonderes, oder er hält mich schon jetzt für eine Psychopathin.

»Hier in Figline?«

Typisch. Seine Hauptsorge ist, ob er in seinem Dienstbereich Ärger an der Backe hat.

»Nein. In der Villa Mandrini. Südlich von hier ...«

»Ah!«, macht er und scheint erleichtert. Dann wechselt er einen raschen, sehr raschen Blick mit seinem Kollegen. Irre ich mich, oder hat der bei den Worten »Villa Mandrini« aufgehorcht?

»Ist Ihnen die Villa bekannt? Sie gehört dem Conte Alessandro Mandrini. Einem guten Bekannten von mir ...«

Er nickt, bewegt gedankenvoll das Doppelkinn vor und zurück.

»Natürlich ... Wir haben davon gehört ... Sind auch gelegentlich vorbeigefahren ... Una bella casa ... Darf ich zunächst Ihre Personalien notieren? ... Sie sind in der Villa zu Gast? ... Ein Gesangskurs ... wie interessant ...«

Bürokratie ist eine hässliche Angelegenheit. Mein Gesprächspartner zieht in aller Ruhe eine Schublade auf, entnimmt ihr ein Blatt Papier, legt es vor sich hin und notiert mit Kugelschreiber schön sorgfältig meine Personalien. Wie vor hundert Jahren. Was ist mit dem Computer vor seiner Nase? Ach, den hat er schon heruntergefahren. Nun ja – so hilft er der Gemeinde, Strom zu sparen.

»Ein Mord also … Und wer? Doch nicht etwa der Conte?«

»Bruno, der Neffe des Verwalters Giuseppe Camino.«

»Bruno Camino also?«

»Nein, er heißt nicht Camino mit Nachnamen. Er heißt … ich glaube, er heißt Sonego … vielmehr, er hieß so …«

Er schreibt »Bruno Sonego, Neffe von Giuseppe Camino« auf das Blatt. Seine Schrift ist ungleichmäßig und eckig, die Schrift eines zwölfjährigen Knaben. Mir wird klar, dass ich keinesfalls eine Spürnase im Format eines Commissario Brunetti vor mir habe.

»Wie kam Bruno Sonego ums Leben?«

»Ich nehme an, er wurde tödlich verletzt und ist verblutet.«

»Wann?«

»Heute Nacht …«

»Und der Täter? Haben Sie einen Verdacht?«

»Ich habe keine Ahnung …«

Er kritzelt etwas auf seinem Blatt Papier, dann will

er wissen, wieso ich erst jetzt komme, um den Mord zu melden.

»Ich habe einen ganzen Tag gebraucht, um die Spuren zu sichern.«

Mir ist vollkommen klar, dass ich unglaubwürdig bin. Leider kann ich es nicht ändern.

»Die Spurensicherung ist Sache der Polizei, signora. Wo befindet sich der Tote? Noch am Tatort?«

»Leider verhält sich die Angelegenheit sehr kompliziert, Commissario. Darf ich es Ihnen erklären?«

»Bitte, signorina, tun Sie sich keinen Zwang an …«

»Es ist leider so, dass die Leiche fehlt …«

»Deplorevole – das ist bedauerlich. Wie kommen Sie dann darauf, dass Bruno Sonego ermordet wurde?«

Während ich meine Geschichte erzähle, wird seine Miene immer abweisender, er schnauft hin und wieder, vermutlich ärgert er sich, dass er seine kostbare Freizeit an eine Verrückte verschwendet. Die Fotos auf meinem Smartphone würdigt er kaum eines Blickes, behauptet, er könne nichts darauf erkennen.

»Wenn Sie mich jetzt in die Villa begleiten, kann ich Ihnen die Blutflecke zeigen …«

Statt einer Antwort greift er zum Telefon.

»Giuseppe Camino, sagten Sie? Un momento …«

Verdammter Idiot! Er ruft Camino an.

»Bitte tun Sie das nicht! Es besteht Verdunklungsgefahr …«

Er macht nur eine abwehrende Handbewegung in meine Richtung und redet italienisch in den Hörer hinein. Lehnt sich während des Gesprächs zurück, dass die Rückenlehne des Bürostuhls knirscht, schaut mal zu seinem aufmerksam lauschenden Kollegen hinüber, dann wieder an die Zimmerdecke, ab und zu streift er auch mich mit halbem Blick.

»Ah … Aha … Sì, sì … capito … molto interessante … Scusi, signore …«

Nach einer Weile schaltet er das Gerät ab und wendet sich mit einem liebeswürdig-ironischen Lächeln an mich.

»Ich denke, signora, Sie machen sich ganz überflüssige Sorgen. Signor Camino hat mir eben gesagt, dass er noch heute Morgen mit seinem Neffen gesprochen hat. Das war gegen sieben Uhr, kurz bevor Bruno Sonego nach Florenz gefahren ist. Er will dort seine fidanzata – Freundin – besuchen, die mit einer bösen Blinddarmgeschichte in die Klinik eingeliefert werden musste …«

»Das ist eine Lüge … Bruno war um diese Zeit längst tot …«

»Woher wollen Sie das wissen?«

»Weil ich seine Leiche gesehen habe.«

Er rollt die Augen gen Zimmerdecke und stöhnt auf.

»San Antonio! Und wo ist sie jetzt, die Leiche?«

»Die wird sich finden, Commissario.«

»Vielleicht werden wir in den nächsten Tagen auch Bruno Sonego begegnen, signora, frisch und lebendig!«

Jetzt platzt mir gleich das T-Shirt vor Ärger. Hat Papa mir in Frankreich nicht beigebracht, dass alle

Polizisten Idioten oder Gangster sind? Nun – leider hat er nur zu recht.

»Hören Sie, Commissario: In der Villa ist ein Mordversuch mit einem präparierten Radio unternommen worden. Ein Mann wurde ermordet. Was muss eigentlich noch geschehen, bevor Sie Ihre Pflicht tun? Weitere Morde?«

Er nimmt einen tiefen Atemzug und stößt die Luft schnaufend wieder aus. Klar – er weiß nicht, wie er mich loswerden soll.

»Verstehen Sie mich bitte nicht falsch, signora«, sagt er. »Aber ich sehe wirklich keinen Anlass, einzugreifen. Wenn Sie sich tatsächlich bedroht fühlen – mein Kollege und ich werden die Tage einmal in der Villa vorbeikommen …«

»Wann?«

»Morgen oder übermorgen …«

»Dann hoffe ich auch in Ihrem Interesse, dass bis dahin keine weiteren Verbrechen geschehen! A presto, signore!«

»Buona fortuna, signora. Behalten Sie die Ruhe. Alles wird gut …«

Ich verzichte auf eine Antwort und verlasse das Polizeibüro, bevor der Doppelkinn-Commissario mir zu Beruhigungspillen und einem Besuch beim Psychiater rät. Kochend vor Zorn, gehe ich zurück zu Bastis Wagen, wo Walter inzwischen eine Portion Schinken mit Käse auf den rückwärtigen Ledersitz gekotzt hat. Armer Kerl – der Stress war zu viel für ihn. Ich arbeite mit Papiertaschentüchern und lasse während der

Rückfahrt die Fenster offen, damit das Leder trocknen kann. Jetzt wird Basti bestimmt sauer auf uns sein – ein Unglück kommt eben selten allein.

Gerade noch rechtzeitig fällt mir ein, dass ich eine Taschenlampe brauche, und biege auf den Parkplatz des »Ipermercato« ein, der zum Glück noch geöffnet hat. Als ich meine Handtasche an mich raffe, fällt mir mein Smartphone entgegen, und ich stelle fest, dass darauf E-Mails und Facebook-Nachrichten Amok laufen. Kein Wunder – ich bin nicht mehr im Tal der Netzlosen, die weltweite Kommunikation hat mich wieder eingeholt.

Eigentlich habe ich keine Zeit, und überhaupt sind neunzig Prozent aller Nachrichten sowieso für den Mülleimer – aber die Neugier ist zu groß. Welche Anrufe habe ich verpasst? Oma natürlich. Gleich dreimal. Dann Anton, mein Agent, der mir hin und wieder einen Gig vermittelt, ein paar Freunde, Mama, drei Anrufer kenne ich nicht, mehrere unterdrückte Nummern. Das hat alles keine Eile.

Facebook hält jetzt zu lange auf, aber ich schaue rasch die E-Mails durch. Meine Versicherung will etwas von mir. Urgs. Die sollen warten. Isolde schreibt, dass ich Ende Juni zu ihr kommen und bis in den August bleiben kann. Wahnsinn – das wären fast acht Wochen Katzenhotel mit Walter in der Provence.

Hoffentlich erlebe ich das noch. Nicht, dass mich Brunos Mörder vorher ins Schattenreich befördert …

Apropos Schattenreich – da ist eine Nachricht von einem … hab ich was an den Augen? Wahnvorstellung? Oder will mich da einer fertigmachen? Eine E-Mail von einem brunosono@arcor.it.

Öffnen oder löschen? Henni, lösch das Teil. Es kommt nichts Gutes dabei heraus, wenn du es öffnest. Lösch es! Nicht anklicken! Nicht an…

Klick.

Liebe Henni, Onkel Giuseppe hat mir gerade am Telefon erzählt, dass du dir Sorgen um mich machst. Es gefällt mir sehr. Meiner Freundin geht es besser. Vielleicht treffen wir uns nächste Woche mal zu dritt in Florenz? Wäre doch nett. Melde dich.
Bruno

Ich lese den Text zweimal, dreimal, und in meinem Kopf drehen sich währenddessen die Rädchen heiß. Woher sollte Bruno meine E-Mail-Adresse haben? Von mir jedenfalls nicht. Von Bond? Unwahrscheinlich. Von Carlos Mandrini?

Wieso überhaupt Bruno? Der arme Bruno ist tot. Hinter dieser vertrackten E-Mail steckt ein anderer. Vermutlich der Mörder. Oder ein Helfershelfer. Ein Spezialist könnte das leicht nachprüfen. Oder auch die Polizei …

Auf, Henni! Geh zurück zur polizia municipale, zeig' ihnen deine Mailbox, und lass dich von ihnen in die Klapse einliefern.

Ehrlich – jetzt könnte Papa mal kurz in die Story eingreifen und mir ein paar Infos zuspielen. So ganz harmlos, wie er es immer macht. Drei Worte, zwei Zahlen – und du weißt sofort, woran du bist. Aber so ist das halt mit den Vätern: Wenn man sie braucht, sind sie nicht da.

Neidisch schaue ich auf meinen Kater, der sich nach gehabter Aufregung auf dem Rücksitz zusammengerollt hat und friedlich schläft. So ein Kater hat es gut. Kriegt von Frauchen sein Futter, seine Streicheleinheiten, schläft, wann und wo er Lust hat, und kann dazu noch im Dunkeln sehen … Ach ja richtig, die Taschenlampe.

Bei meinem Streifzug durch den Supermarkt nehme ich noch ein paar Süßigkeiten mit, einen preiswerten Föhn, Trockenfutter für Walter und eine CD mit historischen Aufnahmen von Maria Callas. Wenn jemand eine Jahrhundertstimme hatte, dann war sie es. Eine der ganz Großen! Ich bin ein Fan von ihr … Beinahe hätte ich die Taschenlampe vergessen. Brauche ich auch Ersatzbatterien? Na schön, wenn ich schon beim Geldausgeben bin – hab ja einen Dispo, und außerdem fließen bald siebenmal achthundert Mäuse auf mein defizitäres Konto.

Wenn nichts Entscheidendes dazwischenkommt …

Bei Sonnenuntergang biege ich in die Einfahrt der Villa ein. Das helle Gebäude schimmert blutrot am Ende der Allee, wie schwarze Ausrufezeichen liegen die Schatten der Zypressen auf seiner Fassade. Zwischen den Säulen am Eingang steht Basti, vom Licht der untergehenden Sonne rosig beleuchtet. Ich kann ihm ansehen, wie erleichtert er ist, sein heiß geliebtes Auto ohne sichtbare Beulen wieder zu erblicken.

»Du warst aber lange unterwegs«, sagt er, als ich aussteige. »Geht es deinem Kater besser?«

»Alles in Ordnung. Ich hab dir zum Dank was Süßes mitgebracht …«

Ich halte ihm eine Schachtel Mandelgebäck vor die Nase und öffne diskret die rückwärtige Wagentür, damit Walter sich davonmacht. Es reicht schließlich, wenn Basti seine Ledersitze morgen oder übermorgen betrachtet. Heute habe ich schon genug Probleme.

»Das ist aber lieb«, strahlt Basti und greift nach der Schachtel. »Was riecht da so merkwürdig?«

»Keine Ahnung … Ich glaub, die spritzen die Felder …«

Basti nimmt seinen Autoschlüssel entgegen und berichtet, dass Ricci ein grandioses Risotto gezaubert hätte, das man auf der Terrasse gemeinsam verzehrt habe. Ein paar Gläschen Chianti seien ebenfalls geleert worden, dieses Mal aber vorsichtig und mit acqua minerale verlängert.

»Wir haben dir natürlich etwas aufgehoben, Henni«, sagt er und legt den Arm um meine Schultern, während wir hineingehen. »Ich habe persönlich dafür gesorgt!«

»Lieb von dir! Ich dachte, der Maestro hat absolutes Alkoholverbot verhängt?«

»Ach was!«, lacht Basti. »Chianti ist hierzulande kein Alkohol. Schon die Kinder bekommen ihr Gläschen zum Essen eingeschenkt. Signora Camino behauptet, sie bekämen davon rote Wangen …«

Tatsächlich sitzt Bond zwischen seinen Schülern auf der Terrasse und hat ein Glas Rotwein vor sich stehen. Richtig leutselig ist er heute Abend, begrüßt mich lautstark mit »Da ist ja unsere verlorene Tochter« und ordert mein Abendessen. Ricci läuft in die Küche, um den Rest Risotto zu holen, Basti gießt mir Wein ein, Claudia stellt mir den Wasserkrug vor die Nase. Man hat tatsächlich das Gefühl, nach Hause zu kommen. Während ich mich über das Risotto hermache – es schmeckt wirklich phänomenal –, gibt Bond seine Erinnerungen an vergangene Wettbewerbe in Busseto zum Besten, bei denen seine Schüler selbstverständlich die ersten Preise abräumten. Er übertreibt zwar maßlos, bedeckt sich selbst mit Glanz und Ruhm und schildert seinen Gegner Koschinski als eine Art Rumpelstilzchen, das sich aus Ärger über die Niederlage ungespitzt in den Boden rammt. Aber wenigstens gibt er seinen geplagten Eleven mal etwas Positives zu hören, anstatt sie fertigzumachen.

Lange währt seine leutselige Stimmung allerdings

nicht. Ich habe gerade die Hälfte des Risotto intus und will mir Wein nachgießen, da erklärt der Meister, es sei nun »Sperrstunde«, und schickt uns in die Betten.

»Schlaf ist der Vater aller Siege«, schwafelt er. »Morgen werden wir Gro…ßes vollbringen – darum lasst uns jetzt der Ruhe pfle…gen …«

Ein Schluckauf stört die Wirkung seiner salbungsvollen Worte ein wenig, aber seine Schüler eilen, seinen Willen zu erfüllen. Im Nu hat man mir den Wein davongetragen, die Karaffe mit Wasser wird abgeräumt, meinen Teller kann ich gerade noch festhalten.

»Halt! Ich bin noch nicht fertig!«

»Dann musst du deinen Teller nachher selber in die Küche tragen«, empfiehlt mir Claudia. »Und wasch ihn bitte ab – es sind Ameisen in der Küche.«

Nicht nur das. Es sind auch jede Menge Mücken unterwegs, die allesamt den Freitod in meinem Rotwein suchen. Überhaupt macht es wenig Vergnügen, so ganz allein vor der Villa zu sitzen, während im verwilderten Park Schatten durch das Buschwerk gleiten und der Abendwind den Bambushain flüstern lässt. Immerhin ist hier ein Mörder unterwegs, da sollte man sich besser nicht exponieren. Bei zunehmender Dunkelheit esse ich hastig zu Ende, kippe den Weinrest mitsamt der selig Ersoffenen in den nächsten Busch und begebe mich in die Küche. Die Damen sind inzwischen brav in ihre Betten gestiegen, oben bei den Herren duscht noch jemand, ansonsten hört man nur das melodische Summen und Sirren der toskanischen Insekten, die sich um die Deckenlampe scharen. Gehorsam wasche ich meinen Teller samt Löffel ab, spüle das Weinglas aus und grübele dabei vor mich hin.

Eine E-Mail von einem Toten. Kaum zu fassen, wie viel Mühe sich da jemand gibt, einen Mord zu vertuschen. Erst diese Putzaktionen, der vernagelte Wandteppich, die Falschaussage von Giuseppe Camino, er habe noch heute mit Bruno gesprochen. Und jetzt sogar eine Einladung zu einem Treffen in Florenz. Ein Rendezvous mit Bruno und seiner Freundin Appendix spätabends in einer kleinen Bar gleich neben dem Eingang zum Schattenreich ... Sherlock würde vermutlich hingehen, aber der ist auch sportlich und außerdem unsterblich. Henni besitzt keine dieser beiden Eigenschaften ...

Ich wische das Rotweinglas mit dem Küchentuch trocken, halte es ins Licht, drehe es, um festzustellen, ob noch Flecken daran sind. Durch das gebogene Glas hindurch sehe ich die Umrisse der runden Deckenlampe verzerrt, sie bläht sich auf und fällt wieder schmal zusammen. Das blöde Teil lacht sich kaputt über mich. Na klar – ich erzähle den verschlafenen Provinzbrunettis etwas von Spurensicherung und habe nichts vorzuweisen als ein paar Flecke auf den Klaviertasten und die Blutspuren im Gesindegang. Ich muss eine Probe nehmen, bevor der putzwütige Mörder sie entfernt. Vom Boden abkratzen und in eine Plastiktüte stecken – so wie es die Spurensicherung im Fernsehen immer macht.

Aber wie sollen sie überhaupt feststellen, ob es Brunos Blut ist, wenn seine Leiche verschwunden ist?

Egal – vielleicht finden sie den armen Burschen ja irgendwann. Ich stelle das Glas ins Regal, schalte das Küchenlicht aus und gehe durch den Flur in mein Zimmer. Inzwischen ist es in der Villa vollkommen still, nicht einmal Claudias Schnarchen ist zu vernehmen. Eigentlich schade – es hätte mich bei meinen nächtlichen Recherchen irgendwie beruhigt. Du bist nicht allein, Henni. Drüben schnarcht Claudia mit der Zahnspange.

Schluss mit den Sentimentalitäten! Ich suche die Taschenlampe in meiner Handtasche, entferne die Verpackung und teste das Licht. Sehr gut. Viel besser als die poplige Schlüsselfindefunzel, die ich neulich hatte. Das Fleischmesser liegt noch herum, ich stecke es in die Rocktasche, wo es ein ganzes Stück herausragt. Griffbereit wie der Colt von Doc Holliday – frau weiß ja nicht, wem sie im dunklen Flur begegnet. Nach einer geeigneten Plastiktüte für die Beweisobjekte muss ich eine Weile suchen, schließlich leere ich die Tüte mit den Schokokringeln – niemand hat behauptet, dass das Teil steril sein muss. Nur Kekskrümel sollten nicht drin sein, aber man kann die Tüte ja einfach umwenden. Als ich endlich startbereit für die Beweisaufnahme bin, steht mir der Schweiß auf der Stirn, und ich habe das Gefühl, kaum noch Luft zu bekommen. Scheußlich schwül ist das heute Nacht.

Im Flur ist es jetzt stockdunkel, weder Mond noch Sternlein scheinen durch die beiden kleinen Fensterchen. Ich schalte die Deckenbeleuchtung ein, die jedoch nur einen Teil des Flurs erhellt, die Treppe und der Weg zur Küche bleiben im Dunkeln. Falls also die schwarze Dame mit dem Putzlappen gerade auf ihrem Rundgang durch die Schlafzimmer unterwegs ist, könnte sie dort hinten stehen und mich ungesehen beobachten.

Mutig knie ich vor dem Wandbehang und richte den Lichtstrahl auf die Nägel, die im unteren Bereich eingeschlagen sind. Einige sind herausgefallen, was wohl daran liegt, dass sich die krummen Dinger nur schlecht wieder in ihre Löcher zurückstecken ließen. Ich schaue noch einmal wachsam über den dämmrigen Flur, rufe mir in Erinnerung, dass ich im Ernstfall nur laut zu schreien brauche, um Ricci, Claudia und vielleicht sogar Atzko zu wecken. Dann entferne ich die restlichen Nägel mit dem Messer und schlage den Vorhang zurück.

Sie sind noch da! Puh, bin ich froh. Ich hatte schon befürchtet, meine kostbaren, einzigen Beweisstücke könnten ebenfalls wie von Geisterhand verschwunden sein. Aber da leuchten sie hässlich braun-rot im grellen Schein der Taschenlampe, einer hinter dem anderen, große und kleinere, ein paar davon sind durch Fußtritte verwischt. Ich bin auf Zack. Lege die Taschenlampe so, dass die Beweisstücke gut ausgeleuchtet sind, und fotografiere mit dem Smarty. Dann kratze ich mühsam einige der Flecken vom Steinboden herunter, stecke die winzigen Brösel in die Kekstüte, entdecke immer neue Flecken und krieche weiter in den Gang hinein. Hinter mir fällt der Vorhang zu, vor mir liegt die muffige Finsternis des alten Gesindegangs. Ich falte die Tüte zusammen und stecke sie unter mein T-Shirt, wo sie mich eklig auf der Haut kratzt und außerdem bei jeder Bewegung knistert. Professionelle Beweisaufnahme sieht anders aus.

Eigentlich könnte ich jetzt den Rückzug antreten, vorsichtig die Nägel wieder in ihre Löcher stecken und mit meiner Beute in mein Zimmer schleichen. Das Bett vor die Zimmertür rücken, damit ich keinen ungebetenen Besuch von schwarzen Witwen oder ähnlichen ruhelosen Geistern erhalte. Allerdings würde das wenig nützen, weil man durch die Tapetentür hereinkommen kann …

Aber jetzt trifft der superhelle Strahl meiner nagelneuen Taschenlampe die Stufen der alten Gesindetreppe, und ich stelle fest, dass die Spur nach oben führt. Vermutlich direkt an den Tatort.

Es ist wirklich fürchterlich heiß, sogar hier innerhalb der dicken Mauern läuft mir der Schweiß herunter.

Was riskiere ich schon, wenn ich ein paar Stufen hinaufgehe? Nur um zu sehen, wie weit die Spur führt. Und ein paar Aufnahmen zu machen, jetzt, wo ich gutes Licht habe …

Wendeltreppen sind tückisch, weil man sie nicht überblicken kann. Bei jeder Stufe könnte vor mir im Schein der Taschenlampe eine Gestalt auftauchen. Es kann auch sein, dass jemand mir lautlos folgt, Stufe um Stufe, Schritt um Schritt, und ich kann ihn nicht entdecken, selbst wenn ich mich umdrehe … Doch mein Mut wächst mit jedem Schritt, der Jagdeifer hat mich gepackt, jeder neue Fleck veranlasst mich, weiter hinaufzusteigen, noch eine Stufe, noch eine, dann kommt ein Treppenabsatz – ich muss den zweiten Stock erreicht haben. Tatsächlich vernehme ich jetzt ein regelmäßiges Schnarchgeräusch, tiefer und sonorer als das von Claudia. Es muss Alan sein. Vermutlich ist sein Zimmer nur wenige Meter entfernt, wenn ich jetzt in Todesnot laut schreien würde, könnte es sein, dass er aufwacht. Der Lichtstrahl meiner Lampe erfasst einen gemauerten Rundbogen, der eine hölzerne Tür umschließt. Aha – der Ausgang zum zweiten Stock, vermutlich ebenfalls von einem frommen Wandteppich verdeckt. Alans kräftig-männliche Schnarchlaute ermutigen mich, meine Suche fortzusetzen. Die Wendeltreppe führt weiter hinauf, wahrscheinlich auf den Dachboden, wo früher die Gesindekammern waren. Sind immer noch Flecken auf den Stufen? Tatsächlich. Sogar ziemlich große. Dann nähere ich mich wohl dem Tatort. Vielleicht auch dem Mörder, der ja bekanntlich immer an den Ort seiner Untat zurückkehrt. Warum auch immer – aus Reue oder um das nächste Opfer zur Strecke zu bringen. Henni – du solltest jetzt besser mit deiner Beweistüte unter dem T-Shirt wieder nach unten gehen und die Tapetentür in deinem Schlafzimmer zunageln.

Doch ich horche noch einmal auf Alans nächtliches Konzert und steige weiter hinauf. Es wird eng und steil, und die Spur verdichtet sich zu einem unregelmäßigen Streifen. Mir wird ganz schlecht bei der Vorstellung, dass der arme Kerl mit einer tödlichen Verwundung hier heruntergestolpert ist, in der Hoffnung, sich noch retten zu können …

Auf einmal vibriert der Stein unter meinen Füßen, ein dumpfes Geräusch erschüttert die Villa, ein Krachen ertönt, als sei oben der Dachstuhl in sich zusammengestürzt. Ich stehe starr wie eine Salzsäule, im Kopf völlige Leere, ohne Herzschlag. Was – um Gottes willen – war das jetzt? Ein Erdbeben? Der Zorn der schwarzen Dame? Nach einigen Sekunden ernsthaften Nachdenkens komme ich zu dem Schluss, dass es möglicherweise ein Gewitter sein könnte. Immerhin war es heute ziemlich schwül.

Gewitter oder Erdbeben – ich kann auf keinen Fall hier stehen bleiben. Also rasch die Treppe bis oben hinaufgestiegen, ein wenig herumgeleuchtet und dann nur raus aus diesem muffigen Mäusegang.

Die Wendeltreppe endet vor einem schmalen, gemauerten Rundbogen. Es gibt keine Tür, die mir den Blick verschließen könnte. Ich leuchte in einen Flur hinein, rechts und links sind Türen, einige davon stehen offen. Schwarze Rechtecke, in denen die Geister und Mörder hausen. Ein grelles bläuliches Licht fällt urplötzlich durch ein Dachfenster ein, ich sehe einen braunroten Flecken auf dem staubigen Boden, ausgefranst wie ein vielzackiger Stern, dann ist alles wieder dunkel. Krachend erschüttert ein Donnerschlag die Villa, so gewaltig laut, als sei direkt über mir ein riesiges Weinfass in Stücke zerborsten.

Hier also. Dort drüben, gleich neben einer der offen stehenden Türen, ist es geschehen. Was in aller Welt hatte er hier zu suchen? Und warum wurde er überfallen und brutal verletzt?

Auf einmal packt mich die kalte Angst. Nur weg hier. Auf keinen Fall in diesen Flur hineingehen, an den offen stehenden Türen vorbei, hinter denen jemand auf mich warten könnte. Ich drehe mich um, haste die schmale Treppe hinunter, vor mir zittert und holpert der Lichtstrahl meiner Taschenlampe. Glaube, hinter mir hastige Schritte zu vernehmen, keuchenden Atem, das Rascheln von Kleidung. Da … da ist der Eingang zum zweiten Stock. Es rumpelt wieder über mir, krachend platzt ein eiserner Ofen oben in den Wolken, meine Finger umklammern eine Ecke des gemauerten Rundbogens, und ich hechte wie Zorro in seinen besten Tagen gegen die hölzerne Tür, reiße sie auf. Ich spüre die Berührung des Stoffes in meinem Gesicht und schlage um mich, weil ich glaube, der Mörder habe sich auf mich gestürzt. Aber es ist der Vorhang, den ich bei meinem hastigen Auftritt beinahe von der Wand gerissen habe. Keuchend taumele ich in den Flur der Männerabteilung und kann mich gerade noch abfangen, sonst hätte ich eine fulminante Bauchlandung hingelegt.

Henni, deine Nerven! Sherlock Holmes wäre völlig cool geblieben. Höchstens Dr. Watson hätte ein wenig Bammel gehabt.

Um mich herum ist es dunkel, in regelmäßigen Abständen zuckt ein bläuliches Licht durch die Flurfenster, wirft grelle Streifen über den Fußboden, die gleich wieder erlöschen. Kurz darauf folgt der Donner, laut wie eine Explosion im Gaswerk, erschreckend, erschütternd, eine entfesselte Naturkraft, die sich über uns in den Wolken austobt.

Dann erblicke ich ein Licht. Schwankend bewegt es sich durch den langen Flur auf mich zu, eine Gestalt im langen Gewand wird erkennbar, ähnlich einem schwarzen Mönch, einem Wesen aus einem Fantasy-Roman. Dicht vor mir bleibt die Erscheinung stehen und hält die flackernde Kerze ein wenig höher, um besser sehen zu können.

»Was machen S i e denn hier oben, Frau von Kerchenstein?«

Bond im langen schwarzen Morgenmantel. Ich starre ihn an und versuche zu begreifen, wieso er mit einer Kerze herumläuft. Ah – der Strom ist weg. Das Gewitter.

»Ich ... wollte auf die Toilette«, schwindele ich. »Unten ist leider besetzt.«

»Soso«, sagt er und mustert mich hoheitsvoll. »Hier oben auch.«

Damit eilt er mit seiner Kerze zu besagter Tür und verschwindet dahinter. Ich kann hören, wie er den Schlüssel von innen herumdreht.

Draußen rauscht jetzt der Regen herab.

Der junge Tag empfängt mich mit brüllenden Kopfschmerzen. Dicht neben mir dröhnt gleichmäßig der Motor eines Rasenmähers, meine linke Gesichtshälfte wird von einem Heizkissen auf Stufe drei erwärmt.

»Geh da weg, Kater …«

Walter niest und besprengt mich linksseitig mit kühler Feuchtigkeit – wenn er lange schnurrt, sabbert er. Mühsam setze ich mich auf, blinzle in die flirrenden Lichtstreifen, die durch die halb geschlossenen Fensterläden ins Zimmer fallen, und schließe die Augen gleich wieder. Helles Licht ist Gift für einen schmerzenden Kopf. Blind wühle ich im Rucksack herum, steche mich an meiner Nagelschere, fluche vor mich hin und finde endlich die Schachtel mit den Kopfschmerztabletten. Draußen auf dem Flur sind jetzt Männerstimmen zu vernehmen, die eine gehört Basti, die andere Alan.

»Das ist alles Muskel … hart wie Eisen … push me … Schlag drauf …«

»Donnerwetter! Da verstaucht man sich ja die Pfote!«

Ich höre Alan verhalten lachen – was für ein Angeber, dieser kanadische Holzfäller!

»Wenn du Tamino bist … on stage … dann ist das da nicht gut … Schwabbelbauch …«

Ich kann mir vorstellen, wie er jetzt Basti auf den selbigen klatscht.

»Ich bin leider nicht sportlich … nie gewesen …«

Männer sind doch untereinander ganz schön mies. Jetzt macht der Kanada-Teddybär den armen Basti fertig. Und warum? Weil der erfolgreicher bei den Mädels ist. Gar nicht nett von dir, Mr. Neidhammel. Ich pule zwei Pillen aus der Verpackung, werfe sie ein und schlucke die Chemie mit etwas lauwarmem Wasser aus der Plastikflasche. Bäh. Hauptsache, das Zeug wirkt möglichst bald. Die Stimmen werden leiser, weil die beiden jetzt die Treppe zum Erdgeschoss hinuntergehen.

»Ich jogge every day. You come with me … Lauf mit …«

»Ach, ich weiß nicht …«

»Kleine Runde … nur zehn Minuten …«

»Na ja …«

Joggen mit Alan ist das Allerletzte, worauf ich jetzt scharf wäre. Ich werfe das durchgeschwitzte T-Shirt von mir und finde eine klebrige Tüte mit ein paar mehrfarbigen Bröseln darin. O weh – ich war gestern

Nacht so fertig, dass ich glatt mit meinen Beweisstücken unter dem Shirt ins Bett gefallen bin. Hoffentlich hat das die Konsistenz der Beweise nicht verändert. Na egal – jetzt eine kühle Dusche, frische Klamotten, ein ordentliches Frühstück, und Henni haut wieder flott in die Tasten.

Unten auf der Terrasse sitzen Ricci und Claudia beim Morgenkaffee. Bond ist noch nicht erschienen. Atzko, Basti und Alan joggen irgendwo in den Hügeln um die Villa. Claudia klagt über Mückenstiche, die sich zu dicken Blasen entzünden – von dem Gewitter in der Nacht hat sie nichts mitbekommen, weil sie mit Ohrenstöpseln schläft.

»Du liebe Zeit«, regt sich Ricci auf. »Dann hörst du ja gar nicht, wenn ein Einbrecher in dein Zimmer kommt …«

Oder ein Mörder, denke ich unwillkürlich.

»Ist doch besser, wenn ich das nicht höre …«

Auch eine Einstellung.

Der Maestro betritt die Terrasse, mustert befremdet die drei leeren Stühle und wünscht den anwesenden Damen ein »Buongiorno, signore«. Dann greift er zum Orangensaft und pumpt sich damit voll. Offensichtlich hat der nächtliche Gang mit der Kerze seinem Organismus Vitamine entzogen. Wir unterhalten uns über Unwetter und Stromausfälle, Verdi und Wagner, Hustenanfälle und Stimmbandknötchen. Als die drei Jogger geduscht und mit angeregtem Kreislauf am Frühstückstisch erscheinen, werden sie von ihrem Maestro unwirsch begrüßt.

»Genügend Staub und Mücken geschluckt? Wir beginnen pünktlich in genau fünfzehn Minuten!«

Atzko senkt den Blick beklommen auf ihre Müslischale, Alan stellt Unbefangenheit zur Schau, Bastis Gesicht hat Ähnlichkeit mit einer Glühbirne.

»Es war großartig«, sagt er zu mir, als Bond nach oben gegangen ist. »Du solltest morgen mal mitlaufen, Henni!«

Ich habe zwar andere Pläne, aber ich nicke erst mal und gieße ihm Kaffee ein. Ich muss Brunos Adresse in Florenz herausbekommen und – wenn es sonst niemand tut – ihn als vermisst melden. Dann werden sie endlich auf die Idee kommen, nach ihm zu suchen. Ob ich einfach Mamma Italia danach frage? Aber die könnte in das Mordkomplott verwickelt sein, daher ist es wohl klüger, per Internet zu suchen. Also doch eine kleine Joggingrunde auf die Hügel hinauf, wo das Smartphone ins Netz kann …

Pünktlich, wie vom Maestro gefordert, versammeln wir uns zur täglichen Peinigung im Musikzimmer. Bond erscheint mir heute vergleichsweise milde mit seinen Opfern – entweder habe ich mich schon an seine Gemeinheiten gewöhnt, oder er nimmt sich jetzt, da der Kurs seine Mitte erreicht hat, langsam etwas zurück. Nach dem Motto: durch das tiefe Tal der Verzweiflung hinauf zu den Sternen. Oder so ähnlich. Demnach befänden wir uns jetzt am Talboden mit Blick auf die vor uns aufragende Himmelsleiter.

»War das ein Ton, oder hat jemand einen Stuhl gerückt?«

»Öffnen sollt ihr euch! Lockert die Kehlen. Es klingt wie ein Froschkonzert im Gartenteich …«

Nun ja – in puncto Motivation ist er noch mitten in der Talsohle. Aber hie und da wirft er seinen Adepten schon einmal ein Goldbröckchen vor die Füße.

»Ich habe gestern Töne von euch gehört, die zu größten Hoffnungen Anlass geben … Wo sind sie hin? Über die Hügel davongeflogen?«

Zur Abwechslung müssen sie sich »in der Bewegung« einsingen, sie laufen kreuz und quer durch den Raum, recken die Arme, heben die Knie beim Gehen wie die Störche auf Futtersuche, wackeln mit den Schultern, treten sich gegenseitig auf die Füße … Ich frage mich, wozu solche Hampeleien wohl gut sind, und komme zu dem Schluss, dass es Bond hauptsächlich darum geht, seine Truppe durch immer neue Spinnereien bei der Stange zu halten. Warum er seine kostbaren Lehrmethoden unbedingt vor seinem Konkurrenten Koschinski geheim halten muss, ist mir ein Rätsel. Immerhin ist es amüsant, den Bemühungen seiner Eleven zuzuschauen. Ich muss mich um eine ernsthafte Miene bemühen, sonst verunsichere ich die armen Sängerlein.

Meine Kopfschmerzen sind weg – ich fühle mich gut, wo ist ein Baum, den ich ausreißen kann? Auch die Schrecken der Nacht schwinden in diesem goldfarbigen Morgenlicht, das Hügel und Park so heiter erscheinen lässt. Ob nicht alles doch nur ein böser Traum war? Eine schwarze Blüte meiner überspannten Fantasie? In dieser traumhaft schönen Natur, unter diesen unbefangenen Menschen gibt es keine Morde. Solche scheußlichen Dinge passieren im nebeligen London oder oben in Skandinavien, wo es das halbe Jahr über dunkel ist. Hier in der Toskana, wo man Chianti trinkt und sich des Lebens freut, wo die Künste gedeihen und die Menschen ihren Maestro Verdi lieben, stirbt man höchstens am Suff oder an Altersschwäche …

Die Jägermeister-Theorie zumindest ist Blödsinn! Trotz einer gruseligen Gewitternacht, die für Meuchelmörder wie geschaffen war, sitzen wir heute Morgen vollzählig im Musikraum und lassen uns vom Maestro malträtieren.

»Riccarda!«, ruft Bond in den Raum hinein. Ricci nimmt ihre Noten und stellt sich neben dem Flügel in Positur – bevor Bond jedoch den Mund öffnen kann, klopft jemand an der Tür.

Unfassbar. Man wagt es, den Maestro bei der Arbeit zu stören. Wir alle starren zur Tür hinüber, unsicher, ob wir richtig gehört haben.

Knarrend bewegt sich einer der beiden Türflügel, ein Schnurrbart wird sichtbar, dann der Rest von Giuseppe Camino. Er spricht leise, fast unterwürfig, das Ganze ist ihm sichtbar peinlich.

»Scusi, per favore …«

Bond starrt ihn mit hervorquellenden Augen an.

»Was wollen Sie?«, flüstert er. »Gehen Sie!«

»Polizia … aus Figline …«

Kaum zu glauben, die Trantüten haben sich tatsächlich eingefunden. Und das schon heute und nicht erst in drei Wochen. Ich habe die Herren doch gewaltig unterschätzt.

»Polizia?«, wiederholt Bond verständnislos.

Er dreht sich zu seinen Schülern um, als könne einer von ihnen ihm das Rätsel erklären. Die Gesangsschüler schauen einander verwundert an, zucken mit den Schultern, begreifen nichts. Bond hingegen scheint nun von einem schlimmen Verdacht befallen.

»Ich ahnte es …«, flüstert er. »Sabotage …«

»Signora Kerchen… Kerchen…stein … prego … Kommen Sie hinaus …«

Bonds ahnungsvoll aufgerissene Augen richten sich auf mich, vermutlich hält er mich jetzt für die heimliche Komplizin des hinterhältigen Saboteurs Koschinski. Ich lächle ihm beruhigend zu und stehe vom Klavierhocker auf.

»Sie bleiben hier!«, befiehlt der Maestro und zeigt entschlossen auf den Hocker. Dann wendet er sich hoheitsvoll zur Tür.

»Sagen Sie den Herren Polizisten, dass sie gefälligst bis zur Pause warten sollen. Ich kann nicht ohne Pianistin arbeiten.«

Damit hält er die Sache für erledigt und wendet sich Ricci zu, die verunsichert neben dem Flügel steht, das Notenheft an die Brust gepresst.

»Von Anfang«, fordert er sie auf. »Mit Vorspiel …«

Doch bevor ich noch den ersten Akkord anschlagen kann, drängen sich hundertfünfzig Kilo Lebendgewicht in den Raum und fordern freundlich, aber bestimmt meine Auslieferung.

»Tut mir sehr leid, meine Herrschaften, aber wir haben nicht alle Zeit der Welt. Bitte, Frau von Kerchenstein, es wird nicht lange dauern. Nur ein paar Fragen ...«

»Aber gern ...«

Unser Abgang aus dem Musikraum hinterlässt fassungslose Stille. Im Flur schlage ich vor, die Befragung in der Küche vorzunehmen, da dort ein ausreichend großer Tisch und genügend Stühle vorhanden sind. Die Herren sind einverstanden. Camino, der sich empfehlen will, wird aufgefordert, sich uns anzuschließen.

Die beiden Polizisten aus Figline sind jetzt auf einmal leutselig, fast liebenswürdig, sie stellen sich mir sogar mit Namen vor.

»Camillo Gepetto ... das ist mein Kollege Pietro Rivero ...«

»Angenehm. Ich freue mich, dass Sie so schnell gekommen sind, signori.«

»Das war doch selbstverständlich, signora.«

Merkwürdig. Noch gestern hielten sie mich für eine Irre – und jetzt eilen sie ganz selbstverständlich herbei, um den Fall zu untersuchen. Hercule Poirot würde sagen, dass da etwas faul sein könnte, auch Mr. Holmes wäre dieser Ansicht.

Gepetto schwitzt fürchterlich in seiner dunkelblauen Montur. In der Küche zieht er die Jacke aus und hängt sie über die Stuhllehne, sein Kollege behält die Uniformjacke an und wischt nur ein paar Krümel vom Tisch, bevor er seine Mütze ablegt. Camino lässt sich auf einem Hocker nieder, es ist ihm anzusehen, dass er sich ausgesprochen unwohl bei dieser Angelegenheit fühlt. Mir geht es genauso – ich wäre sehr froh gewesen, wenn die Polizisten Giuseppe Camino aus dem Spiel gelassen hätten.

»Darf ich Ihnen etwas zu trinken anbieten? Ein Schlückchen Wein? Wasser? Einen Espresso?«

Man entscheidet sich für Espresso und Wasser, und Camino übernimmt ungefragt die Gastgeberrolle.

Gepetto wechselt einen Blick mit seinem Kollegen – offensichtlich haben sie sich vorher abgesprochen. Ich bin gespannt.

»Wir möchten Ihnen zunächst einmal danken, Signora Kerchenstein«, beginnt Gepetto und streichelt dabei sein Doppelkinn mit dem rechten Zeigefinger. »Es ist für unsere Arbeit ungemein wichtig, dass es aufmerksame Menschen gibt, die uns Hinweise auf mögliche Verbrechen geben.«

Ich verziehe keine Miene, und er versteht, dass er nicht sehr glaubwürdig rüberkommt. Er lässt sich jedoch nicht entmutigen.

»Wir haben uns inzwischen mit dem Fall Bruno Sonego befasst, und es gibt einige indicazioni interessanti, die zugleich auch neue Fragen aufwerfen …«

Er nickt Camino kurz zu, der ihm eine Espressotasse vor die Nase stellt, und fummelt dann ungeschickt an seiner Jacke herum, um Notizbuch und Stift zutage zu fördern. Sein Kollege hat mittlerweile sein Smartphone hervorgezogen und tippt mit dem Zeigefinger darauf herum. Ich platze fast vor Ungeduld.

»Darf ich an Ihren Erkenntnissen teilhaben?«, frage ich mit leichter Ironie.

Gepetto blättert das Büchlein auf und legt es umgedreht vor sich auf den Tisch.

»Naturalmente, signora. Bruno Sonego ist aktenkundig bei der Polizei Florenz. Er war vor einem guten Jahr in eine Messerstecherei in einer Nachtbar in Florenz verwickelt und hat den Barbesitzer und zwei Gäste dabei erheblich verletzt. Es kam zu einer Gerichtsverhandlung, bei der er zu einem Jahr Gefängnis mit Bewährung verurteilt wurde …«

Jetzt bin ich verblüfft. Kann das sein? Bruno, der so charmant und höflich daherkam, der oben bei Fausto so besonnen reagiert hat, der den betrunkenen Maestro gemeinsam mit Basti zurück zur Villa geschleppt hat. Der soll drei Leute mit dem Messer niedergestochen haben? Kaum zu glauben …

»Geht aus den Akten auch hervor, wie es zu der Auseinandersetzung gekommen ist? Wurde Bruno angegriffen? Hat er sich für jemanden eingesetzt?«

Gepetto saugt geräuschvoll die Luft durch die Nase ein und bläst sie langsam wieder hinaus. Er rührt Zucker in das Näpfchen mit kohlschwarzer Brühe, das Camino vor ihn hingestellt hat.

»Der Grund für den Streit war nicht eindeutig zu ermitteln. Aber es ging offensichtlich um una donna …«

Er grinst. Immer die Frauen. Da ich seine Anspielung nicht komisch finde, wird er gleich wieder ernst.

»Auf jeden Fall ist Bruno Sonego mit einem Messer bewaffnet in die Bar gegangen. Was nicht erlaubt ist und darauf hinweist, dass er die Absicht hatte, die Waffe einzusetzen …«

»… möglicherweise trug er das Messer auch bei sich, um sich verteidigen zu können …«, falle ich ihm ins Wort.

Er zuckt mit den Schultern. Das alles sei leider ungeklärt. Weitere Vorstrafen habe Sonego nicht, er sei allerdings mehrfach in verschiedenen Erotikbars und ähnlichen Etablissements gesehen worden.

Da die beiden diese Neuigkeiten so ungeniert preisgeben, muss ich annehmen, dass Brunos Onkel Giuseppe das kriminelle Vorleben seines Neffen bekannt ist. Es ist schwer einzuschätzen, ob Giuseppe Camino unser Gespräch versteht, er tut zwar so, als könne er nur wenig Deutsch, aber es kann durchaus sein, dass er mehr mitbekommt, als man glaubt.

»Der Mord an Bruno Sonego könnte also mit dem Vorfall in dieser Nachtbar vor einem Jahr zusammenhängen?«, frage ich. »War es das, was Sie mir erzählen wollten?«

Die beiden Polizisten schlürfen ihren heißen Espresso, Camino schenkt ihnen Wasser ein. Wie dienstbeflissen er sich gibt. Uns gegenüber war er längst nicht so eifrig, das hat er eher seiner Frau überlassen.

»Nun …« Gepetto räuspert sich und wischt den Mund mit dem Handrücken ab. »Es ist bisher ja nur ein sospetto di omicidio – ein Mordverdacht, signora. Keinesfalls ein bewiesener Mordfall. Obwohl …«

»Obwohl was …«

Er sieht zu seinem Kollegen hinüber, der inzwischen

dazu übergegangen ist, die auf dem Tisch umherkriechenden Fliegen mit seiner Mütze einzufangen. Da er von dieser Beschäftigung voll und ganz in Anspruch genommen ist, kann sich Gepetto von ihm keine Unterstützung erhoffen. Er räuspert sich und streicht mit dem Finger an seinem Doppelkinn entlang.

»... obgleich es uns bisher nicht gelungen ist, Kontakt zu Bruno Sonego aufzunehmen. Seine Bekannte wurde inzwischen aus der Klinik entlassen, und wie es scheint, sind beide zu einer kleinen Reise aufgebrochen. So ist es doch, nicht wahr, Giuseppe?«

Er sagt einige rasche Sätze auf Italienisch zu Camino, und der nickt eifrig. Mir fällt auf, dass sich die beiden auf einmal duzen. Interessant. Sagte Gepetto nicht noch gestern, dass er die Villa Mandrini nur vom Vorbeifahren kenne? Irgendetwas stimmt da nicht. Ich beschließe, die verdächtige E-Mail vorerst einmal für mich zu behalten.

»Bruno Sonego ist tot«, behaupte ich eigensinnig. »Ich kann Ihnen zeigen, wo in diesem Haus man ihn ermordet hat.«

Gepetto lehnt sich überrascht zurück, ich höre die arme Stuhllehne knacken. Camino gießt gerade Wasser in mein Glas, und ich kann sehen, dass seine Hand plötzlich zittert. Es dauert nur einen kleinen Augenblick, dann hat er sich wieder im Griff. Kein Tröpfchen Wasser ging daneben – aber mir ist klar geworden, dass er erstens recht gut Deutsch versteht und zweitens Dreck am Stecken hat.

»Kommen Sie bitte mit mir!«

Entschlossen stehe ich auf und warte mit übereinandergeschlagenen Armen, bis sich die Herren in Bewegung setzen. Eilig haben sie es nicht gerade. Gepetto leert zuerst sein Wasserglas und macht sich dann an seiner Uniformjacke zu schaffen. Sein Theater ist bühnenreif. Zweimal fällt ihm das gute Stück auf den Boden, einmal zieht er sie falsch herum an, dann muss er höchst umständlich seinen Gürtel schließen und schließlich die Jackenknöpfe wieder öffnen, um Notizbuch und Stift in die Innentasche zu stecken. Pietro Rivero schüttelt derweil energisch die eingefangenen Fliegen aus seiner Mütze, Camino steht schweigend im Hintergrund. Während dieser Zeremonie kann ich Klaviermusik aus dem Musikraum vernehmen, jemand spielt das Vorspiel zu Riccis Arie aus dem »Troubadour« – wie es scheint, hat Bond einen seiner Schüler an den Flügel abkommandiert. Ich tippe auf Claudia. Zahnspange oder nicht – musikalisch hat die Frau einiges drauf.

»Sind wir dann so weit, signori?«

»Sì, sì – naturalmente …«

Ich gehe zielsicher zu dem Wandbehang, der jetzt locker herabhängt, weil ich gestern Nacht die Nägel nicht mehr befestigt habe. Hebe das Teil hoch und stelle fest, dass die beiden Polizisten ehrlich verblüfft sind. Da schau an – so weit gingen ihre Kenntnisse über die Villa Mandrini doch nicht, der Gesindegang ist ihnen neu. Sie reden italienisch miteinander, stellen Camino ein paar kurze Fragen, die dieser einsilbig beantwortet.

»Sehen Sie das? Das ist Blut. Das Blut des ermordeten Bruno Sonego.«

Pietro Rivero hockt sich hin und besieht die Flecken, die inzwischen mehr bräunlich als rötlich sind. Er kratzt daran herum, schaut Camino an und fragt etwas. Camino murmelt eine Antwort.

»Woher wollen Sie wissen, dass dies Blut ist?«, meint Gepetto, der sich nicht einmal gebückt hat. »Signor Camino hat mir eben versichert, dies sei olio combustibile – Heizöl. Für den Ofen im zweiten Stock, nicht wahr?«

Giuseppe nickt, er hat den deutschen Satz gut verstanden.

»Die Spur endet keineswegs im zweiten Stock, sie führt hinauf zum Dachboden«, erkläre ich. »Dort oben wurde Bruno Sonego tödlich verletzt. Wie und mit welcher Waffe das geschah, kann ich nicht sagen. Er hat sich die Treppe hinunter bis in den Musikraum geschleppt und ist dort – möglicherweise an dem großen Blutverlust – gestorben.«

Gepetto kräuselt die Stirn und macht einen schwachen Versuch, den Oberkörper zu beugen. Er hält jedoch sofort inne und legt beide Hände auf den schmerzenden Rücken.

»Lombaggine – Hexenschuss«, sagt er und verzieht das Gesicht. »Letzte Woche kam es wie ein Blitz. Due iniezioni – zwei Spritzen in der Klinik –, aber in meinem Beruf kann man nicht krankfeiern, signora. Wir werden überall gebraucht ...«

Wenn er glaubt, er könne die Beweisaufnahme auf

diese Weise torpedieren, dann hat er Pech gehabt. Henni ist jetzt in Fahrt, und nichts hält sie auf.

»Dann zeige ich es Ihrem Kollegen. Ich hole nur rasch eine Taschenlampe.«

Als ich mit der Lampe aus meinem Zimmer zurückkehre, sind die drei Herren in eifrigem Gespräch. Es wirkt, als sei der gute Giuseppe Camino in arge Erklärungsnot geraten, denn er fuchtelt mit den Händen herum und redet so lebhaft, wie ich es bei ihm noch nie erlebt habe. Jetzt, da ich auf sie zugehe, schweigen sie alle drei und starren unzufrieden vor sich hin. Man hört aus dem Musikraum Bastis Tenor: »La donna è mobile …« Glanzarie des großen Frauenhelden kurz vor dem Mordanschlag. Ja, ja, der Verdi, der verstand sich auf Dramatik.

»Ich habe eine Probe genommen«, sage ich zu Gepetto und drücke ihm die Kekstüte mit den Bröseln in die Hand. Dann winke ich seinem Kollegen und beleuchte uns den Weg hinauf zum Tatort. Rivero läuft brav hinter mir her, Gepetto bleibt mit Camino im Flur zurück. Nun ja – der Dicke wäre spätestens auf der Treppe zum Dachboden rettungslos stecken geblieben.

Der Weg kommt mir jetzt, da ich einen Polizisten im Schlepptau habe, sehr viel kürzer und ungefährlicher vor. Wir betreten sogar den Dachbodenflur, der mir gestern im Gewitter so unheimlich erschienen ist, und Rivero betrachtet ausgiebig den sternförmigen Blutfleck. Ich kann die Taschenlampe hier oben getrost ausschalten, da bei Tag genügend Licht durch die Dachfenster hereinfällt. In den Kammern finden wir jede Menge Gerümpel, Kisten und Kartons, Reisekoffer von anno dunnemals, zerbrochenes Geschirr und einen alten Schrank, dessen Tür offen steht. Wir erschrecken beide, als wir hineinsehen, denn wir blicken in eine Reihe von Gesichtern. Eine Sammlung altmodischer Porzellanpuppen, fein gekleidet und mit echtem Menschenhaar ausgestattet, starrt uns aus gläsernen Augen an.

»Perdindirindina!«, sagt Rivero und bekreuzigt sich, als hätte er Verstorbene gesehen.

Er nimmt tatsächlich eine Probe von dem Blutfleck, benutzt dazu eine Plastiktüte, die er in der Jackentasche hatte, und macht mit seinem Smartphone ein paar Fotos. Als er fertig ist, nickt er mir zu, und ich schalte die Taschenlampe wieder ein, denn auf der Treppe ist es stockdunkel. Kurz bevor wir den zweiten Stock erreichen, kommt mein Begleiter ins Stolpern, und ich packe ihn schnell am Arm, damit er sich nicht etwa in treuer Dienstausübung den Hals bricht.

»Che cos'è?«

Der Strahl meiner superhellen Taschenlampe ist direkt auf einen Gegenstand gerichtet, der ein paar Stufen unter uns auf der steinernen Treppe liegt. Ein Messer. Das gottverdammte Küchenmesser ist mir aus der Tasche gefallen. Doc Holliday hat seinen Colt verloren, dieser Blödel.

»Das ist … äh … nicht etwa die Tatwaffe …«, stottere ich, während er das Corpus Delicti mit Hilfe eines Papiertaschentuchs an sich nimmt.

Unten wird seine Beute von Kollege Gepetto mit großen Augen respektvoll betrachtet, auch Giuseppe Camino besieht sich die vermeintliche Mordwaffe und schüttelt den Kopf.

Ich kann mir denken, was sie ihn gefragt haben. Nein – er hat das Teil noch nie in seinem Leben gesehen.

»Das muss ich Ihnen erklären ... Ich habe dieses Messer gestern aus der Küche genommen, weil jemand den Wandteppich festgenagelt hatte. Dann muss ich es unterwegs verloren haben ...«

»Sie hören von uns, Signora von Kerchenstein ...«

»Arrivederci ...«

Ich bleibe mit sehr gemischten Gefühlen zurück. Diese Beweisaufnahme ist irgendwie nach hinten losgegangen.

Bond ignoriert mich komplett, als ich so leise wie möglich den Musikraum betrete. Ich habe richtig vermutet – am Flügel sitzt Claudia, die mir ihren Platz sofort überlässt und zurück auf ihren Stuhl schleicht. Ricci beschwört die Geister der Finsternis als Azucena aus dem »Troubadour« – sie hat eine wahnsinnige Ausstrahlung, wenn sie sich so in die Rolle hineinkniet. Bond steht zwei Meter von ihr entfernt, den Kopf leicht schräg gelegt, eine Hand erhoben, als wolle er Fliegen fangen – bereit, im nächsten Augenblick dazwischenzufahren.

»Aus!«, ruft er da auch schon. »Aus, aus, aus! Da geht noch was. Nimm das Tempo zurück … mehr Dunkelheit … du hast es … wir wollen den Fürsten der Finsternis vor uns sehen …«

Ricci wischt sich den Schweiß ab. Atmet durch. Lockert die Schultern.

»Takt fünfunddreißig …«, befielt der Maestro. »Öffnen … öffnen … den Urton hervorbringen … Oaaaa …«

Jetzt singt er tatsächlich selber – und das gar nicht mal schlecht. Der Typ hat einen richtig schönen Bariton. Hat nicht jemand mal erzählt, Friedemann Bond habe seine Bühnenkarriere aufgeben müssen, weil er bei jedem Aufritt vor Lampenfieber rote Pusteln bekam?

Während ich die Beschwörung der Unterwelt mit Hingabe auf dem Flügel begleite, merke ich, wie die anderen mich anstarren. Ich kann die Denkblasen über ihren Köpfen förmlich sehen. Verkehrsdelikt mit Fahrerflucht. Ladendiebstahl. Rauschgiftschmuggel. Totschlag. Vergewaltigung. Besonders Bastis Miene ist beklommen, und ich frage mich, ob seine Besorgnis mir oder seinem geliebten Auto gilt, mit dem ich gestern unterwegs war.

»Kurze Pause!«, verkündet der Meister. »Wir machen gleich mit Alan weiter! Frau von Kerchenstein – ich habe mit Ihnen zu reden.«

Er fegt aus dem Musikraum, ohne sich nach mir umzusehen, macht sich auch nicht die Mühe, mir die Tür aufzuhalten, als ich brav hinter ihm herlaufe. Mir wird auf einmal ganz flau im Magen. Dieser Irrsinnige glaubt tatsächlich, ich sei mit seinem Erzfeind im Bunde, und will mich feuern. Ade du schönes Honorar, ade Katzenhotel in der Provence …

Bond eilt durch den Flur bis zur Treppe zum zweiten Stock, dort bleibt er stehen, dreht sich zu mir um.

Sieht mich mit zorniger Verachtung an und wirft mir einen einzigen Satz vor die Füße:

»Was auch immer Gegenstand dieser Befragung gewesen ist – Sie werden meine Schüler nicht damit behelligen, Frau von Kerchenstein!«

Er klingt nach König Philipp aus *Don Carlos*. Ein herrschaftlicher Befehl, dessen Befolgung eine Selbstverständlichkeit ist. Bond wartet meine Antwort nicht ab, sondern steigt in gemessener Eile die Treppe hinauf. Ich bleibe unten stehen und ärgere mich. Was denkt er eigentlich von mir? Dass ich von seinem Konkurrenten dafür bezahlt werde, das Nervenkostüm seiner Schüler zu ruinieren? Indem ich sie in einen grausigen Mordfall verwickle, der hier in der Villa stattgefunden hat? Hm – so ganz falsch liegt er da eigentlich nicht, schließlich hat er Henni von Kerchenstein engagiert, die Mordfälle wie magisch anzieht … Hinter mir tauchen jetzt Basti und Alan auf, auch sie sind auf dem Weg nach oben, um kurz das Badezimmer zu benutzen. Alan joggt an mir vorbei, Basti bleibt stehen.

»Was war los, Henni? Hast du was angestellt?«, fragt er mit halblauter Stimme.

Nein, es geht ihm nicht um sein Auto. Er sieht mich mit solch rührender Anteilnahme an, dass ich ein schlechtes Gewissen bekomme. Weil ich ihn anschwindeln muss. Zu seinem eigenen Besten muss ich das tun. Tenöre sind nicht nur simpel strukturiert, sie haben auch schwache Nerven.

»Ich? Ach wo! Sie sind auf der Suche nach Bruno. Der ist nämlich seit zwei Tagen verschwunden.«

Basti schaut erleichtert drein. Nicht Henni – nur Bruno.

»Bruno? Der Neffe vom Verwalter? Der mit uns oben bei Fausto war?«

»Genau der. Bruno Sonego heißt er.«

»Der ist doch gestern nach Florenz gefahren. Und jetzt ist er verschwunden?«

»Ja ... er wird vermisst ...«

Ich muss wohl sehr bekümmert aussehen, denn Basti mustert mich mit leichtem Misstrauen.

»Und wieso fragen die ausgerechnet dich?«

Schwindeln ist wie schwanger sein. Ein bisschen geht nicht. Ganz oder gar nicht.

»Öh ... Bruno hatte sich meine Adresse aufgeschrieben. Weil wir uns nach dem Kurs mal in Florenz treffen wollten ...«

Das gefällt Basti überhaupt nicht.

»Du willst dich mit ihm treffen? Er gefällt dir, wie? Na ja, er ist ja auch ein netter Kerl, der Bruno. Und schaut gut aus. Schlank und braun gebrannt ...«

Ach Basti! Wenn du ahnen würdest, wie überflüssig deine Eifersucht ist! »Wir wollten uns zu dritt treffen«, sage ich diplomatisch. »Bruno, ich und seine Freundin ...«

»Ach so!«, seufzt Basti, ehrlich erleichtert. »Richtig, die Freundin mit Namen Appendix. Hihi ... Nee, der ist voll in Ordnung, der Bruno. Wie er sich um Bond und mich gekümmert hat an dem Abend ... Anständiger Bursche. Hoffentlich finden sie ihn ...«

»Das hoffe ich auch ...«

Er grinst mich aufmunternd an und tätschelt kurz meine Schulter. Mehr traut er sich heute nicht. Soll er auch nicht.

»Tja … dann will ich mal schnell …«, meint er und will an mir vorbei die Treppe hoch. Aber ich halte ihn am Arm fest. Jetzt bin ich an der Reihe. Zeugenbefragung.

»Warte mal … Als ihr drei vorgestern Nacht zurück zur Villa gelaufen seid – ist euch da irgendjemand begegnet?«

Basti bleibt stehen und überlegt. Kratzt sich im Nacken, schnaubt kurz vor sich hin, tut einen Seufzer …

»Weißt du, Henni … so ganz genau kann ich mich nicht erinnern. Weißt ja selber – der Chianti. Aber ich glaube, da war ein Wagen … ein Fiat, mein ich. Mittelklasse. Nichts Besonderes. Der kam uns entgegen und hat kurz angehalten … Die haben wahrscheinlich nach dem Weg gefragt …«

»Und wohin wollten die? Zur Villa etwa?«

Basti hebt in hilfloser Geste die Schultern. Oben rauscht die Klospülung, fliegender Wechsel im Bad.

»Keine Ahnung. Bruno hat italienisch mit ihnen geredet, und ich hatte genug damit zu tun, Friedemann zu stützen. Das war gar nicht so einfach – fast wären wir beide zu Boden gegangen …«

Ich grinse verständnisinnig, weil ich mich dunkel an ähnliche Probleme auf dem Heimweg erinnere.

»Und sonst? Wer hat euch in der Villa die Tür aufgemacht? Giuseppe Camino?«

Ein leises Stöhnen entringt sich Bastis Brust. Vermutlich hat auch er Gedächtnislücken, die sich selbst bei angestrengtem Grübeln nicht schließen wollen.

»Wer hat uns aufgemacht ... Hm ... ich glaube ... niemand. Natürlich – Bruno hatte ja auch einen Schlüssel. Er hat aufgeschlossen, und wir haben Friedemann gemeinsam nach oben in sein Zimmer gebracht ...«

»Und dann?«

»Wie – und dann?«

Unfassbar, wie langsam das Hirn eines Tenors arbeitet. Habe ich ihm nicht gerade eben erzählt, Bruno sei verschwunden?

»Ist Bruno dann hinuntergegangen?«

»Ach so ... Ja, ich glaube ... Ich bin auf jeden Fall noch ein Weilchen bei Friedemann geblieben. Hab ihm die Schuhe ausgezogen und so ... Bruno war dann irgendwann weg ...«

»Und du bist danach ins Bett gegangen ...«

»Klar. Ich bin in die Kiste gefallen und sofort eingeschlafen. Keine Ahnung, wann ihr anderen zurückgekommen seid. Ich habe geschlafen wie ein Toter. Und Bruno ist es ganz sicher genauso ergangen ...«

»Schon möglich ...«, murmele ich und muss schlucken.

»Ist Bruno am Ende gar nicht in Florenz angekommen?«, macht sich Basti jetzt Gedanken. »Er ist doch gestern in aller Frühe losgefahren. Wegen dem Appendix von seiner Freundin. Da ist er hoffentlich nicht irgendwo verunglückt ... O Mann, das täte mir wirklich leid ... Immer erwischt es die Falschen ...«

Da hat er allerdings recht. Wobei ich einen Tod, wie der arme Bruno ihn hatte, eigentlich niemandem wünschen würde. Fast niemandem …

»Dann bis gleich, Henni … Ach so: Magst du nachher eine Runde mit mir joggen?«

Ich rede mich heraus. Hab nur diese Riemchensandalen dabei, damit kann man halt nicht gut laufen. Vielleicht später mal. Isar-Auen oder Englischer Garten … oder so …

»Schade«, seufzt er und streicht sich über das Bäuchlein. »Ist eine Supersache. Hab bestimmt schon ein Kilo runter …«

Die Pause reicht gerade noch aus, um Riccis und Claudias Neugier zu befriedigen. Atzko hat eine Meditation eingelegt und erfährt die Nachricht von Brunos Verschwinden später von Claudia. Basti informiert Alan. Der Einzige, der nichts mitbekommt, ist Bond. Aber das ist auch besser so, weil er ein schwaches Nervenkostüm hat.

»Verdis Musik muss in uns auferstehen«, schwatzt er salbungsvoll daher. »Sie muss uns durchdringen, uns vereinnahmen, jede Faser unseres Körpers zu Tönen und Klängen werden lassen. Wenn euch das gelingt, meine Lieben, dann zwingt ihr eure Zuhörer, mit euch zu lachen und zu weinen, zu leiden und selig zu sterben …«

Wenn man es so sieht, ist Musik eine lebensgefährliche Angelegenheit. Aber das ist nichts Neues. Atzko notiert sich diesen Quatsch eifrig in ein Heft – eines Tages wird sie die gesammelten Gemeinplätze des

Friedemann Bond herausgeben. Auf Deutsch mit japanischen Untertiteln …

Der Rest des Vormittags gehört dem klagenden König Philipp und der verzweifelten Prinzessin Eboli. Claudia ist einfach großartig. Wie sie sich bewegt, diese dramatische Gestik, der Ausdruck ihrer Augen, wenn sie die Brille abgenommen hat … Die Frau ist eine Wundertüte. Kommt so harmlos daher in ihren Schlabbergewändern und den Jesuslatschen, aber sobald sie singt, verwandelt sie sich in eine Primadonna Assoluta. Sogar Bond ist heute von ihr angetan. Da schau an, der Leuteschinder kann auch anders, er arbeitet mit ihr an einzelnen Phrasen, rät ihr zu Akzenten und verlangt, dass sie vor dem Wettbewerb unbedingt die Zahnspange entfernen lässt.

»Was ist mit Kontaktlinsen? Die verträgst du nicht? Lass dir die Augen lasern. Meine Güte, Mädel. Du stehst vor einer Weltkarriere und hast Angst vor einem kleinen Piks …«

Langsam wird klar, wer Bonds Favoriten sind und wen er mehr oder weniger zur Gesellschaft mitgenommen hat. Die Anwärter auf die Siegespalme sind eindeutig Basti und Claudia. Ob Ricci, Alan und Atzko sich von vornherein darüber klar waren, dass sie in diesem Kurs nur eine Nebenrolle spielen? Fast glaube ich, dass sie es jetzt erst mitbekommen. Wenn das nur keinen Ärger gibt!

Wie auch immer – Henni hat andere Sorgen, als sich um die Gruppendynamik Gedanken zu machen. Während meine Finger in den Tasten wühlen, um Claudias

Verzweiflungsarie angemessen zu begleiten, gehe ich alles noch einmal durch.

Bruno war Dauergast in verschiedenen Erotikbars. Das ist nicht ganz leicht zu verkraften, ich hatte ein sehr positives Bild von ihm. Vermutlich war mein Blick durch meine Zuneigung vernebelt. Nein ehrlich – dass der schöne Marc Aurel sich jede Nacht im Puff herumgetrieben hat, ist ein harter Schlag. Hätte ich ihm nicht zugetraut. Aber nun ja – ich habe halt ein göttliches Talent, mich immer in den Falschen zu verlieben.

»O don fatale ..., o don crudel ...«, stöhnt die unglückliche Claudia-Eboli, und ich hacke die Begleitakkorde mit Hingabe in den vertrackten Flügel. So ist das eben, Henni. Mit der Liebe geht immer etwas schief. Nicht nur bei dir. Unsere Welt wäre langweilig, wenn es lauter glückliche Paare gäbe ...

Journalist war er. Zumindest hat er das erzählt. Aber vielleicht hat er mir ja nur etwas vorgeschwindelt, um Eindruck zu schinden. Als er mir geholfen hat, meine Sachen in mein Zimmer zu bringen, war er richtig nett. So unbefangen und offen. Hat erzählt und mich ausgefragt ... Ich versuche zu kombinieren. Die Geschichte mit dem präparierten Radio geht ganz sicher nicht auf Brunos Konto. Das ist eher Giuseppe Camino zuzutrauen. Vielleicht hat ihm der gute Carlos Mandrini ein Sümmchen geboten, wenn er es schafft, die ungebetenen Gäste aus der Villa zu vertreiben? Damit seinem Vater endlich klar wird, wie nötig es ist, den alten Kasten gründlich zu renovieren und umzubauen.

Und Bruno? Was hatte er eigentlich hier in der Villa Mandrini zu suchen? Ein Besuch bei Onkel und Tante? Möglich. Es ist aber auch denkbar, dass er sich bei seinen nächtlichen Sexorgien weiteren Ärger eingehandelt hat und sich hier auf dem Land verstecken wollte. In Italien ist das Sex-Gewerbe ganz bestimmt in Händen der Mafia. Klar, die sind überall dort, wo die Kohle kocht. Und wer sich mit denen anlegt, sollte sich warm anziehen.

Saßen Brunos Mörder in dem Fiat, der ihnen auf dem nächtlichen Heimweg entgegengekommen ist? Möglich. Es können aber auch ganz normale Touristen gewesen sein. Italienische Touristen. Sonst hätte er ja deutsch oder englisch mit ihnen gesprochen. Auf jeden Fall war Bruno für jemanden, der sich vor der Mafia verstecken muss, erstaunlich arglos gewesen. Nun ja – wir hatten alle ein gutes Quantum Chianti intus, auch Bruno. Vielleicht ist ihm das zum Verhängnis geworden …

Bruno Sonego … der nette, unbefangene Typ … Sogar Walter hat ihn gemocht … grübel … Der hat sich in Nacktbars herumgetrieben, Leute mit dem Messer niedergestochen und die Mafia verärgert? Ein Doppelleben? Grübel …

Ich hege zwar wenig Sympathien für diesen Carlos Mandrini in Florenz, aber im Grunde hat er recht. Ein Anwesen ohne Internet ist nicht mehr zeitgemäß. Unpraktisch. Sogar lebensgefährlich. Wir leben doch nicht mehr im Zeitalter eines Giacomo Casanova!

Bond entlässt uns erst spät in die Mittagspause. Er

hat sich bei Alan festgebissen, lässt ihn verschiedene Kopfhaltungen einnehmen, die Mundstellung verändern, das Kinn hängen lassen. Am liebsten würde er ihm in den Mund greifen, um seine Stimmbänder zu richten. König Philipp muss eine Menge über sich ergehen lassen, bis er endlich gesagt bekommt, dass er in dieser Richtung weiterarbeiten müsse. Alan klemmt seine Noten unter den Arm und entfernt sich mit düsterer Miene, um die Dusche für längere Zeit zu blockieren. Auch Atzko ist trister Stimmung, sie will sich sofort hinlegen, Riccis Aufforderung, in der Küche beim Salatschnippeln zu helfen, findet wenig Widerhall. Nur Claudia, die auf einer Bond'schen Glückswolke daherschwebt, geht mit in die Küche, Basti macht sich zum Jogging bereit, ich klopfe sacht an Atzkos Tür.

»Ja?«, wispert es von innen.

»Ich bin's. Henni. Kannst du mir deine Turnschuhe ausleihen?«

Es dauert einen Moment, dann geht die Tür ein Stück auf, und eine zarte Hand hält mir ein paar Sportschuhe entgegen. Größe achtunddreißig. Hab ich's mir doch gedacht.

»Danke! Du bist ein Schatz, Atzko. Ruh dich gut aus …«

»Danke … Lauf nicht zu schnell … Ist heiß heute …«

Die Warnung ist nicht grundlos – es ist tatsächlich kompletter Schwachsinn, bei dieser Mittagshitze über die Hügel zu joggen. Besonders für mich, die ich jeglicher Art von Sport abhold bin. Danke, Conte Mandrini, du Ex-Liebhaber meiner exzentrischen Großmama. Danke für deine verbissene Alterssturheit! Ach, was rege ich mich auf. Meine Familie war schon immer eine Katastrophe, und die Freunde der Familie erst recht.

Basti ist der Einzige weit und breit, der von meinem Vorhaben begeistert ist.

»Hey«, ruft er mir zu, als ich mit Kopftuch, Wasserflasche und Sonnenbrille unter dem Säulenvorbau auftauche. »Du hast es dir also überlegt! Großartig! Du wirst sehen, es ist eine tolle Sache. Man fühlt sich danach wie neu geboren!«

Ich habe eher die Sorge, dass ich mir bei dieser sportlichen Eskapade einen fulminanten Kreislaufkollaps mit Hitzschlag und flächendeckendem Sonnenbrand einhandeln werde. Hercule Poirot hätte jetzt vermutlich kapituliert, aber Sherlock Holmes, der allzeit sportliche Brite, wäre mir leichtfüßig und langbeinig davongelaufen.

»Weißt du, Basti, ich will nur bis hoch auf den kleinen Buckel da … die kleine Runde. Für mich reicht das …«

Der kleine Buckel ist von niedrigem Gebüsch bewachsen, durch das ein verschlungener, staubiger Weg hinauf zur Kuppe führt. Oben stehen ein paar Pinien, dazwischen kann man rötliche Mauerreste erkennen, die vermutlich zu einem verlassenen Bauernhaus gehören.

»Da hoch?«, fragt Basti und beschattet die Augen, um hinaufzuschauen. »Da brauchen wir höchstens zehn Minuten …«

Ach, diese Tenöre! Rettungslose Optimisten sind sie. Aber irgendwie lieb. Ich mag Basti, auch wenn er ein kleiner Angeber und ein großer Naivling ist. Dafür hat er eine reine Seele, und er trägt sein Herz auf der Zunge … Natürlich brauchen wir fast eine halbe Stunde, bis wir endlich den verlockenden Pinienschatten erreicht haben, und da wir schon nach kurzer Zeit aus dem Trab in langsamen Schritt fallen, erfahre ich so ziemlich alles über Bastis Leben. Seine Eltern, die einen Friseurladen haben und so ungemein stolz auf ihren musikalischen Sohn sind. Seine kleine Schwester Susannchen, die eine Ausbildung als Kosmetikerin macht. Der zwölfjährige Basti war Mitglied im Kirchenchor und durfte bei der Messe das Alt-Solo singen. Mit schlotternden Knien hat er vor drei Jahren dann dem berühmten Gesangsprofessor Friedemann Bond vorgesungen.

»In der Bildnisarie aus der *Zauberflöte* … uch … da bin ich … uch … da bin ich doch tatsächlich … uch … hängen geblieben …«

»Gehen wir ein wenig langsamer, Basti. Wir sind ja gleich oben …«

»Ach was. Das ist nur der Staub. Ich laufe noch rüber zum nächsten Hügel …«

Jetzt bin ich im Gewissenskonflikt. Eigentlich sollte ich dafür sorgen, dass der kleine Angeber sich nicht übernimmt und möglicherweise einem Hitzschlag erliegt. Auf der anderen Seite wäre ich gern mit meinem Smartphone allein.

»Ist es nicht traumhaft hier?«, stöhnt Basti, als wir

in den Pinienschatten taumeln und uns auf einem Mauerrest niederlassen. Die Zikaden machen einen solchen Lärm, dass ich fürchte, einen Tinnitus zu bekommen. Bastis Gesicht und Hals sind tomatenrot.

»Trink einen Schluck …«

Ich sehe zu, wie er an meiner Plastikflasche nuckelt, und muss an ein verschwitztes, rot gebrülltes Baby denken. Tatsächlich – er fordert meinen Mutterinstinkt heraus, der nette Moppeltenor.

Während er trinkt, ziehe ich mein Smarty aus der Rocktasche und versuche mein Glück. Komm schon, Internet. Jetzt bin ich dir so mühsam entgegengejoggt, da könntest du dich mal erkenntlich zeigen …

»Ach, du willst telefonieren …«

»Ja, ich muss meine Oma im Taunus mal anrufen. Die denkt bestimmt schon, dass ich zwischen den toskanischen Hügeln verloren gegangen bin …«

Er bleibt noch einen Moment sitzen, hält die Flasche hoch und überlegt, ob er noch einen Schluck nehmen kann oder ob das zu unverschämt wäre.

»Trink nur aus. Ich geh dann sowieso zurück …«

»Echt? Lieb von dir … Morgen nehme ich mir auch was mit … Ich bin halt manchmal ein Dödel …«

Da ist es! Grüß Gott, du liebes Internet. Selten warst du so wertvoll wie heute … Jetzt bleib bloß hier und schmier nicht gleich wieder ab.

Schluck. Meine Mailbox ist bis oben hin voll. Oma ist auch wieder dabei – ich muss sie bei Gelegenheit wirklich mal kurz anrufen. Wobei kurz bei Oma nicht geht, sie beschließt ein Gespräch erst dann, wenn sie glaubt, alles Nötige gesagt zu haben. Und das kann dauern.

Dann mal los mit der Suchmaschine. Bruno Sonego Journalist ... Da haben wir ihn ja schon ... Ich hab's geahnt ... Jede Menge Artikel ... und zwei Buchtitel ... Klimawandel ... Fleischmafia ... Edelhölzer im Ausverkauf ... Wüste ohne Wasser ... Zwangsprostitution ... Kinderpuff ... Na bitte!

Ich atme tief durch und freue mich, weil ich doch die richtige Spürnase hatte. Bruno war kein Puffgänger und Messerstecher. Er hat für einen Artikel oder ein Buch recherchiert. Enthüllungsjournalismus heißt das, glaube ich. Gut bezahlt, aber keineswegs ungefährlich. Vor allem dann nicht, wenn man der Mafia in die Quere kommt.

Die Mafia! Mit der ist nicht zu spaßen. Wir sind in Italien, Henriette von Kerchenstein! Wer sich für den ungeklärten Tod eines Mafia-Opfers interessiert und der Polizei sogar Beweise für dessen Ermordung vorlegt, der könnte den Herren lästig werden. Schluck. Dann könnte es sein, dass Bond und seine Schüler mich morgen früh steif, kalt und ausgeblutet am Flügel sitzend finden. Das wäre ganz schön rücksichtslos von mir, weil es die Nervenkostüme aller Schüler gründlich erschüttern würde. Besonders Bastis Nerven, die sind sowieso etwas schwach. Nein, das kann ich ihnen nicht antun.

Mir selber auch nicht. Und meinem lieben Katerli schon gar nicht.

Okay, Henni. Schluss mit der Kriminalistik. Bruno

Sonego hat hoch gepokert und verloren – er ist tot und wer weiß wo begraben. Selbst wenn es mir gelingen würde, seinen Mörder zu überführen, würde das Bruno nicht wieder lebendig machen. Wozu also das Risiko?

Na schön, na schön ... Hercule Poirot und Sherlock Holmes hätten sich von solchen Popligkeiten wie der Mafia nicht abschrecken lassen. Aber die beiden waren ja auch alleinstehend, und ich würde im schlimmsten Fall einen Kater und eine Großmutter hinterlassen. Man muss schließlich auch die menschliche Seite in Betracht ziehen ...

Es fällt mir nicht leicht, loszulassen. Zur Ablenkung schaue ich in meine Mailbox und entschließe mich, Oma anzurufen. Damit sie sich nicht etwa Sorgen um mich macht, die Gute.

»Henni?«, krächzt es in mein Ohr. »Dass du dich einmal meldest! Was ist los? Gespenster? Mord? Oder hast du dich etwa verliebt?«

Eigentlich kann ich mit allen drei Komponenten aufwarten, aber das würde die gute Oma nicht verkraften.

»Nichts davon, Oma. Alles in schönster Ordnung. Wir haben in der Villa kein Netz, deshalb konnte ich nicht anrufen ...«

»Kein Festnetz? Ja lebt denn Alessandro noch im Mittelalter?«

»Kein Handynetz. Festnetz schon, aber der Apparat steht in der Wohnung des Verwalters ...«

»Soso ...«

Ich bekomme zu hören, dass ich sonst auch nicht schüchtern sei und ruhig einmal einen kurzen Anruf hätte tätigen können. Selbst dann, wenn der Telefonapparat im Schlafzimmer oder auf dem Klo des Verwalters stünde. Ich mime Reue, verspreche, mich zu bessern.

»Hier geht alles drunter und drüber«, stöhnt Oma. »Ich weiß kaum, wo mir der Kopf steht. Stell dir vor, dieser Araber, der in der Firma beim Guckes Willi arbeitet …«

»Ahmed …«

»Genau der. Er hat unsere Sieglinde geschwängert. Und jetzt wollen sie auch noch heiraten …«

»Wenn sie unbedingt wollen … Ist doch schön, oder?«

»Du verstehst mich nicht, Henni. Er ist Ausländer …«

Oma gehört nun einmal zu den erzkonservativsten Fossilien im hinteren Taunus.

»Na und? Li Yang ist auch Ausländer …«

»Aber er ist Chinese!«

Dazu fällt mir jetzt nichts mehr ein. Am besten wechsele ich das Thema, sonst wird das Gespräch zu absurd.

»Wie geht's dir denn gesundheitlich, Oma? Macht dein Knie noch Ärger?«

Während sie von dubiosen Schmerzen in Knie und Hüfte erzählt, danach auf ihre Vergesslichkeit eingeht und schließlich über den bösen Rücken klagt, schaue ich auf die Uhr. Puh – schon zehn Minuten. Fünf gebe ich ihr noch, dann muss ich sie leider abwürgen. Will noch schnell Anton anrufen, ob er für den Herbst ein paar Gigs hat, und …

»… der muss wohl gedacht haben, dass ich demnächst den Löffel abgebe, der Schwarzrock. Hat sich ausgiebig nach meiner Gesundheit erkundigt und in alle Ecken geschaut. Wahrscheinlich hofft er, dass ich meinen Nachlass der katholischen Kirche vermache …«

»Ein Priester hat dich besucht? Na so was …«

»Er hat sein Amt in Oberradelberg gerade neu angetreten, da wollte er sich bei der Schlossherrin vorstellen. Ach ja – er hat eine Botschaft überbracht. Rate, von wem …«

Ich lasse einen tiefen, ärgerlichen Seufzer ab. Wie ich das hasse! Andere Väter laden ihre Töchter zum Essen ein. In den Urlaub. Schicken Überweisungen. Oder rufen mal an. Nicht so Papa. Wenn er sich zufällig mal an meine Existenz erinnert, dann bekomme ich eine seiner geheimnisvollen Mitteilungen. Meist über irgendwelche Leute, die ich gar nicht kenne. Oder über den Lautsprecher auf dem Bahnhof. Einmal stand ein Gruß von ihm auf der Klotür vom Konservatorium. Mit Geheimtinte geschrieben – kaum hatte ich es gelesen, war es schon wieder verschwunden. Dieses Mal bedient er sich also eines Priesters. Mal was anderes …

»Und was will er?«

»Ach, nichts Besonderes. Er wollte nur wissen, wo du bist und was du dort tust … Ein grässlicher

Mensch … Wer weiß, was er treibt … Damals, als er dich gezeugt hat, war er ja ein hübscher Kerl … Die Augen hast du von ihm, Henni …«

»Schon gut, Oma! Ich muss gleich wieder an den Flügel. Wir haben strenge Arbeitszeiten, weißt du? Ich ruf mal wieder durch …«

»Nie hast du Zeit für deine alte Großmutter … Dann wünsch' ich dir noch viel Freude in der schönen Toskana … und pass auf dich auf, mein Mädel … Lass dich auf keinen Fall wieder in einen Mord verwickeln …«

»Ach, wo werde ich denn … Tschüss, Oma … Grüß den Butzi und Pauline … und den Guckes Willi … und Ahmed mit Sieglinde …«

Fast bekomme ich Heimweh nach dem Taunus und Schloss Kerchenstein, nach den kühlen tiefgrünen Wäldern, den steilen Schieferfelsen, den frischen Regengüssen, die den Wanderer von oben bis unten durchtränken. Und nach meinem gemütlichen Himmelbett, das mich immer vor allen Gefahren und Gespenstern behütet hat.

Nur noch drei Tage, Henni. Die sitzt du auf der linken Backe ab. Und dann geht's zurück nach München in die behagliche kleine Wohnung. Nur weg von dieser Gruselvilla, wo nachts die Mörder herumschleichen und die Toten am Flügel Bachs Präludien spielen. Bestimmt ist dieser Camino auch mit der Mafia im Bunde. Klar ist er das. Bleibt ihm ja gar nichts anderes übrig. Vielleicht auch die Polizisten aus Figline. Die kamen mir gleich so vor, als hätten sie die Hosen gestrichen voll. Was für ein Land ist das! Wohin du auch blickst – überall Verbrecher und Mörder …

In diesem Moment tut es hinter mir in dem verlassenen Gemäuer einen gewaltigen Schlag. Vor Schreck rutscht mir das Smartphone aus der Hand und landet zwischen den umherliegenden Pinienzapfen. Etwas Schweres ist herabgestürzt. Ein Balken vielleicht. Ein Stein. Ein Teil des Daches eingefallen …

Geistesgegenwärtig angele ich nach meinem Smarty und stecke es ein, dann erst stehe ich langsam vom Mäuerchen auf und drehe mich um. Die kaputte Hütte steht noch genauso da wie vorhin. Zumindest bilde ich mir das ein. Auch das eingesunkene Dach ist noch vollständig, vielleicht ist ja im hinteren Bereich, den ich von hier aus nicht sehen kann, ein Stück von der Mauer umgefallen?

Seltsam ist das schon. Schließlich stürzen Steine oder Balken nicht von selber ein. Oder? Die Hitze? Der heftige Regen in der vergangenen Nacht? Ich schaue mich um, recke den Hals, ob nicht Basti noch irgendwo in den Hügeln zu sehen ist. Aber der ist inzwischen längst über alle Berge davon.

Vorsichtig nähere ich mich dem Eingang der Ruine. Die Haustür muss schon vor langer Zeit herausgebrochen worden sein, nur die leere Höhlung ist übrig, auch die Fenster gähnen mir hohl und dunkel entgegen. Spielende Kinder vielleicht? Hat sich am Ende jemand verletzt?

»Hallo?«, rufe ich schüchtern. »Ist jemand da drin? Brauchen Sie Hilfe?«

Keine Antwort. Ein Windstoß lässt die Äste der Pinien erschauern, wirbelt am Boden eine Staubwolke auf und bewegt raschelnd die trockenen Pinienzapfen. Eine kleine eisgraue Echse flitzt über die steinerne Türschwelle und verschwindet in einer Ritze.

Mir wächst eine Gänsehaut an Armen und Beinen. Hat mich jemand aus dem alten Gemäuer heraus die ganze Zeit über beobachtet? Ach, Henni – du spinnst. Die Hitze bekommt dir nicht. Zeit, zurück zur Villa zu laufen, bevor du dir einen Sonnenstich einfängst. Ich gehe ein paar Schritte rückwärts, weil ich den Eingang im Blick behalten will, dann stolpere ich über das blöde Mäuerchen, erschrecke ganz fürchterlich, und auf einmal bin ich in Panik. Drehe mich um und fange an zu rennen. Laufe im Trab den Hügel hinunter, falle beinahe hin, halte mich gerade noch an einem Busch fest und haste weiter. Wenn mich von der Villa aus jemand sieht, denkt er wahrscheinlich, ich habe nicht mehr alle Hühner im Karton. Aber das ist mir auf einmal komplett egal. Nur weg von diesem unheimlichen Gemäuer, in dem es nicht mit rechten Dingen zugeht, wo Steine und Balken ohne Grund herumpoltern.

Dieses Mal brauche ich tatsächlich nur zehn Minuten für den Weg, dafür bin ich mehr tot als lebendig, als ich endlich in die kühle Eingangshalle der Villa hineinstolpere. Mein Herz vollführt martialische Trommelwirbel, die Lunge ist eine volle Staubsaugertüte, die Augen entzündet, an beiden Fersen habe ich mir Blasen gelaufen. Sport ist Mord – war das nicht schon immer meine Devise? Na bitte – heute hat sie sich wieder einmal bewahrheitet.

Ich wühle ein frisches Shirt und einen Slip aus dem Rucksack und stelle mich im Bad minutenlang unter die lauwarme Dusche. Ah – was für eine Wohltat! Noch eine halbe Stunde, bis die Nachmittagsproben anfangen. Walter sitzt wieder mal auf meinem Kopfkissen und glurrt mir mit grünen Augen entgegen. Wissende, kluge Kateraugen, die alle Geheimnisse der Dunkelheit kennen. Ich lege mich neben ihn und schlafe sofort ein.

Es klopft. Leise, aber beharrlich. Mit gebremstem Fingerknöchel.

»Henni ... Hallo? ... Henni?«

Atzko natürlich. Ich schiele auf meine Armbanduhr: gleich zwei. Mein Magen knurrt wie ein Bengalischer Tiger, meine Haare sind zu einer Art Rosshaarteppich verklebt, und in wenigen Minuten fängt die Nachmittagsprobe an.

»Bin gleich so weit ...«, krächze ich zur Zimmertür.

»Meine Schuhe ... bitte ...«

Ach so. Sie macht sich Sorgen um ihre Fußfoltergeräte. Ich angele sie aus der Ecke heraus und humple schlaftrunken zur Tür. Halte ihr die Treter vor die Nase.

»Hier ... vielen Dank ...«

Schweigen. Ich mache die Augen auf. Ups.

»Kannst du bitte ... sauber machen?«

»Äh… natürlich. Entschuldige. Ich war eingeschlafen… Du bekommst sie nachher sauber gewaschen…«

Peinlich. Die ehemals weißen Sportschuhe sind braungelb verstaubt und voller vertrockneter Grashalme. Wer kauft sich denn auch weiße Sportschuhe zum Joggen?

Atzko steht immer noch an meiner Tür. Im kurzen weißen Kleidchen, das Haar aufgesteckt, silbrig glitzernde Sandalen an den braun gebrannten Füßen. Leicht geschminkt, der Mund zart und klein und sehr rot.

»Hast du gut geschlafen?«, will sie wissen.

Will sie Small Talk halten? Jetzt, zwei Minuten bevor die Probe anfängt und ich vor Hunger gleich tot umfalle?

»Sehr gut. Danke … Bis gleich dann …«

Ich will die Tür zumachen und mir rasch einen Rock überziehen, aber sie hat den Fuß auf die Türschwelle gestellt.

»Du hast allein geschlafen?«, erkundigt sie sich mit einem undurchsichtigen Lächeln.

»Nein!«

»Mit Basti?«

»Nein. Mit Walter.«

»Walter? Wer ist das?«

»Mein Kater. Und jetzt lass mich in Ruhe, ich muss mich anziehen!«

Frechheit! Wenn sie nicht eilig meine Türschwelle freigegeben hätte, wäre sie jetzt einseitig fußamputiert. Während ich mir hastig einen Minirock überstreife und meine Sandalen unter dem Bett hervorangele, höre ich schon, wie Ricci und Claudia im Musikraum Stühle stellen. Alan füllt den Flur mit dunkel gurgelnden Einsingübungen.

»Widiwidiwei ... So-hon-nen-schein ... labalabalub ... Gu-hur-ken-sud ...«

Ich eile an ihm vorbei zur Küche und finde einen Topf mit verlockend duftendem Risotto. Ricci ist einfach genial. Wäre ich ein Mann – ich würde sie sofort heiraten, damit sie jeden Tag für mich Risotto kocht. Ich fülle mir den Magen, finde eine angebrochene Flasche Cola im Kühlschrank und kippe den Rest Espresso in meinen geöffneten Schlund. Bäh, wie bitter. Aber belebend. In gehobener Laune jogge ich zurück zum Musikzimmer, lächle satt und strahlend in die Runde und nehme meinen Platz am Flügel ein.

Es ist ungewöhnlich still. Alle starren mich an. In Bonds braunen Sumpfaugen brodelt es wie im Suppentopf.

Was haben sie denn schon wieder? Muss man sich so anstellen, weil ich fünf Minuten zu spät bin? Wo Bond sowieso immer Überstunden macht ...

»Wo ist Basti?«, fährt mich der Maestro zorneswütig an.

Tatsächlich ist der blonde Moppeljogger nicht da. Ich bekomme einen Schreck. Verflixt, ich hätte ihn zurückhalten müssen. Er hat sich komplett überschätzt, das war doch klar. Tenöre sind schwache Denker, ihr Hirn hat nicht so viele Windungen wie zum Beispiel das einer Pianistin ...

»Er muss sich ... verlaufen haben ...«, stottere ich mit schlechtem Gewissen.

Bond steht jetzt vor mir, das Gesicht erdbeerrot, die Augäpfel so weit vorgequollen, dass sie mir gleich auf die Klaviertasten rollen werden.

»Verlaufen? Wie ist das möglich? Hatte ich nicht streng verboten, die Villa zu verlassen?«

Daran kann ich mich nicht erinnern. Die anderen auch nicht, wie ich aus ihren erstaunten Mienen und gerunzelten Stirnen schließe.

»Du bist gegangen joggen ...«, petzt Atzko in lieblichem Tonfall, als wolle sie nur meinem Gedächtnis auf die Sprünge helfen. »Ich weiß das, weil ich dir habe gegeben mein Schuhe ...«

»Du liebe Zeit«, lässt sich Claudia vernehmen. »Bei dieser Hitze!«

»Du bist gegangen joggen mit Basti ...«, säuselt Atzko beharrlich.

Das Gesicht des Maestros wird eine Nuance röter, sein Unterkiefer zuckt nervös. Atzko lächelt ...

»JOGGEN!«

Bonds Stimme lässt mein rechtes Trommelfell vibrieren. Fortissimo furioso. Kein Wunder – er hat grauenhafte Angst um seinen Startenor. Oder vielmehr: um die Siegespalme, die Basti in Busseto ersingen und an die Brust seines geliebten Lehrers heften soll.

»Wollen Sie mir erzählen, dass Sie aus Gründen der Körperertüchtigung auf Hügel rennen, Frau von Kerchenstein? Halten Sie mich für so naiv? Ich weiß sehr wohl, was Sie dort oben getrieben haben!«

Atzkos Mandelaugen runden sich, die anderen blicken eher ungläubig drein.

»Was bitte sollte ich oben auf dem Hügel mit Basti getrieben haben?«

Bond macht ein Gesicht, als müsse er ein streng gehütetes Geheimnis wiedergeben.

»Sie haben telefoniert. Entgegen meinem strengen Verbot!«

Ach du lieber Schwan! Jetzt wird er mir gleich erzählen, dass ich Koschinski in Wien angerufen hätte, um mit ihm die neusten Sabotageakte zu planen. Der Typ hat echt einen Wurm im Gewinde.

Zum Glück mischt sich jetzt Ricci ein, die mit einer guten Portion praktischen Verstandes gesegnet ist.

»Es hat doch keinen Zweck, Henni Vorwürfe zu machen«, sagt sie energisch. »Schließlich ist sie nicht die Einzige, die hier joggt.«

Bond dreht sich zu ihr um und will wissen, wer außer mir noch sein Handyverbot missachtet. Atzko und Alan schweigen. Feiglinge!

»Ihr seid also zusammen losgelaufen«, stellt Claudia klar. »Und wo habt ihr euch getrennt?«

Ich zeige mit dem Finger zum Fenster hinüber. Man sieht den Hügelkamm, auf dem Faustos Anwesen liegt. Der verfallene Bauernhof liegt weiter links auf einem Buckel, der höchstens halb so hoch ist.

»Wir haben dort unter den Pinien gerastet und etwas Wasser getrunken. Ich bin dann zurückgelaufen, aber Basti wollte noch ein Stück weiter. Er ist da hinüber …«

Ich vollführe eine vage Handbewegung nach links, der Geograf würde sagen: in östlicher Richtung. Dort, wo hinter den Hügeln das liebliche Tal des Arno liegt. Die Weinberge. Die Heimat des Chianti.

»Er wird sich verlaufen haben«, meint Ricci.

»Wir müssen look for him … suchen!«, sagt Alan. »Ich habe Auto … Wer kommt mit mir?«

Er schaut Atzko auffordernd an, und sie nickt.

»Vier Augen sind besser …«, sagt sie. »Ich hole Sonnenbrille …«

Alan stürzt davon, um seine Autoschlüssel zu suchen, ich erinnere mich an Bastis geliebten Cascada, der verwaist im Hof steht.

»Ich nehme Bastis Auto. Wer fährt mit mir?«

Ricci steht schon an der Tür, sie braucht noch ihr Sonnenöl und die Fernbrille.

»Wasser mitnehmen«, ruft sie. »Falls er dehydriert ist. Ganz viel Wasser!«

»Die Handys!«, rät Claudia.

Gleich darauf steht Bond mutterseelenallein im Musikraum.

Seine Truppe rennt hektisch in der Villa herum, wirft sich Plastikflaschen mit Wasser zu, teilt die Aktionsgebiete auf, tippt Handynummern ein, Ricci gibt in aller Eile Ratschläge für die Erste Hilfe bei Hitzschlag und Sonnenstich. Claudia hat ein plastikgebundenes Büchlein »Italienisch für alle« eingesteckt. Atzko überbringt die traurige Nachricht, dass Basti, der Depp, sein Handy nicht mitgenommen hat. Es liegt in seinem Zimmer.

Ich fahre mit Ricci und Claudia die geteerte Straße in Richtung Figline, während Alan und Atzko sich die andere Seite vornehmen. Der Cascada muss jetzt zeigen, was in ihm steckt, denn wir biegen in jeden auch noch so schmalen Feldweg ein, rumpeln über Stock und Stein, bis die Karosserie Funken sprüht und das Gesträuch rechts und links des Pfades schreiende Kratzgeräusche verursacht. Dann steigen wir aus, rufen Bastis Namen, laufen ein Weilchen sinnlos umher, um schließlich festzustellen, dass wir wohl am falschen Ort sind. Wer hätte gedacht, dass es zwischen den sanften Hügeln solch tiefe Einschnitte gibt? Bäche haben sich in jahrtausendelanger Arbeit in den Grund eingegraben, Felskanten bloßgelegt, Geröll mitgeführt. In diesen schmalen Schluchten ist es schattig und feucht, Gras und Kräuter wuchern zwischen Lorbeerbüschen und Ginster. Scharen von Insekten summen und flirren über dem Bach. Wer sich dem Ufer nähert, wird zu ihrem unfreiwilligen Blutspender.

»Wir dürfen uns nicht zu weit von der Villa entfernen«, rät Ricci. »Basti ist doch kein Langstreckenläufer. Er muss hier irgendwo in der Nähe sein …«

Wir fahren durch stille Dörfchen, die in der Nachmittagssonne schmoren. Nur ein paar alte Frauen in schwarzen Kleidern sitzen auf Holzstühlen vor den Häusern, schwatzen, stricken, schauen uns neugierig nach. Hie und da gibt es eine kleine Bar, dort sitzen ein paar Männer und starren auf den Fernseher. Fußball. Die Italiener sind ein Volk der Fußballer. Wir halten an und fragen im Italienisch von Verdis und Mozarts

Arientexten nach einem blonden jungen Mann, der den Weg verloren hat. Kopfschütteln. Auch Claudias Büchlein bringt uns nicht weiter. Wir trinken eine Limonade und zwei Cappuccinos, was den Barbesitzer zu einem Lächeln bringt. Claudia erklärt uns, dass man hier Italienisch mit toskanisch-etruskischem Einschlag spricht und es daher nicht leicht ist, die Leute zu verstehen.

Anruf bei Alan und Atzko: bisher nichts gefunden. Alan hat sich einen Dorn in den großen Zeh getreten, Atzko vermisst ihre Sonnenbrille. Aber sie geben nicht auf.

»Wir auch nicht …«

Ich schlage vor, in der Villa anzurufen. Möglicherweise ist Basti längst wieder zurück und sitzt jetzt bei Bond im Musikraum, während wir hier jeden Stein nach ihm umdrehen.

Claudia hat vor der Reise umsichtig die Festnetznummer der Villa abgespeichert. Es dauert eine ganze Weile, bis in der Wohnung der Caminos jemand ans Telefon geht.

»Hallo? Signora Camino? Hier ist Claudia … die Sängerin … von Maestro Bond … ja richtig …«

Sie verzieht das Gesicht. Offensichtlich ist Mamma Italia am Telefon ebenso redselig, wie wenn man ihr gegenübersteht.

»Prego … scusi …«, versucht Claudia es auf Italienisch. »Signor Poggenpohl … Basti … tenore colossale … Ist in der Villa?«

Claudias Miene wird sehr besorgt. Sie schaut uns Hilfe suchend an und nickt immer wieder.

»Sì … sì … danke … ganz ruhig … calma, calma … nicht aufregen … bitte …«

Dann schaltet sie das Telefon aus und tut einen tiefen Seufzer.

»Sie weint …«, erklärt sie und hebt bekümmert die Schultern. »Warum, das habe ich nicht verstanden. Aber sie war ganz komisch.«

»Wie … komisch?«, fragt Ricci nach. »Ist Basti jetzt in der Villa oder nicht?«

»Eher nicht …«

»Und wieso weint sie? Doch nicht wegen Basti, oder?«

»Vielleicht haben sie Ehekrach«, werfe ich ein. »Lasst uns weitersuchen. Basti kann sich ja nicht in Luft aufgelöst haben.«

Wir nehmen uns weitere Seitenpfade vor, laufen an Feldern mit Sonnenblumen entlang, suchen in verlassenen Hütten, gehen mutig an blökenden Schafen und angriffslustigen Ziegenböcken vorbei, um auf Bauernhöfen nach dem »giovane omo biondo« mit den »scarpe da ginnastica« zu forschen. Die Leute sind freundlich, wenn auch misstrauisch, und meist werden unsere italienischen Sprechversuche von kräftigem Hundegebell übertönt.

Noch zweimal rufen wir in der Villa an – niemand geht dort ans Telefon. Alan und Atzko sind ebenfalls nicht erreichbar – vermutlich stecken sie irgendwo zwischen den Hügeln, wo wieder einmal kein Netz ist.

»Lasst uns zurückfahren«, meint Ricci schließlich, nachdem wir beinahe einen steilen Abhang hinuntergestürzt sind, der sich ganz plötzlich, halb von Gebüsch verdeckt, vor uns aufgetan hat.

»Das hat keinen Zweck. Wenn er jetzt noch nicht in der Villa ist, dann sollten wir die Polizei verständigen.«

Es wird kaum gesprochen, während ich die geteerte Straße in Richtung Siena fahre. Immer noch schauen wir angestrengt nach rechts und links, ob nicht irgendwo ein blonder Jogger in Shorts mit rot verbrannten Beinen zu sehen ist – doch Basti bleibt unsichtbar. Wir klammern uns an die Hoffnung, dass Alan und Atzko ihn inzwischen gefunden haben oder dass er längst in der Villa ist und von Mamma Italia mit Sonnenöl, frischem Wasser und kühlenden Umschlägen gepflegt wird.

Inzwischen hege ich den Verdacht, dass Mamma Italias Kummer mit Bruno zusammenhängen könnte. Möglich, dass die Ärmste erst jetzt vom Tod ihres Neffen erfahren hat. Das würde auch ihre unbekümmerte Fröhlichkeit gestern erklären, denn Mamma Italia ist keine, die sich verstellen könnte. Giuseppe, ihr Mann, ist eher der undurchsichtige Typ, der hat es längst gewusst, möglicherweise war er sogar an dem Mord beteiligt. Wenn ich wieder in München bin, werde ich dem guten Conte Mandrini mal schmieren, dass er seine Villa von einem Kriminellen verwalten lässt.

Was für ein hübscher Anblick, wenn man von einem der Hügel auf Villa und Park hinunterblickt. Dreiflügelig steht das hell getünchte Anwesen um einen Innenhof, in dessen Mitte die große Pinie steht, die heute allerdings Ähnlichkeit mit einer großen grünen Spinne hat. Die Zypressen der Allee werfen lange Schatten – es ist nach neun Uhr am Abend. Als wir in den Hof hineinfahren, sehen wir Alans Auto unter der Pinie, es ist ebenso verstaubt und verkratzt wie Bastis Cascada. Mamma Italia kommt aus ihrer Wohnung gelaufen, Augen und Wangen noch leicht verquollen, sie rudert mit den Armen auf uns zu.

»Per carità – was für ein Unglück! Nicht gefunden ... Niemand weiß, wo er geblieben ist ... bella voce, bellissima voce ... l'abbiamo perso ...«

Das hört sich nicht so an, als sei Basti inzwischen wieder in der Villa eingetroffen. Ich frage sie, ob man die Polizei informiert habe – sie schaut mich mit verweinten Augen unglücklich an.

»Polizia ... perdindirindina ...«, stöhnt sie. »Vielleicht kommt ja noch zurück ... Tag ist nicht vorbei ...«

Ich kann ihre Abneigung gegen die Polizei durchaus verstehen – aber es geht um Basti. Um den lieben, harmlosen Basti, der jetzt vielleicht irgendwo verletzt in einer Schlucht liegt und Hilfe braucht.

»Rufen Sie bitte in der nächsten Polizeidienststelle an«, weise ich sie an. »Sie kennen Basti Poggenpohl und können eine Beschreibung durchgeben. Er trägt Shorts und ein helles T-Shirt. Wir fürchten, er könnte verunglückt sein, sie sollen nach ihm suchen ...«

»Sì, sì, signora ... Ich werde anrufen ... subito ... jetzt gleich ... Perdindirindina!«

»Und geben Sie uns Bescheid, damit wir wissen, was die Polizei unternehmen wird …«

Ob sie den letzten Satz noch gehört hat, ist unsicher, denn sie hat schon kehrtgemacht und verschwindet in ihrer Wohnung.

»Wir hätten das besser mit Friedemann abgestimmt«, meint Claudia leise zu mir. »Vielleicht will er gar keine Polizei …«

»Möglich«, gebe ich verärgert zurück. »Ist mir aber egal.«

»Recht hast du!«, stimmt Ricci mir bei. »Es geht schließlich um Leben und Tod!«

In bedrückter Stimmung betreten wir die Villa und finden Alan mit Atzko in der Küche, wo sie sich über den Rest Risotto hergemacht haben. Keinen Krümel haben sie übrig gelassen, diese Fressgeier!

Für uns bleibt nur trockenes Weißbrot und was sonst noch so im Kühlschrank herumliegt. Tomaten, Eier, Oliven …

»He's such a fool …«, regt sich Alan auf. »Läuft in die Irre … Nimmt Handy nicht mit … Macht ganzen Kurs kaputt!«

»Basti ist sehr schade …«, meint Atzko und nickt traurig vor sich hin. »Guter Mensch, so lieb … Und Jahrhundertstimme … Er wird kommen zurück …«

Alan schnaubt ärgerlich, kippt den Rest Chianti aus seinem Glas hinunter und verlässt die Küche. Aha, denke ich vergnügt. Da hat Atzko ihm klargemacht, wo ihre Präferenzen liegen. Unbedingt bei dem Mann mit der Jahrhundertstimme. Pech für Alan.

»Wo ist Friedemann?«, will Claudia wissen.

»In Musikraum. Sitzt an Fenster und schaut. Ganze Nachmittag. Nur schaut …«

»Hat er etwas gegessen?«, fragt Ricci besorgt.

»Weiß nicht …«

Fast bekomme ich Mitleid mit dem Leuteschinder Bond. Er ist Basti immerhin freundschaftlich verbunden. Hat sich für ihn eingesetzt, ihn gepäppelt, ist wie ein Vater für ihn.

»Wir müssen uns um ihn kümmern«, meint auch Claudia. »Ich glaube, er dreht durch vor Sorge um Basti.«

Bond hat die Läden des mittleren Fensters zurückgeklappt und einen Stuhl davorgerückt. Dort sitzt er unbeweglich wie eine chinesische Pagode, die Arme aufs Fensterbrett gestützt, den Blick in die Weite gerichtet. Er scheint unser Eintreten gar nicht zu bemerken.

»Friedemann?«, flüstert Claudia.

»Maestro …«, wispert Atzko.

»Herr Bond …«, sage ich in rücksichtsvollem Ton.

Er dreht sich nicht um. Aber man hört seinen abgrundtiefen, verzweifelten Seufzer.

»Dass er m i r das antun musste!«

Mein Mitleid fällt in sich zusammen. Wie konnte ich auch nur einen Augenblick lang vergessen, dass Bond ein egozentrisches Arschloch ist? Umso besser, dann will ich seinen Frust noch ein wenig anheizen.

»Nur Mut, die Polizei wird ihn ganz sicher finden!«

Ich kann sehen, wie ein Ruck durch seinen Körper

geht. In Zeitlupe wendet er sich um, stiert mich mit hervorquellenden Augen an.

»Die Polizei!«, röchelt er. »Sie haben die Polizei benachrichtigt, Frau von Kerchenstein?«

Dachte ich mir doch, dass ihm das nicht gefällt! Dass er allerdings derart ausflippen würde, habe ich nicht vorausgesehen. Er steht von seinem Stuhl auf, baut sich mit gesenktem Nacken und geballten Fäusten vor mir auf. Macht ein Gesicht wie ein wütender Wurzelgnom aus der Rübezahl-Saga.

»Die Polizei?«, keift er mich an. »Setzen Sie es doch gleich ins Internet. In die Zeitung! Schicken Sie Koschinski eine persönliche Einladung mit Wegbeschreibung ...«

Seine Stimme schnappt über, er schlägt die Hände vor die Stirn und dreht sich im Kreis.

»Jetzt hören Sie doch mit diesem Koschinski auf!«, brülle ich zurück. »Es geht um Basti – er ist in Gefahr, und deshalb brauchen wir die Polizei!«

Er hört mir gar nicht zu, stürzt sich auf mich und packt mich am T-Shirt.

»Verräterin ...«, keucht er und schüttelt mich. »Hundert Euro die Stunde! Für eine Spionin! Eine Handlangerin von Koschinski ...«

Ich versuche, mich zu befreien, und büße dabei fast mein T-Shirt ein. Claudia kommt mir zu Hilfe und packt Bonds Hände, Alan rennt herbei, stellt sich hinter Bond und umschließt den Maestro mit muskelstarken Armen. Aus der Küche eilt Ricci zu uns, noch den Löffel in der Hand, Parmesankrümel an der Hose.

»Lass die arme Henni in Ruhe, Friedemann«, regt sich Claudia auf. »Wieso soll ausgerechnet Henni etwas mit Koschinski zu tun haben? Wer hat denn zwei Jahre bei ihm Unterricht gehabt? Henni bestimmt nicht!«

O weh. Jetzt hat sie die Lunte in Brand gesetzt – gleich gehen die Silvesterböller los. Atzkos Hals wird um Zentimeter länger, sie schluckt und bekommt Glotzaugen wie ein Frosch.

»Unterricht?«, haucht Bond.

Er befreit sich aus Alans Umklammerung und schaut in die Runde. Sein Blick bleibt an Atzko hängen, er fängt an zu zittern, geht einen Schritt rückwärts, als müsse er sich vor einem Monster in Sicherheit bringen. Dabei tritt er Alan auf den wehen Zeh. Der schreit auf und hüpft auf einem Bein.

»Schlange an meinem Busen ...«, flüstert der Maestro. »Sabotage ... Überall Verräter ... Ich bin von Feinden umgeben ...«

Atzko fängt an zu schluchzen. Jetzt hat sie ihren hysterischen Auftritt und wirkt dabei sehr eindrucksvoll. Vermutlich deshalb, weil es ihr ernst ist.

»Ist ... lange her ... Vorbei ... Er hat ... er hat gesagt, ich kann nicht singen ... kein Talent ... gemeiner Kerl ... Ich war tot mit tiefes Unglück ...«

Der nächste Böller kracht – jetzt ist Alan dran. Er humpelt zu Atzko hinüber und stellt sich in Beschützerhaltung neben ihr auf.

»And what about you?«, fährt er Claudia an. »Du bist eine Lesbe. In love with Atzko. Und jetzt ... because she doesn't like you ... Du willst ihr schaden ... you damn bitch ...«

Das wird ja immer besser! Ich zupfe mein formloses T-Shirt zurecht und bin froh, dass das Billigteil durchgehalten hat, weil ich keinen BH drunter anhabe. Claudia ist eine Lesbe? So ein Quatsch. Ihre Eboli und die *Carmen* sind absolut weiblich und supererotisch ... Oder sehe ich da etwas falsch ...?

Bond reagiert auf diese Nachricht weniger heftig, als Alan es sich erhofft hat. Ob Claudia lesbisch oder sonst was ist, interessiert ihn nicht – solange sie den Preis für ihn gewinnt. Er starrt Atzko immer noch voller Abscheu an – sie ist sozusagen zu meiner Komplizin aufgestiegen. Koschinskimäßig betrachtet.

Da mischt sich die sonst so besonnene Ricci ein, und gleich zischt die nächste Rakete ab. Wir haben Schützenfest, was immer an Frust, Ärger, Neid, Enttäuschung in den Seelen begraben war – jetzt fliegt es uns um die Ohren.

»Wer selbst im Glashaus sitzt, sollte nicht mit Steinen werfen«, ruft sie laut und zeigt mit dem Kochlöffel auf Alan. »Über Claudia Gerüchte verbreiten – aber selber Dreck am Stecken haben. Wer hat denn den armen Basti zu diesem sinnlosen Jogging überredet? Das warst doch du, Alan. Weil du eifersüchtig auf ihn bist, darum.«

»Eifersüchtig? You're gone mad? Hast du Spinat in Kopf!«

Alan dreht sich zu ihr um; sein drohender Ausdruck

hätte so manchen mutigen Mann zum Rückzug bewegt. Ricci hält ihm locker stand.

»Das hat doch jeder hier gemerkt. Basti ist der bessere Sänger. Basti hat Erfolg bei den Mädels. Vor allem bei Atzko, die ist ihm doch förmlich nachgelaufen …«

»Das ist Lüge!«, schreit Atzko wütend.

»Halt deinen Mund … you lie … Du bist ein widerliches Verleumder …«, stimmt Alan ein.

Bond hat bisher voller Entsetzen von einem zum anderen geblickt, jetzt hebt er beschwörend die Hände.

»Aufhören! Kein Streit. Streit ist genau das, was er haben will. Koschinski will uns zerstören. Die Gruppe sprengen … Wir dürfen dem nicht nachgeben …«

Ich befinde mich in einem Raum voller Irrsinniger. Bond steht da mit feierlich erhobenen Armen, Atzko heult wie ein Schlosshund, Ricci geht mit dem Kochlöffel auf Alan los, und zu allem Überfluss fällt mir jetzt Claudia, völlig entnervt, um den Hals.

»Ich bin keine Lesbe …«, heult sie in mein T-Shirt.

Ich versuche, Claudia zu beruhigen, erzähle ihr, dass kein Mensch sie für eine Lesbe hält, was sie wenig tröstet. Alan ist kurz davor, auf Ricci loszugehen, die steht bereit, sich mit dem Kochlöffel zu verteidigen. Bond sinkt resigniert auf einen Stuhl.

Da klopft jemand an die Tür.

Ricci hält mitten im Satz inne, Alan senkt den zum Schlag erhobenen Arm. Atzko hebt den Kopf, sodass man ihre verschmierte Wimperntusche sehen kann, Claudia lässt endlich mein T-Shirt los.

Erstarrung. Herzklopfen. Hoffnung.

»Basti?«, sage ich leise.

Die Tür öffnet sich knarrend. Der graue Schnurrbart von Giuseppe Camino wird sichtbar.

»Buona sera, signori ... Guten Abend ... Polizei aus Figline kommt morgen ... Nacht ist dunkel ... Suchen morgen ... Vielleicht kommt ja auch zurück von selber ...«

Er bleibt noch einen kleinen Augenblick stehen. Als wir in beklommenem Schweigen verharren, dreht er sich um und schlurft davon.

Das Feuerwerk ist vorüber, wir sind alle erschöpft und beschämt über das, was wir einander an die Köpfe geknallt haben. Depression macht sich breit. Ricci murmelt etwas davon, wie leid es ihr tut, Alan verkündet, schlafen zu gehen.

»Basti allein in finster Nacht ...«, seufzt Atzko.

»Die Polizei wird ihn finden«, meint Claudia.

Ich verlasse den Musikraum als Vorletzte. Bond sitzt wieder auf seinem Stuhl am Fenster und starrt auf die Silhouetten der Hügel, die sich im Mondlicht blass vom schwarzen Himmel abheben.

Irgendwo da draußen ist sein Startenor mit der Jahrhundertstimme ...

An Schlaf ist nicht zu denken. Ich liege im Bett und höre die Mücken im dunklen Zimmer umhersummen, ab und zu spüre ich einen der kleinen Blutsauger auf meiner Haut und schlage zu. Meist daneben. Walter ist unterwegs in Liebesdingen – ich kann ihn mit seiner Partnerin im Duett singen hören. Sie jaulen sich durch alle Tonarten, lassen die Stimmen anschwellen, gehen in den Diskant, wechseln zum Bass, zwischendurch faucht es, irgendwo zerschellt ein Blumentopf. Es hat wenig Zweck, nach ihm zu rufen – ein Kater entscheidet selbst, ob und wann er seine Schlaf- und Fressgenossin aufsucht. Dabei könnte ich ihn jetzt als Mückenfänger gut gebrauchen. Heiß ist es in dieser Bude – obwohl das Fenster weit offen steht, ersticke ich fast. Vor allem aber dreht sich in meinem Kopf ein Grübelkarussell, das mich einfach nicht schlafen lässt.

Natürlich nicht! Bastis Ausbleiben steht in keiner Verbindung zu Brunos Tod. Wie könnte es auch? Bruno hat sich mit der Florentiner Mafia angelegt – deshalb hat es ihn erwischt. Böse erwischt. Aber Basti hat mit der Mafia ganz sicher nichts zu tun. Er hat sich einfach nur verirrt. Oder der Kreislauf hat ausgesetzt. Morgen werden wir ihn finden. Vielleicht schafft er es ja auch allein ... Lasst mich in Ruhe mit den Jägermeistern. Die haben hier nichts zu suchen!

Ich fahre hoch, weil im Flur Schritte zu hören sind – es ist aber nur eine der Frauen, wahrscheinlich Ricci, die ins Badezimmer geht. Falscher Alarm. Leider.

Es könnte höchstens sein, dass dieser Carlos Mandrini seine Finger im Spiel hat. Sie halten Basti irgendwo fest und lassen ihn erst morgen wieder gehen. Eine seiner Aktionen, die Papi Alessandro beweisen sollen, dass dieser alte Kasten dringend saniert werden muss. Ans Netz angeschlossen. Komfortable Zimmer mit Nasszellen, Fernseher, WLAN, Blu-Ray und was nicht noch alles. Ein ausgewiesener Jogging-Pfad, wo niemand verloren gehen kann ... Eine Eingangshalle mit antiken Möbelchen, Gemälden an den Wänden, Rezeption, Sitzgruppe, Bar ... Und ein Restaurant mit Sternekoch ... regionale Küche ... richtig lecker ...

Ich bin hungrig. Kein Wunder, dass ich nicht schlafen kann. War das da eben nicht Ricci im Bad? Ist sie vielleicht in die Küche gegangen? Ich halte es im Bett nicht mehr aus, streife mir Shorts und ein Shirt über und öffne meine Zimmertür. Aha – dort hinten, wo sich Küche und Badezimmer befinden, brennt Licht.

Es gibt noch mehr Leute, die in dieser Nacht nicht schlafen können.

Nur einen kleinen Augenblick zögere ich, bevor ich barfuß durch den halbdunklen Flur tapse. Gewiss könnte im Gesindegang hinter dem Wandbehang Brunos Mörder auf mich warten. Oder zumindest die schwarze Dame, die so gern in fremde Schlafzimmer hineinschaut. Die Jägermeister sind wieder da. Egal. Ich verweise diese Gedankengänge ins Reich der Spinnereien und blühenden Fantasien und laufe mutig auf das Licht zu.

In der Küche sitzt Claudia im knöchellangen weißen Nachthemd und trinkt Kamillentee. Die Beutel hat sie in irgendeiner Ecke des braunen Küchenschranks aufgetrieben – es riecht ziemlich penetrant und sehr gesund. Ricci hat – wusste ich es doch – einen Salat geschnippelt und mümmelt dazu eine Brotkante. Sie sieht ziemlich wild aus in dem kurzen Nachtshirt, das Haar auf Krawall. Ohne BH hängt ihr Busen zwei Etagen tiefer.

»Willkommen im Kreis der Nachtschwärmer«, meint sie sarkastisch, als ich mich zu ihnen setze.

»Kann nicht schlafen …«, murmele ich und gieße mir Wasser in ein Glas.

»Wer kann das schon?«, seufzt Claudia, die sich am Chianti bedient hat. »Der arme Basti! Vielleicht ist er schon tot? Ein Hitzschlag. Oder ein Schlaganfall …«

Ich verschlucke mich am Wasser und huste Claudia nass.

»Sag so was nicht noch mal!«, stöhne ich.

»'tschuldigung …«

Riccis praktische Natur erfasst die Lage am besten. »Du musst was essen, Henni!«

Sie stellt mir einen Teller vor die Nase, holt einen Löffel und schaufelt mir einen grandiosen Salat aus Tomaten, Oliven, Gurken und Mozzarella auf. Viel gutes Olivenöl. Lecker gewürzt mit Basilikum und Oregano.

»Aber lass noch was für Basti übrig«, mahnt sie. »Wenn er kommt, wird er bestimmt hungrig sein.«

Ricci sollte eine Firma leiten, sie kann deprimierte Mitstreiter motivieren wie kaum eine andere. Ich nicke und mampfe vor mich hin. In dem Maße, in dem sich mein Magen füllt, steigt meine Stimmung. Klar – Basti wird wieder auftauchen, heil und gesund, und dann wird er einen Bärenhunger haben. Ich sehe zum Fenster hinüber: Pinien recken sich im blassen Mondlicht wie mahnende Finger. Vogelähnliche Schattenwesen gleiten vorüber – Fledermäuse, die kleinen Verwandten des berühmten Grafen mit den langen Zähnen. Meine Begeisterung für die toskanischen Sommernächte hat in letzter Zeit schwer gelitten, ich bin froh, nicht draußen herumlaufen zu müssen.

»Sitzt Bond immer noch im Musikzimmer am Fenster?«

Claudia nickt. Mit offenem Haar und ohne ihre Brille ist sie richtig hübsch. Solange man die Zahnspange nicht hervorblitzen sieht.

»Der ist bestimmt eingeschlafen«, vermutet Ricci. »Niemand kann so lange aus dem Fenster starren.«

»Dass unser schöner Kurs auf diese Weise enden muss«, seufzt Claudia. »Es fing so vielversprechend an …«

»Du wirst sehen, morgen ist alles wieder …«

Ricci stockt, weil sich die Küchentür bewegt. Atzko kommt im rosa-weiß gestreiften Nachtshirt herein, das Haar zerzaust, die Augen verquollen.

»Will nicht verstehen …«, wispert sie und setzt sich auf die Kante des freien Küchenstuhls. »Er hasst mich … Ich bin böse Hexe … Koschinski-Hexe …«

Sie hat gerade versucht, drei Takte mit Bond zu reden. Aber der sitzt wie eine Marmorstatue auf seinem Fensterplatz und starrt wortlos in die toskanische Nacht.

»Iss was!«, ordnet Ricci an und schiebt ihr einen gefüllten Teller zu. Atzko nimmt brav den Löffel, schiebt eine Tomate mit Oliven in den Mund, kaut, schnieft und spuckt den Olivenkern wohlerzogen auf den Löffel.

»Redet mit sich selbst …«, berichtet sie und angelt ein Stück Mozzarella aus dem Salat. »Oder mit Koschinski … Ist ganz verrückt …«

Da könnte sie allerdings recht haben. Der Typ hat einen ausgewachsenen Verfolgungswahn, für jeden Psychodoc wäre er ein gefundenes Fressen.

»Was ist eigentlich mit diesem Koschinski?«, will ich wissen. »Ist der wirklich so ein gefährlicher Mensch?«

Ricci fängt an zu kichern, Claudia stimmt ein, Atzko kaut vor sich hin.

»Ist ganz normal …«, erzählt sie. »Dicker Mann mit kurze Beine … immer lachen … immer gut gelaunt … nur manchmal kann böse sein … Dann ist viel Ironie …«

Ricci weiß zu berichten, dass Manuel Koschinski ebenfalls Bassbariton ist und seine Bühnenlaufbahn schon vor zwanzig Jahren beendet hat.

»Äußerlich ist der Typ völlig nichtssagend. So ein Schwammerl, weißt du? Mit Wiener Schmäh … Aber ziemlich schlau … Und ein richtig guter Gesangslehrer …«

»Und was ist mit Magie? Hexerei? Sabotageakte, Mordanschläge?«, will ich wissen.

»Es heißt, Bond und Koschinski seien vor Zeiten mal Konkurrenten auf der Bühne gewesen«, erzählt Claudia. »Und Bond behauptet, Koschinski hätte ihm vor jedem Auftritt rote Pusteln angehext.«

»Nicht auch Rheuma, Cholera und Impotenz?«, kichere ich.

»Niemand weiß genau …«, warnt Atzko. »Der Mann ist nicht zum Durchschauen …«

»Das sind sie alle nicht«, knurrt Claudia.

»Basti schon …«, werfe ich ein.

»Basti – ja!«

Schritte sind im Flur zu vernehmen, wir springen alle vier gleichzeitig von den Stühlen auf und laufen zur Tür. Im Halbdunkel steht ein zottiger Braunbär in Jeans und kariertem Baumwollhemd, den blinkenden Autoschlüssel in der Hand.

»Was hast du vor, Alan?«

Er macht ein paar unschlüssige Schritte auf uns zu, dann bleibt er stehen.

»Fahre noch mal rum ... Maybe he is just coming along the road ...«

Er sieht nicht gerade zuversichtlich aus, eher unsicher und irgendwie rastlos.

»Lass den Quatsch, Alan«, sagt Ricci. »Komm zu uns in die Küche. Ich hab den Kochlöffel weggelegt ...«

Er grinst und meint, das sei vorhin ein ziemlicher Nonsens gewesen. Heiße Luft. Eine Blase geplatzt.

»Sorry about that ...«

»Wir waren alle ziemlich durcheinander ...«

»Es tut mir so leid ...«

Wie rührend sie sind. Keiner ist beleidigt, sie entschuldigen sich, klopfen einander auf die Schulter, Ricci umarmt den Bären, Claudia drückt Atzko an ihre Brust. Ich kratze den Rest Salat aus der Schüssel und schiebe Alan aufmunternd einen Teller hin.

»Nicht wegfahren ...«, sagt Atzko. »Am Ende, du dann auch noch verloren ...«

Die Jägermeister lassen grüßen ... Schluck.

Ihre Sorge lässt Alans Miene aufleuchten, er angelt sich einen Stuhl herbei und macht sich über den Salatteller her.

»Koschinski«, erzählt er mit vollem Mund. »Ist gay ... stockschwul ... hat immer was mit seine Tenor ... Die Bass mag er nicht ... nur Tenor ist good for love ...«

»Ist gay ...«, ruft Atzko aus. »Oh – jetzt ich kann verstehen ...«

Ja, Künstler haben oft ein kompliziertes Liebesleben. Aber deshalb muss einer ja nicht gleich morden. Oder ... entführen ... Der Gedanke, dass der schwule Koschinski den harmlosen Basti nach Wien entführt haben könnte, um ihn dort zu seinem Lover zu machen, ist schwachsinnig, passt aber gut auf Bond. Obwohl Basti kein bisschen schwul ist ...

Wir sitzen noch eine ganze Weile miteinander in der Küche, schwatzen, essen, trinken Chianti und stellen fest, dass wir eigentlich eine richtig nette Truppe sind. Nur Basti fehlt – jedem von uns auf seine Weise. Als wir uns schließlich chianti- und sorgenschwer in unsere Betten begeben, graut schon der Morgen.

Nur ein Einziger ist pünktlich am Frühstückstisch. Walter von Stolzing nutzt die Gunst der Stunde und verleibt sich sämtliche Mortadellascheiben ein, gleich danach macht er sich über den luftgetrockneten Serranoschinken her, von dem nur noch ein einziges Scheibchen übrig ist, als ich mit einem Wutschrei in seine Frühstücksorgie fahre.

»Du Mistkater! Mach, dass du wegkommst!«

Mit kühnem Sprung taucht er in die Büsche, ich stürze herbei, um die Käseplatte aufzufangen, die er als Sprungbrett benutzt hat. Über mir bewegt sich knarrend ein Fensterflügel.

»Ist Sebastian wieder da?«, fragt Bond mit heiserer Stimme.

Was sich da aus dem Fenster beugt, hat wenig Ähnlichkeit mit dem despotischen Maestro, der er noch gestern gewesen ist. Bleich ist der Ärmste, die Augen liegen tief, die Nase scheint schmaler und länger geworden zu sein, der Mund lilafarbig.

»Ich … weiß es nicht.«

»Dann finden Sie es heraus!«, keift er mich an und knallt das Fenster zu.

Immer das Gleiche. Sobald ich anfange, ein winziges bisschen Mitgefühl mit diesem Monster zu entwickeln, bereue ich es umgehend. Ärgerlich setze ich mich auf meinen Platz und gieße mir Kaffee aus der Wärmekanne ein. Puh – was für eine Plempe. Da hat Mamma Italia wohl das Kaffeepulver vergessen.

Ricci und Atzko erscheinen verschlafen auf der Terrasse. Von oben tönt Alans Holzfällerbass: »He is not in his room … Vielleicht bei einer der Ladies …«

Unglaublich! Wir versichern einander, dass wir Basti leider weder gesehen noch beherbergt haben. Ricci schraubt den Deckel der Kaffeekanne ab und schielt hinein. Verzieht das Gesicht.

»Wo ist Claudia?«, erkundige ich mich.

»Migräne …«, sagt Atzko. »Ganz schlimm …«

Oh weh – der Chianti bei Nacht.

Zehn Minuten später ist Bond auf der Frühstücksterrasse, frisch angekleidet, geduscht, gestylt. Auch wenn er ein Monster ist, es gibt Momente, in denen man ihn bewundern muss.

»Bravo, meine Damen!«, lobt er uns. »Nicht unterkriegen lassen. Die Polizei wird nun ihre Pflicht tun und Sebastian finden. Um halb zehn beginnen wir mit dem Einsingen … Wo ist der Schinken?«

Alan kommt dazu, Bond hat ihn zu den Caminos

geschickt. Von Giuseppe weiß er, dass der Gesuchte weder in der Nacht noch heute Morgen bei ihnen aufgetaucht ist.

»Migräne?«, knurrt Bond. »Claudia hat Migräne? Sie soll Tabletten nehmen und singen. Wir sind hier nicht im Lazarett!«

Um halb zehn sitzen wir alle bleich und übernächtigt im Musikzimmer, ganze Froschfamilien wohnen in den Hälsen der Sänger, man räuspert sich vorsichtig, jeder weiß, dass es nicht gut für die Stimmbänder ist. Bond geht auf die Problematik ein, lässt seine Schüler allerlei Zwerchfellübungen machen, lässt sie summen, näseln, hecheln, stoßartig ein »ng« in den Raum geben. Die Klänge haben Ähnlichkeit mit den Geräuschen im Frankfurter Affenhaus.

Fast hätten wir das Klopfen an der Tür überhört. Pietro Rivero von der polizia municipale steckt den Kopf mit den Segelohren durch den Türspalt und schaut uns mit banger Entgeisterung an. Hat er vielleicht geglaubt, Sänger würden immer nur Verdi-Arien schmettern?

»Buongiorno, signore …«

Dieses Mal ist Bond über die Unterbrechung begeistert. Er breitet die Arme aus, als wolle er Rivero an seine Brust ziehen.

»Endlich! Die Polizei, dein Freund und Helfer! Ich wusste ja, dass auf Sie Verlass ist! Wo ist er? Geht es ihm gut? Kann er singen?«

Rivero hat höchstens die Hälfte von Bonds Rede verstanden. Da ihm dieser aufgeregte Mensch unheimlich ist, nickt er höflich und grinst dazu. Jetzt öffnet sich die Tür in voller Weite, und Kollege Gepetto wälzt sich auf die Szene. Auch er bemüht sich um eine freundliche Miene, lächelt in die Runde und zückt sein Notizbüchlein.

»Wir müssen Sie leider stören, Maestro«, sagt er und schiebt den Kollegen beiseite. »Wir brauchen ein paar informazioni. Vielleicht auch ein Foto. Oder zumindest eine genaue Beschreibung des Vermissten …«

Bond bohrt seine Sumpfaugen in Gepetto hinein, der nervös wird und beginnt, von einem Fuß auf den anderen zu treten.

»Informazioni …? Fotos …? Haben Sie ihn etwa … noch nicht gefunden?«

Gepetto hebt mit bekümmerter Miene die Schultern.

»Non si preoccupi … Wir starten die Suche sofort … Deshalb wäre es gut, wenn Sie uns die nötigen informazioni so schnell wie möglich …«

»Sie fangen erst an?«, brüllt Bond. »Und wo sind die Hubschrauber? Die Hundestaffel? Die Spezialtruppe der carabinieri?«

»Bitte, signore – regen Sie sich nicht auf … Es geht alles seinen Gang … Zunächst …«

Gepetto klappt sein Notizbüchlein auf, blättert darin, bis er eine freie Seite findet, und zückt den Kugelschreiber.

»Körpergröße, Haarfarbe, Augenfarbe … Besondere Kennzeichen … bitte …«

Bond taumelt einige Schritte rückwärts und sinkt auf den freien Stuhl, den wir für Basti aufgestellt haben. Ricci nimmt jetzt die Sache in die Hand, Atzko und ich helfen ihr. Claudia sitzt bewegungslos auf ihrem Platz, die drei Tabletten, die sie eingenommen hat, haben bisher keine Wirkung gezeigt.

»Eins fünfundsiebzig – etwa. Beleibt. Nicht dick – nur ein wenig Bäuchlein. Blond. Blaue Augen … Nein, grau … wie? Hellblau – ja was denn jetzt? Also blau. Rosige Gesichtsfarbe. Sonnenbrand. Dunkle Shorts, helles T-Shirt. Turnschuhe? Keine? Doch Turnschuhe? Weiß? Nein? Grün? Blau? Können Sie sich vielleicht auf eine Farbe einigen? Also Blaugrün. Besondere Kennzeichen? Keine? Ein Muttermal am Bauch? Wo am Bauch? Unten? Oben?«

»In Mitte …«, sagt Atzko.

»Woher weißt du?«, knurrt Alan.

»Man sieht, wenn T-Shirt hochrutscht … Bei dir da sind viel Haare … wie Affe …«

Gepetto und sein Kollege sind jetzt rundum zufrieden, drei Seiten im Büchlein wurden mit enger, winzig kleiner Schrift bedeckt, und Gepetto klappt seinen Informationsschatz erleichtert zu. Ahnungslos wendet er sich wieder an den Maestro, um ihm zu versichern, dass die Suche mit voller Kraft und größtem Einsatz starten wird. Aber Bond kommt ihm zuvor.

»Wissen Sie überhaupt, wen Sie da suchen?«, legt er los. »Un grande artista … Verloren … perduto … La forza del destino … Eine Intrige … Man will mich vernichten, töten, ins Elend stürzen … Aber ich kämpfe ... Haben Sie verstanden? Sie müssen ihn finden ... O don fatale ... Eine Jahrhundertstimme ...«

Die beiden Polizisten sehen sich mit verständnisinnigen Blicken an. Was sie denken, kann man ihnen an den Gesichtern ablesen. Wenn Bond so weitermacht, tauchen hier demnächst zwei kräftige Herren mit einem hübschen weißen Bindejäckchen auf.

»Wir tun, was wir können, Maestro ...«

Bond sackt wieder in sich zusammen, er hat sich völlig verausgabt, in seinem Gesicht zuckt es. Er wird doch nicht anfangen zu weinen?

Verstehen könnte ich es ja – diese beiden Schießbudenfiguren werden Basti selbst dann nicht finden, wenn er ihnen direkt vor die Füße fällt.

»Begleiten Sie uns hinaus, Signora von Kerchenstein?«

»Aber gern, Commissario ...«

Er fühlt sich geschmeichelt, weil er garantiert kein Commissario ist, der eitle Dickwanst. Während Ricci und Atzko sich um den erschöpften Maestro kümmern und Claudia ins Badezimmer wankt, um dort die vierte Tablette einzuwerfen, gehe ich mit den beiden Spielzeugkommissaren langsam durch den Flur. Wusste ich es doch – sie bleiben beim Wandbehang stehen.

»Wegen Ihrer ... Befürchtung neulich«, sagt Gepetto mit gedämpfter Stimme. »Sie können ganz beruhigt sein, signora. Wir haben die Proben untersuchen lassen. Es handelt sich um olio combustibile – Heizöl, vermischt mit etwas Staub, Schimmelpilzen und anderen organischen Substanzen, die in feuchten Räumen leider vorkommen.«

Okay – mir ist klar, dass sie sich auf keinen Fall mit Brunos Mördern anlegen wollen. Möglicherweise stecken sie sogar mit ihnen unter einer Decke. Aber die Unverfrorenheit, mit der sie mir diese Lüge servieren, ärgert mich. Für wie blöd halten die mich?

»Wo haben Sie die Proben untersuchen lassen?«

Gepetto lächelt herablassend. »Im Polizeilabor in Siena.«

»Und haben Sie inzwischen Kontakt zu Bruno Sonego gehabt?«

Die Fragen sind ihnen lästig. Rivero kratzt sich die Stoppelfrisur, Gepetto streicht nervös über sein Doppelkinn.

»So gut wie, signora …«

»Was bedeutet so gut wie?«

»Wir wissen, dass er gesund und lebendig ist. Das meinte ich. Sind Ihre Fragen damit geklärt?«

»Nein!«

Gepetto steckt umständlich das Notizbuch in die Innentasche der Jacke und seufzt dabei. Er hat es schon schwer in seinem Beruf. Immer diese störrischen Touristen, die keine Ahnung von den komplizierten Verhältnissen in Bella Italia haben. Mafiamäßig betrachtet.

»Siamo in fretta – wir sind in Eile, signora … Sie wissen ja … Wir müssen einen Vermissten suchen …«

»Woher wissen Sie, dass es Bruno gut geht?«

»Wir haben mit seiner fidanzata gesprochen.«

Eben dachte ich noch, dass mich nichts mehr verblüffen könnte. Aber das war ein Irrtum.

»Mit ... Bruno Sonegos Freundin?«

»Natürlich ...«, erklärt Gepetto und dreht die Augen zur Stuckdecke des Flures. »Eine sehr sympathische junge Frau. Alma Alberti ist ihr Name. Bruno Sonego befindet sich momentan in ihrer Wohnung. Sie wissen schon ... die beiden wollen bald heiraten ...«

»Tatsächlich ...?«

Mir bleibt die Spucke weg bei dieser Dreistigkeit. Alma Alberti! Fast so gut wie Appendix. Für eine Person, die gar nicht existiert, hat sie recht interessante Namen.

»Arrivederci, signora ... Es war mir ein Vergnügen, Sie kennenzulernen ...«

Die beiden laufen die Treppe hinunter, als seien sie auf der Flucht. Feiglinge! Ich habe verfluchte Lust, hinterherzulaufen und sie mit ein paar gezielten Fragen in die Enge zu treiben. Damit sie merken, dass sie mich nicht für dumm verkaufen können, diese Sparhirne. Aber ich tue es nicht. Weil ich Bruno damit nicht mehr helfen kann. Und weil ich keine Lust habe, wegen nix und wieder nix auf die Insel der Seligen geschossen zu werden.

Aus dem Musikraum dringen jetzt aufgeregte Rufe, Schreie, Gepolter, ein Stuhl fällt um. Als ich die Tür aufreiße, erwartet mich ein ungewöhnlicher Anblick: Atzko und Ricci versuchen verzweifelt, Bond auf seinem Stuhl festzuhalten, Alan steht einbeinig daneben, das Gesicht schmerzverzerrt, den rechten Fuß mit beiden Händen umschließend. Männer! So was von wehleidig!

»Ganz ruhig bleiben, Friedemann!«

»Nicht aus Fenster springen ... Stein ist härter wie Kopf ...«

»Sie finden ihn ...«

»Dauert nicht lange ...«

Bond zappelt wie ein Fisch im Netz, krebsrot im Gesicht, das Hemd ist vorn aufgeplatzt – hu, er hat graue Haare auf der Brust.

»Lasst mich ... Ich muss telefonieren ... Ich rufe Koschinski an ... mache ihn fertig ... Es gibt Grenzen ... Kidnapping ist strafbar ... Bringe ihn vor Gericht ...«

Ich bekomme fast Angst um ihn – wenn er so weitermacht, trifft ihn noch der Schlag. Basti könnte es nicht verkraften, wenn sein geliebter Lehrer seinetwegen die Biege macht ...

»Haltet ihn fest ...«

Ich laufe hinüber in mein Zimmer, greife die Wasserkaraffe, trete in eine Ansammlung von Kekskrümeln und eile zurück ins Musikzimmer.

Platsch!

Atzko kreischt auf, Ricci springt geistesgegenwärtig zurück, Alan glotzt verblüfft auf den triefenden Maestro. Die Schocktherapie wirkt – Friedemann Bond ist still. Sitzt mit weit geöffneten Augen und schlaff herabhängenden Armen auf seinem Stuhl und atmet heftig. Das Wasser rinnt ihm aus Hemd und

Hose und sammelt sich unter dem Stuhl zu einer durchsichtigen Pfütze.

Claudia kommt herein, sie geht ganz vorsichtig wie auf Watte. Wegen der Kopfschmerzen.

»O Gott! Was ist passiert?«

»Es hat durchgeregnet«, sage ich.

Alle sehen mich vorwurfsvoll an. Dabei habe ich Bond mit meiner Beruhigungsaktion das Leben gerettet. Undank ist der Welten Lohn.

Atzko hockt sich vor den Maestro und flüstert sorgenvoll: »Ist alles gut … Friedemann …?«

Zuerst reagiert er gar nicht. Dann spuckt er ihr eine Ladung Wasser entgegen und streicht mit der Hand über sein nasses Gesicht. Langsam und fast würdevoll erhebt er sich, atmet tief durch, sieht sich um.

»Das Ende …«, murmelt er. »Das ist das Ende …«

Als er sich in Bewegung setzt, will Ricci ihn am Arm fassen, doch er wehrt sie mit einer ungeduldigen Bewegung ab und stakst aus dem Raum. Wir laufen zur Tür und sehen, wie er in steifer Körperhaltung durch den Flur zur Treppe geht, eine feuchte Spur hinter sich herziehend.

»Wie ein Zombie …«, meint Claudia beklommen.

»Wie konntest du … Henni!«, regt sich Atzko auf.

»My foot … Er ist mir auf Fuß getreten …«, stöhnt Alan.

Bond steigt die Stufen hinauf zur Männeretage. Alan humpelt in vorsichtigem Abstand hinterher, um sicherzustellen, dass der Maestro nicht etwa Selbstmord begeht.

»Was tun wir jetzt?«, stöhnt Atzko. »Kurs kaputt … Friedemann kaputt … Basti kaputt …«

»Ich leg mich hin«, stöhnt Claudia, die Hand an der Stirn.

»Ich koche was«, entscheidet Ricci.

Kluge Mädels, denke ich, fasse die leere Karaffe und laufe damit ins Bad, um Wasser einzufüllen. In meinem Zimmer trete ich schon wieder in lauter Kekskrümel. Eklig so was. Klebt an den Sandalen fest. Wo kommen die eigentlich her? Ich habe die Kekse doch wieder in den Rucksack ge… Walter???

Aber mein Katerli ist völlig unschuldig. Ich blindes Huhn habe nicht richtig hingeschaut, war viel zu beschäftigt, Bonds nahenden Schlaganfall zu ertränken. Auf den Fußboden hat jemand eine Botschaft gekrümelt. Drei Worte nur. Aber klar und deutlich.

A B R E I S E S O F O R T F L O R E N Z

Das S von »sofort« und das O von »Florenz« sind platt getreten, sonst ist die Schrift intakt. Ich stehe bei der Tür, den vollen Wasserkrug in der Hand, und starre auf diese kreative Keksnachricht, die natürlich von Papa kommt. Von wem auch sonst? Natürlich wurden m e i n e Kekse dazu benutzt, die leckeren Mandelkekse, die ich so liebe! Unnötig zu grübeln, wie sein ausführender Bote hier hereinkam – in all den Jahren habe ich es kein einziges Mal geschafft, ihm auf die Schliche zu kommen. Papa ist ein Profi, ich könnte fast stolz auf ihn sein. Leider habe ich ihn nie zu Gesicht bekommen.

Das erste Mal trat er in mein Leben, als ich kurz

vor dem Abschlussexamen stand. Klavier, Klarinette und Gesang standen auf dem Programm, dazu der übliche Quatsch, wie Kompositionslehre, Musikgeschichte, Gehörbildung, Vom-Blatt-Spiel und was weiß ich noch alles. Aber ich war gut. In allen Fächern. Damals war ich eine richtige Rakete, und ich bin todsicher, dass ich überall mit der Bestnote abgeschnitten hätte. Vielleicht in Musikgeschichte nicht. Kompositionslehre auch nicht. Und meine bescheuerte Klarinettenlehrerin hätte mir bestimmt Punkte abgezogen. Aber sonst …

Nun ja – es wurde nichts daraus. Eine Woche vor den Prüfungen schickte mir Papa eine grandiose Einladung. Ein Konzert in Aix-en-Provence, bei dem ich den Solopart auf dem Klavier übernehmen sollte. Debussy … Mendelssohn … Mozart … Eine Wahnsinnschance für eine Anfängerin. Ich blöde Nuss hab nicht lange gefragt, woher diese tolle Einladung kam, hab nur kurz in Aix angerufen, kein Wort verstanden, weil die Tante am anderen Ende nur Französisch redete, und bin hingefahren … Aber in Aix warteten weder Debussy noch Mendelssohn noch Mozart auf mich, sondern mein erstes kriminelles Abenteuer. Mag sein, dass Papa die Sache ganz anders geplant hatte – aber die Glitzersteinchen in meinem Klarinettenkasten haben mich damals fast den Hals gekostet. Auf jeden Fall aber das Examen, denn ich kam aus der Sache erst nach drei Wochen wieder raus. Natürlich konnte ich den Damen und Herren Dozenten nicht sagen, dass mein Papa mich mit heißer Ware im Klarinettenkasten kreuz und quer durch Frankreich gehetzt hat. Also erzählte ich, meine liebe Tante Alma sei überraschend in Paris gestorben und bei ihrer Beerdigung hätte ich mir leider eine schlimme Virusgrippe eingehandelt, die mich ganze drei Wochen ans Bett gefesselt hat. Geglaubt hat mir das niemand, ich habe erst später gelernt, wie man richtig lügt. Aber mein Verhältnis zu meinem Vater war aufgrund dieser Geschichte von Anfang an gestört. Und so ist es auch geblieben. Kein Wunder – sobald er sich irgendwie bemerkbar macht, hat es etwas mit Ärger zu tun. Entweder stecke ich schon mittendrin, oder ich bekomme ihn postwendend. Wobei Papa – das muss ich ihm lassen – immer dafür sorgt, dass ich einigermaßen ungeschoren aus der Sache wieder herauskomme ... Zumindest war das bis jetzt so ...

Papa will also, dass ich nach Florenz fahre. Und das sofort. Das könnte bedeuten, dass der Boden hier in der Villa Mandrini heiß ist. Klar – die Sache mit Bruno. Möglich, dass die beiden Spaßfiguren aus Figline doch zu viel Wirbel um die Blutflecke gemacht haben. Vielleicht haben sie sich Rat bei einem Vorgesetzten geholt und dabei genau ins Schwarze getroffen. Ins schwarze Herz der Mafia.

Ich steige über die Kekskrümelschrift und stelle erst einmal die Wasserkaraffe an ihren Platz zurück. Dann setze ich mich aufs Bett und überlege. Ein Messer im Rücken ist keine nette Art, von dieser Erde zu scheiden. Ein Strick um den Hals auch nicht. Ganz abgesehen von einer Kugel im Bauch.

Wenn ich Papas Nachricht richtig interpretiere, wäre es wohl klug, die Biege zu machen. Aber ich tu es nicht. Solange ich nicht weiß, was mit Basti passiert ist, bleibe ich hier.

Basta!

Ich bin eine Heldin! Mit den bloßen Füßen zerstöre ich die väterliche Botschaft, wische die Krümel in alle Ecken des Zimmers und denke zu spät darüber nach, dass diese Aktion möglicherweise gefräßige Kerbtiere anlocken könnte. Egal – ich muss ja nicht bis zum Ende meiner Tage hier wohnen.

Urgs. Das will ich wirklich nicht hoffen …

In der Küche herrscht Trostlosigkeit – die üblichen Einkäufe, die Mamma Italia für uns erledigt, wurden nicht geliefert, es bleiben uns nur ein paar Reste. Eine halbe Tüte Reis, eine Knoblauchzehe, drei halb verfaulte Tomaten, etwas steinharter Parmesan, fünf traurige Oliven.

»Das reicht für ein Risotto à la Riccarda!«

Draußen im Park bewegt sich der Bambus – da stromert doch tatsächlich ein Paar abstehende Ohren herum, die Pietro Rivero gehören. Er hat einen langen

Stock und sticht damit in den Boden, steckt ihn zwischen die Bambusstäbe, belästigt die armen Zypressen. Heilige Einfalt! Denken die beiden vielleicht, dass sich Basti im Park versteckt? Aber natürlich – hier im Park ist es einfacher zu suchen als draußen in der Umgebung, wo man möglicherweise von einem Mückenschwarm überfallen werden oder in eine Schlucht stolpern könnte. Auch ein Angehöriger der polizia municipale hat ja Anspruch auf ein wenig Komfort.

Alan humpelt in die Küche. Sein Zeh ist dick wie eine mittlere Kartoffel und tut saumäßig weh. Vermutlich entzündet. Ein Unglück kommt eben selten allein.

»Idiots …«, schimpft er auf die fleißigen Ordnungshüter im Bambus. »Was suchen die da? Looking for tigers?«

Bond ist in seinem Zimmer. Was er dort tut, weiß Alan nicht, aber er hat an der Tür gelauscht, da war alles still.

»Vielleicht … er hat schon …«, flüstert Atzko beklommen, und sie fährt mit der waagerecht ausgestreckten Hand an ihrem Hals vorbei.

»Harakiri?«, flüstert Alan erschrocken.

»Quatsch! Der macht seine Siesta«, knurrt Ricci. »Gib mal die Käsereibe, Alan. Das Teil, auf das du gerade den Arm stützt! Ja, das …«

Das Risotto gelingt wieder einmal großartig. Trotzdem kommt keine rechte Stimmung auf. Niedergeschlagen sitzen wir um den Tisch, schauen immer wieder aus dem Fenster, wo jetzt auch Gepetto zu sehen ist. Er hat seine hundertfünfzig Kilo auf einen der steinernen Sockel gepflanzt und gibt seinem Kollegen Anweisungen. Drüben auf Faustos Hügel sind jetzt Leute mit ihren Hunden unterwegs. Auch die Bewohner aus den umliegenden Dörfern beteiligen sich an der Suche nach Basti. Das lässt doch hoffen!

»Nur wir … wir können nichts tun …«, seufzt Atzko.

Immer dieses Gejammer! Geht mir auf den Keks so was.

»Doch!«, rufe ich aus. »Wir können musizieren. Für Basti. Wo auch immer er jetzt ist – vielleicht hilft es ja, wenn er spürt, dass wir an ihn denken … alle unsere Energien auf ihn richten … in Tönen und Klängen bei ihm sind …«

Es ist eine ziemlich irrsinnige Idee, aber sie funktioniert. Ich werde sogar selber von meinem schwülstigen Schwatz inspiriert – das muss eine erst mal schaffen. Im Musikraum stürze ich an den Flügel und spiele Bach, ein Stück aus den Goldberg-Variationen, das ich noch auswendig kann. Die anderen hören zu, gerührt, begeistert, flüstern miteinander. Als ich mein Spiel beendet habe, will Ricci Mozart singen. Die Arie der Gräfin, die um die verlorene Liebe ihres Ehemannes trauert.

»Porgi, amor, qualche ristoro …«

Wie süß und gefüllt ihre Stimme jetzt klingt … Mozarts Musik hat Tiefe und Leichtigkeit zugleich … Genie eben …

Atzko singt mit Ricci das Briefduett aus »Figaros Hochzeit« direkt am offenen Fenster in die Landschaft hinein – purer Wohlklang, die Stimmen schmiegen sich aneinander, spielen, locken, schwingen ... Falls Basti dort draußen im Park oder irgendwo in den Hügeln ist – er muss einfach von dieser Musik zu uns hingezogen werden.

Jetzt wird mein Improvisationstalent gefordert, denn Alan stimmt ein Lied aus dem »Schwanengesang« von meinem lieben Franzl an. Dem Schubert Franzl. In die Welt hinaus.

»Wehe dem Fliehenden, Welt hinaus ziehenden! – Fremde durchmessenden, Heimat vergessenden ...«

Ein warmes Bad in g-Moll, ein Schaumbad in schwarzem Marmorbecken, ringsum flackernde Lichtlein, und die Sehnsucht füllt Räume und Welten ...

Nur selten sieht jemand von uns zum Fenster hinaus, wo in der Ferne einzelne Personen auf den zypressengesäumten Wegen zu sehen sind. Auch unten im verwilderten Park wird noch gesucht, man hört hie und da Gepettos Kommandostimme ...

Ich spiele Beethoven, den Anfang der »Pathétique«, eines der Stücke, die ich seinerzeit für das Examen vorbereitet hatte und das seitdem in meinen Fingern steckt. Während ich in der Wucht der Klänge schwelge, mich ganz hineingebe, in Beethovens Welt versinke, schleicht sich doch tatsächlich Bond in den Musikraum. Nun ja – wenigstens den haben wir herbeigesungen. Basti wäre mir hundertmal lieber gewesen.

»Ihr seid wunderbar …«, höre ich ihn. »Ich liebe euch alle … Meine Kinder … Meine Freunde in der Not …«

Gott, wie rührend. Ich hätte fast danebengehauen vor Ergriffenheit, denn jetzt umarmt Bond seine Schüler. Da ist ja Claudia – die haben wir offensichtlich auch herbeimusiziert. Ja, die Kraft der Musik. Frau Musika, die Herrscherin der Herzen und der Sinne … Der sucht vergebens den Sinn des Lebens, der die Musik nicht liebt …

»Hören Sie mal mit Beethoven auf, Frau von Kerchenstein«, quakt Bond. »Ich werde jetzt Wagner singen …«

Man kann's auch übertreiben! Hat er eigentlich mitbekommen, dass ich die Begleitung mangels Noten improvisiere? Nö – hat er nicht. Er legt einfach los …

»Wahn! Wahn! Überall Wahn! Wohin ich forschend blick' …«

Er singt klasse, der kleine Tyrann. Wäre er doch beim Singen geblieben – die Welt hätte ihn geliebt …

»… Ein Kobold half wohl da! …«

Ich spiele hübsche Arpeggien, spielerisch, nicht aufdringlich, eine Sommernacht, der blühende Flieder … Wagner ist ein Zauberer, er kann wunderschöne zarte Melodien und berückende Stimmungen schaffen …

Unten im Garten werden jetzt lästige Stimmen laut. Gepetto kräht auf Italienisch aufgeregt herum, Rivero antwortet, seine Stimme klingt, als sei er zurück in die Pubertät gefallen. Überschlägt sich. Kippt ins Falsett … Die Aufmerksamkeit, die wir unserem singenden Maestro und Wagners Werk schulden, wird auf einmal brüchig.

»Un cadavere … perdindirindina … mi sento male …«

Es klingt irgendwie unheimlich. Plötzlich ist die Macht von Frau Musika gebrochen, wir fallen zurück in die Wirklichkeit, laufen zum Fenster, schauen hinunter in den Park. Dort hebt Gepetto gerade seinen überbordenden Hintern vom Steinsockel und bewegt sich in Richtung Bambushain. Wie es scheint, hat Rivero irgendetwas gefunden.

»Was hat er gerufen?«, fragt Ricci.

Ich habe einen bösen Verdacht, halte aber besser den Mund. Dafür redet Claudia.

»Er hat ›un cadavere‹ gerufen. Das heißt auf Deutsch …«

Sie hält einen Moment inne und legt die Hand an die linke Schläfe. Migräneschmerz. Ganz böse.

»Un cadavere – das bedeutet auf Deutsch so viel wie: ein toter Körper. Ein Verstorbener …«

»Eine … Leiche?«

Riccis Stimme hat ordentlich Resonanz. Wahrscheinlich hört man sie noch drüben auf Faustos Bauernhof. Wir verharren einen Moment lang in völliger Erstarrung. Nein. Das ist nicht die Wahrheit. Das ist eine Verwechslung. Eine falsche Dimension, in der wir nichts zu suchen haben …

»Sie haben da unten eine Leiche gefunden?«, sagt Bond mit seltsam tonloser Stimme.

Ricci packt geistesgegenwärtig zu, ich erwische ihn gerade noch auf der anderen Seite, Alan stürzt herbei. Wir setzen den eingeknickten Meister auf einen Stuhl, Atzko fächelt ihm mit einem Notenheft Luft zu, wir anderen laufen im Eilschritt durch den Flur, die Treppe hinunter, durch die Eingangshalle hinaus in den Park.

»Im Bambus ...«, sagt Alan.

»Mir ist schlecht ...«, vermeldet Claudia.

Ricci und ich sind schon auf dem halb zugewachsenen Weg, an mehreren verwitterten Marmorgebilden vorbei, wollen den schmalen Pfad nehmen, der durch die dicht stehenden Bambusstäbe hindurch zum Teich führt ... Da läuft uns der Typ mit den Segelohren entgegen, die Arme weit auseinandergestreckt, als müsse er eine Menschenmenge abwehren.

»Ci sono!«, brüllt Rivero. »Ci sono! Non andare avanti! No ...«

Da wir kein Italienisch verstehen, gehen wir einfach an ihm vorbei, eine rechts, eine links – Rivero in der Mitte hat nicht den Mut, uns anzufassen. Er verharrt mit ausgebreiteten Armen wie ein Schutzmann, der den nicht vorhandenen Verkehr regelt. Ricci und ich tauchen in den Bambus ein, folgen dem Pfad, bis der Teich sichtbar wird. Dann bleiben wir stehen.

»O Gott ...«, flüstert Ricci.

Der Teich war vermutlich einmal ein gepflegtes rundes Wasserbecken mit einer kleinen Insel in der Mitte. Im Laufe der Jahrzehnte ist das Wasser jedoch biotopmäßig versumpft, allerlei Getier lebt zwischen den Wasserpflanzen, die sich ausgebreitet haben.

Am gegenüberliegenden Teichufer kniet Gepetto im Schilf. Tatsächlich – er kniet. Wie er wieder auf die Füße kommt, könnte eine spannende Szene ergeben. Ihm gegenüber hockt eine zusammengekauerte Gestalt, das könnte Giuseppe Camino sein. Zwischen den beiden Männern liegt etwas Dunkles, das wegen des Schilfs schlecht zu erkennen ist. Aber wahrscheinlich handelt es sich um den Toten.

Ricci und ich gehen langsam um den Teich herum auf die andere Seite zu. Hinter uns läuft Rivero, der nicht mehr den Mut hat, uns zurückzuhalten. Man hört ihn schnaufen. Libellen schwirren dicht an uns vorbei wie feindliche Mini-Hubschrauber. Die Grillen zirpen ihr eintöniges, nervenzermürbendes Lied. Die beiden Männer drüben bei dem Toten reden kein Wort miteinander.

Ich hätte es wissen müssen. Eine Leiche. Dieses Mal ist sie real. Keine Fast-Leiche. Auch keine verschwundene Leiche. Henni – es geht wieder los. Hättest du bloß auf Papa gehört, dann wärest du jetzt raus aus dem Schlamassel.

Ach, Basti! O Gott – er wollte mir doch immer diesen Teich zeigen. Weil der so romantisch sei. Und jetzt sehen wir uns ausgerechnet hier wieder. Mir steigen die Tränen in die Augen, ich muss schlucken, fange an zu schniefen.

Wir sind fast da. Sehen kann man nicht viel, weil Gepetto den Toten mit seinem breiten Körper verdeckt. Aber ich kann Giuseppe Caminos Gesicht erkennen. Den großen grauen Schnurrbart, der ganz merkwürdig zittert. Er weint. Seine Schultern, sein ganzer Körper zuckt, so heftig schluchzt er.

Wieso weint Giuseppe Camino so herzerweichend um unseren Basti?

»Da schau …«, flüstert Ricci.

Ich muss einen Schritt zur Seite tun, dann kann ich an Gepettos Rücken vorbei etwas erkennen. Giuseppe hat jetzt ein Taschenmesser aufgeklappt und beginnt, etwas zu zertrennen. Stricke. Dünne Schnüre, wie man sie früher für Pakete verwendet hat. Gepetto bemerkt uns gar nicht, so angespannt verfolgt er das Tun seines Gegenübers. Er redet leise italienisch mit ihm, doch Giuseppe Camino achtet nicht darauf.

Der tote Körper steckt vom Kopf bis zu den Knien in einem dunkelblauen Plastiksack, um den man eine Schnur gewickelt hat. Giuseppe hat nun alle Schnüre durchgeschnitten, vorsichtig hebt er die Plastikfolie ein wenig an, sticht mit dem Messer hinein, schneidet die Folie auf … Das leise schnarrende Schneidegeräusch wird vom Lärm der Grillen überdeckt, dennoch glaube ich, es zu hören. Mir wird kalt, ich muss die Arme um den Oberkörper schließen, fange an zu zittern …

Auf einmal bewegt sich Gepetto zur Seite, und ich sehe etwas.

Einen Schuh. Schwarz. Mit einem kleinen Blockabsatz. Ein Frauenschuh. Ganz eindeutig.

»Das ist gar nicht Basti …«, murmele ich. »Das ist … Mamma Italia!«

»Gott sei Dank«, stöhnt Bond erleichtert.

Er sitzt auf dem Klavierhocker und wischt sich den Schweiß von der Teilglatze. Erklärend fügt er hinzu: »Nicht, dass ich kein Mitgefühl mit der armen Frau hätte … Aber besser sie als unser Basti, nicht wahr?«

Atzko nickt pflichteifrig, wir anderen schweigen uns aus. Ricci und ich werden nach Details gefragt, unsere Antworten sind karg. Es gibt Dinge, die kann und will man nicht erzählen. Die stecken tief in den Seelen wie Messer, und wenn man daran rührt, schmerzt es.

»Was für ein Dreckskerl ist das, der so was tut«, murmelt Ricci. »Sie war so herzlich, so ein liebenswerter, fröhlicher Mensch. Ich versteh das alles ganz und gar nicht …«

»Ich will weg von hier …«, sagt Atzko und blickt flehentlich zu Bond. »Hier ist böser Ort. Tod kommt gleich um die Ecke …«

Es macht tatsächlich wenig Sinn, den Gesangskurs weiterzuführen. Die Inspiration, die sich Bond von der toskanischen Landschaft und seiner intensiven pädagogischen Arbeit erhofft hatte, wird sich nicht einstellen. Ganz im Gegenteil – hier in der Villa herrscht der pure Horror.

»Wer abreisen will, den halte ich nicht auf«, sagt Bond auch sogleich. »Ich für meinen Teil verlasse die Villa nicht ohne Sebastian.«

Respekt. Auch wenn es ihm weniger um den Menschen Sebastian Poggenpohl als vielmehr um die Siegespalme geht, die er für ihn ersingen soll. Mut hat er, der kleine Napoleon. Und seine Haltung verfehlt ihre Wirkung nicht. Alle erklären wir nun, dass wir ausharren wollen, bis wir Basti wiederhaben. Ich intoniere leise den Triumphmarsch aus »Aida« auf dem Flügel, höre aber gleich wieder damit auf, weil Bonds Sumpfaugen mich in Grund und Boden starren.

»Sparen Sie sich Ihren Sarkasmus, Frau von Kerchenstein!«, giftet er und geht zum Fenster, um die Lage draußen zu peilen.

»Seht euch das an«, ruft er. »Zwei, drei – nein, vier Polizeiwagen. Ein Top-Aufgebot. Natürlich – jetzt haben sie ja auch eine Leiche, da werden sie munter, die Herren Polizisten!«

Alles drängt sich ans Fenster, nur ich bleibe am Flügel sitzen, klimpere zerstreut vor mich hin. Der Anblick der toten Mamma Italia unten am Teich, ihr aufgequollenes Gesicht, das unter der Folie zum Vorschein kam, die klaffende Kopfwunde an der Seite –

all das liegt wie ein lähmendes Gift auf mir. Jetzt erst beginne ich langsam zu denken. Grübeln. Kombinieren.

Brunos Tod, Bastis Verschwinden, der Mord an Mamma Italia – alles gehört zusammen. Das beweist schon die Tatsache, dass Papa sich einmischt. Carlos Mandrini und seine Renovierungsabsichten kann ich getrost aus dem Spiel lassen. Auch Koschinski ist nicht mehr als ein Popanz. Der Gegner ist mehrere Nummern größer. Und er ist megagefährlich. Wer sich ihm in den Weg stellt – absichtlich oder ungewollt –, den schafft er aus der Welt.

Es fällt mir verdammt schwer, diesen Gedanken weiterzuführen, aber es sieht nicht gut für den armen Basti aus. Wenn ich richtig kombiniert habe, dann liegt er irgendwo in Plastik verpackt in einer Schlucht und braucht sich um seine Sängerkarriere keine Sorgen mehr zu machen.

Es ist nicht mehr zu ändern, Henni. Keine Chance. Die Welt ist ungerecht, es gewinnt nicht der Gute, sondern der Stärkere. Der Rücksichtslosere. Derjenige, der Opfer zu bringen weiß. Bruno, Mamma Italia, Basti – willst du die Nächste sein, die sie wasserdicht verschnürt aus dem Teich ziehen?

Eigentlich nicht. Aber ich mag auch nicht diejenige sein, die feige davonläuft, während die anderen in der Villa ausharren. Und überhaupt habe ich eine Stinkwut …

Denk mal positiv, Henni!

Wer so viele Morde begeht, der hat einen hohen

Einsatz im Spiel. Und er ist nervös. Ein Mord ist fast immer ein Fehler, er ist riskant, kann dazu führen, dass die Geschichte auffliegt. Das bedeutet, dass unser unsichtbarer Gegner mit dem Rücken zur Wand steht. Dass man ihn überführen könnte, wenn man es schlau anstellt.

Vielleicht ein bisschen zu positiv gedacht, Henni. Aber besser so als anders. Mut zeigt selbst die lahme Henne, hat Oma immer gesagt.

Warum diese drei Menschen? Bruno. Basti. Mamma Italia? Was haben sie gemeinsam, wieso mussten sie aus dem Verkehr gezogen werden? Kombinieren, Henni! Sherlock Holmes wäre jetzt schon fünf Schritte weiter, hätte schon die Falle gestellt, in die der Gegner tappen muss. Und Hercule Poirots graue Zellen hätten schon die Lösung ausgespuckt. Verflixt – ich bin eben kein Profi. Eine Anfängerin. Deshalb wird es Zeit, dass ich endlich anfange. Also: Es hat irgendetwas mit der Villa zu tun. Genau. Hier in dieser alten Hütte ist irgendetwas faul. Bruno war der Sache vielleicht auf der Spur. Mamma Italia muss auch mehr gewusst haben, als sie wissen durfte. Und Basti? Meine Güte – der kann eigentlich nur aus Versehen irgendwo hineingetappt sein …

Unten im Park ist jetzt einiges los. Bond und seine Schüler hängen an den Fenstern, deuten hierhin, und dorthin, flüstern miteinander, Claudia hat sogar ihre Brille geholt. Vermutlich sind die carabinieri an der Arbeit. Keine verschlafenen Typen aus der Provinz, sondern Leute von der Mordkommission.

Du steckst jetzt sowieso bis zum Hals in der Sache drin, Henni. Also kannst du genauso gut mutig sein.

»Was tun die dort hinten?«, höre ich Claudia.

»Die sichern wohl die Spuren«, meint Ricci.

»Ist Arzt dabei ... wird feststellen, ob von selber tot oder von Mord«, sinniert Atzko.

»We can go upstairs«, schlägt Alan vor. »Von oben wir sehen besser.«

Sensationsgierig sind diese Sänger! Alle außer Ricci laufen aus dem Musikzimmer, um oben in der Herrenabteilung einen Fensterplatz zu ergattern.

»Am besten sehen wir es vom Dachboden aus«, rufe ich ihnen nach.

Alan bleibt stehen und schaut mich zweifelnd an.

»Aber es gibt kein stairs. Kein Treppe ...«

»Doch!«

Einmal müssen sie es ja erfahren, schließlich sitzen wir alle im gleichen Schlamassel. Ich schlage den Wandvorhang zurück.

»What is this? Das ist Loch in Wand ...«

»Eine Gesindetreppe. Gibt es immer in herrschaftlichen Gemäuern. Sie führt zu jedem Stockwerk und endet oben auf dem Dachboden.«

Ich mache es auf die harmlose Art. Rede wie eine Fremdenführerin im Spukschloss Finsterstein, zeige ihnen die Wendeltreppe, hole meine Taschenlampe mit dem superhellen Lichtstrahl und erzähle, dass hier in früheren Zeiten die Dienstboten mit Wäschekörben oder Tabletts voller leckerer Speisen herumgestiegen sind.

Auch Bond, Atzko und Ricci haben sich der historischen Führung angeschlossen, Claudia schließt geblendet die Augen vor dem bläulichen Lichtstrahl.

»Was sind das für Flecken auf dem Boden?«, will Bond wissen.

Der Mann hat keine schlechte Spürnase.

»Das ist Heizöl.«

»Es gibt eine Ölheizung?«, staunt Ricci.

»Ja, für kalte Wintertage …«

Wir steigen die Wendeltreppe hinauf, ich zeige ihnen den Zugang zum zweiten Stock, schlage auch dort den Wandbehang zur Seite, und wir stehen im Flur der Männerabteilung.

»Unglaublich«, äußert Bond. »Da muss man sich nicht wundern, wenn es so häufig zu unehelichem Nachwuchs kam. Husch, husch über die Gesindetreppe ins Bettchen der Contessa …«

Dazu fällt mir nichts ein. Vermutlich wirkt Beaumarchais noch in den Köpfen nach. *Die Hochzeit des Figaro*. Intrigen im gräflichen Haus. Casanova und Susanna in einem Bett.

»Woher du weißt von diese Treppe?«, fragt Atzko, die ängstlich nach Spinnen und Kerbtieren Ausschau hält.

Ich erkläre, dass meine Oma ein Schloss besitzt und ich daher mit herrschaftlichen Gemäuern vertraut bin. Atzkos Miene wird ehrfurchtsvoll, vermutlich hält sich mich jetzt für eine Prinzessin. Inkognito natürlich.

»Dann sind *Sie* wohl hier als schwarze Dame herumgegeistert, wie?«, vermutet Bond.

»Ich bin blond, nicht schwarz!«

»Nicht ganz so blond, wie du aussiehst«, witzelt Ricci.

»Ach, danke schön …«

Wir erreichen den Eingang zum Dachboden. Es ist heiß hier, die Sonne liegt auf dem Dach, ein muffiger Geruch empfängt uns, eine Mischung aus alten Stoffen, fauligem Holz, Teppichen und dem Kot irgendwelcher Tiere. Mäuse vermutlich. Vielleicht gibt es auch ein Käuzchen oder Ähnliches.

»Da ist wohl eine ganze Ölkanne ausgelaufen«, bemerkt Ricci, als sie den sternförmigen Fleck sieht.

»Mir wird schlecht hier«, stöhnt Claudia. »Es ist so stickig …«

Die Dachfenster sind ziemlich hoch angebracht, wir müssen eine Kommode und zwei Überseekoffer nebeneinanderrücken, damit wir uns daraufstellen können. Alan hakt alle Fenster auf, damit der Wind durch den Dachstuhl wehen kann, und tatsächlich wird es kühler, auch der unangenehme Geruch verliert sich ein wenig.

»Sie machen Fotos«, vermeldet Alan. »Good God – this poor lady has been killed by a stone … oder ein fester Schlag …«

Er vollführt eine Demo-Geste, die Claudia fast von der Kommode haut. Man sieht mehrere carabinieri, die die Umgebung nach Spuren absuchen, zwei Männer in Zivil stehen neben der Toten und diskutieren irgendetwas. Einer fotografiert die Leiche, den aufgeschnittenen Plastiksack, die Stricke, den Teich, in den man sie versenkt hat. Gepetto läuft im Schilf herum und tut, als würde er Spuren suchen – Rivero ist nicht zu sehen. Auch Giuseppe Camino kann ich nicht entdecken.

»Da kommen Sanitäter ...«, sagt Atzko.

Claudia steigt von der Kommode herunter und setzt sich auf den Boden. Sie tut mir wahnsinnig leid. So eine Migräne muss echt widerlich sein.

»Die sind bestimmt von der Pathologie«, meint Bond. »Tote brauchen keine Sanitäter. Die bringen sie jetzt ins Leichenschauhaus. In die Kühlkammer. Ist auch besser bei dieser Hitze ...«

Ein Gemütsmensch, dieser Friedemann Bond. Ich weiß, warum ich den Kerl nicht ausstehen kann.

»Ist gestorben wie Gilda«, meint Alan beklommen. »Sack über Kopf und in Wasser geworfen ...«

»Sei still!«, stöhnt Atzko. »Ich kann nie wieder singen Arie aus *Rigoletto* ...«

»Das haben wir jetzt davon!«, schimpft Bond. »Gehen wir hinunter in den Musikraum. Man muss nicht alles wissen. Und auch nicht alles sehen ...«

Vor einer knappen halben Stunde waren alle total scharf darauf, die Arbeit der Polizei bei der Toten zu beobachten. Nun also Ernüchterung. Man schließt die Fenster wieder, schiebt die Kommode an ihren Platz, und ich knipse die Taschenlampe an. Ricci bemerkt, dass man hier ruhig einmal elektrisches Licht verlegen könnte, Atzko schreit auf, weil sich eine Spinne in ihrem Haar verfangen hat, Bond tritt auf etwas Weiches.

»Was war das? Eine Kartoffel?«

»My … foot … Mein Zeh … Ohhh …«

»Das tut mir aufrichtig leid …«

»Wie wunderbar …«, stöhnt Claudia. »Meine Migräne ist auf einmal weg!«

»Glückwunsch!«

Unten im ersten Stock empfängt uns die spitze Nase eines Commissario. Man hat nach uns gesucht, und die Herren von der Mordkommission waren sogleich auf der rechten Spur. Es war auch nicht weiter schwierig, denn der Wandvorhang hängt inzwischen so schief, dass man den Eingang zur Gesindetreppe gut sehen kann.

»Prego, signori … perché vi nascondete?«

»Wir freuen uns auch!«

Bond schüttelt ihm ausgiebig die Hand. »Endlich ein fähiger Kriminalist vor Ort. Wir waren schon ganz verzweifelt. Sie wissen, dass wir einen der Unseren seit gestern Nachmittag schmerzlich vermissen …«

Der Commissario ist ein wenig überrascht, fängt sich aber gleich, ein feines Grinsen hängt in seinen Mundwinkeln. Offensichtlich versteht er nicht nur Deutsch, er kann die Menschen, die er vor sich hat, auch rasch einordnen und hat Bond zielsicher in das Schubfach »Aufgeblasene Spinner« einsortiert.

»Wir tun, was wir können, Signor … Bond … Bin ich richtig?«

»Friedemann Bond … Gesangslehrer für klassische Oper … Ich bilde Weltstars aus …«

»Commissario del Ponte von der polizia criminale Florenz …«

Er schaut an Bond vorbei, erfasst die Umstehenden mit kurzem Blick und bleibt an mir hängen. Ich habe die Taschenlampe noch nicht ausgeknipst.

»Was sind das für Flecken dort auf dem Boden?«

»Heizöl …«, sagt Bond.

»Blut …«, sage ich.

»Blut?«

»Sì, Commissario. Sangue. Bereits angetrocknet. Hier wurde vorgestern Nacht ein Mann ermordet.«

Del Ponte ist um die vierzig, klein, dunkelhaarig, die Augen hell. Er wirkt wie eine ausgetrocknete Frucht, ein Typ, der auf seine Substanz reduziert ist. Die Substanz ist sein Hirn. Er taxiert mich und kommt offenbar zu dem Schluss, dass wir hier alle einen an der Klatsche haben.

Auch Profis machen Fehler.

»Wir haben einige Fragen … Bitte gehen Sie dort hinein …«

Im Musikzimmer hat schon Gepetto auf einem Stuhl Platz genommen, er macht einen Eindruck, als solle er gleich geschlachtet werden. Rivero ist nicht zu sehen, dafür bewegen sich zwei Polizisten im Raum umher, untersuchen die Notenschränke, holen die Instrumente von den Wänden, heben die staubgefüllten Porzellangefäße herunter und schauen hinein.

»Mein Deutsch ist schwach … leider … aber mein Kollege wird übersetzen …«

Er stapelt tief, der Herr Commissario. Ich bin sicher,

dass er jedes Wort versteht, das wir sagen, aber er beschränkt sich lieber aufs Beobachten. Die Fragen sind Routine. Wann wir Maria Camino das letzte Mal gesehen haben. Ob uns etwas Ungewöhnliches an ihr aufgefallen ist. Depressive Stimmung? Angst? Nervosität? Wie ihr Verhältnis zu ihrem Ehemann gewesen ist. Ob sie gestritten haben.

Kein Wort zu dem, was ich vorhin ausgesagt habe. Nur Ricci und Claudia schauen mich immer wieder irritiert an, und Bond flüstert mir zu, ich solle meine Fantasie im Zaum halten, wir seien hier nicht auf der Opernbühne.

»Sie sind also sicher, Maria Camino noch gestern Abend gesehen zu haben. Und später nicht mehr?«

Nein. Heute Morgen, als Alan sich bei den Caminos nach Basti erkundigte, hat er nur Giuseppe angetroffen. Und auch das Frühstück war nicht wie immer. Es hat heute auch niemand eingekauft …

»Und sie hat mit ihrem Ehemann gestritten?«

Wir zucken mit den Schultern. Das wäre möglich – aber wir sind uns nicht sicher. Mamma Italia war eine temperamentvolle Frau – zwischen lebhafter Rede und Streit ist da nur ein schmaler Grat.

»Der Commissario bedankt sich … Das war so weit alles …«, übersetzt Gepetto. »Wir müssen Sie leider bitten, die Villa vorerst nicht zu verlassen.«

»Das haben wir auch nicht vor«, verkündet Bond hoheitsvoll. »Wir harren hier so lange aus, bis unser Freund und Kollege Sebastian Poggenpohl wieder unter uns weilt.«

Del Ponte nimmt die Aussage schweigend zur Kenntnis, seinem Pokerface sieht man nicht an, wie viel Chancen er Basti gibt. Als wir aus dem Musikzimmer hinausgehen, sehe ich gerade noch, wie sich die beiden Polizisten an dem Flügel zu schaffen machen. Sie klappen den Deckel hoch und leuchten mit Taschenlampen in den gespannten Saiten herum.

»Als wir hier ankamen, haben wir eine Flasche Whisky und zwei Gläser im Flügel gefunden«, sage ich zu Del Ponte.

Es scheint ihn nur wenig zu interessieren. Immerhin hebt er die Augenbrauen und will wissen, wo Flasche und Gläser geblieben seien.

»Die Gläser wurden in der Küche gespült. Die Flasche hat Bruno Sonego an sich genommen.«

»Sonego? Und wo befindet er sich jetzt?«

Aha – er kennt Bruno. Vielmehr: Er kannte ihn.

»Bruno Sonego wurde vorgestern Nacht ermordet, Commissario.«

Er bleibt stehen und starrt mich an. Will herausfinden, ob ich eine überkandidelte Künstlerin bin, eine freche Lügnerin, eine Irrsinnige, die reif für die Klapse ist – oder ob wohmöglich ein Körnchen Wahrheit an meinem Geschwätz sein könnte.

»Wie kommen Sie darauf, signora?«

»Ich habe den Toten gesehen.«

»Und wo ist er jetzt?«

»Man hat ihn fortgebracht. Wohin, das weiß ich nicht …«

»Wer hat den Toten fortgebracht?«

»Ich habe keine Ahnung …«

»Wieso haben Sie den Mord nicht angezeigt?«

»Das habe ich getan, Commissario. Aber es ist schwer, einen Mord ohne Leiche nachzuweisen.«

Darüber hat er offensichtlich seine eigenen Ansichten. Immerhin geht er zum Eingang der Gesindetreppe, schaut in die Öffnung und ruft einen seiner Mitarbeiter herbei. Eine Probe wird genommen. Hochprofessionell. Mit einem Messerchen kratzt er an einem Flecken herum und krümelt das Zeug in eine Plastiktüte. Okay – eine saubere Tüte. Keine Kekstüte. Aber sonst ist nicht allzu viel Unterschied. Ich habe zumindest halb professionell gearbeitet.

»Sie haben also un morto – einen Toten – gesehen? Wann? Wo?«

Ich schildere den Abend bei Fausto, die Wirkung des Chianti, den Rückweg. Bruno Sonego, der tot am Flügel saß. Die Blutspuren von der Gesindetreppe zum Flügel hinüber. Drücke eine Taste herunter, zeige ihm die bräunlichen Flecken im Holz. Er hört mir zu, schweigt, begutachtet die Klaviertaste, blickt mich zweifelnd an, sagt immer noch nichts. Verzieht kaum das Gesicht, als ich erzähle, man habe mir gesagt, es handele sich um Heizöl.

»Es gibt keine Ölheizung in der Villa, Commissario. Nur die offenen Kamine. Der Besitzer, Conte Alessandro Mandrini, besteht darauf, dass alles im Urzustand erhalten bleibt …«

Er schaut in den Flügel hinein, klopft gegen das Holz, gibt seinen Leuten ein Zeichen, sich den Notenschränken zuzuwenden. Was suchen die da eigentlich? Eine verschollene Urschrift von Mozarts *Figaro*?

»Bruno Sonego ist an diesem Abend also gemeinsam mit Signor Bond und einer weiteren Person zurück in die Villa gegangen?«

Er fragt das ganz plötzlich, nachdem er eine ganze Weile geschwiegen hat und scheinbar an völlig anderen Dingen interessiert war.

»Ja. Friedemann Bond hatte zu viel getrunken, Basti und Bruno mussten ihn stützen.«

»A che ora – um welche Uhrzeit war das?«

»So gegen neun ... Genau weiß ich es nicht mehr.«

Er blickt aus dem Fenster, lässt sich Faustos Anwesen zeigen, scheint das Licht der Nachmittagssonne auf den Hügeln zu bewundern. Dort ist jetzt niemand mehr zu sehen; vermutlich haben sie die Suche nach Basti aufgegeben.

»Basti – das ist der Vermisste, oder?«

»Ja. Sebastian Poggenpohl. Ein junger Mann mit einer ungewöhnlich schönen Tenorstimme. Eine Jahrhundertstimme. Er hat große Aussichten, beim Verdi-Wettbewerb in Busseto den ersten Platz zu ersingen ...«

Er mustert mich, während ich daherschwatze, und erst als ich verstumme, sehe ich in seinen Augen so etwas wie Bedauern. Mitgefühl wäre das falsche Wort. Ein Commissario darf sich niemals emotional in einen Fall hineingeben. Verständlich. Würde er bei jedem unglücklich Ermordeten vor Mitleid zerfließen, müsste er seinen Job an den Nagel hängen.

Er ist ziemlich sicher, dass Basti über den Jordan ist.

»Bruno Sonego soll sich angeblich bei einer gewissen Alma Alberti in Florenz aufhalten«, petze ich. »Ich weiß aber, dass das nicht stimmt. Weil er tot ist, Commissario.«

Er geht darauf nicht ein.

»Vielen Dank für Ihre Aussagen, signora. Ich habe notiert.«

»Wo?«, will ich wissen.

Er schaut mich strafend-ironisch an, als wäre ich eine vorwitzige Vierzehnjährige.

»Nella mia testa – in Kopf, signora.«

Jetzt grinst er tatsächlich für genau zwei Sekunden. Ich komme mit dem Typ nicht klar. Glaubt er mir, oder hält er mich für eine durchgeknallte Schwätzerin, die sich wichtigmachen will?

»Ich fürchte, dass hinter all diesen Vorgängen die Mafia steckt, Commissario ... Ich bin sogar ziemlich sicher ...«

Von Papas Nachricht erzähle ich ihm besser nichts, am Ende kriegt er das mit den Keksкrümeln in den falschen Hals.

»Ich gebe Ihnen guten Rat, signora«, sagt er und zieht die Augenbrauen in die Höhe. »Nicht immer gleich an Mafia denken. Hier ist Italia – aber nicht alles ist Mafia. Signora Camino wurde Opfer von marito – Ehemann. Wir bald wissen mehr.«

Das kann er mir nicht erzählen, dieser Schlaumeier.

»Camino hat geweint, als sie sie aus dem Wasser gezogen haben, Commissario ...«

»Das sagt gar nichts ... Arrivederci, signora.«

Er hat jetzt genug von mir, nickt eine angedeutete Verbeugung und wendet sich zum Gehen. Seine beiden Suchhunde laufen hinter ihm her, sie erzählen ihm irgendetwas auf Italienisch, was ich leider nicht verstehen kann. Okay, Henni – wenn du aus dieser Sache heil wieder herauskommst, belegst du endlich einen Volkshochschulkurs.

Die anderen haben sich inzwischen in der Küche versammelt, wo in Kühlschrank und Speisekammer gähnende Leere herrscht.

»Wir müssen einkaufen ...«, sagt Ricci.

»Aber wir verboten, fortgehen«, wendet Atzko ein.

»Unsinn!«, meint Bond, der an der Schmalseite des Küchentisches thront und Kaffee trinkt. »Ihr müsst nicht alles ernst nehmen, was dieser Pseudo-Mussolini erzählt.«

Alan hat seinen Fuß hochgelegt, der Zeh ist dick wie ein mittlerer Pfirsich. Auch farblich kommt er dem Vergleich entgegen.

Claudia trinkt genussvoll ihren Kaffee am Fenster, die Migräne ist genauso plötzlich verschwunden, wie sie gekommen ist.

»Sie fahren weg!«, vermeldet sie.

Alle außer Alan stehen auf, um aus dem Fenster zu schauen. Tatsächlich – drei der vier Autos rollen durch die Zypressenallee in Richtung Tor. Der vierte Wagen steht noch neben Bastis Cascada unter der Pinie. Einer der Polizisten öffnet den Kofferraum und nimmt etwas heraus. Etwas Längliches, in einem schwarzen

Futteral. Geht damit über den Hof in Caminos verwaiste Wohnung. An der Tür steht Pietro Rivero, der Besitzer der Segelohren, sie wechseln ein paar Worte, dann gehen sie hinein.

»Wie seltsam«, überlegt Claudia. »Er hat ein Fagott hineingetragen.«

»Eher eine Bassklarinette ...«, meint Ricci.

»Englischhorn ...«, vermutet Atzko.

Wie es scheint, ist ein Konzert zu erwarten. Mit unbekannten Musikern. Und Rivero hat den Part am Maschinengewehr übernommen.

Ein ereignisreicher Tag neigt sich seinem Abend entgegen. In der Küche bleibt der Herd mangels Futter zunächst kalt, dafür melden sich erste, schüchterne Deserteure.

»Ich muss zu Arzt«, erklärt Alan. »My foot is growing … wird immer dicker. …«

Bond mustert den wachsenden Pfirsich mit argwöhnischem Blick und meint, man müsse den Zeh kühlen.

»Kann Sepsis sein …«, vermutet Atzko. »Dann ist tot in einer Minute …«

Alan plinkert mit den Augendeckeln und erklärt, ihm sei schlecht.

»Wir brauchen etwas zu essen!«, stellt Ricci klar. »Wer kommt mit einkaufen? Claudia? Henni?«

Wir versorgen uns mit einem leeren Karton, Geldbörsen, ich nehme Bastis Autoschlüssel, der noch in meinem Zimmer liegt. Mit schlechtem Gewissen. Der metallicblaue Cascada ist derart zerkratzt und zerfurcht, dass Basti bei seinem Anblick der Schlag treffen würde. Nun ja – wenigstens dieses Unglück bleibt dem armen Kerl wohl erspart. Als ich mit Schlüssel und Geldbörse im Hof auftauche, stehen dort Ricci und Claudia in eifrigem Gespräch mit Rivero.

»Er will uns nicht erlauben, zum Einkaufen zu fahren!«, ruft mir Claudia entgegen.

»Sollen wir verhungern?«, schimpft Ricci und stemmt die Arme in die umfangreichen Hüften.

Rivero zeigt sich beeindruckt, er weicht zurück, ruft seinen Kollegen. Der ist obenherum muskelbepackt, hat eine Glatze und lebhafte dunkle Augen mit dichten Brauen.

»Non siete ammessi! Dovete stare qui …«, sagt er seelenruhig.

»Hierbleiben. Nicht fort aus Villa Mandrini!«

Habe ich es mir doch gedacht!

»Morire di fame …«, sage ich und ziehe die Wangen nach innen.

Die beiden Wächter verständigen sich kurz miteinander, dann winkt Rivero uns in Caminos Wohnung. Sie ist kleiner als vermutet, die Decken niedrig, im Vorübergehen sehe ich in ein winziges Eheschlafzimmer, in das gerade ein Bett und ein Schrank hineinpassen. Das Wohnzimmer hat ein Fenster zum Park, ein Sofa, ein kleiner Glastisch, darauf ein Kartenspiel und gleich daneben – das Maschinengewehr. Hübsch schwarz und nicht sehr groß. Handlich sozusagen.

Das Magazin hängt unten heraus. Handlich und tödlich. Ob sie auch kugelsichere Westen tragen?

In der Küche ist es überraschend hell und gemütlich. Hier war Mamma Italias Reich. Auf dem Herd steht noch ein Topf, um den die Fliegen schwirren, und der unvermeidliche Espressokocher. Auf dem Küchentisch eine bunte Wachstuchdecke, zwei benutzte Tassen, drei Teller mit Pizzaresten. Puh – eine Fertigpizza. Die hat bestimmt nicht Mamma Italia gebacken …

»Nehmen …«, sagt Rivero und öffnet die Tür der Speisekammer. Wir zögern. Irgendwie erscheint es uns pietätlos, in dieses wohlgeordnete Lebensmittellager einzugreifen, unseren Karton zu füllen. Schließlich tun wir es doch. Ricci packt Reis, Mehl, Marmelade, Dosen, Schinken und Käse ein, Claudia legt drei Flaschen Rotwein und eine Flasche Olivenöl dazu. Ich stehe dumm in der Gegend herum, dann finde ich eine Tüte Mandelkekse und ein Glas Schokocreme, die ja angeblich glücklich macht. Wenn's stimmt – wir hätten es momentan dringend nötig. Mit dem gefüllten Karton ziehen wir ab, bedanken uns und schleppen alles in die Küche im ersten Stock.

Bond hat sich inzwischen in den Musikraum verkrümelt, um aus dem Fenster zu starren. Atzko hat eine Schüssel mit kaltem Wasser gefüllt, in das sie immer wieder das Küchenhandtuch eintaucht, um damit Alans Zeh zu kühlen. Alan scheint die Behandlung trotz des schmerzenden Zehs zu genießen. Liebe geht oft seltsame Wege. Und mit Basti ist ja nicht zu rechnen.

Während Ricci und Claudia die Kochlöffel schwingen, schaue ich aus dem Küchenfenster in den Hof hinunter. Die Abendsonne fällt schräg durch die Äste der Pinie, zieht die Schatten lang und malt kupferfarbige Muster auf die Dächer der drei Autos und das graue Hofpflaster. In der Zypressenallee sind drei Personen zu erkennen, die sich zögernd der Villa nähern, zwei Frauen und ein Mann. Weiter hinten am Tor sehe ich weitere Besucher. Frauen in Schwarz, sie tragen einfache Blusen und Röcke, die ihnen bis über die Knie gehen, einige haben das Haar gefärbt. Es leuchtet rot oder hellbraun, nur wenige sind weißhaarig. Die Männer haben Jacken übergezogen und Strohhüte aufgesetzt, viele gehen zwischen den Zypressen hindurch zum Teich hinüber, bleiben dort stehen, zeigen auf die Stelle, wo das Schilf eingedrückt ist, reden miteinander.

Ich verstehe. Es sind die Menschen aus den umliegenden Dörfern, die von Maria Caminos Tod erfahren haben. Hier kennt ganz sicher jeder jeden – auch wenn die einzelnen Gehöfte auf den Hügeln weit voneinander entfernt liegen. Man sieht sich beim Kirchgang, im Gasthaus oder in den winzigen Dorfläden, wo es Zigaretten, Tabak, Zeitungen und ein paar Kosmetika zu kaufen gibt.

Sie kommen nur langsam näher, scheuen sich zunächst, den Hof zu betreten, sammeln sich in der Einfahrt, warten, bis einer endlich den Mut aufbringt, den ersten Schritt zu tun. Es ist eine Frau, eine von denen, die ich oben bei Fausto in der Küche gesehen habe, da trug sie eine weiße Schürze und füllte Wein in die Karaffen. Jetzt ist sie wie die anderen in Schwarz gekleidet, hat sogar ein dunkles Tuch über das Haar gelegt, als ginge sie in die Kirche.

Der Hof füllt sich, immer mehr Menschen kommen zusammen, stehen vor Caminos Wohnung, reden leise miteinander. Jetzt sehe ich auch, dass einige der Frauen weinen, sich die Augen mit den Handrücken wischen. Eine der Rothaarigen schwingt die Faust und ruft laute, zornige Worte, aber der Mann neben ihr – vermutlich ihr Ehemann – hält ihre Hand fest und bedeutet ihr, zu schweigen. Schließlich öffnet sich die Wohnungstür, und Pietro Rivero ist zu sehen. Er ist nicht allein – sein glatzköpfiger Kollege steht neben ihm.

»Was ist denn da unten los?«, wundert sich Claudia, die in einer kulinarischen Kunstpause aus dem Fenster sieht.

»Volksversammlung«, murmele ich.

Rivero scheint jetzt einige erklärende Worte von sich zu lassen, die ich mangels VHS-Kurs leider nicht verstehe. Dafür kann ich sein Mienenspiel beobachten. Er gibt sich unnahbar, der Kleine mit den Segelohren. Richtig amtlich tut er. Herrisch. Lässt sich auf keine Diskussionen ein. Fährt einigen Frauen, die nachfragen, unfreundlich über den Mund. Dabei könnte ich wetten, dass die Leute ihn kennen und sich über sein Oberpolizeimeister-Gehabe ärgern. Ich überlege, ob er wohl anders mit ihnen reden würde, wenn der fremde Kollege aus Florenz nicht dabei wäre.

Irgendetwas ist hier faul. Ein vielarmiges Monster hat sich in der Villa eingenistet, und seine Arme greifen weit in die Dörfer hinein, reichen bis hinauf in die einsamen Häuser auf den Hügeln. Ein Wesen, das die Menschen hassen und fürchten, dem sie ausgeliefert sind wie einst den mittelalterlichen Herrschern, das Macht hat zu töten, und das ihr Aufbegehren im Keim erstickt.

»Essen ist fertig!«, ruft Ricci hinter mir.

Atzko stellt die Schüssel beiseite und läuft davon, um den Maestro herbeizuholen, Alan setzt ächzend seinen Fuß auf den Boden und rückt den Stuhl zum Tisch, Claudia verteilt Teller. Es duftet lecker, Ricci hat Pizza gebacken, und Claudia hat eine Nachspeise aus Mandelkeksen, Likör und Schokocreme mit Fertigsahne kreiert.

Welch eine Idylle hier oben in der Küche! Während sich die Versammlung im Hof langsam auflöst und Rivero mit dem Glatzkopf wieder in Caminos Wohnung geht, um dort in Gesellschaft der schwarzen Mittelstreckenwaffe Karten zu spielen, mampfen wir genüsslich unsere Pizza, trinken dazu Caminos Chianti und erproben unsere Fähigkeit, im Augenblick zu leben. Nicht zurück und auch nicht nach vorn denken – nur der Augenblick zählt, das Stück Pizza im Mund, der Rotwein im Glas, das Lachen in der Kehle.

Ist ja gar nicht so falsch, diese Einstellung. Schließlich kann man morgen schon tot sein. Wer's eilig hat, den erwischt es vielleicht noch heute Nacht …

Mit gefülltem Magen und einigen Gläsern Chianti im Blut ist Bond wieder obenauf. Gut – dieser Kurs lief nicht so wie geplant. Er lief sogar völlig aus dem Ruder. Man könnte sagen: kontraproduktiv. Katastrophal. Ganz grauenhaft … Aber Schwamm drüber. Machen wir das Beste daraus. Unser Basti wird spätestens morgen wieder bei uns sein. Übermorgen ist Abreisetag. Nächste Woche fahren wir alle zusammen ins schöne Busseto, um die Siegespalmen abzuräumen …

»Was wir hier gemeinsam ausgestanden haben, wird uns zusammenschmieden«, tönt er und hebt das Glas. »Per aspera ad astra. Wir haben gelitten und gekämpft, das Schicksal hat uns schwer getroffen, aber es verleiht uns auch besondere Kräfte. Diese Kräfte werden uns zum Sieg tragen, von nun an kann uns nichts mehr aufhalten …«

Heute hat er wirklich drei Gläser zu viel gehabt. Aber wie immer kommt seine geschäumte Sülze bei den Adepten großartig an. Alle stimmen ihm zu, man bringt Trinksprüche aus, lässt Maestro Verdi hochleben, die schöne Toskana, Frau Musika im Allgemeinen und schließlich auch Friedemann Bond, den wundervollen, einzigartigen Menschen, der seinen geliebten Schülern sowohl Lehrer als auch Vater und Freund ist …

»Hoch unsere tolle Pianistin Henni!«, schreit Claudia.

»Henni ist die Beste!«, stimmt Ricci ein.

»The most beautiful pianist I ever saw …«, grölt Alan.

Atzko und Bond nicken dazu und trinken pflichtschuldigst ein Schlückchen mit. Du liebe Güte – heute haben wir aber echt einen im Tee ... Ich bin ganz gerührt von diesem unerwarteten Lob und erkläre mich zu einem Gutenachtkonzert bereit. Wir teilen den restlichen Wein brüder- und schwesterlich auf – jeder bekommt noch ein halbes Gläschen – und laufen als fromme nächtliche Prozession durch den Flur zum Musikzimmer. Dort klappe ich den hochstehenden Deckel des Flügels wieder herunter und setze mich davor. Was – zum Teufel – haben sie im Flügel gesucht? Den Whisky? Kombinieren, Henni. Setz die grauen Zellen in Bewegung. Aber die sind leider vom Alkohol überschwemmt und paralysiert. Nur die Finger funktionieren perfekt. Ich spiele für die andächtige Sängerschar die Schubertsonate D-Dur, ruhig, ein wenig verträumt, lege die düsteren Bassbewegungen vorsichtig an, um niemanden zu bedrücken. Danach Bach, ein Teil aus dem Italienischen Konzert, beschwingt, eilig, gleichmäßig wie eine Nähmaschine und zugleich unendlich farbig, lebendig. Ein Chopin-Walzer, der mir aus irgendeinem Grund in den Sinn kommt, und schließlich »Guten Abend, gut' Nacht ...« von Schubert, das alle leise mitsingen.

Claudia umarmt mich, Ricci erdrückt mich fast, Alan nennt mich »charming angel«, sogar Atzko ist zu Tränen gerührt. Bond schüttelt mir ausgiebig die Hand.

»Sie sind das Beste, was mir je passiert ist, Frau von Kerchenstein. Pianistisch gesehen, meine ich. Sie verstehen. Und menschlich überhaupt ...«

Ich bekomme Angst, er könne mir auch noch um den Hals fallen und – entsetzlicher Gedanke – mir einen väterlichen oder sonst wie gearteten Kuss aufdrücken. Aber er befiehlt seine Schülerschar in die Betten und pflanzt sich selbst wieder auf seinen Wächterposten am Fenster.

»Heute Nacht kommt Basti zurück. Ich hab es im Urin …«

Er benutzt das Bad im ersten Stock. Weil er zu faul ist, zum Pinkeln hinauf in die Männerabteilung zu gehen.

Es wird still in der Villa. Totenstill. Ich hocke angezogen auf meinem Bett und kämpfe mit dem Schlafbedürfnis, das mehrere Gläser Chianti in mir angerichtet haben. In die Kissen sinken und einfach wegdämmern, warum denn nicht? Wer schläft, sündigt nicht. Der Schlaf des Gerechten wird von Engeln behütet. Der Schlaf ist der kleine Bruder des … äh … des Todes … Urgs …

Nein – schlafen ist eine ganz schlechte Idee. Da ist die Sache mit den Jägermeistern … Auf jeden Fall sind es jetzt drei weniger. Nur noch sieben. Und heute Nacht, da wir alle vom Chianti dahingemäht in unseren Betten schnarchen, könnte jemand die Gelegenheit ergreifen, um aus der Sieben eine Sechs zu machen. Wenn auch nur die schwarze Dame.

Ich raffe mich auf und schleiche schlaftrunken durch den Flur zur Küche, finde einen Rest Espresso und kippe die schwarze Brühe in mich hinein. Bäh! Kalt und gallebitter. Wer da nicht wach wird, dem fehlen die Geschmacksknöspchen in der Mundhöhle. Ich trinke einige Schlucke Wasser hinterher, damit sich meine zusammengekrumpelte Zunge wieder entspannt, und schaue dabei aus dem Küchenfenster in den Hof hinunter. Das Fenster neben dem Eingang zu Caminos Wohnung ist dunkel. Entweder liegen unsere mutigen Bewacher in Morpheus' Armen, oder sie hocken beim Kartenspiel mit Bassklarinette im Wohnzimmer. Das geht zum Park hinaus, daher kann ich es von hier aus nicht sehen. Wie auch immer – viel ist von ihnen sicher nicht zu erwarten.

Besser, ich bleibe wach und schaue selber nach dem Rechten. Wäre nicht die erste Nacht, die Henni sich um die Ohren schlägt. Vielleicht treffe ich ja die schwarze Dame. Oder den Henker ohne Kopf. Oder ich halte im Musikzimmer einen Plausch mit Friedemann Bond ... Ich kehre in mein Zimmer zurück, um vorsichtshalber die Taschenlampe an mich zu nehmen, und finde eine haarige Gestalt in meinem Bett.

»Lässt du dich auch mal wieder blicken, Kater?«

Er schnurrt, der Hübsche. Sein Fell ist zerzaust, an einigen Stellen sind die Haare zusammengeklebt – da hat sein Gegner wutsabbernd in die Wolle gebissen. Aber der Schwanz ist buschig und schön. Brav, Walter, du Ritter von Stolzing. Hast nicht Fersengeld gegeben, sondern immer fein den Kopf hingehalten. Ich schaue gründlich nach, ob er eine Verletzung hat, kann aber nichts finden. Er riecht komisch. Irgendwie süßlich, parfümiert. Am Maul eher nach Schinken. Daraus lässt sich eine heiße Futter- und Liebesstory zusammendichten. Irgendwann schreibe ich mal ein Buch über dich, mein kleiner Freund. »Walter von Stolzing – ein Leben zwischen Bett und Speisekammer« oder so ähnlich …

Kater müsste man sein. Dann könnte ich jetzt ungesehen durch die Villa laufen, in alle Räume eindringen, alle Schränke und Mauselöcher untersuchen, alle Liebesakte und Verbrechen beobachten. Ganz ohne die blöde Taschenlampe, weil Katzenaugen auch im Dunkeln sehen. Und falls ich einem Mörder begegne, wird er ahnungslos mit gezücktem Messer an mir vorbeilatschen. Warum sollte er einem Kartäuser etwas zuleide tun, wenn er auf Sänger aus ist.

Wie wäre es mit einem Job als Mitarbeiter, Walter? Bezahlung auf Erfolgsbasis. Eine Scheibe Mortadella pro Mörder? Okay – bei Raubmord zwei Scheiben. Erpressung – eine halbe Scheibe … Walter dreht mir den Rücken zu und zeigt mir deutlich, was er von meinem Angebot hält. Er spielt Cello. Hebt ein Hinterbein steil in die Höhe und leckt sich an der Stelle, über die man nicht redet. Katzen sind einfach nicht zum Arbeitnehmer geschaffen.

Verflixt – die schwarze Gruselbrühe wirkt nicht mehr, ich werde auf einmal wieder schrecklich müde. Könnte mich neben Walter ins Bett legen und bei seinem Schnurren sanft entschlummern. Katzen schnurren so wundervoll beruhigend, es gibt nichts Besseres zum Einschlafen … Nicht nachgeben, Henni. Es ist keine gute Idee, bei Walters Schnurrkonzert sanft einzudösen und tot wieder aufzuwachen. Besser gleich wach bleiben. Einen Kontrollgang durch die Villa machen. Leise natürlich. Eine Kontrollschleiche. Mit Taschenlampe nur bei dringendem Bedarf.

Und überhaupt wollte ich den Keller mal etwas genauer unter die Lupe nehmen. Vielleicht wohnt da ja das Monster mit den langen Armen. Ich stecke die Taschenlampe in den Rockbund, ziehe vorsichtshalber meine Sandalen an und öffne meine Zimmertür einen Spalt. Der lange Flur liegt in tiefer Dämmerung, die Tür zum Musikzimmer ist halb offen, leise Schnarchtöne dringen zu mir herüber. Maestro Bond ist auf seinem Aussichtspunkt sacht eingenickt. Ich leuchte kurz mit der Taschenlampe hinein – er hängt mit dem Oberkörper auf dem Fensterbrett, der Kopf liegt auf den Armen. Dass einer in dieser Haltung schlafen kann – aber Bond ist immer für eine Überraschung gut.

Der Wandbehang vor der Gesindetreppe hängt schiefer denn je, ich leuchte vorsichtshalber in den Gang hinein, weil ich nicht gleich am Eingang mit der schwarzen Dame zusammenstoßen möchte. Aber es ist niemand da, vielleicht ist sie im zweiten Stock in der Männerabteilung unterwegs. Als ich mich bücke, um hineinzugehen, spüre ich etwas Weiches, Haariges, das an meinen Beinen vorüberstreicht. Walter von Stolzing hat beschlossen, mich zu begleiten. Vermutlich hofft er, mir dort unten im Keller endlich das Mäusefangen beizubringen.

Wir erreichen das Erdgeschoss, betreten es aber nicht, sondern gehen weiter hinunter, Stufe um Stufe, es wird kühler, ein modriger, pilziger Geruch steigt mir in die Nase – der typische Kellergeruch. Kenne ich gut aus meiner Kindheit auf Kerchenstein, da habe ich mich immer im Keller versteckt, um Butzi beim Kartoffelholen zu erschrecken. Der liebe Kerl hat auch jedes Mal einen Herzinfarkt vorgetäuscht, um mir eine Freude zu machen … Die Wendeltreppe endet in einem kleinen Vorraum, man erkennt hölzerne Regale, in denen Schuhwerk aufgereiht ist, Gartengeräte, Blumentöpfe, Behälter mit Samentütchen und Ähnliches. Die Wände sind aus allerlei unterschiedlichem Gestein gemauert und nur teilweise verputzt, alles ist feucht und schimmelig, wer diese Villa grundsanieren will, muss ordentlich Geld in die Hand nehmen. Der Fußboden besteht aus einem seltsam bröseligen grauen Belag, in den an einigen Stellen kreative Zickzacklinien eingeritzt wurden. Es gibt drei Türen, zwei davon stehen offen, vermutlich weil sie in der Feuchtigkeit so aufgequollen sind, dass sie sich nicht mehr schließen lassen. Die dritte Tür ist neu, aus hellem Holz und mit einem Schloss versehen. Der Schlüssel dazu hängt praktischerweise gleich über der Tür an einem Haken.

Wenn ich schon mal hier bin, mache ich es gründlich. Aha – im linken Raum befindet sich eine gefasste Quelle. Daher ist es hier so feucht, vermutlich läuft sie im Winter schon mal über. In dem anderen Raum hat Casanova Mandrini sich vorzeiten einen Weinkeller eingerichtet, man erkennt spinnenwebverhangene Weinregale aus Schmiedeeisen, hübsch verschnörkelt und komplett verrostet. Ein paar Flaschen liegen noch drin, vom Staub der Jahrhunderte bedeckt – möglicherweise würden sie auf einer Versteigerung Millionen erbringen. Probieren sollte man das Zeug aber besser nicht, das könnte der Gesundheit sehr abträglich sein.

Walter prüft kurz den unteren Teil des Weinregals, dann muss er niesen, weil ihm eine Spinnwebe an der Nase hängt, und er sieht ein, dass sich die Jagd hier nicht lohnt.

Ich muss mich ziemlich recken, um den Schlüssel zu erwischen, dafür passt er ins Schloss und lässt sich ohne Knirschen und Quietschen umdrehen. Der Raum dahinter ist so groß, dass meine Taschenlampe die gegenüberliegende Wand nicht erreicht. Ich leuchte den Wandbereich neben der Tür ab und entdecke einen Lichtschalter. Sie haben eine Stromleitung in den Keller gelegt – wenn das Papa Alessandro wüsste! Mehrere Deckenlichter flammen auf, als ich den Schalter betätige – heilige Madonna im Untergrund – was für ein Saal! Hier könnte man tatsächlich einen Fitnessbereich mit Sauna und Getränkebar unterbringen. Eine Gewölbedecke, die von sechs dorischen Säulen gestützt wird. Man stelle sich vor: ein beleuchtetes Bassin, künstliche Palmen und sanfte Meditationsklänge für gestresste Manager und Bankdirektoren …

Komm zu dir, Henni! Vorläufig ist dies hier nur ein komplett leerer Raum. Tatsächlich. Nicht einmal ein Regal an den Wänden, kein Tisch, kein Schrank – nichts. Die Wände sind allerdings ordentlich verputzt, und einzelne Risse in den Gewölbedecken wurden ausgebessert. Ob Carlos Mandrini hier schon einmal heimlich mit den Renovierungen begonnen hat? In der Annahme, dass Papa Alessandro so bald nicht am Ort seiner Kindheit auftauchen wird. Und falls doch, würde er vielleicht nicht gerade im Keller herumlaufen, der gute Alte …

Der Fußboden besteht ebenfalls aus diesem bröseligen grauen Zeug. Man sieht auch hier diese seltsam geschwungenen Zickzacklinien. Meist sind es nur Kratzer, an einigen Stellen haben sie eine bräunlich bis rötliche Färbung. Ich schaue genauer hin und stelle fest, dass die Linien nur am Rand des Raums intakt sind – in der Mitte hat jemand mit einem harten Besen gekehrt und alles verwischt. Im hinteren Bereich des Gewölbekellers formieren sich die rötlichen Linien zu Kreisen. Ich bücke mich, berühre einen der Kreise mit dem Finger, schnuppere daran. Es riecht irgendwie metallisch. Nach Eisen. Schluck. Ist das Blut? Bin ich in eine Mördergrube getappt? In das Atelier eines Irrsinnigen, der abstrakte Bodenbilder aus Menschenblut malt?

Walter! Lass das!

Dieser Kater hat vor nichts Respekt. Kratzt in den blutigen Bröseln herum, setzt sich breitbeinig hin, wackelt mit dem Schwanz, dreht sich um und buddelt zu.

»Unmöglich«, zische ich ärgerlich. »Mit dir kann man sich echt nirgendwo blicken …«

Da ist ein Geräusch. Ein Scharren, dann ein Flüstern … Mein Herz macht einen kurzen Aussetzer, dann gehe ich so schnell und leise wie möglich zur Tür, schalte das Licht aus. Jemand ist auf der Wendeltreppe, mindestens zwei Personen, denn ich kann hören, wie sie leise miteinander reden. Italienisch natürlich. Wenn sie hinunter in den Keller gehen und merken, dass die Tür aufgeschlossen wurde, brauchen sie nur den Schlüssel herumzudrehen, und Henni sitzt in der Falle …

Panik. Auf keinen Fall will ich hier im zukünftigen Fitnessparadies als traurig verhungerter Leichnam gefunden werden. Ich schiebe die Tür ein Stück auf, zucke zusammen, weil das Teil fürchterlich knarrt, verharre unbeweglich und höre nichts als mein eigenes, laut hämmerndes Herz. So geht das gar nicht, Henni. Ein Profi, wie beispielsweise der berühmte Sherlock, hat in gefährlichen Situationen keinen Herzschlag. Zumindest keinen, der alle anderen Geräusche übertönt.

Jetzt höre ich die Tür heftig knarren, denke schon, da steht einer mit dem Schlachtermesser – aber es war nur Walter, der hinauswollte und die Tür dabei aufgestoßen hat. Die leisen Stimmen und die Fußtritte sind nicht mehr zu hören. Entweder stehen die Eindringlinge jetzt unbeweglich und lauschen auf die Kellergeräusche – oder sie sind nach oben gegangen.

Nach oben! Dann geht es den friedlich schlafenden Sängern und ihrem Maestro ans Leben. Was für ein Glück, dass ich auf dem Posten bin! Ich muss Alarm schlagen, das ist unsere einzige Chance. So laut, dass die beiden Polizisten drüben aufwachen und mit dem Kontrafagott herüberkommen …

Ich warte noch ein wenig, und da sich nichts mehr tut, gehe ich davon aus, dass der Weg frei ist. Also los! Ich bin schon auf den ersten Stufen der Wendeltreppe, da höre ich sie wieder. Fußtritte. Gewisper. Jemand rutscht aus. Ein anderer sagt halblaut: »Attenzione …« Keuchen. Weitergehen. Dann wird es wieder leise. Sie haben den Gang in irgendeinem Stockwerk verlassen. Was geht da vor? Eine Invasion? Wollen sie alle sieben Jägermeister auf einmal beseitigen? Das ist jetzt aber gegen die Regeln …

Ich mache den nächsten Versuch, steige ein paar Stufen höher – wenn ich es bis zum Erdgeschoss schaffe, könnte ich rasch über den Hof laufen, am besten laut dabei brüllen. Wozu hast du jahrelang Gesang studiert, Henriette von Kerchenstein? Jetzt zeig mal, was deine lyrisch-dramatische Altstimme so draufhat!

Zu spät. Ich muss stehen bleiben, weil schon die nächste Mördergruppe auf die Wendeltreppe strömt. Sie geben sich kaum Mühe, leise zu sein, keuchend laufen sie die Stufen hinauf, ich kann jetzt auch ein paar dunkle Hosenbeine im Schein ihrer Taschenlampen erkennen. Was – zum Teufel – geht da vor? Wieso laufen die alle mitten in der Nacht in der Villa herum? Da kommen schon wieder welche – und dieses Mal sehe ich sie ganz deutlich. Mir stockt der Atem. Das ist Pietro Rivero, auch von hinten an seinen Segelohren zu erkennen. Ihm folgt der muskelige Glatzkopf in Uniform mit dem Englischhorn im Arm.

Das Konzert findet offensichtlich in der Villa statt. Eine kleine Nachtmusik. Gleich wird es losgehen, wahrscheinlich ohne Schalldämpfer, ich kann mir schon mal die Ohren zuhalten. O Gott – wo ist Walter? Hoffentlich gerät er nicht in die Schusslinie der Bass-Oboe.

Ich setze mich auf die Wendeltreppe, rufe leise nach meinem Kater, aber der Blödmann kommt nur, wenn er Lust hat. Jetzt gerade hat er keine. Eine Weile warte ich, fürchte jeden Moment, dass es oben losgeht. Zwei Polizisten gegen ein ganzes Rudel mörderischer Gesellen, die vermutlich ebenfalls bewaffnet sind. Die Flure werden mit Leichen gepflastert sein. Wenn nur meinen Freunden nichts passiert. Auf einmal merke ich, wie sehr sie mir alle ans Herz gewachsen sind. Claudia, die liebe Zahnspange. Ricci, die energische Köchin. Alan, der Brummbär mit dem Pfirsichzeh. Die hübsche Atzko mit dem geheimnisvollen Blick. Und Bond. Sogar um ihn würde es mir leidtun. Er hat ja doch ein paar gute Seiten. Nicht viele, aber einige wenige …

Gerade suche ich Bonds spärliche Vorzüge in meiner Erinnerung zusammen, da nähert sich ein ganzes Geschwader von Fußtritten. Sie kommen die Wendeltreppe heruntergelaufen. Wer auch immer. Mörder, Polizisten, Sänger oder nächtliche Geister – sie machen einen ziemlichen Lärm, trampeln und reden. Stampfen und schimpfen. Ich fahre hoch, presse den Rücken an die Wand, fürchte, dass sie mich jetzt entdecken und sich auf mich stürzen. Mich zerdrücken, zerrupfen, in alle Winde zerstreuen. Oder im Keller einsperren. Vielleicht auch erstechen …

Aber sie laufen an mir vorbei, als sei ich gar nicht da, nehmen den Ausgang zum Erdgeschoss, und dann sind sie weg.

Die wilde Jagd. Der Reigen unseliger Geister. Dracula und seine Freunde auf Familienausflug. Ich löse mich vorsichtig von der Wand, schüttle mich wie ein nasser Hund und kneife mich in den Arm. Aua! Falls das ein Traum ist, dann ist er von der ganz hartnäckigen Sorte.

Ich schlucke dreimal, horche, lausche, warte auf einen Nachzügler, es kommt aber keiner mehr. Dann wollen wir mal, Henni. Nach dem Rechten sehen. Vielleicht ist ja noch jemand am Leben und braucht Erste Hilfe. Ich nehme einen tiefen Atemzug und knipse meine Taschenlampe an.

Schweinerei so was! Die nächtlichen Besucher haben jede Menge Dreck auf der Treppe hinterlassen. Fußspuren in Massen, Staub, trockene Grashalme, zwei frische Kippen ohne Filter, mehrere schleimige Spuckflecken und ein schief getretener Plastikabsatz, der sich vom Schuh gelöst hat. Profis waren das jedenfalls nicht. Was klebt denn da am Absatz? Bäh! Das sind … platt gedrückte Kaffeebohnen … sie riechen nur anders. Nach … nach … Dung. Oder nach Mist. Das ist … Ziegenkacke.

Langsam kommt meine Kombinationsgabe in Schwung. Das waren die Leute aus den Dörfern. Dieselben, die am Abend im Hof gestanden und sich nicht getraut haben, die Villa zu betreten. Einige von ihnen haben es gewagt, im Schutz der Dunkelheit hier einzudringen. Wie? Ganz einfach. Durch die Eingangstür, die niemand verschlossen hat. Das war Giuseppe Caminos Job – aber der ist nicht mehr hier.

Sie haben die Gesindetreppe genommen, die vorsichtigen Dörfler. Weil sie die fremden Touristen nicht aufwecken wollten? Oder weil sie auf diese Weise schneller zu ihrem Ziel kamen? Aber was – zum Teufel – wollten sie hier?

Egal – ich laufe im Eilschritt die Stufen hinauf, folge den Dreckspuren auf dem Fußboden, die jetzt sogar Brunos Blutflecken überdecken. Sie sind in den ersten Stock gerannt, man sieht es ganz deutlich. Quer über den Flur ins Musikzimmer. O Gott! Was haben sie mit Bond gemacht? Den schlafenden Maestro aus dem Fenster gekippt? Ein gezielter Schlag mit einem stumpfen Gegenstand, der ihn in das Reich der sanften Flötentöne katapultiert hat? Die beiden Flügeltüren stehen halb offen – niemand hat sich die Mühe gemacht, sie wieder zu schließen. Ich bleibe kurz stehen, lausche. Vernehme ich da ein Stöhnen? Ein asthmatisches Röcheln?

Besorgt knipse ich die Taschenlampe aus und betätige den Lichtschalter. Sanftgelb flammen die Wandleuchter auf, tauchen den Raum in ein Gewirr von Licht und Schatten.

Heilige Cäcilia! Die haben aber gewütet. Der Flügel aufgeklappt. Alle Stühle umgedreht. Die Notenschränke ausgeräumt, alle Noten und Bücher auf den Fußboden geworfen. Die Porzellangefäße mit Fayence-Bemalung von den Schränken genommen, umgedreht auf dem Boden stehen lassen. Da hat so ein Proll doch tatsächlich die Saiten einer Geige durchgeschnitten. Und hier – gleich kriege ich einen Anfall –, da war einer mit dem Messer an den Klaviertasten. Hat versucht, die hölzernen Backen rechts und links der Tastatur abzusprengen …

Bond sitzt immer noch in der gleichen Position auf seinem Stuhl, die angewinkelten Arme auf das Fensterbrett gelegt, seine Stirn auf den Armen. Für einen Augenblick muss ich an Bruno denken, der in genau der gleichen Haltung am Flügel saß. O Gott – nun also auch Bond. Seine Schüler werden ihn unendlich vermissen. Arme kleine masochistische Waisenkinder. Wie sollen sie ohne ihren Quälgeist und Leuteschinder zu einer großen Opernkarriere gelangen? Die Siegespalmen beim Wettbewerb in Busseto erringen?

»Chrrrrr …«

Hör auf zu schnurren, Walter. Du bist so was von pietätlos, Kater. Spürst du denn nicht die kalte Hand des Todes in diesem Raum?

»Walter? … Walter!«

Mein Kater ist gar nicht da.

»Chrrrr … chrrrr … chrrrr …«

Der Tote am Fenster schnurrt. Sägt beharrlich eine toskanische Pinie. Bond schnarcht. Er schnarcht – also lebt er.

Ich nähere mich dem Fenster, sehe, wie sich Bonds Rücken bei jedem Atemzug ausdehnt und wieder zusammenzieht. Kein Blut. Keine Beule. Er hat die Invasion einfach nur verschlafen.

Als ich ihm die Hand auf die Schulter lege, schnarcht er friedlich weiter. Ich rüttle ihn – nichts. Wieso will ich ihn überhaupt wecken? Soll er doch weiterschlafen, jetzt, da die Schlacht geschlagen ist. Möglich, dass er morgen einen steifen Rücken hat, vielleicht sollte ich den Stuhl ein wenig näher zum Fenster rücken, dann sitzt er bequemer und fällt auch nicht vom Hocker, falls er einen Albtraum hat.

Du bist ein guter Mensch, Henni. Sorgst für diesen Egomanen wie eine Mutter. Schiebst seinen Stuhl dichter zum Fenster hin, hebst seinen linken Ellenbogen von der scharfen Kante der Fensterumrandung weg, ziehst die Fensterflügel ein wenig weiter zu, damit es nicht zu kühl für ihn wird …

Zeit, ins Bett zu gehen, Mädel. Dieses gemütliche Schnarchen ist unwiderstehlich. Fast so wie Walters Schnurren. Ich glaub, ich schlafe schon. Vielleicht träume ich auch. Aber dieses Mal ist es ein schöner Traum. Ein Wunschtraum.

Unten auf der Terrasse sitzt Basti. Ich kann ihn ganz deutlich im Halbdunkel erkennen. Hockt in Shorts und T-Shirt auf einem der weißen Plastikstühle und grinst zu mir hinauf.

»Hallo, Basti«, sage ich. »Schön, dich zu sehen …«

Er hebt den Arm, um mir zu winken, hält aber mitten in der Bewegung inne und rutscht vom Stuhl. Es gibt ein hässliches, dumpfes Geräusch, als sein Körper vornüber auf die Steinplatten fällt.

Was für ein blöder Traum, denke ich noch. Dann geht auf einmal die Bassklarinette los. Knattert kurz und fetzig durch die Nacht, Putz fällt von der Wand, mehrere Nachtvögel flattern kreischend davon.

»Chi è? Su le mani!«

Pietro Rivero ist auf dem Posten.

Das ist gar kein Traum!

»Nicht schießen!«, kreische ich zum Fenster hinaus. »Das ist Basti! Don't kill our friend Basti! Stop. Aufhören!«

Neben mir fällt Bond vom Stuhl. Er kniet vor dem Fenster, die Arme noch auf dem Fensterbrett, und starrt in die belebte Dunkelheit.

»Basti?«, krächzt er. »Bist du da, Basti? Ich kann dich nicht sehen.«

Erst jetzt fällt mir Transuse die Taschenlampe wieder ein. Ich knipse sie an, der Lichtstrahl gleitet suchend auf der Terrasse umher, erfasst einen ausgestreckten Arm, einen blonden Schopf, das helle, ziemlich verschmutzte T-Shirt …

»Basti!«, schluchzt Bond. »Ich wusste es … Steh auf, mein Freund. Gebt ihm etwas zu trinken. Stützt ihn. Gebt ihm zu essen …«

Unten taucht jetzt Pietro Rivero in den zittrigen

Lichtschein ein, er beugt sich über Basti, hinter ihm schimmert die Glatze seines Kollegen, man sieht den Lauf der Bassklarinette …

Ich lasse Bond labern und laufe aus dem Musikzimmer den Flur entlang zur Treppe. Dort treffe ich mit Ricci zusammen, die mit wogendem Vorbau herbeirennt, Claudia ist in Slip und Unterhemd, Atzko trägt ein weißes Negligé aus durchsichtigen Spitzen. Man sieht alles.

»Was ist los? Wer hat da geschossen? Hat einer Basti gerufen?«

»Auf der Terrasse!«

Alle laufen hinter mir her die Treppe hinunter, durch den Billardsaal zur Terrassentür. Wir behindern uns gegenseitig, als wir die alten Flügeltüren öffnen wollen. Erst als Alan Hand anlegt, geht die Tür auf.

»O Gott!«, schreit Claudia, als sie den Glatzkopf mit der Bassoboe sieht. »Sie haben ihn erschossen. Sie unfähiger Idiot …«

Basti liegt unbeweglich auf den Steinplatten. Rivero und sein Kollege haben ihn in die Seitenlage gebracht, der angewinkelte linke Arm unter dem Kopf – ganz nach Vorschrift.

»Er ist illeso … Kein Loch in corpo … Nix passiert …«, erklärt Rivero aufgeregt.

»Mörder!«, keift Ricci ihn an.

Wir stürzen uns auf Basti. Knien neben ihm, rufen seinen Namen, klopfen ihm auf die Wangen, rütteln ihn. Indes schaltet Riveros Kollege das Außenlicht ein, und wir erkennen, dass Basti uns anlächelt.

»Henni ... Da bist du ja ... Ich hab von dir geträumt ...«, murmelt er in seliger Verzückung, »... von dir geträumt ... Hennilein ...«

Gott, wie peinlich!

»Äh ... hürm ... er ist nicht ganz bei sich ...«, sage ich. »Kann sein, dass er einen Hitzschlag hat.«

Ricci befühlt Bastis Stirn, Claudia hat sein rechtes Handgelenk gefasst und misst seinen Puls, Atzko schaut mich missgünstig an.

»Stirn ist heiß«, vermeldet Ricci.

»Der Puls ist viel zu schnell«, sagt Claudia.

»Hat Fieber«, schließt Atzko daraus. »Ist in Delirium ...«

Rivero und sein glatzköpfiger Kollege stehen bei der Terrassentür und starren uns fasziniert an. Vermutlich sind sie von den nachtgewandeten Damen hin- und hergerissen, besonders Ricci hat in ihrem kurzen Nachthemdchen oben und unten allerhand zu bieten. Vier Engel um Basti. Alan in schwarzen Boxershorts und haarigem Oberkörper könnte gut den Beelzebub abgeben.

»Was ist los?«, schreit Bond von oben herunter. »Warum steht er nicht auf? Er soll zu mir heraufkommen. Ich will ihn sehen. In meine Arme nehmen. Den Wiedergefundenen ...«

»Er hat einen Hitzschlag«, falle ich in seine Rede. »Wir müssen ihn sofort in eine Klinik bringen.«

Einen Moment lang ist es oben am Fenster still – Bond muss den Inhalt dieser Sätze erst einmal verarbeiten.

»Einen Hitzschlag!«, ruft er dann in tiefster Verzweiflung. »Zwei Wochen vor dem Wettbewerb? Ist er denn verrückt geworden?«

Hinter mir haben sie den lächelnden Basti schon zum Sitzen gebracht, und Claudia ist unterwegs, um ein Glas Wasser zu besorgen. Ich renne hinauf, durchwühle mein Zimmer nach den Autoschlüsseln – verflixte Unordnung –, finde sie schließlich in der Küche auf dem Tisch. Inzwischen ist Bond unten im Billardzimmer eingetroffen, und er versucht, den auf dem Sofa abgelegten Basti zum Leben zu erwecken. Mit wenig Erfolg – Basti reagiert nicht, er lächelt weiterhin und lallt allerhand Unsinn.

»Was haben sie mit ihm gemacht?«, stöhnt Bond und streichelt Bastis Wangen. »Diese Unmenschen. Sie haben meinen Tenor ruiniert. Eine Jahrhundertstimme zum Schweigen gebracht, noch bevor die Welt sie hören durfte ...«

Ricci erklärt den beiden Polizisten, dass wir Herrn Poggenpohl sofort nach Florenz fahren werden und niemand uns daran hindern wird.

»Sie am allerwenigsten!«, fährt sie Rivero an.

Der verbirgt seine Bassklarinette schamhaft hinter dem Rücken und ist von Riccis Formenreichtum vollkommen überwältigt.

»Sì ... sì, signora ...«

Wir ziehen uns etwas über, formieren uns. Ich fahre den Cascada, Basti auf dem Rücksitz, Bond auf dem Beifahrersitz. Atzko ist nicht davon abzubringen, sich während der Fahrt um Basti zu kümmern, sie wird ebenfalls auf dem Rücksitz Platz nehmen, Bastis Kopf in ihrem Schoß. Ihr Pech, wenn ihm schlecht wird.

Ricci besteht darauf, dass Alan ebenfalls in die Klinik gehört, der Zeh sieht nicht gut aus, da muss ein Arzt her. Da Alan wegen des Pfirsichs nicht Auto fahren kann, wird Ricci das Steuer übernehmen. Claudia fährt ebenfalls mit – sie will auf keinen Fall allein in der Villa zurückbleiben.

»Dieses alte Haus hat keine gute Aura«, flüstert sie mir zu. »Als ich vor Stunden ins Bad musste, habe ich Friedemann wie einen Wilden im Musikzimmer herumtoben gehört. Er muss ganz und gar von Sinnen gewesen sein, der Arme …«

Ich lasse sie bei dieser Meinung. Wie es scheint, bin ich die Einzige, die die Invasion der Dörfler mitbekommen hat. Tja – Henni ist eben auf dem Posten. Wenn auch auf verlorenem …

Eigentlich kann ich Navis nicht ausstehen. Diese sanfte Frauenstimme, die unablässig Befehle erteilt, hat etwas von einer Übermutter. Die immer recht habende Besserwisserin. Aber wenn man mitten in der Nacht einen Kranken durch unbekannte Gefilde in eine ebenfalls unbekannte Klinik kutschieren soll, ist Mama Schlaumeierin eine gute Hilfe. Sogar Friedemann Bond, der sonst keine Autoritäten über sich duldet, fügt sich bereitwillig dem übermütterlichen Kommando, er wiederholt die Sätze sogar laut, damit ich sie ja nicht verpasse.

»An der Kreuzung links abbiegen … nach dreihundert Metern rechts auf die Autobahn … Richtung Firenze …«

Es ist gegen drei in der Nacht, der Mond geht unter, die Landschaft versinkt in trostlose Schwärze. Hie und da ein Lichtlein – in einem Dörfchen kann jemand nicht schlafen. Wir rumpeln über uralte Pflastersteine, am Kirchhof vorbei, schauen in dunkle Fensterhöhlen, werden von zahllosen Hunden angekläfft und erreichen schließlich die Autobahn. Auf dem Rücksitz flüstert Atzko auf Japanisch, da Basti aber nichts aufnehmen kann, könnte sie ebenso gut Hindi oder Ostgotisch mit ihm sprechen. Ab und an höre ich ihn seufzen und sinnloses Zeug lallen:

»… da kam der König Agamemnon und klagte über sein trauriges Los … ein Schatten … machtlos … ruhelos … dem Hades gehörig …«

»Eine Schande!«, knurrt Bond. »Eine große Hoffnung … eine Weltkarriere … völlig durch den Wind … verblödet … Nach drei Kilometern die Autobahn verlassen … Haben Sie gehört? Drei Kilometer …«

»Bin ich taub?«

Florenz, die Stadt der Medici und der großen Kunstwerke der Renaissance. Der Hort der Schönheit, die Uffizien, die Ponte Vecchio, der Palazzo Pitti … Für uns ist es in dieser Nacht nur ein Haufen Häuser, die uns die Zufahrt zur Klinik Santa Maria Nuova verstellen. Hie und da eine beleuchtete Kuppel, ein hell angestrahltes, imposantes Gebäude, dann führt uns Mama Alleswisserin wieder durch enge Gassen, geparkte Autos stehen im Weg, nächtliche Heimkehrer aus Bars und Nachtklubs schwärmen uns vor den Kühler, lachen und schwanken vor uns her, einer kotzt gegen die Autotür. Zum Glück auf der Beifahrerseite.

»Nach fünfzig Metern rechts in die Piazza di Santa Maria Nuova einbiegen …«

Ein überdachter Säulengang, von Deckenlampen beleuchtet. In der Mitte der Eingang, eine mächtige Arkade, korinthische Säulen tragen den darüber angebrachten Balkon. Es sieht eher wie ein Palazzo aus, ein reiches Kloster, in dem die Medici und andere Herren der Stadt ihre unehelichen Nachkommen unterbrachten. Nur die davor geparkten weißen Krankenwagen zeugen davon, dass es sich um eine Klinik handelt.

»Sie haben Ihr Ziel erreicht …«, stellt die Supermama befriedigt fest und lässt uns endlich in Ruhe.

Hinter uns hält Ricci den Wagen an, sie ist uns die ganze Fahrt über wie angeklebt gefolgt. Claudia läuft zum Eingang, sie kann von uns allen am besten Italienisch. Bond öffnet angeekelt die Beifahrertür, von der die bräunliche Soße noch heruntertropft.

Trotz der nächtlichen Stunde sind sie auf Zack hier in der Klinik. Während wir uns noch abmühen, den selig grinsenden Basti auf die Füße zu stellen, kommen sie schon mit der Trage gelaufen. Basti fällt wie ein Gummimann auf die harte Pritsche und winkt mit beiden Armen.

»Henni … du Süße … Komm zu mir … der Abend ist lau … Die Nacht ist schön … Lass uns zwei spazieren geh'n …«

Mir scheint, das ist etwas mehr als ein einfacher Hitzschlag. Hoffentlich ist sein Hirn nicht dauerhaft ausgerastet, das wäre schrecklich. Ich mag ihn wirklich sehr, den harmlosen, moppeligen Basti. Wer auch immer ihm das angetan hat – er soll es bitter bereuen.

Bond läuft neben der Trage her, er will seinen Tenor auch in der Notaufnahme nicht alleine lassen – vermutlich werden sie ihn gleich rauswerfen. Ärzte sind da rigoros. Atzko trottet hinterher, Claudia hilft Alan mit dem Pfirsichzeh aus dem Auto. Dann eilt ein dürrer rothaariger Sanitäter auf uns zu und macht uns deutlich, dass wir hier wegfahren müssen. Ob wir das Schild nicht gesehen hätten. Einfahrt verboten.

Um mitten in der Nacht im innersten Florenz einen Parkplatz zu finden, braucht man eine ziemliche Portion Frechheit oder die Hilfe der Heiligen Jungfrau. Leider ist die Dame weder Ricci noch mir gewogen, sodass wir beide nach kurzer Zeit mit schlechtem Gewissen in der Eingangshalle der Klinik erscheinen. Auf einem riesigen Gemälde kniet dort ein geistlicher Würdenträger in Anwesenheit zahlreicher grauer Mönche vor dem Papst und küsst ihm die Hand, daneben steht die Jungfrau im blauen Gewand mit rotem Schlapphut. Kein Wunder, wenn sie für uns keine Zeit hat.

»Das ist Italien«, schwärmt Ricci. »Überall Kunst. Skulpturen. Gemälde. Was für ein glückliches Volk …«

Die Eingangshalle wurde nur teilweise im Urzustand erhalten, links von uns erheben sich moderne Einbauten aus braunem Holz und Glas – dort geht es in die eigentlichen Klinikräume, zu denen wir keinen Zutritt haben. Im Hintergrund der Halle finden wir Atzko, Claudia und Alan auf Lederpolstern wartend – Bond ist tatsächlich mit in die Notaufnahme hineingeschlüpft. Er hat der diensthabenden Ärztin erklärt, er sei Bastis »Padre«.

»Und was ist mit Alans Zeh?«

»I have to wait ...«, knurrt Alan. »Ich kann noch gehen – da ist nicht so schlimm ...«

Wir setzen uns dazu und reden noch ein Weilchen. Da sich nichts weiter tut, übermannt Atzko der Schlaf, auch Claudia schlummert im Sitzen, Alan stöhnt leise vor sich hin.

»So geht das nicht!«

Ricci steht auf und klopft energisch an eine der Türen. Eine asiatisch aussehende Krankenschwester öffnet und macht eine verneinende Gebärde. Ricci lässt sich nicht darauf ein, stellt den Fuß in die Tür, schimpft auf Deutsch und auf Bayerisch, bis sich schließlich ein verschlafener Mensch zeigt.

»Dottore!«, faucht Ricci ihn an. »Viva e morte! Sepsis mortale! Capisco? Wann's net glei kimmst, hau i di in die Goschn eini, dass di runterzuckeln tut ...«

»Beruhigen Sie sich, gnädige Frau«, sagt er im schönsten Deutsch. »Hier geht es immer der Reihe nach ... Jeder kommt dran ...«

Er reibt sich die Schläfen, dann geht er mit uns hinüber zu Alan und wirft einen Blick auf den geschwollenen Zeh.

»Seit wann haben Sie das?«

»Vorgestern …«

»Und da kommen Sie erst jetzt? Sie könnten längst tot sein, Mann!«

Alan wird noch um zwei Nuancen bleicher.

»Kommen Sie mit zum Fahrstuhl. Langsam. Jetzt ist's auch egal …«

Zu viert bleiben wir zurück, Ricci, Henni, Claudia und Atzko, vier total erschöpfte Mädels zu Füßen der Heiligen Jungfrau, eng aneinandergeschmiegt halten wir uns fest, schlafen in den Morgen hinein. Dieses Mal hat die Jungfrau im blauen Kleid Mitleid, sie hält ihre schützende Hand über uns, Schwestern, Ärzte und frühe Besucher gehen an uns vorüber, wecken uns nicht, überlassen uns der köstlichen, lang entbehrten Ruhe …

»Frühstück!«

Die bekannte Stimme reißt uns alle vier gleichzeitig aus Morpheus' Armen. Wir blinzeln, husten, entwirren unsere ineinander verknäulten Glieder …

»Oh, vielen Dank, das ist sehr freundlich …«, sagt Claudia, die ihre Brille noch nicht aufgesetzt hat.

»Ich brauche mein Frühstück«, spezifiziert Bond seine Aussage. »Mein Kreislauf kriecht am Boden. Wenn ich nicht sofort einen Kaffee bekomme, bin ich für diese Welt verloren.«

Er wirkt tatsächlich ein wenig übernächtigt, der große Maestro. Das Resthaar steht stellenweise zu Berge, das Hemd ist zerknittert, von der Hose gar nicht erst zu reden. Auch seine Gesichtsfarbe scheint ungesund. Aber das könnte an der Neonbeleuchtung des Saals liegen. Leicht grünlich.

»Wie geht es Basti?«, wollen wir wissen.

»Schläft sich aus ...«

»Ja ... und?«, drängelt Ricci. »Was ist mit ihm? Ein Hitzschlag? Sonnenstich? Wird er wieder gesund?«

Bond macht eine ärgerliche Handbewegung.

»Bekifft war er! LSD, Crack oder was auch immer. Vollrausch. Zu bis oben hin. Ein Junkie ... Wenn ich das geahnt hätte!«

Wir wechseln verblüffte Blicke, wollen es nicht glauben. Obgleich – man hätte es eigentlich merken müssen. Aber Basti als Junkie?

»Und wie kam das Zeug in seinen Körper?«, will ich wissen.

Bond wird ungeduldig, unsere Fragerei ist ihm lästig.

»Na wie schon? Er hat es sich gespritzt ... Ich will jetzt meinen Kaffee. Gibt es hier keine Cafeteria?«

»Drüben in Straße ist Café ...«, sagt Atzko.

»Wunderbar!«, freut sich Bond. »Gilda, meine Lebensretterin ... Gehen wir ... Stell dir vor, ich habe in meiner Verwirrung mein Portefeuille nicht eingesteckt ...«

Atzko ist hin- und hergerissen zwischen dem Wunsch, den schlafenden Basti zu sehen, und der Verehrung für ihren Maestro. Die Verehrung siegt, sie zieht mit Bond von dannen, um sein Frühstück zu finanzieren.

Ricci gähnt ausgiebig, dann läuft sie hinüber zur Pforte, um sich nach Alan zu erkundigen. Er liegt terzo piano, stanza quatro. Visitare erst ab zehn Uhr. Jetzt ist es kurz nach acht.

»Hört sich so an, als würde er noch leben«, meint Claudia. »Dann sollten wir jetzt ebenfalls frühstücken. Wer weiß, was uns heute noch erwartet …«

Auf jeden Fall zwei fette Knollen wegen Falschparkens. Aber das sind Lappalien. Viel wichtiger wäre es, sich mit Basti zu unterhalten, um herauszubekommen, wer ihm diesen fulminanten Rausch verpasst hat. Wobei – ein Käffchen könnte ich jetzt auch gut gebrauchen. Weckt die Lebensgeister. Versetzt die kleinen grauen Zellen in Arbeitsstimmung. Und außerdem schläft Basti sowieso …

Noch unentschlossen gehe ich hinter Ricci und Claudia her zum Ausgang, da schiebt sich die Glastür auf und ein Mann kommt uns entgegen. Ein unauffälliger Typ, klein, schwarzes Haar, helle Augen … Ich erkenne ihn sofort. Er mich leider auch.

Commissario Del Ponte ist ganz sicher nicht hier, um seinen Blutdruck kontrollieren zu lassen.

»Ich muss noch mal schnell wohin«, sage ich zu Ricci. »Komme gleich nach …«

Del Ponte geht zum Pförtner, sagt drei Worte zu ihm und zeigt seinen Ausweis. Der Typ an der Pforte ist Brillenträger und noch ziemlich jung, er zeigt sich vom Ausweis der polizia criminale wenig beeindruckt und greift zum Telefon. Es entspinnt sich ein Wortwechsel, den der bebrillte Jüngling gewinnt. Del Ponte steckt den Ausweis wieder ein und betritt die Eingangshalle. Hab ich's mir doch gedacht – er läuft genau auf mich zu.

»Buongiorno, signora …«

Er lächelt. Schwach, aber doch erkennbar. Auch wenn man seine Zähne dabei nicht sieht. Im Dienst der Wahrheitsfindung kann er auch charmant sein. In Maßen …

»Buongiorno … schon so früh auf den Füßen, commissario?«

Entweder entgeht ihm die Ironie mangels Deutschkenntnissen, oder er lässt sich nichts anmerken.

»Die polizia ist wach rund um die Uhr, signora.«

Er lächelt immer noch. Weist mit dem Arm einladend auf eines der Lederpolster.

»Wie geht es Ihrem Freund?«, will er wissen.

»Einigermaßen … er schläft …«

»Haben Sie mit ihm gesprochen?«

Dachte ich es doch, er will mich aushorchen. Da hat er Pech.

»Er ist nicht ansprechbar. Wir haben Glück gehabt, dass er überhaupt noch am Leben ist. Fast hätten Ihre Polizisten ihn erschossen.«

Er schaut mich durchdringend an, um herauszufinden, ob ich ihm ein Märchen erzähle. Seine fleißigen Helfer in der Villa haben ganz sicher inzwischen Bericht erstattet, aber – wer will es ihnen verdenken – einige kompromittierende Details weggelassen.

»Auch polizia macht Fehler«, murmelt er. Dann zieht er die Augenbrauen in die Höhe und holt zum Gegenschlag aus.

»Da ist ein Messer. Gefunden im Gesindegang. Voller Fingerabdrücke …«

Jetzt kommt er mir mit diesem Mist. Am Ende muss

ich mit ihm auf die Polizeistation, um meine Fingerabdrücke abzugeben …

»Haben Sie Bruno Sonego inzwischen gefunden?«, will ich wissen.

Er setzt sich auf dem Polster zurecht, schielt hinüber zum Pförtner, da sich dort nichts tun, bequemt er sich, mir eine Antwort zu geben.

»Tot in Fluss geschwommen. Armer Kerl.«

Es ist also besiegelt. Bruno ist tot. Ich wusste es zwar, aber trotzdem tut es noch einmal richtig weh.

»Musste irgendwann so kommen, signora. Er war ein … wie sagen Sie … un pazzo – ein Verrückter. Konnte nicht aufhören. Immer wieder neue Story. Aufdecken. An große Zeitung verkaufen. Nicht wegen Geld, Sie verstehen? Weil er nicht anders konnte …«

»Was meinen Sie damit? Weil er nicht anders konnte …«

Er zuckt mit den Schultern, seufzt, streckt die Beine aus. Die Lederpolster sind nicht gerade bequem.

»Unglückliche Mensch. Kleine Tochter tot. Ehe kaputt. Vielleicht war das der Grund. Chi lo sa? Wer weiß? Sie verstehen, es gibt Menschen, die laufen mit Volldampf auf Ende zu. Intelligente Leute. Aber kaputt. Seele kaputt …«

Ich höre zu, ärgere mich, will es nicht glauben und weiß doch, dass er recht hat. Bruno, der charmante, liebenswerte Kerl, er war ein unglücklicher Getriebener. Ein Spinner. Konnte gar nicht anders sein. Henni sucht sich immer die Falschen aus. Henni hat ein Händchen für Schwindler, Windhunde und Geisteskranke …

Er ist ein Weilchen still. Vermutlich merkt er, dass ich an seinen Berichten zu kauen habe. Komischer Typ. Sagt nichts, zeigt keine Gefühlsregung, tut, als wäre er ein Stein. Aber das ist er nicht. Er bekommt verdammt viel mit. Ich reiße mich zusammen.

»Und die Proben, die Sie im Gesindegang genommen haben?«

»Im Labor. Ergebnis noch nicht da. Sangue von Sonego ist in Computer. Von frühere Geschichten ...«

Aha. Jetzt endlich tut sich etwas. Hat ja lange genug gedauert. Wie schade, dass ich nicht gleich an diesen Del Ponte geraten bin. Dann wären wir jetzt vielleicht ein ganzes Stück weiter ...

»Und der Mord an Maria Camino? Gibt es neue Erkenntnisse?«

Bin ich ihm jetzt zu neugierig? Er schaut interessiert auf das Gemälde mit der Heiligen Maria im blauen Mantel, zählt offensichtlich die Mönche in den grauen Kutten.

»Maria Camino wurde von marito, ihrem Mann, ermordet«, sagt er, als läse er aus der Zeitung vor. »Er hat heute Nacht gestanden. Kommt vor, so etwas. Die Ehe ist eine lebensgefährliche Angelegenheit, signora ...«

Will er mich provozieren? Er schaut schräg zu mir hinüber, ein winziges Grinsen in den Mundwinkeln. Vermutlich ist er verheiratet, der kleine Witzbold.

»Und Sie glauben Camino? Ich bin sicher, dass er lügt. Weil er verzweifelt ist, nimmt er wahrscheinlich die Schuld auf sich. Aber er hat seine Frau nicht umgebracht. Das wissen Sie ebenso gut wie ich.«

Keine Regung. Er beobachtet angestrengt eine Gruppe weiß gekleideter Personen, Ärzte und Schwestern, die quer durch die Halle hinüber zum Aufzug gehen.

»Es gab eine Menge Besucher, heute Nacht in der Villa Mandrini«, bemerke ich.

»Und?«, fragt er mit hochgezogenen Augenbrauen. Natürlich ist er längst darüber informiert.

»Ihre beiden Kollegen waren auch dabei. Sind mit den Leuten aus dem Dorf mitgelaufen.«

Es scheint ihn nicht zu beeindrucken. Ich bekomme Lust, ihm fest auf den Fuß zu treten oder ihm eine zu scheuern. Irgendwie muss man diesen Typ doch aus der Ruhe bringen können.

»Die stecken mit den anderen unter einer Decke«, beharre ich. »Was haben die gesucht? Sie haben das Musikzimmer von oben bis unten durchwühlt.«

Jetzt wendet er sich mir voll zu. Mustert mich aufmerksam, als stünde die Lösung des Falls in meinem Gesicht geschrieben. Dann vollführt er seine Lieblingsgeste. Zuckt mit den Schultern.

»Was werden sie gesucht haben? Ein wenig Fantasie, signora. Sie sehen doch sicher Kriminalfilme in televisore. Gold! Juwelen! Rauschgift! Zusammengerollte dipinti – Gemälde von Botticelli oder da Vinci? Vielleicht auch Brillanten? Pietra filosofale – den Stein der Weisen?«

Jetzt reicht's. Ich stehe auf, zupfe demonstrativ direkt vor seiner Nase den Minirock zurecht, werfe das lange Haar nach hinten.

»Dann noch viel Erfolg, Commissario!«

Damit gehe ich davon. Nicht zum Ausgang, sondern dorthin, wohin auch der Kaiser zu Fuß hingeht. Weil ich mich erst mal wieder einkriegen muss, bevor ich mich drüben im Café Friedemann Bond gegenübersetze. Bond und dieser Del Ponte an einem einzigen Vormittag – schlimmer kann's nicht kommen.

Kaum öffne ich die Tür vom Besucherklo, stelle ich fest, dass ich im Irrtum bin. Es kann sehr wohl noch schlimmer kommen. Viel schlimmer. Blutiger. Es gibt drei Waschbecken für die Besucher. Jedes ist sorgfältig geputzt und desinfiziert, die verchromten Wasserhähne blitzen vor Sauberkeit, die Spiegel darüber sind blank poliert. Klinik eben. In jedem Waschbecken steht etwas. Deutsch. Hellrote Schrift.

Bahnhof Firenze Gleis 8

Unglaublich. Wie hat er das geschafft? Ein Mitglied der Putzkolonne? Aber die sind noch gar nicht unterwegs. Eine Krankenschwester? Ein Mafioso mit Tarnkappe? Egal. Ich beuge mich über das mittlere Waschbecken und mustere das rote Zeug. Blut? Nö. Eher Marmelade. Ich tippe mit dem Finger hinein, rieche daran. Das ist ... das ist ... Tabasco. Pfui Deibel.

Du kannst dir Gleis acht in den Dingsbums stecken, Papi! Vergiss es. Ich lasse mich von dir nicht herumkommandieren! So nicht! Und auch sonst nicht. Und heute schon gar nicht. Wasser marsch!

Anhänglich ist dieser Saft. Ölig. Ich muss ordentlich mit Papier nachwischen, damit auch alles weg ist.

Puh! Nach diesem Schrecken brauche ich jetzt echt

einen Kaffee. Einen Happen zu essen. Und Ricci und Claudia, die zwei lieben Mädels. Auf Atzko und Bond kann ich verzichten, muss sie aber in Kauf nehmen. Im festen Entschluss, hinüber ins Café zu pilgern, verlasse ich das Besucherklo, will die Halle zum Ausgang hin durchqueren – da sehe ich, dass Del Ponte zum Aufzug hinübergeht. »Bing« macht das Teil – er steigt ein, und die Metalltüren schieben sich hinter ihm zusammen. Aber an der roten Digitalanzeige kann ich sehen, dass er nach oben fährt.

Wenn der jetzt das Okay bekommen hat, Basti auszufragen, dann heißt das: Basti ist wach und ansprechbar.

Die Treppe! Joggen, Henni, joggen! Wenn ich heil aus dieser Sache herauskomme, laufe ich jeden Morgen einen ganzen Kilometer durch den Englischen Garten. Versprochen. Ächz. Keuch. Japs. Geschafft. Vorsichtig die Glastür aufmachen – verflixt, da kommt eine Schwester mit einem grauen Wägelchen angeschoben. Drüben sehe ich gerade noch, wie Del Ponte um eine Ecke biegt. Dann kann ich ihn nicht mehr sehen, höre aber, dass er an eine Tür klopft. Es muss die nächste oder übernächste nach der Biegung sein.

Die Krankenschwester hat ihr Wägelchen inzwischen vor einer Zimmertür geparkt, sie nimmt zwei der vorbereiteten Tabletts und schafft es, mit dem Ellenbogen die Tür zu öffnen. Weg ist sie. Ein verführerischer Duft umweht meine Nase. Kaffee! Bestimmt koffeinfreier Klinik-Muckefuck, aber besser als nichts. Ich pirsche geräuscharm vor, schnappe mir ein Kännchen und ziehe mich mit meinem Diebesgut ins Treppenhaus zurück. Setze mich auf die oberste Marmorstufe und nippe vorsichtig an dem heißen Gebräu. Welch eine Wohltat! Koffeinfrei oder nicht – das Zeug ist ein Lebenselixier. Ich schlürfe in langen Zügen. Trinke das Winzkännchen aus und spüre, wie sein Inhalt meinen Körper ausfüllt und wärmt, den Kreislauf beschleunigt, das Hirn in Schwung bringt. Perfekt, Henni. Auf zu neuen Taten!

Wo ist denn die fleißige Kaffee-Schubse? Aha, schon um die Ecke gebogen. Drüben läuft jetzt ein Altertümerchen im gestreiften Pyjama über den Flur zum Klo, ein Plastikbeutelchen mit Schläuchen dran unter dem Arm. Ich warte, bis er weg ist, dann nehme ich die Kaffeekanne und pirsche um die Biegung. Da steht der Wagen ganz allein, es ist nur noch ein Tablett übrig, das ohne Kaffeekanne. Ich stelle die leere Kanne mit herzlichem Dank an ihren Platz zurück und habe gerade noch Zeit, mich in eine Türnische zu drücken.

»Che cos'è?«, höre ich die Frühstücksschwester schimpfen.

Lauter aber ist die Stimme hinter mir. Sie kommt aus dem Krankenzimmer, gegen dessen Tür ich meinen Rücken presse. Sie ist einzigartig, diese Stimme. Eine Jahrhundertstimme …

»Mille pene, ombre sdegnose …«

Das ist aus *Orpheus und Eurydice* von Gluck. Basti singt etwas heiser und sehr schmachtend. Tausend Qualen sind ja auch eine ganze Menge.

»Sie waren also im Hades …«, stellt Del Ponte fest. Er muss laut sprechen, weil Bastis Tenor ziemlich viel Dezibel hat. »Und wie sah es dort aus?«

»… Ombre sdegnose …«, singt Basti.

»Können Sie diese Schatten beschreiben?«, schreit Del Ponte.

»… come voi sopporto anch'io …«, fährt Basti singend fort, wobei er jetzt lebhafter wirkt.

»Waren es mehrere? Schwarz gekleidet? Vermummt?«, brüllt der Commissario.

»… ho con me l'inferno mio …«

Basti singt die Arie komplett in der Originalsprache. Respekt. Dabei ist die Partie für Altstimme und nicht für Tenor geschrieben …

»Hat man Sie eingesperrt? War es dort heiß?«, kämpft Del Ponte gegen Bastis Stimmgewalt an.

»… me lo sento in mezzo al cor …«

Ob der Commissario seine Gesichtszüge jetzt immer noch im Griff hat? Ich kann mir vorstellen, dass er vor Ärger gleich platzt.

»Hören Sie bitte auf zu singen. Beantworten Sie meine Fragen, Signor Poggenpohl …«

Armer Basti! Er ist nicht der Typ, der einen Commissario absichtlich zum Narren hält. Ganz offensichtlich hat er einen ziemlichen Schaden zurückbehalten. Diese widerwärtige Drecksbande, die ihn voller Crack gestopft hat …

»Che farò senza Euridice?«, intoniert er unverdrossen. »Dove andrò senza il mio ben …«

Ach, nun singt er auch noch diese Arie! Weltbekannt ist sie, abgenudelt, abgedroschen und doch so schön! Fürs Herz. Schluchz. Orpheus, der um die tote Geliebte klagt. Ach, ich habe sie verloren, all mein Glück ist nun dahin … Gleich muss ich heulen, weil ich an Bruno denke …

»Ha perso la testa …«, höre ich Del Ponte knurren. »Total bescheuert …«

Der Mann ist so was von unmusikalisch!

Noch stehe ich und lausche auf Bastis Gesang, da naht das Unheil gleich von zwei Seiten. Hinter mir im Krankenzimmer nähern sich Del Pontes Schritte der Tür, vorn taucht auf einmal eine wütende Krankenfee auf. Sie schwenkt die leere Kaffeekanne vor meiner Nase und keift auf Italienisch. Was sie sagen will, ist mir zwar klar, verstehen kann ich jedoch kein einziges Wort. In diesem Moment wird hinter mir die Tür geöffnet, Del Ponte erscheint, und der zornigen infermiera gehen vor Überraschung die Worte aus.

Ich nutze den Augenblick der Stille, um mich grußlos zu verabschieden und zur Treppe zu flüchten. Fast hätte ich zwei junge Sanitäter umgerannt, die fröhlich schwatzend nach oben laufen. In der Eingangshalle ist inzwischen die Putzkolonne an der Arbeit – an der Pforte warten schon die ersten Besucher, meist Frauen mit vollgepackten Taschen, ein junger Mann mit einem Strauß lachsroter Rosen.

Im Caffè Castello sitzt Bond mit dem Rest seines Gesangskurses beim Fenster, sie frühstücken Käsetoast, Cappuccino und Sahnetorte, je nach Geschmack, und diskutieren über den weiteren Verlauf des Tages.

»Henni – wo bleibst du denn so lange?«, ruft Ricci. »Wir haben schon befürchtet, du wärest versehentlich auf irgendeinem OP-Tisch gelandet …«

»Ärzte sind ja brutal«, tönt Bond und grinst mich an. »Die schnippeln alles auf, was vor ihnen liegt …«

Ich bestelle erst einmal zwei Käsetoasts und einen großen Cappuccino, dann erzähle ich Bond, dass ich Basti singen gehört habe. Sofort erhellt sich seine Miene.

»Was?«

»Gluck …«

»Trinken Sie anständig …«

»Christoph Willibald …«

»Gluck?«

»Eben derselbe. Orpheus …«

Bond schüttelt unzufrieden den Kopf. »Verdi soll er singen. Aber immerhin: Hauptsache, er singt. Ich werde mich sofort um ihn kümmern …«

Ricci und Claudia wollen rasch nach Alan sehen und, wenn mit ihm alles in Ordnung ist, gemeinsam zurück nach München fahren. Atzko ist entschlossen, in Bastis Nähe zu bleiben, sie wird sich ein Hotelzimmer nehmen. Bond glaubt fest daran, dass man ihn in Bastis Krankenzimmer unterbringen wird. Er will die Genesung seines Startenors mit eigenen Augen überwachen.

»Der ICE nach München geht um 16.32 Uhr ab Bahnhof Florenz …«, verkündet Claudia mit Blick auf ihr Smartphone.

»Gleis acht …«, ergänze ich.

»Stimmt«, sagt Claudia. »Du hast auch eine Bahn-App, wie?«

»So was Ähnliches …«

Bond kippt den Rest Cappuccino hinunter und schaut in die dezimierte Runde seiner Sänger. Im rechten Sumpfauge hängt ein Tränchen.

»Meine Freunde!«, sagt er feierlich. »Auch wenn wir jetzt auseinandergehen, so glaube ich doch fest daran, dass die vergangenen Tage und Stunden nicht umsonst gewesen sind. Ihr habt die besonnten Hügel, das Licht, die Farben der Toskana in eure Stimmen aufgenommen, und ich weiß, dass mein Unterricht euch zu größter Reife vorangebracht hat. So sehen wir uns denn Ende der kommenden Woche in Busseto wieder, um den Wettbewerb zu Ehren des großen Meisters mit unserer Teilnahme zu krönen …«

Humor hat er ja, der kleine Friedemann Bond. Aber vielleicht hat er ja recht – wer ein großes Ziel vor Augen hat, sollte sich durch ein paar kleine Morde nicht davon abbringen lassen. Schon gar nicht, wenn es um Verdis Opern geht.

Ricci und Claudia wollen mit Alans Wagen zur Villa zurückfahren, um ihre Sachen zu packen, auch Alans Zeug wollen sie mitbringen. Atzko besteht darauf, mitzufahren, weil sie ihre Tasche selbst packen will. Ich fahre mit Bastis Auto zur Villa, werde Bonds und Bastis Krempel nebst meinen eigenen Sachen holen, außerdem muss ich nach meinem Kater sehen. Es geht nicht, dass ich Walter so lange allein lasse, sonst macht er sich noch auf die Suche nach mir. Katzen haben schon Tausende von Kilometern zurückgelegt, um ihre Menschenfreunde wiederzufinden.

Wenn wir am frühen Nachmittag zurück in Florenz sind, ist Basti vielleicht wieder ansprechbar. Zumindest hoffe ich das sehr.

Es ist dunstig heute, kein klarer Himmel, wie wir ihn die letzten Tage hatten. Die Farben der Landschaft sind ins Pastell getönt, in der Ferne sieht man matt die Formen blaugrauer Hügel, die sich kaum vom taubenblauen Himmel abheben. Die Sonne tarnt sich als heller, gleißender Silberball im Wolkendunst, dennoch ist es sehr warm, die Hitze scheint aus dem Boden aufzusteigen und sich wie eine stickige, beklemmende Glocke über das Land zu legen.

Gelobt sei die Klimaanlage in Bastis Auto. Ihr Nachteil ist, dass sie eine Menge Energie verbraucht, sodass ich in einem kleinen Dörfchen anhalten muss, wo es – o Wunder – eine Tankstelle gibt. Als ich aus dem Wagen steige, merke ich erst, wie heiß es ist. Ich fühle mich vollkommen erschöpft und ausgelaugt – kein Wunder, mir fehlt jede Menge Schlaf. Ich betrete die Tankstelle und kaufe mir vorsichtshalber eine eiskalte Cola, die ich gleich am Steuer in mich hineinfließen lasse. Damit ich nicht etwa unterwegs einpenne.

Das Zeug klebt fürchterlich an den Fingern, außerdem ist es eklig süß. Dafür wirkt das darin enthaltene Koffein zusammen mit der angenehm kühlen Klimaanlage sehr beschleunigend auf mein Hirn. Die grauen Zellen wirbeln nur so umher – Hercule Poirot hätte seine Freude an mir gehabt.

Was auch immer Basti erlebt hat – es steht in Zusammenhang mit den übrigen Vorkommnissen in der Villa. Dreh den Film noch mal zurück, Henni. Zurück auf Anfang. Bruno Sonego war nicht zufällig hier. Er wollte auch nicht bei Onkel und Tante für eine Weile untertauchen, weil er in Florenz Ärger bekommen hatte. Bruno Sonego war einer Sache auf der Spur, die sich hier abgespielt hat. Hier in der Villa Mandrini. Eine Geschichte, in die sein Onkel und wohl auch seine Tante verwickelt waren.

Aber was? Klar ist nur, dass seine Recherchen ihn das Leben gekostet haben. Und nicht nur ihn. Auch seine Tante Maria Camino musste dran glauben.

Sicher ist er einer Sache auf die Spur gekommen, bei der es um viel Geld geht. Sehr viel Geld. Rauschgift? Hm – möglich wäre es schon. Geschäfte mit minderjährigen Prostituierten? Wer weiß. Auf jeden Fall eine ganz große Sache. Wenn es stimmt, was Del Ponte erzählt hat, dann hatte Bruno eine Leidenschaft für Windmühlen. Er war einer, der sich gern mit einem übermächtigen Gegner angelegt hat. Ein paarmal muss er dabei Glück gehabt haben. Dieses Mal aber hat es ihn erwischt …

Fast wäre ich jetzt falsch abgebogen, so sehr sind meine grauen Zellen auf diesen Fall konzentriert. Hinten über den bläulichen Hügeln schweben jetzt ein paar zarte weiße Wölkchen. Vielleicht gibt es Regen – das wäre eine Wohltat für die ausgedörrte Landschaft.

Also weiter, nicht müde werden. Bruno hat sich bei Onkel und Tante aufgehalten, weil er einer großen Sache auf der Spur war. Und dann tauchen wir auf. Ein Haufen ahnungsloser Irrer, zwar vollkommen arglos, aber komplett im falschen Moment. Was auch immer in der Villa vor sich ging – wir müssen als störendes Element gewirkt haben. Das System geriet durcheinander, man musste umdisponieren, andere Wege gehen.

Vielleicht hatten sie eine Übergabe einer gewaltigen, milliardenschweren Rauschgiftladung geplant? Und da schickt ihnen der alte Mandrini diese komischen Sänger auf den Hals.

Hm – gut, Henni. Bis dahin klingt es sehr logisch. Wenn auch etwas hypothetisch. Aber wie ging es weiter?

Glasklar, sagt Sherlock Holmes und hebt die Schultern. Liegt doch auf der Hand. Oder in der Faust.

Fausto! Na klar – Bruno Schlaumeier hat sich eine Falle ausgedacht. So ganz auf die Schnelle und supergenial macht er uns zu Schachfiguren in seinem Windmühlenspiel. Er lädt uns zu Fausto ein – damit sind wir für einen ganzen Abend aus der Villa fort.

Bruno muss gewusst haben, dass man diesen Abend nutzen würde. Und vermutlich wusste er auch, wozu. Und genau deshalb wollte er auch früher zur Villa zurückgehen.

»Komm nicht auf die Idee, mir nachzulaufen …«

Waren das nicht seine Worte? Okay – falls er in der Villa zum Beispiel die Übergabe einer größeren Menge Rauschgift beobachten wollte, wäre ihm die verliebte Henni ziemlich im Weg gewesen. Aber dann hat sich Bond, dieser Idiot, besoffen, und Basti, dieser Depp, wollte unbedingt mitdackeln. Anstatt sich ungesehen in die Villa zu schleichen, kam Bruno also mit zwei nicht mehr ganz aufrechten Zechern dort an. Er hat sie in ihre Betten geschafft und sich dann trotzdem auf Recherche begeben. Über die Gesindetreppe hinauf auf den Dachboden, wo er tödlich verletzt wurde. Und dann hinunter ins Musikzimmer …

Was zum Teufel hat das Musikzimmer damit zu tun? Suchen die da etwa Rauschgift? Zwischen den Notenblättern? Im Flügel? In den Porzellangefäßen? Quatsch!

Aber was dann? Gold? Juwelen?

Del Ponte, der Mistkerl, wird es wissen. Zumindest hat er eine klare Vermutung. Sonst wäre er nicht so hinter der Sache her.

Und Basti? Was hat er geschwatzt? Im Hades. Im Schattenreich. Hat ihn vielleicht jemand in einen dunklen Keller gesperrt? Am Ende sogar in der Villa? Es kann ja gut sein, dass es außer denen, die ich gesehen habe, noch andere Kellerräume gibt …

Sie haben ihn mit Drogen vollgepumpt. Aber sie haben ihn nicht umgebracht. Was würde Hercule Poirot zu diesem Sachverhalt anmerken? Ganz richtig: Es waren nicht die gleichen Täter. Sonst hätte der arme Basti gestern Abend mit einem langen Messer im Rücken auf der Terrasse gesessen.

Sehr schlau kombiniert, Henni. Profimäßig. Jetzt fehlt nur noch der lebensgefährliche Showdown, bei dem der Fall endgültig gelöst wird. Ich kann zum Beispiel diese dubiose E-Mail beantworten.

Hallo lieber Bruno,
die Polizei hat inzwischen herausgefunden, dass man dich ermordet hat, und ist Deinen Mördern auf der Spur.
Alles Liebe, Henni

Das würde den Absender ordentlich aufmischen. Ich kann auch die Villa nach verborgenen Kellerräumen absuchen. Bastis Spuren im Garten verfolgen. Falls er dort welche hinterlassen hat. Noch mal in der Umgebung herumfahren. Zum Beispiel diese verfallene Hütte oben auf dem Hügel erforschen. Da, wo es so seltsam gekracht hat, nachdem Basti weggejoggt war.

Ich kann es auch lassen.

Nicht, dass ich Angst hätte. Keineswegs. Auch nicht, weil ich beschlossen hätte, Papas freundlichen Aufforderungen nachzukommen. Das schon gar nicht. Aber schließlich muss eine begabte und gut aussehende Musikerin ihre Nase nicht ständig in irgendwelche Mordfälle stecken. Das ist schlecht für mein berufliches Renommee. Von Omas Hoffnungen für die künftige Erbin von Schloss Kerchenstein einmal ganz abgesehen.

Und überhaupt ist Basti ja wieder da. Nicht ganz heil, aber doch gut erhalten, und wenn wir Glück haben, fängt er sich die Tage wieder. Wozu sollte Henni sich also in Lebensgefahr begeben? Das überlasse ich gern Commissario Del Ponte, der ist ein Profi und kann mit Mördern und Rauschgifthändlern umgehen.

Für Henni ist es einfach nur wichtig, den Lohn einzukassieren und mit Walterchen in die Provence zu fahren. Urlaub machen. Welch schöner Gedanke. Nach all diesem mörderischen Stress endlich ausspannen, sich von Isolde kulinarisch verwöhnen lassen, im Garten liegen, ans Meer fahren, ein Boot mieten …

Halt die Klappe, Sherlock. Ich hab nicht nach deiner Meinung gefragt. Nach deiner auch nicht, Poirot. Kümmert euch gefälligst um eure eigenen Mörder!

Möglich, dass es gleich regnet. Im Tal ist es irgendwie diesig, die Hügel von Dunst umweht. Oben bei Fausto sieht man eine schwarz-weiß gefleckte Ziegenherde herumlaufen, von Menschen keine Spur. Auch die Villa Mandrini erscheint wie ausgestorben. Niemand hat die grünen Fensterläden beigeklappt, um die Räume vor der Mittagshitze zu schützen, im ersten Stock stehen sogar einige Fenster offen, vermutlich die des Musikzimmers. Haus ohne Hüter. Ich bin richtig froh, dass ich Alans Wagen unter der Pinie stehen sehe, als ich in den Hof hineinfahre. Sie sind also schon angekommen, dann bin ich nicht so allein in diesem unheimlichen Kasten.

Im ersten Stock fallen Ricci und Claudia über mich her.

»Schau dir das an! Die italienische Polizei, das ist ja das Letzte. Die haben im Musikzimmer gewütet wie die Berserker!«

Soll ich ihnen erzählen, wer in der Nacht hier in der Villa gewütet hat? Die Invasion der Dörfler, bei der unsere Bewacher mitgelaufen sind? Ach nein – ich will ihnen nicht noch im Nachhinein Angst machen. Sollen sie glauben, dass die polizia criminale dieses Chaos ganz allein angerichtet hat.

»Sie haben den Raum versiegelt«, erklärt mir Claudia und zeigt den Aufkleber. »Aber der Durchzug hat die alten Flügeltüren aufgeweht und das Siegel gesprengt. Ich sag es dir nur, Henni, falls jemand uns verdächtigen sollte, das getan zu haben. Das war schon so, als wir kamen …«

»Klar … das Türschloss rastet nicht mehr richtig ein. Wissen wir alle …«, beruhige ich sie.

Allerdings sind sie alle drei – auch Atzko – in dem Chaos herumgestiefelt, um ihre Noten zu suchen, die dort auf dem Flügel gelegen hatten. Aber wen kümmert das schon? Viel interessanter wäre es zu erfahren, ob irgendjemand – nächtliche Invasoren oder Polizisten – gefunden hat, was sie gesucht hatten.

Du liebe Güte, sie haben sogar die Polster der alten Stühle aufgeschlitzt. Auch den armen Klavierhocker haben sie mit Messern malträtiert – die Sprungfedern stehen in die Luft. Vandalismus nennt man so was!

Ricci und Claudia haben schon gepackt, jetzt erscheint Atzko mit ihrer Reisetasche; wir schauen noch mal in die Küche, entdecken Claudias Strickjacke und Riccis Kreislaufpillen. Atzko hatte ein japanisches Gewürz mitgebracht, das sich leider nicht mehr finden lässt. Dafür trete ich beinahe auf Bonds Portefeuille, das ihm hier aus der Tasche gefallen sein muss.

»Was für ein Glück. Da hätten wir ja lange suchen können …«

Die Stunde des Abschieds ist gekommen. Ricci will frühzeitig losfahren, damit Claudia und sie ohne Stress in ihren Zug steigen können, und Atzko sehnt sich nach Basti. Wo die Liebe halt so hinfällt – immer haarscharf daneben. Alan tut mir ein wenig leid.

Ricci reißt mich an ihre Brust, man fühlt sich wie zwischen zwei weichen Kissen eingeklemmt.

»Mach's gut, Henni! War schön mit dir. Wir sehen uns in Busseto, klar? Und überhaupt – lass uns in Kontakt bleiben …«

Claudia schnieft sogar ein wenig. Da sie sich nicht traut, nehme ich sie fest in die Arme und drücke sie. Wie dünn sie ist – wirklich nur Sehnen und Knochen.

»Ach, Henni«, flüstert sie. »Du bist so eine wunderbare Freundin. Ich bin ganz traurig, dass wir uns jetzt trennen müssen …«

»Hab doch deine Nummer, Mädel. Wir sehen uns. Versprochen!«

Atzko reicht mir ihre Hand und meint, es sei eine angenehme Bekanntschaft gewesen.

»Und gut Klavierspiel ... So gut ... Mit Seele drin ...«

»Danke ... deine Gilda ist großartig, Atzko ...«

Ach, sie sind doch wahre Goldstücke, die drei. Wenn ich aus der Provence zurück bin, lade ich sie mal alle nach Kerchenstein ein. Zur Tortenschlacht mit Melisandengeist. Dann zeige ich ihnen die alte Gesindetreppe, und am Abend machen wir Musik. Nur wir Mädels. Ich hab eine Sammlung von Stücken von Komponistinnen durch die Jahrhunderte – das wird genial!

Einstweilen stehe ich am Eingang der Villa zwischen den dorischen Säulen und winke den Davonfahrenden nach. Noch einmal um die Kurve, an den Zypressen vorbei, und dann verschwindet das Auto in einer gelblichen Staubwolke. Weg sind sie.

»Walter? Wo steckst du, du Stromer?«

Die Grillen konzertieren, irgendwo gurrt eine Taube. Ein dicker schwarzer Käfer läuft an mir vorbei in die Villa hinein. Er muss meinen Lockruf irgendwie falsch verstanden haben. Von Walter keine Schwanzspitze. Na schön – packe ich erst mal den ganzen Kram zusammen. Meinen zuerst. Schnell noch duschen und die letzte ungebrauchte Shorts samt T-Shirt überziehen. Dann hoch in die Männerabteilung. Bond hat eine fürchterliche Unordnung hinterlassen, es macht überhaupt keinen Spaß, seine gebrauchten Slips und die durchgeschwitzten Unterhemden in die Reisetasche zu stopfen. Basti hingegen ist ein Ordnungsfanatiker –

bis auf ein T-Shirt, das er auf dem Bett vergessen hat, ist alles fein säuberlich gestapelt, die Sandalen stehen genau nebeneinander, die benutzte Wäsche steckt in einem extra mitgebrachten Stoffbeutel. Der ideale Ehemann – einer, mit dem man keine Arbeit hat.

»Walter? Walterchen … Wo bist du denn?«

Vermutlich ahnt er, dass ich ihn gleich in den Katzenkäfig stecken werde, und zeigt sich deshalb nicht. Aber ich kriege ihn. Mal schauen, ob unten im Kühlschrank noch ein Stückchen Käse ist. Aha! Wusste ich es doch … Gleich hast du verloren, mein süßer Freund … Ich schleppe die Taschen schon mal ins Auto und stelle den Katzenkäfig ganz harmlos dazwischen. Türchen weit offen …

Jetzt fängt es doch tatsächlich an zu nieseln. Danke, Kater. Deinetwegen darf ich jetzt hier herumlaufen und mir nasse Haare einhandeln.

Ob ihn jemand eingesperrt hat? Passiert ja leicht bei Katzen. Mist. Ich teste, ob Caminos Wohnungstür offen ist, aber die polizia hat sie abgeschlossen. Gehe um das Gebäude herum in den Park und schaue in die Fenster hinein. Nichts. Dann muss ich jetzt leider die Villa durchkämmen und danach die Nebengebäude. Obgleich die recht baufällig sind und jede Menge offener Türeingänge und Fensterhöhlen haben …

Da ist er! Mein Katerli! Klettert mit gebotener Vorsicht von der dicken Pinie herunter, springt auf das Autodach und schüttelt den Pelz. Jawohl, es regnet. Mir gefällt's auch nicht.

»Ja, Walterchen … mein lieber kleiner Kater …«

Etwas an meiner Stimme lässt ihn aufhorchen, ich kann sehen, wie seine spitzen Öhrchen sich aufrichten, er taxiert mich mit runden grünen Kateraugen.

»Schau mal, was ich für dich habe ... Lecker Käse ... Parmesan, den magst du doch ...«

Ich nähere mich so unauffällig und harmlos wie möglich, aber natürlich hat er etwas gemerkt. Er ist nicht dumm, mein kleiner Ritter von Stolzing. Grau, aber schlau. Jetzt macht er ein paar Schritte in Richtung Kofferraum, stellt fest, dass der Deckel offen steht, und reckt den Hals, um hineinzuspähen.

»Komm, Katerchen ... Parmesankäse ... lecker, lecker ...«

Er setzt sich tatsächlich hin, ringelt den Schwanz um die Pfoten und lässt sich mit Käse füttern. Schmatzt genüsslich. Bekrümelt Bastis Autodach. Steht auf und macht einen Genussbuckel, weil ich ihm über den Rücken streiche. Die Ohren kraule.

»Mein feiner kleiner Schmusekater ... Mein mutiger Kämpfer ... Nächtlicher Sänger ... Verdammter Mistkerl!«

Er ist mir durch die Finger geflutscht. Drahtig und gelenkig wie ein Gummitier. An meinen Händen kleben feuchte graue Katzenhaare – der Rest von Walter ist quer über den Hof in den Park hinein.

Das war nichts! Hätte ich ihm bloß eine von den Pillen verabreicht. Aber die hat er vor der Reise auch nur widerwillig gefressen, jetzt hätte er sie mir vermutlich aufs Autodach gespuckt.

Ich packe den Katzenkäfig und mache mich damit

auf in den Park. Immer dieser Zirkus mit dem Kater. Einen Hund hätte ich mir anschaffen sollen. Den brauchst du nur zu rufen – schon ist er da. Hüpft freudig ins Auto und setzt sich brav auf seinen Platz. Meldet sich, wenn er mal muss. Lässt sich an der Leine führen …

Aber ich bin nun mal kein Typ für Hunde. Gehorsame Wesen langweilen mich. Ich brauche meine Dosis Wildnis. Das Rätsel. Die Spannung. Nicht den Langweiler mit der Bierflasche vorm Fernseher … Ups, da bin ich jetzt in die falsche Rubrik geraten.

»Walter? Komm endlich her. Soll ich ohne dich fahren?«

Er hält mich zum Narren, der Malefizkater! Ich sehe ihn durchs Gras laufen, ins Gebüsch hinein, mit grünen Glasklickeraugen zu mir hinstarren. Wenn ich näher komme, taucht er ab. Springt auf die alte Mauer, grinst mich von dort oben frech an und – husch.

Ich hätte den Katzenkäfig nicht in der Hand tragen sollen. Na schön, Kater. Wir werden ja sehen, wer von uns schlauer ist. Ich steige ebenfalls über das marode Mäuerchen und stelle den Katzenkäfig ins Gras. Gut getarnt von grünem Blattwerk, sodass auch die schärfsten Kateraugen das künftige Gefängnis nicht entdecken können.

»Walter … Katerli … mein Süßer …«

Vielleicht wäre es ja klüger, sich hinzusetzen und abzuwarten. Aber ich habe heute wenig Geduld. Schließlich will ich in Florenz noch ein Hotelzimmer ergattern und nach Basti sehen. Eine Nacht bleibe ich auf jeden Fall, und wenn es Basti morgen besser geht, erinnere ich Bond an unsere Abmachung, überreiche ihm sein Portefeuille und warte auf baldige Zahlung. Dann muss ich überlegen, wie ich mit Kater im Käfig in die Provence komme … am besten per Anhalter. Wenn der Kater nur erst mal im Käfig wäre …

Wo steckt er denn jetzt? Aha! Dort drüben sitzt er auf dem verdorrten Wiesenstück und besieht sich die Mauselöcher. Kaum entdeckt er mich, stellt er den Schwanz auf und dackelt davon. Schnürt durch das Wiesenstück den Hang hinauf, eine kleine graue Gestalt, die eilig durch Gras und Gebüsch schlüpft, lautlos, kaum Spuren hinterlassend, aber zielstrebig.

Gut, dass es jetzt nicht mehr so heiß ist, sonst hätte ich den Aufstieg wohl kaum ohne Kreislaufkollaps geschafft. Es regnet feine warme Tröpfchen, die sich auf die Haut setzen, Haar und Kleidung mühelos durchtränken und die Umgebung in einen leichten Grauschleier hüllen. Ich bin jetzt dicht vor der grässlichen alten Hütte, zu der ich eigentlich nie zurückkehren wollte. Zum Glück hält Walter auch nicht viel von dem baufälligen Gemäuer, er dreht nach links ab und verschwindet zwischen struppigem Ginstergebüsch. Ziemlich vernachlässigt, die Gegend hier. Drüben auf der anderen Seite haben sie Korn gesät, weiter nach Norden wachsen Sonnenblumen oder Wein. Hier gibt es nur Unkraut und wildes Buschwerk, dazwischen kahle Stellen, wo Wind oder Frühjahrsgewässer den fruchtbaren Boden davongetragen und nur das Gestein übrig gelassen haben. Schade eigentlich.

Ich habe gelesen, dass viele Bauern in der Toskana aufgeben müssen, weil es zu trocken ist und die Bewässerung zu viel Geld kosten würde. Schöne alte Bauernhöfe stehen zum Verkauf, was Generationen einmal aufgebaut haben, wird jetzt für wenig Geld an Großstadtmenschen verscherbelt, die hier nicht wohnen werden, sondern nur zweimal im Jahr für ein paar Tage Urlaub machen. Aber wenigstens werden so die Häuser erhalten. Einige von ihnen sind innen richtig luxuriös eingerichtet, mit Schwimmbad und Sauna, Profiküche, Filmraum und Designermöbeln. Hab ich mal in einer Zeitschrift gesehen …

Wo ist er denn jetzt, der graue Rennkater? Langsam muss er ja wohl genug von dem Spielchen haben und sich von seinem lieben Frauchen auf den Arm nehmen lassen. Mit sanfter Gewalt und gutem Zureden in den Katzenkäfig …

Gerade eben saß er doch da oben im Gras. Jetzt ist er weg. Wohl hinter diesen dicken Stein gesprungen. Ich pirsche mich heran, will über den aus dem Boden aufragenden Steinbrocken steigen und merke gerade noch rechtzeitig, dass es dahinter steil abwärtsgeht. Uff – eine dieser halb zugewachsenen Schluchten, fast wäre ich kopfüber hinuntergepurzelt. Hoffentlich ist mein Kater nicht da runtergesprungen. Aber eigentlich sind Katzen nicht so blöd wie wir Menschen. Und dann haben sie Krallen, um sich festzuhalten …

»Walterchen? Bist du da?«

Es geht ziemlich steil bergab, man sieht zwischen dem Gebüsch kahles Gestein und tote Wurzeln. Der

Boden scheint sandig zu sein, da kann man gut mitsamt dem Untergrund in die Tiefe rodeln. Ich knie mich hin, stütze die Arme auf und recke den Hals. Unten scheint ein schmaler Bach zu fließen, es blitzt hie und da zwischen dem Blätterwerk. Drüben auf der anderen Seite der schmalen Schlucht ist der Hang an einer Stelle ziemlich dunkel. Beschattet wohl. Aber wovon? Warte mal, Henni. Das ist kein Schatten, schärfe deinen Blick, solange du keine Brille brauchst. Das ist … irgendwie ein … ein …

An dieser Stelle ist ein Loch. In der Geschichte, meine ich. Ein Filmriss, wie man so sagt. Blackout. Eine leere Seite im Buch. Weil der Verlag Papier spart, hat er die Seite weggelassen. Aber eigentlich hätte der Leser hier Anspruch auf eine leere Seite. Für Notizen oder für eine hübsche Zeichnung. Oder um damit sein Butterbrot einzuwickeln …

Mein Wiedereintreten in die Geschichte beginnt mit einem Traum.

»Ich wusste, dass wir uns wiedersehen …«

Brunos Stimme klingt ein wenig hohl, aber ich erkenne sie sofort.

»Wie schön …«, murmele ich. »Ich wollte dir noch so viel sagen, Bruno …«

Ich höre ihn leise lachen. Tatsächlich, er lacht. Dabei ist die Sache an sich gar nicht komisch.

»Ich auch«, sagt er. »Ich wollte dir sagen, dass du mir gefällst, Henni. Dass ich mich in dich verliebt habe …«

Hat er das jetzt wirklich gesagt, oder ist es nur das,

was ich gern von ihm hören wollte? Seine Stimme klingt so merkwürdig, außerdem hat sie ein Echo.

»... in dich verliebt habe ... in dich verliebt habe ...«, schwatzt das Echo.

»Warum hast du mir das nicht gleich gesagt, Bruno?«

»... nicht gleich gesagt ... nicht gleich gesagt ...«

Das Echo wirbelt um mich herum, drückt mir auf die Ohren, wiederholt meine Worte ohne Pause. Ich versuche, mir die Ohren zuzuhalten, es gelingt aber nicht.

»Es ist alles meine Schuld, Henni ...«

Ich muss mich anstrengen, um ihn bei dem kreisenden Wortgetöse in meinem Kopf noch zu hören.

»Aber nein, Bruno ... Du kannst nichts dafür ...«

»... dafür ... dafür ... dafür ...«

»Es ist schade, dass du jetzt sterben musst, Henni.«

»... sterben musst ... sterben musst ...«

»Ach, das ist doch nicht so schlimm ...«, sage ich.

Ein Wirbelsturm aus Worten erfasst mich, schlägt auf mich ein, dringt in mein Hirn und bringt es zum Kreisen. Mir ist kotzübel. So übel, dass ich aus der Betäubung aufwache. Ich würge, ringe nach Luft, spucke schaumigen Schleim, keuche, atme ...

Aufwachen, Henni. Los, wach endlich auf.

Kneif dich in den Arm! Fest! Richtig fest! Es muss wehtun, sonst klappt es nicht ...

Es geht nicht. Weil ich irgendwie keine Arme habe. Auch keine Hände. Von meinem Kopf gar nicht zu reden – der ist irgendwo außerhalb. Nur meine Augen funktionieren. Ich sehe ein orangefarbiges Licht in grauer Dämmerung. Ein Feuer? Eine Glühbirne? Wieso ist es ringsum so merkwürdig dämmrig?

Ich muss schon wieder würgen, mein Kopf schmerzt, mir ist so elend, dass mir alles egal ist. Sterben wäre jetzt gar nicht so schlecht. Nichts mehr fühlen. Einfach nur wegtreten. Nicht mehr da sein. Sich auflösen …

Nach ein paar Minuten geht's wieder besser, mein Magen gibt Ruhe, und ich entschließe mich, das Sterben noch etwas aufzuschieben. Jetzt merke ich auch, dass mir am ganzen Körper eiskalt ist und dass mir jemand die Hände auf den Rücken gebunden hat. Wie und womit kann ich nur vermuten, weil Arme und Hände bleischwer und nicht zu mir gehörig sind. Dafür tun mir die Schultern elend weh, und in meinem armen Kopf ist ein dumpfes Rauschen.

Sie haben mich erwischt! Genau wie Basti. Ich bin im Schattenreich. Bei Meister Hades und seiner liebreizenden Gattin. Wie heißt sie noch mal? Persephone. Es geht doch nichts über die klassische Bildung, Henni …

Vor Schreck wird mir wieder übel. Ich bekomme einen ausgewachsenen Drehwurm, alles kreist, mein Kopf, meine Füße, vor allem aber mein Magen. Augen schließen. Abwarten. Hin und wieder vorsichtig blinzeln – solange das orangefarbige Licht nach rechts wegzischt, ist der Drehschwindel noch da. Erst wenn das Lichtlein einigermaßen ruhig steht und sich als Laterne entpuppt, habe ich den Anfall hinter mir.

Schluss jetzt mit der Kotzerei, Henni! Reiß dich am Riemen. Ich versuche, die Schattenrisse meiner Umgebung zu deuten. Felszacken allerorten, über mir hängen spitze Kalkgebilde, die mich beim Herunterfallen glatt erdolchen würden. Ich kann nur hoffen, dass es jetzt kein Erdbeben gibt. Rechts von mir nehme ich eine dunkle Masse wahr, ein Konglomerat gleichförmiger Gebilde, die übereinandergestapelt sind. Fässer. Tatsächlich, das sind Fässer. Bin ich in einem Weinkeller? Kaum. Eher in einer Höhle. Davon soll es in der Toskana ja eine ganze Menge geben, allerdings eher in den Bergen, da, wo der Marmor geschnitten wird …

Drüben bei dem Licht bewegt sich jetzt etwas. Schluck. Ich bin nicht allein hier, da sind Leute. Zwei Typen haben auf dem Boden gesessen, jetzt sind sie aufgestanden, einer von ihnen nimmt die Laterne in die Hand. Was sie sagen, kann ich nur schlecht hören, es summt in meinen Ohren, die Stimmen verzerren sich. Aber selbst wenn ich es hören könnte – es wäre ganz bestimmt Italienisch. Er kommt genau auf mich zu – mir wird schon wieder schlecht. Was mache ich, wenn er mir jetzt ein Messer in den Bauch rammt? Dumme Frage, Henni. Gar nichts. Weil ich mich nicht bewegen kann …

Auf jeden Fall schließe ich besser die Augen. Warte. Spüre, wie mein Herz immer schneller und lauter schlägt. Dann eine Erschütterung. Mein Kopf vibriert, dröhnt, die Ohren rauschen. Der Dreckskerl hat mir eine runtergehauen. Vermutlich will er herausfinden, ob ich wieder bei Bewusstsein bin. Bin ich nicht,

Mann. Das siehst du doch. Ich bin total weggetreten, also lass mich in Ruhe …

Was macht er? Ich spüre, dass er noch da ist, darf aber nicht die Augen öffnen. Ich kann ihn riechen, er stinkt nach Zigaretten und nach Schweiß. Jetzt wird mir übel, eine schwarze Woge steigt in mir auf, rollt über mich hinweg und spült mich ins Nirwana.

Lange bleibe ich dort nicht. Atemnot, Herzrasen, ich kämpfe ein Weilchen, dann begreife ich, dass er mir irgendeine Droge gespritzt hat. Was auch immer es ist – ich bin allergisch auf Amphetamine, das hab ich mal in München gemerkt, als wir eine kleine Haschparty gefeiert haben und Henni sich in der Klinik wiederfand. Ich kriege Atemnot und Herzrasen von dem Zeug – das ist alles. Die angenehmen Seiten habe ich leider nie erfahren.

Wenigstens ist es jetzt komplett dunkel um mich. Das lässt hoffen, dass ich mit mir und meiner Atemnot allein bin. Ich erkläre meinen Bronchien, dass alles nur Einbildung ist, rede meiner Lunge gut zu, stelle mir vor, wie die Droge in meinen Nervenbahnen von einer Kompanie Antikörpern angegriffen und entsorgt wird. Medizinisch ist das fragwürdig – mental aber sehr hilfreich. Ich fühle mich besser, kriege wieder Luft und kann mich mit meinen gefesselten Füßen befassen. Ich ziehe die Beine hoch, reibe die Füße gegeneinander und stelle fest, dass es sich wohl um ein Klebeband handelt. Es ist ziemlich locker und knistert, wenn ich mich bewege – also wohl eines von der billigen Sorte. Trotzdem leider sehr haltbar.

Japs. Blöde Atemnot. Jetzt brauche ich einen Moment Pause. Ich strecke die Füße wieder aus, und da merke ich etwas. Aua! Ein spitzes Felsstück ragt aus dem Boden, gerade habe ich meine Wade daran zerkratzt. Noch ein wenig warten. Keuchen. Kraft sammeln. Und jetzt los. Vorsichtig und mit Köpfchen. Die Füße dabei auseinanderziehen, damit sich das Paketband spannt und nicht zusammenkrumpelt. Uff – ist das anstrengend. Wenn ich hier heil und lebendig rauskommen sollte, gelobe ich, einen Gymnastikkurs zu belegen. Yoga soll auch hilfreich sein. Oh – meine Bauchmuskeln sind total außer Form. Mir wird schon wieder schlecht. Egal – weiterschaben. Noch mal ... noch mal ... Ich kann nicht mehr ... noch mal ... noch ... ratsch!

Geschafft. Erschöpft lehne ich mich zurück, keuche ein Weilchen vor mich hin, strecke die Beine aus, wippe mit den Füßen. Dann erst fällt mir auf, dass ich etwas Kaltes, Hartes im Rücken habe. Ein Fass? Möglich. Habe ich nicht vorhin lauter Fässer gesehen? Ich schubbere den Rücken ein wenig dagegen, spüre die Wölbung, mein Haar hängt irgendwo fest, es ziept, wenn ich den Kopf bewege. Wenn das ein Fass aus Metall ist, dann hat es oben eine Art Klammer, in der sich meine Haare verfangen haben. Wenn ich doch bloß Gefühl in meinen Händen hätte, aber die sind komplett taub.

Aufstehen, Henni. Der Fußboden ist kalt, davon kriegst du eine Blasenentzündung. Irgendwo muss ja ein Ausgang sein; die beiden Typen, die vorhin mit ihrem Lämpchen dasaßen, sind ja auch rausgekommen. Also ganz unsportlich erst mal auf die Knie, dann vorsichtig hoch. War doch gar nicht so schwer. Jetzt noch warten, bis sich die Schiffsschaukel im Kopf beruhigt hat, dann gaaanz vorsichtig einen Schritt gehen. Noch einen. Puh – lauter Steine liegen herum, kleine und größere, bloß nicht auf die Schnauze fallen ... Boing! Jetzt bin ich gegen so ein Fass gelaufen. O Gott!

Es donnert über mir, poltert, rollt, holpert. Sie haben die verdammten Fässer aufeinandergestapelt, und ich habe die Konstruktion erschüttert. Ich hocke mich auf den Boden, während um mich herum der Teufel los ist. Einige der metallischen Behälter stürzen herunter, rollen gegen das Gestein, es dröhnt und knirscht, wenn das Metall auf den Felsen trifft. Was auch immer in diesen Fässern gelagert wird, es ist ganz sicher nicht gesund, wenn einer der Behälter leckgeschlagen ist.

Raus hier, denke ich. So schnell wie möglich. Nimm die Beine in die Hand, Henni, und lauf.

Blöder Ratschlag. Wie soll frau mit den Beinen in der Hand eigentlich laufen? Ich habe schon Mühe genug, ohne Hände aufzustehen. Das wirklich Problematische an der Situation ist aber, dass jetzt überall Fässer herumliegen und ich eine höllische Angst habe, noch einmal ein Erdbeben auszulösen. Nachdem ich es in drei Richtungen versucht habe, hocke ich mich resigniert auf den Boden und versuche, meine grauen Zellen zu einer genialen Rettungsidee anzuspornen.

Leider fällt mir ausgerechnet jetzt ein, dass ich gemütlich in meiner kleinen Münchner Wohnung sitzen könnte. Nämlich dann, wenn ich auf meinen Papi gehört hätte. Gleis acht. In Bologna umsteigen in den ICE nach München. Seufz. Es hat nicht sollen sein. Henni ist eine dickköpfige Person, sie wollte unbedingt ihren eigenen Willen haben. Und jetzt hat sie ihn.

Schade, dass du jetzt sterben musst …

Wer hat das gerade kürzlich gesagt? Wenn mein dummer Kopf nicht so dröhnen würde, wüsste ich es. Es war jemand, den ich sehr gern habe. Er sagte es auch mit echtem Bedauern …

Auf der anderen Seite will ich auf keinen Fall sterben. Jetzt doch nicht mehr, nachdem ich mich so angestrengt habe. Und schon gar nicht hier im Dunkeln zwischen all den stinkenden Fässern. Ich will hier raus! Hast du gehört, Papa? Ich will eine Lampe und jemanden, der mir die Fesseln an den Händen durchschneidet. Und mich zum Ausgang bringt. Und Durst hab ich auch. Und außerdem brauche ich ein Taschentuch …

»Brrrrrr …«

Hör auf damit. Das ist nicht lustig.

»Brrrrr …«

Denke nur nicht, du könntest dich bei mir einschleimen. Nach allem, was du angestellt hast, Kater …

Er schnurrt, der Unglückskater. Reibt sich an meinen Knien, steigt auf meinen Schoß und stößt mir den dicken Kopf zutraulich in den Magen. Dann fängt er an, mein T-Shirt zu melken. Schlägt abwechselnd die Krallen der rechten und linken Vorderpfote hinein, zerrt am Stoff und an dem, was drunter ist, lässt wieder los. Seine Haare fliegen herum, ich bekomme sie in die Nase und muss niesen. Gehirnerschütterung gratis.

»Wie bist du hier hereingekommen, Kater?«

»Brrrr …«

»Könntest du dich vielleicht etwas genauer ausdrücken?«

»Brrrr …«

Katzen können nicht sprechen, Henni. Katzen können überhaupt nichts außer schnurren und dumm in der Gegend herumgucken. Katzen sind die geborenen Egomanen, sie halten sich einen Menschen, damit der sie füttert und …

»Roaaah …«

Wenn du hungrig bist, Kater, dann hast du Pech gehabt. Fang dir eine Höhlenmaus.

»Roaaah …«

Er springt von meinem Bauch hinunter und entfernt sich. Lässt mich zurück. Ganz allein im Dunkeln …

»Walter? Walterchen …«

»Brrrr …«

Ah, er schnurrt. Gar nicht weit weg von mir. Ich bin jetzt schon Profi im Aufstehen ohne Hände und tapse vorsichtig in die Richtung, aus der das Schnurren kommt.

»Komm zu mir, Kater … Na, komm schon … Ist kein Käfig da …«

Er glaubt mir nicht. Das Schnurren hört auf, wahrscheinlich ist er davongelaufen. Katzenfüße sind lautlos. Die geborenen Einbrecher und Leisetreter.

»Roaaa!«

Aha, er ist da drüben rechts. Ich taste mit den Füßen, umgehe ein Fass, das auf der Seite liegt, trete auf einen spitzen Stein und jammere vor mich hin. Schnurrt da wer?

»Walter? Katerchen … Mein Ritter von der grauen Gestalt …«

Da kratzt was. Er wird doch nicht versuchen, sich an so einem rostigen Fass die Krallen zu schärfen?

»Brrrr …«

Na los, Kleiner. Weiter. Lauf zu. Und hör bloß nicht auf zu schnurren. Weg von meinen Beinen, du Blödmann. Jetzt wird nicht geschmust. Weiterlaufen. Hallo? Kater? Walter? Wo bist du?

»Brrrr …«

Wie lange haben wir das Spiel im Dunkeln ausgehalten? Zehn Minuten? Eine halbe Stunde? Länger? Keine Ahnung. Aber irgendwann sehe ich einen schwachen, milchigen Schein vor mir. Der Ausgang, denke ich. Kater, du bist eine Wucht. Ganz große Klasse, Walterchen. Besser als all die dämlichen Kläffer, wie Lassie oder Kommissar Rex oder wie sie alle heißen. Walter ist der Größte. Ich humpele auf den Lichtschein zu, und langsam erfassen meine Augen die Umgebung. Ein ziemlich breiter Höhlengang, von unterirdischen Wasserläufen ausgewaschen, an den Seiten sieht man jetzt Kalkformationen, weißliche und braune Gebilde, muschelartig, tropfenförmig, abenteuerlich. Es wird heller, das Licht kommt von oben, fällt wie eine breite, milchige Flut in die Dämmerung der Höhle. Ach du Elend …

Hier ist der Boden eingebrochen, ein paar Meter über mir klafft ein Loch, durch das man den Himmel sehen kann. Taubengrau ist er und scheint mir unsagbar hell. Ein so faszinierend schöner Anblick, dass ich einfach nur dastehe und in die Luft starre. Licht. Luft. Regenwolken …

»Roaaah!«

Kater Walter hüpft geschickt von Steinvorsprung zu Wurzelgeflecht, springt elegant auf ein überhängendes Bäumchen, das sich am Rand der Öffnung angesiedelt hat und seine Äste bereitwillig als Klettermöglichkeit anbietet. Für einen Kater wie Walter, der im besten Mannesalter steht, ist dieser Aufstieg eine Kleinigkeit.

Für Henni nicht. Ohne Hände sowieso nicht. Mist! Ganz großer Bockmist.

»Brrrr …«

Ja, schnurr du nur. Lassie wäre jetzt losgerannt, um Hilfe zu holen.

Ich seufze verzagt und sehe mich nach einem scharfen Felszacken um. Diese Kalkformationen sind für solche Zwecke gar nicht übel. Ziemlich hart gebacken. Und scharf. Hoffentlich schneide ich mir nicht in die Hände, das wäre fatal, die brauche ich zum Klavierspielen. Aber da sie momentan komplett taub sind, muss ich einfach Glück haben.

Ritsch – ratsch. Frei! Gelobt sei der Kalk, der in jahrtausendelanger fleißiger Arbeit solche schönen Gebilde hervorbringt. Jetzt kommt Leben in meine abgestorbenen Glieder, das Blut fließt wieder …

Gleich darauf stöhne ich vor Schmerz, muss mich hinsetzen und japse vor mich hin. Reibe meine Arme, meine Hände, jammere und fluche, zähle alle Höllenqualen auf, die ich den Typen, die mich gefesselt haben, an die ungewaschenen Hälse wünsche … Nachzuschauen bei Hieronymus Bosch, dem genialen Maler …

Als ich meine Arme und Hände wieder einigermaßen gebrauchen kann, ist Walter von Stolzing nicht mehr zu sehen. Ich könnte den Höhlengang weitergehen in der Hoffnung, an einen Ausgang zu gelangen, aber das ist eine ungewisse Angelegenheit. Genauso gut könnte ich für immer und ewig im weitverzweigten Höhlensystem verloren gehen.

Also hier an der Wand hinauf. Zwei Seiten habe ich zur Auswahl, wie ich mich kenne, nehme ich sowieso die falsche, ich stelle mich im Supermarkt auch immer dort an, wo gleich darauf die Kasse streikt. Am Anfang ist es leicht, hier ein großer Steinbrocken, dort ein zweiter, da ist noch eine Felsnase, die wackelt schon bedenklich, Sand und Erdbrocken rieseln herab. Ich klammere mich an loses Gestein, schiele nach überhängenden Ästen, an denen ich mich festhalten könnte, aber die schweben noch unerreichbar hoch über mir. Luft holen, Henni. Nicht das Atmen vergessen. Das Rauschen in den Ohren hat nichts zu bedeuten. Jetzt hier auf diese Wurzel treten. Sehr gut. Diese Sandalen mit den goldfarbigen Riemchen sind echt ihr Geld wert. Festhalten. Lass diesen Stein runterfallen, den brauchst du nicht. Plumps. Noch ein Stückchen. Da ist ein Zweig zum Festhalten. Verflixt, die Finger sind immer noch etwas taub. Und jetzt auf diese Felsnase hochziehen …

Meine Beine zittern wie bei einer Hundertjährigen, die aus dem Fenster steigt. Am Schluss klammere ich mich an die Äste, reiße das Bäumchen fast aus, schleppe meinen Corpus wie einen schlappen Sandsack über die Kante, greife ins Gras, schiebe mich vor und bleibe liegen … Total fix und alle …

Wer auch immer hier auf dieser Wiese über mich stolpert – Mörder, Gangster, Polizist, Ameise oder Skorpion –, es ist mir scheißegal. Ich bin platt wie eine Flunder. Völlig am Ende …

»Brrr …«

Musst du dich gerade jetzt auf meinen Rücken setzen, Kater?

»Signora! Signora Kerchenstein!«

Jemand rüttelt mich an der Schulter, ich höre Walter zornig fauchen, dann einen Schmerzensschrei.

»Bastardo! Maledetto!«, schimpft eine bekannte Stimme.

Ich stelle erfreut fest, dass mein Kopf nur noch halb so laut wie vorher brummt. Ich kann hören. Verstehen. Sogar Italienisch. Gerade eben hat Walter den Commissario mit den Krallen bearbeitet. Mein feiner Ritter, Verteidiger der Unschuld, Retter der Witwen und Waisen …

»Schi schürfen misch nisch anfaschen …«, nuschele ich und spucke eine Ladung Sandboden aus.

»Viva …«, stellt der Commissario fest, während er sich ein Taschentuch ums Handgelenk wickelt. Dann redet er schnell und italienisch mit irgendwelchen Mitarbeitern, die ich nicht sehen kann, weil ich immer noch auf dem Bauch im Gras liege und weil es schon dunkel ist. Überall sind Scheinwerfer – sie suchen die Gegend mit Lampen ab.

»Können Sie aufstehen, Signora Kerchenstein? Geht es Ihnen gut?«

»Weiß nicht ...«

Er ist hilfreich. Versteht sogar etwas davon, wie man jemanden wieder auf die Füße stellt, packt mich am Arm, fasst unter meine Achsel, und als ich stehe, wartet er einen Moment, bevor er mich loslässt.

»Schwindelig?«

Es ist überwiegend schwarz um mich. Vor mir im Licht eines Autoscheinwerfers sehe ich drei Commissari, die mich mit sechs Armen stützen. Verflixte Sehstörungen. Vermutlich muss ich mich an den mittleren halten, die anderen beiden sind Zugabe ...

»Geht so ...«

»Sie sehen grauenhaft aus!«

»Danke ...«

Grinst er? Kann nicht sein, der Typ grinst niemals.

»Ich bringe Sie jetzt in die Villa Mandrini ...«

Da steht ein Polizeijeep mitten auf der Wiese, die Scheinwerfer sind auf uns gerichtet und blenden widerlich. Über mir das Firmament, an dem jetzt die ersten Sterne aufgehen. Ich laufe wie aufgezogen neben dem Commissario her, tapse in irgendwelche Löcher, fühle, wie er die Hand um meinen Arm krallt, um mich festzuhalten, fange mich, schaffe es gerade noch bis zum Auto und falle halb ohnmächtig auf den Rücksitz.

»Mein Kater …«, murmele ich. »Nicht meinen Kater vergessen …«

Dann bin ich wieder im Niemandsland, schwebe über holprige Feldwege, werde in den Kurven hin- und hergeworfen, spüre das Vibrieren des Motors und habe plötzlich wieder Kopfschmerzen. Als endlich jemand die Beifahrertür öffnet, bin ich wie gerädert und habe Mühe, aus dem Wagen zu kriechen.

»Geht es?«

»Klar …«

Das Steinpflaster kommt mir mit großer Geschwindigkeit entgegen, ich höre noch, wie jemand italienische Flüche ausstößt, dann klebe ich am Boden, als sei ich dort festgewachsen. Der Commissario pflückt mich ab, keucht, murmelt italienisch, hebt mich empor und trägt mich zwischen den dorischen Säulen hindurch in die Villa.

»Sie sind schwerer, als Sie aussehen, signora …«

»Ich esse gern …«

In der Villa sind alle Lichter an, Polizisten laufen durch die Flure, auf den Treppen, um mich herum. Es sind Hunderte. Vielleicht auch nur zehn. Oder drei. Drei aber ganz bestimmt … Mit dem Commissario sogar vier … Er legt mich auf das Bett, in dem ich schon einige Nächte geschlafen habe, und deckt mich sorgfältig zu, damit ich nicht auskühle.

»Ruhen Sie sich aus … die ambulanza ist unterwegs …«

»Ich will nicht in die Klinik … Wo ist Walter?«

»Sie waren zu zweit?«

»Mein Kater und ich …«

Er gibt ein verächtliches Schnaufen von sich. Klar – er mag keine Katzen. Del Ponte ist ein Hundetyp. Blinder Gehorsam. Keine eigenen Wege. Immer den fragenden Blick auf Herrchen gerichtet. So was gefällt ihm.

»Der wird schon kommen …«, bemerkt er gleichmütig und zieht sich einen Stuhl herbei. »Ich habe ein paar Fragen an Sie, Signora Kerchenstein …«

»Von Kerchenstein!«

Er ignoriert die Richtigstellung und setzt sich. Sieht mich aufmerksam an – wahrscheinlich will er wissen, ob ich einigermaßen bei Verstand bin oder ob ich gleich anfange zu singen.

»Erzählen Sie, was mit Ihnen geschehen ist …«

Wenn's weiter nichts ist – kein Problem. Ich fange hinten an, füge ein Stück aus der Mitte dran, gehe kurz zum Anfang und erläutere dann, was mir bei meinem Höhlengang weiter so aufgefallen ist. Er kann mir mühelos folgen, stellt die richtigen Fragen, bringt mein erzähltes Durcheinander in eine sinnvolle Reihenfolge. Der Typ hat was drauf – das hab ich mir schon gedacht.

»Was könnte in den Fässern sein?«, frage ich.

Schließlich will man ja doch wissen, woran man dahinsiecht.

Er zuckt mit den Schultern.

»Genau können wir es noch nicht sagen, signora. Industrieabfälle. Hochgiftig vermutlich. Die Ärzte werden Ihnen Auskunft geben …«

Tolle Aussichten. Ich bin das Testobjekt. Das Taschentuch, das man in die Giftsoße taucht, um herauszufinden, ob sich der Stoff verfärbt oder gleich zersetzt. Vermutlich strahle ich sogar. Mutig, dass er sich so einfach neben mich setzt, der kleine Commissario …

»Das war die große Sache, hinter der Bruno her war – stimmt's?«

Er nickt. Ausnahmsweise ist er mitteilsam. Erzählt, dass es in der Toskana schon mehrere dieser Fälle gegeben hat. Vor allem in den Gegenden, die von ihren Bewohnern wegen der Trockenheit verlassen wurden. Die Lagerung von Giftmüll in Höhlen oder Erdlöchern ist ein gutes Geschäft. Wie es scheint, haben die Bewohner der umliegenden Höfe und Dörfchen nicht schlecht dabei verdient. Natürlich bekamen sie nur einen Bruchteil des Geldes, den Löwenanteil stecken andere ein. Aber für die Menschen hier, die sich mühsam durchschlagen, ist es doch eine Menge.

»Auch die Caminos?«

Vor allem die Caminos. Bei Giuseppe Camino liefen die Fäden zusammen. Die Fässer wurden an verschiedenen Stellen angeliefert – eine davon war die Villa Mandrini. Dort lagerte man die neuen Lieferungen erst mal im Keller, um sie dann bei Nacht an die einsam gelegenen Endlagerungsstätten zu bringen.

Das also waren die seltsamen Kreise im Keller. Henni, du bist so eine Flasche! Sherlock Holmes hätte sofort kombiniert. Fässer. Einige sogar rostig. Pfui Deibel!

»Woher wissen Sie das? Hat Camino etwa geredet?«

Ich erfahre, dass heute Morgen eine Frau im commissariato in Florenz erschienen ist, um eine Aussage zu machen. Silvia Bernina, eine Freundin von Maria Camino. Vermutlich ist es dieselbe, die gestern Abend die Faust gehoben hat. Sie allein hatte den Mut, den Mund aufzumachen, und als man sie Giuseppe Camino gegenüberstellte, brach er zusammen.

»Was auch immer er letztlich auf dem Kerbholz hatte«, sagt Del Ponte. »Camino hat seine Frau geliebt. Er hat sie nicht umgebracht …«

»Natürlich nicht … Und wer ist es gewesen? Doch keiner aus den Dörfern, oder?«

Del Ponte steht von seinem Stuhl auf, um einem Kollegen Anweisungen zu geben. Wie es scheint, sind sie immer noch bei der Spurensuche. Ich strecke mich im Bett aus und genieße es, eine weiche Matratze unter mir zu haben. Wie schnell doch eine ganz alltägliche Angelegenheit wie ein Bett zum Luxus werden kann.

»Es war der Gleiche, der auch Bruno Sonego getötet hat, oder?«, rufe ich Del Ponte zu, damit er auf keinen Fall weggeht.

Tatsächlich dreht er sich jetzt zu mir um und setzt sich brav wieder auf seinen Stuhl.

»Richtig«, gesteht er. »Ein Killer. Vielleicht auch zwei. Und ganz sicher nicht hier aus Gegend. Irgendwie muss Sonego sich verraten haben, sodass sie Killer auf ihn angesetzt haben …«

»Die Mafia, meinen Sie doch. Oder?«

Er knurrt herum. Offensichtlich mag er das Thema nicht. Er wird wissen, weshalb.

»Wer auch immer. Die kriminelle Vereinigung, die diese Giftmüllgeschäfte organisiert. Vielleicht haben Sie einmal im Kino gesehen, dass solche Gruppierungen straff organisiert sind …«

»Der Pate …«

»Zum Beispiel …«

Er starrt mich an wie mein Geschichtslehrer, wenn er die Zahlen abgefragt hat und ich wieder mal nicht wusste, wann Karl der Große zum Kaiser gekrönt wurde.

»Vielleicht war es das Handy …«, grübele ich. »Als wir an diesem Abend bei Fausto waren, haben sie alle mit Brunos Handy telefoniert … Da konnte jemand, der es wissen wollte, seinen Standort feststellen …«

Del Ponte zieht die Augenbrauen hoch und meint, Bruno Sonego sei hin und wieder ziemlich unvorsichtig gewesen.

»Sie waren schon die ganze Zeit über hinter ihm her. Irgendwann musste er so enden. Und vielleicht wollte er es auch so …«

Ich bin anderer Meinung, aber das behalte ich für mich. Spielt ja auch keine Rolle mehr. Bruno ist tot.

»Und warum haben sie auch die arme Mamma Italia – äh, ich meine Maria Camino – getötet?«

»Silvia Bernina hat zu Protokoll gegeben, dass Maria Camino nicht über Brunos Tod hinweggekommen ist. Ihr Mann hat es zunächst vor ihr geheim gehalten, weil er ja wusste, dass sie für Bruno wie eine Mutter war. Die beiden hatten keine eigenen Kinder, Bruno war der Sohn von Marias verstorbener Schwester … Kurz gesagt: Als Maria Camino von dem Mord an ihrem Neffen erfahren hat, ist sie völlig ausgerastet. Wollte zur Polizei gehen … Die Killer waren noch in der Villa, signora. Sie logierten auf dem Dachboden …«

Na wunderbar! Die schwarze Dame war also beruflich unterwegs. Mit einem langen Messer im Gürtel. Und vermutlich nicht allein … Fast hätte ich ihr einen Besuch abgestattet, aber das Schicksal hat mich mit Blitz und Donner davon abgehalten.

»Und Basti? Der ist vermutlich beim Joggen in die Höhle gefallen, oder? Haben Sie inzwischen mit ihm sprechen können?«

Del Ponte tut einen langen Seufzer.

»Nicht viel. Er wird die meiste Zeit über von seinem Gesangslehrer belagert – ein schwieriger Mensch …«

»Nein wirklich?«

Mit einem flinken Blick stellt er fest, dass ich ihn auf die Schippe nehme, und sein Gesicht wird finster. Keinen Funken Humor, der Mann.

»Soweit ich ihn verstehen konnte, ist er beim Joggen einen Abhang hinabgestürzt und fand sich vor einem Höhleneingang wieder. Er ist hineingekrochen, weil er glaubte, dort irgendwelche steinzeitlichen Malereien zu finden …«

Dabei muss ihn irgendjemand entdeckt haben. Vermutlich Männer aus den Dörfern, die die Fässer bewacht haben.

»Und wieso haben sie ihn am Leben gelassen?«

Del Ponte weiß es nicht genau. Aber es sieht so aus, als seien die Killer nach dem Mord an Maria Camino aus der Gegend abberufen worden. Von wem und warum auch immer. Und die Dörfler sind keine Mörder, keiner von ihnen. Vor allem nicht, nachdem Maria Camino getötet wurde, da ist ihnen wohl erst so richtig klar geworden, auf was sie sich eingelassen haben. Sie haben Basti voller Drogen gespritzt und angenommen, dass niemand ihm glauben wird, wenn er plaudert. Das Zeug hat ihnen vermutlich einer der Söhne von Fausto verschafft. Kleinkrimineller. Hat schon zweimal wegen illegalen Drogenhandels gesessen.

»Sie wollte man auch auf die bunte Reise schicken.«

Er steht wieder auf und geht aus dem Zimmer, weil im Flur mehrere Polizisten angekommen sind und Bericht erstatten. Was sie erzählen, kann ich mir denken.

»Sie haben uns geholfen, signora«, meint Del Ponte schließlich. »Das Höhlensystem ist ziemlich verzweigt – aber wir sind fündig geworden. Jetzt fehlt uns nur noch das Geld …«

Geld fehlt mir auch. Ich muss unbedingt zu Bond, schon weil ich sein Portefeuille habe, wo auch sein Bankkärtchen drinsteckt …

»Was für Geld?«

Er erklärt mir, dass Giuseppe Camino viermal im Jahr aus Florenz eine größere Summe in bar erhalten hat, die er hier in der Villa deponierte, um sie dann an die Dörfler zu verteilen.

»Hier? Etwa im Musikraum?«

»Sì. Das haben wir vermutet. Wegen bottiglia und den Gläsern. Camino hat die Übergabe vielleicht mit einem kleinen Whisky-Umtrunk verbunden. Außerdem war in strumenti musicali und Schränken gutes nascondiglio für Geld.«

Aha. Wegen dieses schnöden Mammons haben sie also das schöne Musikzimmer auf den Kopf gestellt, den alten Flügel auseinandergenommen, die Geigensaiten durchgeschnitten, die Notenbände zerfleddert! Wenn das der arme Alessandro Mandrini mitbekommt, trifft ihn wahrscheinlich der Schlag.

»Aber Sie haben nichts gefunden?«

Er verneint. Vermutlich haben es die nächtlichen Besucher mitgenommen, die wussten wohl, wo Giuseppe Camino das Geld versteckt hat.

Wir beide schweigen gemeinsam über die Tatsache, dass auch Pietro Rivero bei den Geldsuchern gewesen ist. Aber alles weist darauf hin, dass man die Polizisten aus Figline am Geldsegen, der über die Gegend gekommen war, teilhaben ließ. Wofür sie dann ein oder auch mal zwei Augen zudrückten …

»L'ambulanza è arrivata …«, ruft eine männliche Stimme im Flur.

Del Ponte ruft etwas zurück, vermutlich sagt er, dass sie hinaufkommen sollen. Ich bin nicht begeistert. Fühle mich eigentlich nicht krankenhausreif. Nur ein wenig müde. Auf der anderen Seite habe ich keine Lust, die Nacht hier in der Villa zu verbringen. Dann schon lieber in der Klinik …

»Ich wünsche Ihnen alles Gute, signora«, sagt Del Ponte. »Werden Sie gesund, das ist das Wichtigste. Dimentichi la cosa – denken Sie nicht mehr an diese dumme Sache …«

Unten klappen Autotüren, Männer reden italienisch, gleich kommen sie mit so einer blöden Trage angejoggt …

»Wo ist mein Kater?«

Ich weiß nicht einmal, ob er mit in die Villa gekommen ist oder noch draußen auf den Hügeln zwischen den Giftfässern herumläuft.

»Was wollen Sie mit Kater?«, knurrt Del Ponte. »Sie können ihn nicht mit in die Klinik nehmen …«

»Ich fahre nicht ohne meinen Kater!«

Er konferiert mit seinen Polizisten, dann kommt er zurück und präsentiert mir stolz … den leeren Katzenkäfig. Sie haben meine Spur verfolgt und dabei dieses Beweisstück entdeckt.

»Danke! Jetzt brauchen wir nur noch den Kater.«

»Unsinn. Wir stellen cesto gatto hier auf, und wenn er in Falle ist, schicken wir ihn an Sie. Mit Post.«

»In diesem Fall schicke ich Ihnen postwendend die seidene Schnur!«

Unfassbar. Vor lauter Zorn schießt mein abgeschlaffter Blutdruck in die Höhe, ich setze mich im Bett auf, schwinge die Beine über den Rand und hätte beim Aufstehen fast den Katzenkäfig platt getreten, den Del Ponte dort abgestellt hat.

»Machen Sie keinen Unfug, signora. Die ambulanza …«

Ich gehe so dicht an ihm vorbei, dass er einen Schritt rückwärts tun muss. Die beiden Jünglinge, die gerade mit der Trage für Tote und Halbtote die Treppe hinaufkommen, ignoriere ich.

»Walter! Mein grauer Wuschel. Mein schöner Ritter. Mein Lebensretter … komm zu Frauchen …«

Ich stakse an den eifrigen Sanitätern vorbei den Flur entlang, da kommt mir doch mein Lieblingskater entgegengelaufen. Er war in der Küche, der Süße. Riecht nach Parmesan. Offensichtlich hat er es geschafft, den Kühlschrank zu öffnen.

»Mein feiner kleiner Schmusekater …«

Er lässt sich auf den Arm nehmen und schnurrt wie ein Rasenmäher, reibt den Kopf an meiner Wange, beschnüffelt meine Nase, meine Stirn …

»Scusi, signora …«

Die Deppen von der ambulanza. Stellen sich genau vor mich mit ihrer bescheuerten Hängematte und jagen Walter einen fürchterlichen Schrecken ein. Ein Sprung und weg. Panikabstoß mit Krallen. Aua! Kühner Satz quer über die Kummerliege hinweg ins Musikzimmer hinein.

»Sie Riesenrindvieh!«, brülle ich den Jüngling an.

Der versteht zwar kein Deutsch, die Absicht der Rede ist ihm jedoch klar. Er schaut irritiert. Hofft darauf, dass ich mich endlich auf die Jammerpritsche lege und abtransportiert werden kann. Stattdessen fege ich an ihm vorbei ins Musikzimmer.

»Walter? Komm her, Katerli …«

Er schleicht zwischen den Porzellanbehältern herum,

schnuppert an dem ausgehängten Tastaturdeckel des Flügels, steigt auf einen Stapel Noten und springt von dort in ein leeres Fach des Notenschranks.

»Raum ist sigillato – versiegelt«, sagt Del Ponte hinter mir mürrisch.

Ich gebe keine Antwort. Mit einem Tierquäler rede ich nicht. Der Typ ist für mich erledigt.

»Machen Sie rasch Schranktür zu, dann haben Sie ihn!«, rät der Commissario.

Mach lieber deine Klappe zu, Tierquäler, sonst bist du fällig. Da springt Del Ponte doch tatsächlich vor wie Zorro in seinen besten Zeiten und schlägt die Tür vom Notenschrank zu. Die Glaseinsätze klirren, der Schrank wackelt, Staub rieselt von oben herunter. Der Kater ist längst davon, sitzt in dem geöffneten Flügel und faucht Del Ponte an.

»Bleiben Sie, wo Sie sind!«, befehle ich.

Walter buckelt, zieht noch einmal ein böses, sehr böses Katergesicht in Richtung Commissario, dann geht er ein paar Schritte. Spürt die Saiten unter den Pfoten und merkt, dass sie vibrieren. Streckt probeweise mal kurz die Krallen raus und testet die Stimmung des Instruments.

Pling, plang, plung …

Was soll's? Der Flügel muss sowieso gründlich überholt werden.

»Machen Sie die Türen zu …«, ordne ich an.

Der Gedanke gefällt Del Ponte, er schließt die Flügeltüren, leider von innen.

Walter verfolgt sein Tun aus den Augenwinkeln.

Schaut mich vorwurfsvoll an, steigt auf das Zwischenbrett und blickt interessiert auf die halb herausgezogene Tastatur. Was auch immer ihm jetzt in die Nase steigt – ich will es nicht wissen. Auf keinen Fall.

Hinter mir öffnet jemand die Flügeltür, schiebt den Katzenkäfig in den Raum, macht die Tür wieder zu. Del Ponte nimmt den Käfig, untersucht seine Beschaffenheit und nähert sich damit dem Flügel.

»Gehen Sie mit dem Käfig weg!«

»Wie wollen Sie ihn anders einfangen?«, zischt er wütend.

»Wenn er das Teil sieht, haut er ab!«

»Mal educazione!«

»Katzen kann man nicht erziehen!«

»La catturiamo! Sie von links und ich von rechts. Wir treiben ihn in Ecke und stecken ihn in Käfig!«

»Das funktioniert nicht …«

Walter hat den Angreifer im Blick, er stößt drohende Laute aus, singt die Krallen- und Zähne-Arie aus der Katzenoper von Robert Schnurrmann. Aber Del Ponte ist nicht nur stur, sondern auch komplett unmusikalisch, er versteht die tonale Botschaft nicht. Geht auf den Sänger zu und will ihn packen.

»Bastardo … merda …«

Katzen sind flink, Signor Del Ponte. Walter springt vom Flügel hinunter, macht kurz Zwischenstation auf dem umgekippten Klavierhocker, weil der aber auseinanderfällt, zischt mein grauer Katerblitz quer durch den Raum aufs Fensterbrett. Da hockt er mit gesträubtem Fell und weit aufgerissenen grünen Leuchtaugen.

»Madonna!«, flüstert Del Ponte.

Typisch Mann. Immer den Macker machen, aber wenn's ernst wird, nach der Mama rufen. Italiener! Ich gehe langsam zum Fensterbrett hinüber und streichle meinen wilden Minitiger, rede ihm gut zu, nehme ihn zärtlich auf den Arm und trage ihn zum Katzenkäfig. Lasse ihn freiwillig eintreten und schließe das Türchen. So geht das!

Als ich mich umdrehe, hockt Del Ponte auf dem Boden zwischen den Trümmern des Klavierhockers und hat ein Bündel Scheine in den Händen. Fünfzig-Euro-Scheinchen. Er wühlt herum und findet ein zweites Bündelchen. Der Klavierhocker hatte unter dem Polster einen doppelten Boden. Sie haben zwar das Polster zerschnitten, aber nicht gemerkt, dass sich die runde Holzplatte darunter aufklappen lässt. War auch schwer zu sehen, weil sich genau über der Rille die dicken goldfarbigen Köpfe der Polsternägel befinden.

Del Ponte schaut nur kurz auf, dann zählt er weiter. Ich sehe, wie sich seine Lippen bewegen, er zählt italienisch. Gleich darauf holt er das letzte Geldbündel heraus, schaut noch einmal gründlich nach – steckt alles unter sein Hemd.

»Wie viel?«

»Eine ganze Menge, signora …«

Ich habe keine Lust, weiterzufragen. Es geht mich auch nichts an, weil das Geld nicht mir gehört. Leider. Nicht auszudenken, dass ich tagelang mit dem Hintern auf der ganzen Kohle gesessen habe.

»Sie können sich bei Walter bedanken, Commissario. Ohne ihn hätten Sie es nicht gefunden!«

Er schaut auf den Katzenkäfig, den ich in den Händen halte, und tatsächlich – ich fasse es kaum –, da schleicht sich doch der Anflug eines Grinsens über sein Gesicht. Walter legt die Ohren an und singt ein Abschiedslied. Ein böses.

Zwei, die einander verstehen.

Bastis Autoschlüssel ist noch in meiner Hosentasche. Alles gut. Die Herren von der polizia criminale sind beschäftigt. Ich nicke den beiden Sanitätern freundlich zu. Es geht mir super.

»Arrivederci, signori …«

Unten steht Bastis Karre. Katzenkäfig auf den Rücksitz. Motor anlassen. Losfahren. Richtung München.

Ich werde Basti alles erklären. Später.

Isolde hat schulterlanges Haar. Dicht und lockig. Schlohweiß. Sie trägt mit Vorliebe lange, schreiend bunte Seidengewänder und Riemchensandalen mit hohem Absatz. Damit sie größer wirkt. Größer und schlanker. Isolde ist ein wenig eitel. Früher war sie mal ein Bühnenstar und bildschön.

»Du solltest deinen Kater kastrieren lassen, Henni …«

»Walter? Nie im Leben!«

Wir sitzen auf der schattigen Terrasse unter wildem Wein und trinken Isoldes selbst gebraute Limonade. Zitronen, Limetten, ein Hauch Pfefferminz, viel Melisse … Nachher gibt es Coq Provençal mit Basilikum und Thymian … Der Duft schwebt schon sacht durch den Garten bis hin zu den alten Kastanien.

»Meine Mädels kriegen ja alle die Pille …«, bemerkt Isolde und nimmt einen Schluck Limonade.

»Aber unten im Dorf laufen ein paar unversorgte Fräulein herum.«

»Was willst du, Isolde? Er schläft sowieso die ganze Zeit ...«

Walter liegt lang ausgestreckt auf der Wiese in einem Sonnenflecken. Wenn eine Fliege vorbeisummt, zuckt sein Schnurrbart und er öffnet die Augen einen winzigen Schlitz weit. Ab und zu dreht er sich ein wenig zur Seite, damit sein Bauch genügend Sonne abbekommt. Nicht weit von ihm spielen zwei junge schwarze Kater miteinander, hinten bei den Kastanienbäumen liegt eine dicke schwarz-weiß-rote Katze in einer flachen Erdkuhle. Eine Glückskatze.

»Nachts schläft er nicht ...«, bemerkt Isolde, die sich mit Katzen auskennt.

Sie hat fünfzehn Stück. Nicht alle gleichzeitig, denn sie sind frei lebend, sie kommen und gehen, wann immer sie Lust haben. Manche kommen schon seit Jahren, bleiben über den Winter und verschwinden im Sommer für ein paar Monate, um im Herbst wieder aufzutauchen. Manche erscheinen nur für wenige Tage und zeigen sich nie wieder. Einige sind miteinander verwandt, Mutter und Sohn oder auch Geschwister, sie kennen einander und vertragen sich. Hie und da versucht eine, den Futterplatz für sich allein zu erobern und alle Konkurrenten zu verjagen. Dann tritt Isolde auf den Plan. Isolde beherrscht die Unbeherrschbaren. Sie ordnet das Chaos. Sie ist die Katzengöttin der Provence.

»Sind Ralf und Dorothee zum Essen da?«

Sie nickt. Ihr kleines Hotel ist ein umgebautes Bauernhaus, von einem großen Garten umgeben. Ein verwunschener Ort, eine Oase der Ruhe für Katzen und Menschen. Vier Gästezimmer, vier Tische im Essraum, vier versteckte Sitzgruppen im Garten. Isolde kocht selbst, zwei junge Frauen aus dem Dorf unterstützen sie bei der Arbeit. Manchmal helfen auch die Gäste mit, schnippeln Pilze und Kräuter, kneten Pastetenteig, verlesen Früchte.

»Die anderen sind am Meer ... kommen erst spät zurück ...«

Es ist nicht weit zum Meer, zwanzig Minuten mit dem Auto, mit dem Rad eine Stunde. Bisher war ich zu faul. Morgen vielleicht ... übermorgen ... Ich habe noch fast zwei ganze Wochen vor mir ... Es geht mir so gut, dass mir beinahe schon langweilig wird ... Aber auch nur beinahe ...

»Muss mal nach meinen Gockeln sehen«, vermeldet Isolde und begibt sich in ihre Küche. Eine Traumküche. Alte Schränke, Kasserolen aus Kupfer, ein Hightech-Herd, blau glasiertes Geschirr von einer Töpferin aus der Gegend, überall hängen getrocknete Kräuter an Schüren ... Es riecht wie im Gewürzladen ...

Mein Smartphone bellt. Ich greife schnell danach und nehme mir vor, endlich den Klingelton umzustellen. Das Bellen provoziert einige von Isoldes Schützlingen. Walter kennt es schon – er weiß, dass in dem flachen Kästchen kein Hund steckt.

Wer ist denn dran? Schließlich bin ich im Urlaub und rede nicht mit jedem. Ach – es ist Oma. Ja dann ...

»Henni? Du liebe Güte – dass du endlich einmal den Hörer abnimmst. Hier bricht alles über mir zusammen. Sieglinde hat diesen Araber geheiratet, und der Guckes Willi war Trauzeuge. Kannst du dir das vorstellen? Und der Gipfel: Sie wollen das Kind nach mir benennen: Anna Augusta. So heißt doch heute keiner mehr. Das arme Würmchen! Und deine Mutter wirft mir vor, ich hätte dich der Mafia in die Arme getrieben, ständig ruft sie an und beflegelt mich auf das Übelste. Und ja – sie ist tatsächlich mit dieser rothaarigen Sommersprosse befreundet. Aber die ist nicht mehr mit dem Herrn Professor zusammen. Wie hieß er doch noch? Dieser Mensch mit dem schütteren Haar und dem sumpfigen Blick?«

»Bond …«

»Ja genau. Von dem will die Sommersprosse nichts mehr wissen. Der hat nämlich inzwischen etwas Neues aufgetan. Wie das so ist bei den älteren Herren …«

»Er ist nicht mehr mit Lisa-Marie zusammen?«, stöhne ich. »Seit wann?«

»Was weiß ich? Seit diesem lächerlichen Gesangskurs in Alessandros Villa. Hat er wenigstens bezahlt, der eingebildete Opernstar-Macher?«

»Bisher noch nicht …«

»Ha!«, ruft Oma befriedigt aus. »Ich habe Alessandro gleich gesagt, dass der Bursche ein Windei ist. Ich schicke dir was, mein armes Mädel …«

»Geht schon, Oma …«

Im Grunde geht gar nichts mehr, mein Konto ist

komplett überzogen. Zum Glück ist Isolde ein geduldiger Mensch, und außerdem sind wir Freundinnen. Dass Bond trotz Rechnung und Mahnung bisher nichts überwiesen hat, könnte natürlich daran liegen, dass ihm sein Bankkärtchen fehlt. Ich hatte auf der Heimfahrt kurz in Florenz Station gemacht, um Basti und Bond ihren Kram zu bringen – aber sie waren nicht mehr in der Klinik. Entlassen wegen unzumutbarer Lärmbelästigung. Auch Alan war genesen und mit unbekanntem Ziel abgereist. Also habe ich Taschen und Portefeuille mit nach München genommen und zusammen mit Bastis leicht verkratztem Cascada bei Lisa-Marie abgegeben.

»Tu nicht so«, sagt Oma streng. »Und dass du es weißt: Ich bin vollkommen im Bilde über die mafiösen Zustände, in die du da hineingeraten bist. Ich habe mir Alessandro zur Brust genommen, und ich schwöre dir, dass er klein wie ein Lego-Männlein gewesen ist, als ich mit ihm fertig war …«

Ach du liebe Zeit. Wenn sie so weitermacht, wird er sie ganz bestimmt nicht heiraten. Aber vielleicht ist das auch besser so …

»Der Conte kann nichts dafür, Oma … Er hatte keine Ahnung von den Vorgängen in seiner Villa …«

»Ach, Kind«, stöhnt Oma. »Ich sag es nur ungern – aber Alessandro hat die Finger in solchen Geschäften, seit ich ihn kenne. Und das ist schon ziemlich lange. Vor Jahren wollte er sogar einen Anteil an meiner Melisanden-Fabrik kaufen. Verstehst du? Geldwäsche. Sie müssen die illegale Kohle aus ihren schmutzigen Geschäften in ein anständiges Unternehmen investieren ...«

Ich bin platt. Lebe ich im Traumland? Der alte Mandrini hat doch immer auf die Mafia geschimpft. Von wegen scharfer Rasur beim Figaro und so ...

»Du bist nicht informiert, Kleine«, belehrt mich Oma. »Die Mafia ist nicht die Mafia. Es gibt verschiedene, verstehst du? Alte und neue. Wie in der Wirtschaft auch. Die Großen fressen die Kleinen. Die Cosa Nostra ist jedenfalls auf dem Rückmarsch ...«

Diese alte Frau überrascht mich immer wieder. Wir sind schon eine außergewöhnliche Familie. Besonders in der älteren Generation.

»Egal, welche Mafia bei dem Giftmüll-Geschäft verdient hat«, sage ich und schaue mich vorsichtig um, ob vielleicht Ralf und Dorothee von ihrer Radtour zurück sind. »Jetzt hat die Polizei sie am Wickel, und sie können einpacken. Der Commissario wird zum Obercommissario befördert und kriegt einen Orden ...«

»Ja, ja ...«, seufzt Oma. »So wird es sein, meine Kleine. Vielleicht aber auch anders. Wie hieß er noch? Del Monte, nicht wahr? Wie die Dosenpfirsiche ...«

»Del Ponte ...«

»Ja richtig. Mein Namensgedächtnis lässt ein wenig nach. Aber Alessandro sagt, sein Sohn Carlos kennt ihn gut. Sie spielen hin und wieder eine Partie Schach miteinander ...«

»Schach? Carlos Mandrini spielt mit dem Commissario Schach?«

»Warum nicht. Das ist doch nicht verboten, oder? Der arme Carlos hatte übrigens nicht die leiseste Ahnung von diesen bösen Geschäften. Jetzt hör mal zu, Mädel. Du ruhst dich schön aus, genießt deine Ferien, und danach schaust du mal wieder bei deiner alten Großmutter vorbei. Stell dir vor: Franz Christian hat sich in Wien verlobt! Mit einer gewissen Serafina Juliana von Eisenhardt-Steingerück. Sie ist über achtzig, und er ist ihr fünfter Ehemann. Dass sich der arme Junge für so was hergibt! Die von Rodenstocks sind nicht irgendwer, sie wurden im achtzehnten Jahrhundert von Maria Theresia …«

Omas Schwäche ist die Geschichte des europäischen Adels. Wenn ich jetzt nicht aufpasse, schildert sie mir die Heldentaten des seligen Rupert Rodenstock während des Siebenjährigen Kriegs, für die er seinerzeit in den Adelsstand erhoben wurde.

»Wenn die Braut schon über achtzig ist«, unterbreche ich Ömchens Redefluss, »… dann ist der gute Christian vielleicht bald wieder zu haben …«

Oma lacht mich aus. Unglaublich, wie laut sie durch das Smartphone sein kann.

»Die Sippe der Eisenhardt-Steingerück ist langlebig, Henni. Da ist selten einer unter hundert verschieden. Höchstens, wenn man nachgeholfen hat …«

»Ja dann … Wünschen wir dem Paar einen fröhlichen Ehestand!«

Der arme Franz Christian! Nein, so was tut er nicht. Der hilft nicht nach. Der ist doch immer so lieb. Mit seinem Wiener Charme …

»Also abgemacht!«, bestimmt Oma. »Nach deinem Urlaub kommst du bei mir vorbei. Ich habe großartige Neuigkeiten für dich, meine kleine Henni!«

»Na ... na gut, Oma«, stottere ich. »Aber höchstens einen Tag ... Ich hab ja noch Auftritte und überhaupt ...«

Klick. Weg ist sie. Keine Chance mehr, sich herauszureden. Auf der anderen Seite: Wieso eigentlich nicht? Ich wollte doch sowieso einen wundervollen Weibertreff auf Kerchenstein organisieren. Kann ich Oma gleich mal darauf vorbereiten. Die freut sich bestimmt wie eine Schneekönigin ...

Jetzt tauchen Ralf und Dorothee mit ihren Rädern bei der Gartenhütte auf, winken mir zu und packen ihre Satteltaschen aus. Sie sind beide braunhaarig, superschlank und sportlich, tragen nur Klamotten mit der Hundepfote drauf, und komischerweise sehen sie sich sogar ähnlich. Beide sind Lehrer an einem Gymnasium in Essen und begeisterte Katzenfreunde. Die dicke Glückskatze gehört ihnen, sie heißt Molly.

»Es riecht wundervoll!«, ruft Dorothee zu mir hinüber. »Hühnchen mit Thymian oder so was ...«

»Coq Provençal ... ein Provinzgockel«, rufe ich lachend zurück.

»Spielst du nachher wieder Mozart?«, fragt Ralf. »Doro war gestern so begeistert ...«

Hin und wieder spiele ich auf dem Klavier, das im Esszimmer steht. Ein alter Klimperkasten, den Isolde irgendwo ersteigert hat. Aber er hat was, der Kasten. In ihm steckt die Seele eines großen Musikers.

»Heute vielleicht eher Schubert …«, verspreche ich.

Ralf reckt die Faust mit dem Daumen nach oben in die Luft, dann ziehen sie ab, um vor dem Essen noch zu duschen. Glückskatze Molly wackelt hinterher. Walter blinzelt mit einem Auge, als sie an ihm vorbeiläuft, macht aber keine Anstalten, ihr zu folgen. Ich glaube, sie ist ihm zu … zu … zu molly.

Durchs Küchenfenster kann ich Isolde sehen. Sie hat die blaue Küchenschürze umgebunden und hebt die lieblich braun geschmurgelten Gockelchen aus der Kasserolle, um nun das Sößchen in Angriff zu nehmen. Da wollte ich eigentlich mal Mäuschen spielen. Auch wenn ich im Kochen eine Niete bin – Isolde dabei zuzusehen ist ein Erlebnis. Weil sie so liebevoll mit den Lebensmitteln umgeht. Mit zärtlichen Händen streichelt sie das rohe Fleisch. Und die toten Hühnchen legt sie mit engelhaftem Lächeln ins siedende Öl. Bestreut sie mit Gewürzen der Provence, begießt sie mit provenzalischem Rotwein und stellt sie schön warm ins Öfchen.

Gerade will ich meine faulen Glieder aus dem Liegestuhl schwingen, da piepst das Smarty, und eine E-Mail kommt angeflattert. Uh – von Basti. Schon wieder. Wir mailen fast täglich miteinander, seitdem ich die Villa verlassen habe. Ach – ich bin ja froh und glücklich, dass er wieder gesund ist. Basti ist so ein lieber Bursche! Aber nach Busseto bin ich trotzdem nicht gefahren. Das wird ihm schwer zu schaffen machen …

Ich sollte diese E-Mail besser nach dem Essen lesen.

Nach dem Urlaub. Überhaupt nicht. Versehentlich gelöscht. Kann ja mal passieren …

Aber natürlich bin ich zu neugierig.

Liebe Henni,
ich war ein wenig enttäuscht, dass du nicht in Busseto warst. Nein – in Wahrheit war ich sehr enttäuscht. Und traurig. Ich hatte so gehofft, dich dort wiederzusehen!

Du hast viel verpasst, Henni. Ehrlich. Es war ein wahnsinnig spannender Wettbewerb, das hat Friedemann auch gesagt. Er ist jetzt übrigens mit Atzko zusammen – hättest du das gedacht? Im September fliegen sie nach Nagasaki, da will er einen Gesangskurs geben …

Ja richtig – der Wettbewerb. Ach, Henni – ich wünschte, du wärest dort gewesen. Ich habe immer an dich denken müssen. Und – aber das ist wirklich wahr – ich habe nur für dich gesungen. Tatsächlich habe ich mir dein liebes Gesicht vorgestellt, deine Figur, dein einfühlsames Klavierspiel … Nun ja – ich habe die Siegespalme errungen. Erster Platz. Friedemann ist mir um den Hals gefallen und hat vor Glück geweint. Ich hätte Jonny Krahl glatt an die Wand gesungen. Das ist Koschinskis Kandidat. Er singt gar nicht übel – unter uns gesagt. Aber Friedemann findet, dass Krahls Spitzentöne mühsam klingen und die Mittellage matt …

Ach ja – Claudia hat nur den zweiten Platz ge-

schafft und ist am Boden zerstört. Dafür hat sie ein Angebot von der Oper Zürich, das gar nicht übel klingt. Die anderen sind leider alle schon im ersten Durchgang rausgeflogen. Alan ist nach Kanada, er will da alte Kumpels besuchen und auf Bärenjagd gehen. Wäre nicht meins, ehrlich. Ricci singt bei der Schubertiade in Schwarzenberg, und Atzko macht bei irgendeinem Sommerkonzert in einem aufgemotzten Schloss in Meck-Pom mit. Friedemann begleitet sie dorthin. Tja – und ich sitze hier im heißen München und sehne mich unendlich nach meiner Henni!

Wenn ich schon nicht wissen darf, wo du deine Ferien verbringst, dann schreib mir wenigstens, wann du zurückkommst. Ich habe auch eine Überraschung für dich. Du wirst staunen.

Es hat etwas mit Autos zu tun. Aber mehr verrate ich nicht.

Im Herbst werde ich an der Deutschen Oper in Berlin singen, ich habe gestern den Vertrag unterschrieben. Friedemann hat gesagt, ich müsse zuerst Bühnenerfahrung sammeln, bevor ich an die Scala gehe. Auch die Met muss noch ein wenig warten. Aber das wird schon. Friedemann ist sich da ganz sicher …

Sei von Herzen gegrüßt und lieb umarmt
von deinem Basti

… der auf heißen Kohlen sitzt und deine Antwort ersehnt …

Gerade will ich ihm ein paar nette Worte mailen und ihm vorschlagen, sich in drei Wochen mal in München zu treffen, da kommt Isolde hochbepackt auf die Terrasse.

»Deck mal den Tisch … Wir essen draußen … Sind ja nur wir vier, die andern kommen später …«

Sie stellt ein Holztablett voller Geschirr auf den Tisch, die Tischdecke aus grobem Leinen liegt zusammengefaltet obenauf.

»Klar … mach ich …«

Blaue Teller aus Steingut, handgetöpfert. Und die Weingläser aus hellblauem rauchigem Glas. Es ist ein Fest für die Sinne, was wir hier veranstalten. Ich gebe mir Mühe, alles so schön wie möglich zu dekorieren, und nehme mir vor, nach dem Essen mit Isolde über Basti zu sprechen. Isolde kennt das Leben und die Männer. Wir haben schon stundenlang über Bruno geredet. Ach, Bruno … Ich werde wohl nie drüber wegkommen …

Die provenzalischen Hähnchen sind grandios. Wir schmausen zu viert und sind froh, dass Isolde den Anteil der vier Strandgänger – eine Familie aus Paris mit zwei halbwüchsigen Töchtern – schon in der Küche beiseitegestellt hat. Sonst hätten wir in unserer Begeisterung alles aufgegessen.

»Auf Isolde!«, ruft Ralf und hebt sein Glas.

»Auf Isolde!«

Es ist inzwischen dunkel geworden, Mücken summen um die Kerzen, die Isolde überall aufgestellt hat. Zwischen dem wilden Wein schaut hie und da ein

Stück des lichterbesetzten Sternenhimmels hindurch. Katzen schleichen lautlos durch den Garten, treffen sich hinter den Büschen, jagen Mäuse und Eidechsen. Manchmal singt ein Kater, und ein anderer – Kater oder Katze – antwortet in der gleichen Tonart. Zweimal erkenne ich Walter, der sich sein Terrain vom vergangenen Jahr zurückerobert. Walter von Stolzing, mein feiner kleiner Ritter und großer Sänger.

»Auf alle meine lieben Gäste!«, ruft Isolde. »Die zweibeinigen und die vierbeinigen!«

»Nächstes Jahr kommen wir sechsbeinig …«, witzelt Ralf.

Wir schauen ihn blöde an, verstehen nicht gleich.

»Wir bekommen ein Baby …«, erklärt Dorothee. »Vierter Monat …«

Gratulation von allen Seiten. Ach, wie schön. Hat es endlich geklappt. Das wolltet ihr doch schon so lange.

»Dann sind wir endlich eine Familie«, sagt Ralf glückstrahlend. »Ist das nicht wunderbar?«

Niemand widerspricht. Die beiden sind einfach zu glücklich. Ich trinke mein Weinglas leer und schaue zu den Kastanienbäumen hinüber, die sich als dunkle Schattenrisse vom Sternenhimmel abheben.

»Was ist das da hinten?«, will ich wissen.

»Das da?«, fragt Isolde und steht auf, um besser sehen zu können.

»Ach, das ist eine Leuchtreklame. Für das Festival. Weißt du doch, Henni …«

Möglich, dass ich etwas überspannt bin. Aber diese

beiden Worte, die durch die Zweige der Kastanienbäume schimmern, kommen mir verdächtig vor.

S O N N T A G A I X

Wieso werben die für das Festival auf Deutsch?

»Ach ja«, seufzt Dorothee und drückt Ralfs Hand. »Ich weiß, dass du ein wunderbarer Vater sein wirst!«